KB074020

한국 문학,
문화와 문화콘텐츠

강명혜

숭실대학교 한국문예연구소 학술총서

39

한국 문학,
문화와 문화콘텐츠

지식과교양

머리말

　현대사회는 고도의 산업사회를 거쳐 지금은 가히 디지털 시대의 성황기라 할 수 있다. 특히 스마트폰의 다양한 기능 부여로 인해 많은 시간을 스마트폰 기기와 동거동락하는 시대에 살고 있다. 현재 우리는 인터넷이나 모바일을 통해 언제 어디서든 쉽게 정보를 취득하고 공유할 수 있으며, 새롭게 개인이 재창조하는 형태인 UCC(User Created Contents) 방식 등으로 우리들이 사고하고 사용하던 기존의 방식에서 탈피해서 점차 새로운 욕구와 또 다른 방식의 커뮤니케이션을 창출하고 있다. 이러한 시대적 요구에 따라서 사람들의 가치관이나 인식, 사고의 틀도 새롭게 변이되고 있으며, 미적 가치뿐 아니라 문화적 가치, 물질적 가치를 함께 추구하게 된 것도 현대인의 특징 중 하나이다.

　이러한 추이는 전통과 현대와의 괴리를 더욱 증가시키게 되고 아울러 교육현장에 있는 인문학자들의 시름 또한 깊어간다. 문명의 이기에 비례해서 정신적 피폐 또한 확산되 수 있다는 점 때문이다. 그러나 디지털 시대에 가일층 요구되는 덕목은 인간의 정신적 가치와 정서의 함양, 도덕적, 철학적 사유의 정립이며, 사실상 이러한 덕목의 실현은 많은 부분 우리 선조들이 쌓은 정신적 축적에서 도움 받을 수 있다는 것에는 누구나 동의할 것이다. 하지만 여기에 딜레마가 있다. 이 이질적인 요인을 어떻게 조합, 병행, 직조해서 효율성을 높이느냐 하는 것이 무엇보다도 문제이기 때문이다. 그리고 이것은 최근 몇 년 동안 필자의 화두였다. 특히 스토리텔링이 대세인 작금의 현상 앞에 고전시가를 비롯한 고전문학, 나아가서는 전통문화들의 가치를 정립, 확장시키고 수용하게끔 하느냐 하는 문제는 수월한 것이 아니기 때문이다.

이러한 상황에 따라서 학문도 새롭게 변이, 개발, 확장되는 것은 시대적 요구에 부응하는 것이며 세계적인 문화경쟁력의 시대에 현명하게 대응하는 길이기도 하다. 각 나라의 문화(문학)가 보유하고 있는 원천력은 이미 엄청난 성장 잠재력을 가진 미래의 산업 중 하나로 대두되었기 때문이다. 하지만 이렇듯이 원소스로서의 한국문학, 문화가 중요하다고는 해도 어디까지나 순수학문이 지니는 가치 및 의미도 도외시되거나 간과되어서는 안된다는 당위성 또한 필자의 신념이며 지향점이었다.

이와 같은 많은 고민 속에서 시도하고자 했던 것이 우리 전통 문화(문학, 민속, 문화 등)에 대한 원텍스트 연구, 분석 및 그 연구 결과를 이용한 콘텐츠나 스토리텔링화 작업이었다. 즉 문화경쟁력의 원소스인 한국문학, 문화를 대상으로 해서 이를 천착, 심도있게 연구한 후 이를 문화콘텐츠화하려고 시도하였는데, 이는 순수학문이 지니는 가치나 의미를 천착한 후에 후속 작업으로 스토리텔링이나 콘텐츠 개발을 할 때 비로소 순수학문과 현대적 요구 부응이라는 두 마리 토끼를 잡을 수 있다는 믿음 때문이었다. 따라서 본 책에서는 시대적 욕구 및 상황을 전략화해서 양질의 스토리텔링, 문화콘텐츠를 개발, 생산하여 문화적 가치, 미적 가치, 나아가서는 물질적 가치의 창출까지도 획득하려는 노력으로 일관하였다. 그러나 난삽하게 흩어진 논문을 묶고 보니 의지만 충천하지, 일관성도 부족하고, 체계도 제대로 정립되지 않아 기대 이하인 것 또한 사실이다.

하지만 문단에 아직 이러한 시도가 없다는 점과 후속세대에게 조금이나마 도움이 되지 않을까 하는 기대로 용기를 내기로 하였다. 그리고 이 용기의 대부분은 조규익 교수의 믿음과 격려 덕분이다. 수렁에

빠진 어려운 시기에 정신적, 물질적 도움을 준 조규익, 장정룡 교수께
특히 고마움을 표시하고 싶다. 김의숙, 이복규, 이경수, 구사회, 임홍
순, 김세건 교수를 비롯한 영서문화식구들, 지식과 교양출판사 관계자
분들, 그리고 그림 부분에 많은 도움을 준 동생 강명주 선생한테도 고
마움을 표명하며, 바빠서 제대로 보살펴 주지 못한 아들 요한이의 희
생도 고맙고, 가족들과 아버지께도 감사를 드린다. 무엇보다도 늘 곁
에서 힘을 주시고 축복해 주신 하느님께 감사드리며 먼저 세상을 뜨
신 엄마께 이 책을 헌정한다.

계사년 3월

香圓 姜明慧

목차

〈滿殿春別詞〉의 스토리텔링화

허난설헌 · 윤희순의 현실 대응 방식 및 스토리텔링화

2부

전통 武藝 양상의 현대적 변용 및 콘텐츠화 방안

지역 설화의 의미, 특성 및 스토리텔링화
—태백지역을 중심으로

書와 畵에 투영된 북한강의 특성 및 물 원형상징과의 상관성

북한강 스토리텔링 및 콘텐츠화 방안

용산공원 스토리텔링

1부

한국문학, 문화와 문화콘텐츠

고전문학의 문화콘텐츠화 양상 및
문화콘텐츠화를 위한 수업모형

1. 서언

현대사회는 고도의 산업사회를 거쳐 디지털 시대를 맞고 있다. 즉 전자문명사회가 도래한 것이다. 전자문명사회의 특징 및 긍정적인 측면은, 신속한 정보 전달, 가시적·실용적 학문의 부각, 고도의 과학 발달, 인터넷 상거래 보편화 등이며, 부정적인 현상으로는 정신세계를 지향하는 학문의 퇴보, 추상적·비가시적 영역의 쇠퇴, 이러한 현상의 결과에서 연유한 비인간적 성향 만연, 몰개성 초래, 물질만능주의 팽배 등이라고 할 수 있다.

주지하다시피 정신세계의 발달을 촉구하는 학문인 인문학은 후자에 속하는 분야로서, 현재 위축될 대로 위축되어 있으며, 그 폐해 또한 심각하다. 공기와 바람이 눈에 보이지 않지만 인간의 삶을 영위하는 데 필요불가결한 요인이듯이, 인문학의 정체성은 인간 존재의 기반

구축의 주요 요인의 일환이며, 인간다운 삶을 영위하는데 필요불가결한 요인이고, 인간의 절대 가치와 선을 지향하는데 필수적인 분야라고 할 수 있다. 따라서 인문학 분야나 정신적 영역의 퇴보나 위태로운 상태는 부정적인 결과를 초래하거나 그에 준하는 심각한 부작용을 수반할 수밖에 없다. 특히 한국사회는 세계적으로도 지명도 높은 인터넷 강국으로서 더욱 그러하다. 실제로 우리나라는 현재 도덕적 불감성이나 비인격적 비인간성 만연으로 인해 초래되는 부작용 또한 심각한 상태라고 할 수 있다.

이 중에서도 국문학, 특히 고전문학은 현재 대표적인 인문학 분야로서 대학사회에서 폄시되고 있는 비인기 강좌 중 하나로서 비실용적이고 비경제적인 분야라는 꼬리표를 달고 있는 등 안타까운 실정에 놓여있다. 이러한 분야의 쇠락의 결과는 한국인으로서의 아이덴티티를 상실하게 하고, 조상의 얼과 문화유산을 무산시켜 비문명인으로 원시화(정신적)하고 결국은 정신세계가 파괴되는 지경까지 이르게 하는 등, 그 폐해는 심각하다. 따라서 이를 극복하는 문제는 사실상 상당히 중요하고도 시급한 문제 중 하나이다.

이러한 국문학의 위기와 위축을 타계하기 위한 방안의 하나로서, 국문학 작품의 '문화콘텐츠화'라는 방안에 현재 인문학의 위기를 타파하기 위한 국문학자들의 신경이 결집되어 있는 것은 사실이다. 그리고 이 방안은 거의 황무지를 개척하는 방식으로 인식되기도 한다. 그러나 과연 그러할까? 사실상 국문학의 문화콘텐츠화는 오늘날 새롭게 대두된 것은 아니다. '문화콘텐츠'라는 명칭이 명명되어 있지 않았을 뿐, 국문학 작품의 문화콘텐츠화는 메스 미디어 매체가 생성되면서부터 동시에 부분적으로 시행되어오던 방식이라고 할 수 있다.

현재 사용되고 있는 '문화콘텐츠'는 어떻게 정의되어서 수용되고 있는 것일까? 문화콘텐츠란 용어는 앞에서 언급했듯이 전자문명사회가 도래하면서 부각된 상업적 용어이다. 원래 콘텐츠란 용어는 서적이나 논문 등의 내용이나 목차를 일컫는 말이었지만, 현재는 각종 유무선 통신망을 통해 매매 또는 교환되는 디지털화된 정보의 통칭, 예를 들어 인터넷이나 PC통신을 통해 제공되는 각종 프로그램이나 정보 내용물, 비디오테이프, CD에 담긴 영화나 음악, 만화, 애니메이션, 게임소프트웨어 등을 모두 지칭한다. 결국, '문화콘텐츠'란 무형 유형의 문화, 문학적 정신유산인 작품을 대중 매체를 이용해서 상품화, 산업화시켜 대중에게 널리 보급하고, 이 결과 경제적 이익을 수반하게 하는 방식을 의미한다고 정의할 수 있다.

이런 점을 준거로 할 때, 현재 우리는 이미 우리의 많은 고전문학 유산이 문화콘텐츠화되고 있음을 알 수 있다. 따라서 본고는 이미 콘텐츠화되고 있는 국문학 분야의 문화콘텐츠화된 양상을 살펴보고, 이들이 선택된 이유를 규명하며, 나아가서는 실제로 대학 강의에 어떻게 접목하거나 습융시킬 수 있는가의 방안을 마련하려는 것을 목적으로 한다.

이러한 시도는 인문학 교육이 원래 지니는 정신적인 측면과 현대의 산업사회가 요구하는 덕목을 잘 교차시켜서 대학에서의 국문학의 위기를 극복하고 활성화시킬 수 있는 하나의 대책 및 방안의 틀을 마련할 수 있을 것이라고 기대한다.

2. 고전문학의 문화콘텐츠화 양상

앞에서 정의 내렸듯이 문화콘텐츠란 각종 유무선 통신망을 통해 매매 또는 교환되는 디지털화된 정보의 통칭, 예를 들어 인터넷이나 PC 통신을 통해 제공되는 각종 프로그램이나 정보 내용물, 비디오테이프, 연극, CD에 담긴 영화나 음악, 만화, 애니메이션, 게임소프트웨어 등을 모두 지칭한다.

따라서 문화콘텐츠는 매체와 불리불가결한 관계에 놓여있는데, 현재 모든 공연물이나 작업물 등은 거개가 인터넷이나 비디오테이프, CD롬으로 제작되기에 거의 모두가 문화콘텐츠 범주에 함유된다고 할 수 있다. 이러한 범주에 해당되는 분야는 고대의 상고시가를 비롯해서 향가, 속요, 시조, 가사, 민요, 전설, 민담, 신화, 민속극, 판소리, 민속물 등 다양하다.

이들 작품들은 사실상 다양하게 문화콘텐츠화되고 있다. 이들은 노래로, 연극으로, 영화로, 축제의 마당극으로, CD로, DVD로 제작되거나 공연되고 있는 것이 현실정이기 때문이다. 사실, 우리 고전문학이 콘텐츠화되기 위해서 노래는 CD로 구축되거나 매체(라디오, TV 등)를 통해서 공연되면서 대중에게 널리 전파되어야 한다. 또한 시가라 하더라도 이야기화(스토리텔링)되어 여러 가지 매체를 통해서 공연될 수도 있다. 서사담은 특히 그러하다. 이러한 과정을 통해서 대중들에게 보다 가깝게 다가갈 수 있으며, 인지도를 높일 수도 있고, 많은 관심도 증폭될 수 있기 때문이다.

대중 매체를 통한 작업을 위해서는 원 텍스트 이야기 구조를 대상 매체에 따라서 재구하거나 전개할 필요가 있다. 이렇듯이 이야기를

구축하는 작업을 현대 디지털 용어로는 스토리텔링(story-telling)이라
고 표현한다. 이는 글자 뜻 그대로 이야기를 말한다는, 즉 구술한다는
의미이며, 어떤 목적을 위해 이야기가 재구되는 것을 지칭한다.

　이러한 스토리는 매체와 결합하면서 매체에 따라 자연스럽게 형식
이 바뀌게 되는데, 스토리텔링의 매체적 의미와 산업적 의미는 바로
이러한 변신의 과정과 원칙에서 발생한다. 이를테면, 스토리와 영화
가 만났을 때 영화의 영상성으로 인해 스토리는 단순히 '들려주는' 이
야기의 형태에서 '보여주는' 이야기의 형태까지 포함하는 중의성을 띠
게 된다. 스토리와 애니메이션이 만났을 때는 애니메이션의 과장된
동선 표현과 오락적 목적성으로 인해 스토리는 강약의 기복을 보이면
서 제한된 혹은 의도된 주제 내에서 일정 부분 통제된다. 스토리와
TV 드라마가 만났을 때는 TV 드라마의 통속성과 대중성, 유행성으로
인해 스토리는 패턴화되고 한마디로 드라마틱하게 극화된다. 또한 스
토리와 컴퓨터게임이 만났을 때는 게임의 비선형성과 상호작용성으
로 인해 스토리는 결말보다는 과정을 중시하거나 플레이어와의 상호
작용을 통해 분지를 거점으로 각기 다른 멀티 엔딩을 맞게 된다.[1]

　실제로 동일한 텍스트라해도 CD로 제작되어 노래로 들었을 때와,
극화해서 연극으로 공연된 것을 보았을 때 수용자 입장에서 느끼는
감정도 다를뿐더러 이들을 제작하기 위한 전 단계에서 작성되는 텍스
트의 변용도 당연히 달라진다.

　일례를 들자면, '춘향가'를 공연장에 가서 '판소리'로 들었을 때와,
CD로 제작된 것을 녹음기를 통해 청취했을 때, 그리고 영화로 만들어
진 '춘향뎐'을 보았을 때, 드라마로 제작된 '춘향전'을 라디오를 통해

---

1) 조은하외, 『스토리텔링』, 북스힐, 2006, p.124.

청취했을 때, TV를 통해서 보았을 때, 연극이나 마당극으로 제작된 '춘향전'을 관람했을 때가 모두 동일하지 않으며, 당연히 텍스트 재구성, 즉 시놉시스도 각기 달라지게 된다.

이렇듯이 다양하게 문화콘텍스화되고 있는 고전문학의 양상을 본고에서는 우선적으로 필자가 연구의 대상으로 삼았던 작품 중 몇 작품만 선택해서 살피고자 한다.

1) 시가의 문화콘텐츠 양상

사실, 우리나라 고대 시가의 경우 초기에는 퍼포먼스, 즉 스스로 혹은 여러 사람 앞에서 부르던 공연물이었다. 현재는 국문학과에서 노래의 가사만 채택해서 이를 텍스트로 해서 문자가 지니는 의미, 수사법, 글의 내용 및 특징 파악만을 연구 대상으로 하고 있지만 실은 이들은 모두 음악의 가사인 것이다. 상고시대의 시가가 그러하고 향가, 속요, 나아가서는 시조, 가사 등이 모두 그러하다.

특히 신라시대 향가까지의 여러 노래(텍스트)는 부대설화(컨텍스트)를 지니고 있는데, 이들은 모두 스토리텔링 수법을 지닌 것으로 간주된다. 왜냐하면 고대 시가는 텍스트 자체는 대부분 비유나 상징 등의 수사를 사용했거나 단순한 짧은 내용으로 이루어져 있어서 시작품을 이해하기가 쉽지 않지만, 언제나 시 텍스트를 이해하기 위한 하나의 장치로서 일정한 정보가 주어지고 있는데 이것이 바로 부대설화이고, 이러한 부대설화는 이야기 구조로 되어 있어서 작품의 이해를 돕고 있기 때문이다.[2] 따라서 비록 시가 장르이지만 이야기를 말하는 구조

---

2) 강명혜, 「한국시가의 변천 양상 및 의의」, 『고려속요·사설시조의 새로운 이해』, 북스힐, 2002. 11, pp.10~47 참조.

를 보이는 것이다.

상고 시대의 노래 3편도 노래(텍스트)와 부대설화(컨텍스트)로 되어
있다. 따라서 이들 노래 자체는 비록 상당히 짧지만, 컨텍스트인 부대
설화와 연맥되어 하나의 서사담으로도 환원된다. 따라서 이러한 이야
기 줄거리를 시놉시스화해서 새롭게 콘텐츠화할 수 있는 여건이 마련
되고 있다.

상고시가 중 〈공무도하가〉는 현재, 노래나 혹은 극으로 콘텐츠화되
고 있다. 노래와 함께 부대설화 줄거리가 극적 요소를 함유하고 있기
에 스토리텔링이 가능하기 때문이다. 우선, 〈공무도하가〉는 노래화
(작곡)되어 대중 가수에 의해 불려져서 음반으로 제작되었다. 음반으
로 제작된 〈공무도하가〉는 대중가수인 이상은에 의해 TV라는 매체를
통해서 콘텐츠화되면서 대중화되었다. 교과서(서적) 속에서 단지 석화
된 이미지를 지니던 시가의 내용이, 대중매체의 전파를 통해서 널리
보급되고 있고 보편화되고 있는 것이다. 아울러 CD나 레코드, 테입
등을 통해서 판매 수입으로 연계되고 있다.

이 작품은 또한 연극의 소재로도 사용되고 있다. 상고시대의 노래
중 유난히 〈공무도하가〉가 이렇듯이 문화콘텐츠화되고 있는 이유는
〈공무도하가〉는 비극적 정조가 내재되어 있다는 의미 외에도, 인간의
중요한 통과제의 중 하나인 '죽음'에 관한 여러 가지 정보를 반영하고
있기 때문이다. 이를테면, 사람은 언젠가는 죽게 마련이라는 점(부부
의 죽음), 그 죽음에는 여러 가지 사연이 개입된다는 점(새벽에 흩어진
모습으로 달려 나감), 죽음은 남은 가족들이 죽음에 이를 만큼 비탄과
애통함을 수반한다는 점(하늘을 향해 절규하는 부인), 죽음에는 이를 애
도하는 어떤 의식이 필요하다는 것(공무도하가를 부름), 죽음에 대한 일
반인의 반응은 그 죽음에 동조하여 동정과 비통함을 함께 나눈다는

것, 그리고 그 주검을 수습하는 과정이나 절차 등에 함께 동반해 준다
는 것(곽리자고·여옥·여용의 행위나 반응) 등이다. 또한 물이 지니는 양
가성으로 말미암아 죽음과 새로운 생명의 탄생을 함께 수반하고 있다
는 점 때문이기도 하다. 즉 "인간의 죽음 뿐만이 아니라, 삶과 죽음,
재생과 그 원리, 순환성, 영원성 등 인간 영위의 본질성 등을 모두 이
야기하는 것"이다.[3] 따라서 이러한 의미가 부지불식간에 작용했기에
〈공무도하가〉는 현재까지도 콘텐츠화되어 널리 전파되고 사랑받고
있다고 할 수 있다.

　　현재 노래로 콘텐츠화된 〈공무도하가〉의 가사는 다음과 같다.

　　　　님아 님아 내 님아
　　　　물을 건너 가지 마오
　　　　님아 님아 내 님아
　　　　그예 물을 건너시네
　　　　아… 물에 휩쓸려 돌아가시니
　　　　아… 가신 님을 어이 할꼬
　　　　공무도하
　　　　공경도하
　　　　타하이사
　　　　당내공하
　　　　님아 님아 내 님아
　　　　물을 건너 가지 마오

---

3) 강명혜, 「죽음과 재생의 노래-공무도하가-」, 『우리문학연구』 18집, 우리문학회,
2005, pp.99~128 참조.

　물론 음반으로 제작되었을 경우와, 연극으로 각본 되었을 경우 그 가사나 내용은 새롭게 재구성되기 마련이다. 이들 매체의 고유한 특성에 따라 각기 다른 시놉시스가 전개되는 것이다. 따라서 이들 고전 텍스트들은 열려있는 텍스트 구조를 지향한다.

　그 외에 향가도 배경설화를 배경으로 해서 수로부인(〈해가사〉, 혹은 〈헌화가〉)에 관한 연극이라든가, 〈제망매가〉 등이 연극의 소재로 사용되고 있다. 현재, 고려속요의 콘텐츠화는 주로 '동동춤'과 같은 공연이라든가, 국악으로 〈쌍화점〉 등이 새롭게 작곡되어 불려지고 있는 정도이다. 그러나 주로 전문가들에 의해 불려지고 있어서 아직까지는 그리 상업화되지 못했으며 널리 대중화되었다고는 볼 수 없다. 단지 TV의 '국악한마당'과 같은 프로그램을 통해서, 혹은 CD, 또는 인터넷 상에서 콘텐츠화되고 있는 실정이다. 그러나 〈쌍화점〉 같은 경우는 영화화 되었지만 〈쌍화점〉 작품이 지니는 표면적 의미만 부각된 주제로 다루고 있어서 〈쌍화점〉이 지니는 원 의미를 나타내지 못하고 있다는 아쉬움이 있다. 이런 점에서 우리 고전문학이나 문화의 콘텐츠 작업에는 우리 문학이나 문화에 대한 전문가의 심도 있는 의미 천착이 필수적 덕목이 된다.

　시조의 경우에는 시조창을 공연한다거나 CD나 테입으로 제작되어서 널리 불려지고 있다. 사실 시조 장르는 타 시가와는 좀 변별된다. 우선 시조는 발생초기부터 당대의 역사 시대적 배경에 따라 그 틀과 내용이 조금씩 변하면서 융통성 있고 유연하게 적응해 왔기 때문이다. 이런 점이 당대의 시대적 배경이나 사상, 실태 등을 반영해서 당시의 독자들의 공감대를 이끌어낼 수 있었으며, 그러면서도 시조를 시조답게 하는 시조성만은 그대로 고수해 왔기에 '시조'라는 장르가 현재까지도 생존할 수 있었다. 어느 시대나 어떤 배경에서나 어떤 상황에서도 3장이라는 정형성은 지켜졌으며, 3, 3조나 3, 4조를 유지했고, 또 종장의 첫 구 3자도 고수했다. 이러한 시조성은 시대적인 간극에도 불구하고 '시조'라는 공분모 안에 모두 수렴시킬 수 있는 동인을 마련했다.

한국시가에 있어서 시조는, 공적 기능에서 사적 기능으로 변모가 이루어진 최초의 양식으로서, 그 변이과정을 살펴본 결과, 고려말~조선조의 평시조는 그 당시 조류에 부합해서 시조 텍스트를 載道之器로 보아 이중적인 의미의 채색, 상징성 부여, 다채로운 문장 수식 등은 나타나지 않지만, 明天道·正人倫를 지향하는 성현의 가르침을 溫柔敦厚하게 나타내고자 노력했다. 주제는 주로 그 당시 상황과 부합되는, 송축, 절의, 정쟁, 훈민, 한정, 강호도가, 안빈낙도, 애정 등이었다.

조선조 후기에 오면서는 辭說時調가 활성화하기 시작한다. 사림파의 득세와 兩亂, 실학의 도입 등으로 조선조 후기에는 인식의 변화를 겪게 되었고, 이러한 변화가 시가 양식에도 적용되었기 때문이다. 결국 사설시조는 당대의 봉건주의 파괴, 유교적 모랄에 대한 반발, 근대적 특성 보유, 남녀평등 사상, 지배층에 대한 고발 및 저항정신 등이 주축을 이루게 된다. 그러므로 저항적·리얼리즘적·현실지향적인 성향을 띠며, 특히 고발문학, 저항문학의 지반을 형성하는 장르적 특성을 지니고 있었다. 또한 무엇보다도 잡다한 일상사에 대한 상세한 묘사와 현실 생활에 대한 깊은 관심, 그에 대한 사실적, 구체적 표현은 사실주의 정신의 매개항이 된다는 점에서 근대성이 반영되어 있다고 볼 수 있었다.

1905년 이후 신문에, 형식이나 내용 등, 여러 가지 측면에서 기존의 평시조나 사설시조에서 변이된 형태를 취하는 일군의 시조가 등장했다. 변이된 형태는 시조 텍스트의 형식과 내용뿐만이 아니라, 수용적 측면에서도 일어났다. 이때부터 시조는 '읊고 부르는 형태'에서 주로

'읽는 기록물'로 인식되기 시작하기 때문이다. 변이된 시조 형태란, 당대의 시대를 풍자하는 "흥, 내지 흐응"이 삽입된 것, 종장의 어미가 생략된 것 등을 말한다. 이러한 형식은 긴박한 상태를 효과적으로 전달할 수 있다는 특성을 지니기는 하지만, 고시조의 틀, 즉 율격이나 자수에서 많이 이탈되어서인지, 그 생명은 길지 못했다.

그러다가 1920년대 중반을 기점으로 해서 시조부흥운동이 일어나면서부터 시조 창작은 다시 활기를 띠게 되는데, 시조부흥운동은 최남선에 의해 주도되었다. 詩作 초기에는 서구지향의 시와 시조를 병행해서 쓰던 육당 최남선이, "朝鮮國民文學으로서의 時調"라는 글을 통해 시조의 중요성과, 소중함을 언급하면서 시조부흥 운동을 선도한다. 그는 시조집, 『백팔번뇌』도 출간하는데, 그의 전 시조집을 관통하는 것은 '조국 사랑'이라는 하나의 주제였다. 결국 육당은 고시조를 민족정신의 일환으로 보고, 시조양식을 채택하여 그 당시의 역사 사회적인 상황에 부합되는 주제를 표출한다. 결국 육당도 시조 텍스트를 載道之器로 여겼음을 알 수 있다.

현대의 시조는 현대성과 시조성을 모두 만족시켜야 한다는 어려움을 지니고 있는데, 이는 전자에만 치중한다면 자유시와의 변별성이 문제가 되며, 후자를 고수하려니 고루하고, 시적 묘미가 없다는 비난을 감수해야만 하기 때문이다. 그래도 많은 작가들에 의해 평시조가 지속되고 있다는 것은 시조가 지니는 원형성에 대한 매력을 감지해서일 것으로 보았다. 이런 점에서 추정할 수 있는 사실은 이러한 시조의 유연성은 앞으로 시조의 생명을 항구적으로 할 것이라는 것, 그리고 역사 시대적 변화와 상황 하에서 다시 새로운 양상을 취할 가능성을 보인다는 것, 그리고 이 '시조'는 한국인의 '영원한 정형시 장르'로 남을 것이라는 사실이다.4) 이러한 특성이 있기에 시조는 '현대시조'로 이어지면서 테입이나 CD롬으로 제작되는 등 데이터베이스화하면서 콘텐츠화되고 있는 장르이다.

그 외에 한시를 창작했던 김삿갓이 또한 문화콘텐츠화되는 경우도 있다. 김삿갓은 영월지방에서 문화콘텐츠로 개발되어 만화 인물로 제작되거나 김삿갓을 캐릭터한 상품 개발 등이 이루어지고 있기 때문이다. 또한 김삿갓은 컴퓨터상에서는 아이콘으로 캐릭터화되기도 한다. 아이콘이란 대상물을 쉽게 이해할 수 있도록 그림으로 재현한 것으로, 문자 위주의 정보 제시 유형에서 벗어나서 다양한 그림 정보를 제시할 수 있도록 고안한 도상·영상·현상을 의미한다. 따라서 아이콘은 비교적 작고 단순한 모양의 그림으로 특정한 기능을 화면에 표현한다.5) 즉, 상징적인 그림으로 형상화해서 사용되는 것이다. 그림으로 형상화시키는 이유는 단어에 비해 그림이 인지속도가 빠르고 빨리 인식할 수 있다는 장점이 있기 때문이다.

그런가 하면, 우리나라 최초의 여성의병장인 윤희순의 국문가사가 창으로 개발되어 공연되고 있거나 CD롬으로 제작되고 있는 경우도 있다. 윤희순은 19세기 말에서 20세기 초에 걸쳐서 활약한 우리나라 최초의 여성의병으로서, 조선의 운명이 풍전등화와 같고 일본의 늑탈이 야기될 시기에 애국애족 정신을 기반으로 해서 여성임에도 불구하고 우리나라의 어떤 애국지사보다도 더 열렬한 충심으로 국가의 안위를 위해 평생을, 나아가서는 아들 대까지 3대에 걸쳐 온 몸을 불사르다 타개한 훌륭한 인물이다.

윤희순 작품의 특징은 애국애족 정신이 기반이 된 '저항적 세계관'이 주축을 이루고 있다는 것이다. 또한 시적 대상(청자)을 분류해서 각

---

4) 강명혜, 「시조의 변이양상」, 『시조학논총』, 시조학회, 2006, pp.5~46 참조.
5) 『스토리텔링』, p.81.

각 다르게 자신의 의도를 전달하고 있다. 이를테면, 애국심을 고취하면서 의병활동을 권유하거나 의병들을 격려했는데, 현재의 의병에게는 참여의식을 확고히 하고 그 노고를 치하하며 그 활동을 축원하고 있고, 의병 대상인 청년들에게는 의병활동을 하는 목적 및 의의, 그 필요불가결성을 역설하며 의병활동을 적극 권장하고 있다. 심지어는 여성들마저도 의병에 참여하여 온 민족이 뭉쳐서 어려움을 타개하자고 부르짖고 있다. 이러한 의식은 애국·애족·독립의식에서 비롯된 것이지만 결국은 여성들의 자주적 독립과 여성해방, 지위향상 및 사회참여의 기틀을 마련하는 역할을 하게 된다.

이와 같이 윤희순은 최초의 여성의병이라는 점과 최초로 '안사람 의병가'류를 창작했다는 가치 이외에, 나라와 민족의 위태로운 시기에 부녀자의 몸으로 당당하게 일본인을 향해 거세게 항의했으며, 우리 민족들을 단합시켜 국가를 지키고자 하는 의도로 작품을 창작해서 이를 고취하려 했다는 점, 저항시가를 지어서 저항문학의 전초적인 기폭제 역할을 하고 또한 그 폭을 넓혔다는 문학사적 가치와, 최초의 여성 저항 작가라는 문학사적 의의, 그리고 작품의 질이 상당히 체계적이고 효과적이며, 수준 높은 미적 가치를 지니는 문학작품이라고 결론 내릴 수 있다. 뿐만 아니라 페미니즘적 요소가 내포된 여성문학의 기반을 이루었다는 가치도 첨부시킬 수 있다.[6] 이러한 윤희순의 노래가, "최초의 여성의병장 '안사람 의병가'"라는 제목 하에 최근에 공연되었으며, 그 노래는 CD롬으로 제작되어 널리 보급되는 등 콘텐츠화되고 있다. 또한 의사 윤희순에 대한 연극도 제작되어서 공연된 바가 있고, 라디오 다큐멘터리로 제작되어서 방송 매체로 콘텐츠화 되기도

---

6) 강명혜, 「윤희순 작품 연구」, 『온지논총』, 온지학회, 2001, pp.239~290 참조.

했다.

그런가 하면 민요도 문화콘텍츠로 개발된 장르이다. 특히 필자가 답사를 다니며 채록한 '해녀'들의 〈해녀 노젓는 소리〉는 전문가가 아닌 실제 해녀들의 현장의 소리를 담아서 CD로 제작된 가치있는 작업물이다. 물론 해녀의 소리에 대해서는 이미 연극으로 공연된 바가 있거나, 창으로 공연되고 있거나, 전문가의 목소리로 전문적인 CD로 제작된 바 있으며, 지속적으로 공연되고 있다. TV로도 이미 여러 번 소개되고 있고, 인터넷상으로 올려져있는 분야이다.

〈해녀 노 젓는 소리〉는 해녀들이 작업을 하러 배를 타고 갈 때 노를 저으면서 부르는 노래다. 따라서 혼자 부르는 노래는 아니다. 노를 혼자 젓기는 힘들기 때문이다. 보통 사공 1명(하노)과 해녀 2명(좌현과 우현의 노)이 노를 저으면서 부른다. 사공은 거의 부르지 않지만 때로는 참가하기도 한다. 노를 젓는 해녀는 거의가 다 상군해녀인데, 처음 부르는 사람이 슬픈 소리로 시작하면 그 다음 받는 사람도 슬픈 소리에 부합되는 노래를 한다. 남편을 원망하는 주제일 때, 가족에 대한 주제일 때 등 다양한 주제의 소리가 있고 여기에 호응해서 이어 부르기를 한다.

특히 제주도에서 출가해서 현재 서부 경남에 나와있는 출가 〈해녀 노 젓는 소리〉는 특별한 대목 몇 가지 외에는 제주 〈해녀 노 젓는 소리〉의 공식구에서 그 내용이 크게 벗어나지 않고 있다는 특성을 지닌다. 그러나 "고향산천 찾아가자", "어서야 속히 바다가자", "물때가 점점 늦어간다"통영노래(현종순) "우리나 고향은 전라남도 제주인데/ 임시야 사는 데야 거제야 산천이요/ 이어도 사나 이어도 사나/ 산도 설고 물도 서는 곳에/ 누구를 찾아서 타관을 고향으로/ 고향을 타관으로/ 이어도사나 이어도사나-"거제시(윤미자), "이여사나 이여사나 진도 바다 한골로 가네/ 시들시들 봄배추는 봄비 오기만 기다리고/ 옥에 간힌 춘향이는 이도령 오기만 기다리네/ 이팔청춘 소년몸에 할 일이 없어서 해녀 종사가 왠말이냐/ 쳐라쳐라 어기여차/ 이네신세 억울하네 우리부모 날 나을때/ 무슨 날에 낳아서 남들사는 좋은 세상 살아보지 못하고/ 바다 종사가 왠말이냐/ 저라 저라 어서 가자/ 님을 찾아 어서 가자/ 홀로 계신 우리 부모 병이나들까 염려되고" 사천시(윤계옥) 등으로, 제주 〈해녀 노 젓는 소리〉에는 없거나 의미가 달리 쓰인 가사인 '고향에 대한 내용' 삽입되고 있다는 특징을 보이고 있다. 즉, 제주 고향에 대한 그리움, 향수, 부모형제에 대한 그리움이 강하게 드러나고 있다는 점이 주목된다.

이 모든 것을 통해서 볼 때, 〈해녀 노 젓는 소리〉는 통시적, 공시적으로 그 기본 틀은 그리 큰 변화나 변모를 보인다고 할 수 없지만, 개인적인 체험과 감정에 따라서, 혹은 지역적인 특성이나 컨텍스트적인 상황에 따라서 그 때 그 순간에 부합되게 재창조되는 열린 텍스트의 기능을 하고 있다는 것을 알 수 있다. 각 창자에 의한 의미 구성이 새롭게 개편된다고 볼 수 있는 〈해녀 노 젓는 소리〉, 특히 본토 해녀 〈해녀 노 젓는 소리〉는 이런 점에서 시공을 초월해서 이어지는 장르이면서 그 때 그 순간 새롭게 창조되고 있는 공통적이면서도 개별적인 구비물인 것이다.[7]

이렇듯이 세계에서 유래 없이 우리나라에만 있는 '해녀의 모든 것'은 앞으로 무궁무진하게 개발될 가능성이 풍부한 문화콘텐츠 대상이다. 사실 해녀가 부르는 노래나, 해녀가 착용하는 해녀복이나, 해녀들의 특이한 작업환경 및 작업장, 나아가서는 '해녀 캐릭터'의 아이콘화

---

[7] 강명혜, 「〈해녀 노젓는 소리〉의 통시적, 공시적 고찰 1」, 『온지논총』, 온지학회, 2005, pp.109~142 참조.

등, 콘텐츠로 개발될 항목은 수없이 많다. 이를 잘 개발한다면 부가가
치가 높은 문화콘텍츠 대상이 될 수 있다.

2) 서사물의 문화콘텐츠 양상

시가에 비해서 서사담은 문화콘텐츠로 개발될 가능성이 아주 많으
며, 용이한 장르이다. 또한 실제로도 현재 많이 개발되어 콘텐츠화되
고 있기도 하다.

이 분야에는 신화나 전설, 민담 등 설화 부분과 판소리계 소설을 포
함한 고전소설 부분이 해당된다. 이들은 이미 영화, 연극, 애니메이션,
TV, DVD, 인터넷 방송을 통해 문화콘텐츠화되었다.

이들이 이렇듯이 콘텐츠로 개발되고 있는 것은 앞에서도 언급했듯
이 이들 장르의 특성상, 스토리 구조를 보이고 있기 때문이다. 물론
원 테스트 그대로 개발될 수는 없다. 매체의 특성에 맞추어서 시놉시
스가 만들어지고 있다. 즉 스토리리텔링(Story-retelling)이 이루어지고
있는 것이다.

이를테면, 금강산 설화는 몇 년전에 애니메이션으로 콘텐츠화되었
다. 금강산 설화는 대부분 전설이나 민담으로 이루어져 있는데, 애니
메이션으로 개발되기 위해서는 새로운 시놉시스가 필요하다. 즉 시나
리오 대본이 요구되는 것이다. 몇 년 전에 애니메이션으로 개발된 금
강산 전설 중 하나인 〈은사다리 금사다리〉의 시나리오 대본 일부분을
제시하면 다음과 같다. 등장인물, 즉 캐릭터와 줄거리는 일종의 시놉
시스에 해당된다.

• 등장인물
  연이 : 불치병에 걸린 아리따운 소녀
  현이 : 연이의 동생으로 의지가 강한 소년

• 줄거리
  불치병에 걸린 연이가 김진사에게 팔려가려 하자, 현이는 누나의
병을 치료할 수 있다는 달나라 계수나무 열매를 찾으러 달나라에 간
다. 현이가 달나라에 가서 어렵게 열매를 구해오지만 현이를 기다리
던 누나는 죽어 금강초롱꽃이 된다.

S#1 연이네 집/ 방
            이불 위에서 고개 숙이고 있는 연이
            연이를 바라보고 있는 큰 엄마, 김진사

큰 엄마 : (연이의 손을 잡고) 그러니까 연이야 이 큰 엄마가 시키는
        대로 해.
        이게 다 너랑 현이를 위한 일이야.
연이 : (조르륵 눈물 흘리며) …네….

S#2 연이네 집 / 방 앞
            떨어지는 약 그릇

연이 : (방문을 열며) 현이야~!
            울면서 달려가는 현이 모습 멀리 사라진다.

이렇게 스토리는 매체와 만날 때마다 그 매체의 고유한 특성에 맞게 유기적이며 능동적으로 반응한다. 특히 문화상품의 전쟁시대인 21세기에 애니메이션은 가장 가능성 높은 잠재 경쟁력을 가진 문화상품이다. 극장수입은 물론 VHS, DVD, 교육용 CD, TV시리즈, 소설, 출판만화, 게임, 각종 팬시용품 등의 산업으로 확산되는 등 황금 알을 낳은 부가가치 산업이다. 또한 애니메이션의 스토리텔링은 보다 간결할 수밖에 없기에 현대의 학생들이나 현대인의 취향에도 잘 부합되는 장르인 것이다. 이런 점에서 앞으로 많은 개발이 용이한 분야라 할 수 있다. 사실 필자도 몇 년전에 이 프로젝트(금강산 설화→애니메이션)에 참여했었는데, 아쉽게도 시사회에는 참여하지 못했고, 그 후에 어떤 부가가치를 창출했는지도 듣지 못했다. 하지만 지속적으로 개발되어야할 분야임은 확신할 수 있다.

그 외에 신화나 민담, 판소리계소설, 고소설 등도 여러 매체를 통해 문화콘텐츠화되고 있다. 현재 TV 극으로 인기를 받고 있는 '주몽'도 원 텍스트는 고구려 신화에서 온 것임은 누구나 다 아는 사실이다.

또한 구비문학을 그 지방 문화의 주축으로 삼아 이를 축제화하는 경우도 있다. 축제에는 많은 매체가 사용되고 있기에 문화콘텐츠로 성공한 경우이다. 이러한 예는 여러 도시에서 찾을 수 있지만 특히 정선의 '정선아리랑제'를 대표로 들 수 있다.

강원도 정선군 북면 여량리에 있는 아우라지는 강원도 무형문화재 제 1호인 정선아리랑의 대표적 발상지로서, 오대산에서 발원되어 흐르는 송천과 임계 중봉산에서 발원되는 골지천이 합류되어 흐른다하여 아우라지(어우라지)로 불리고 있다. 이곳은 옛날에는 남한강 1천리 물길을 따라 목재를 운반하던 뗏목이 출발하던 나루터이자, 임계 고양산 등에서 벌채된 통나무들의 집결처로서, 뗏목으로 동강(한강 상류)

까지 사람과 짐을 실어 나르기도 했고, 목재를 남한강 물길을 따라서 서울로 운반하기도 했다. 이런 환경 속에서 태어난 노래에는 뗏목을 타고 떠나간 낭군에 대한 서럽도록 그리운 아낙네의 정한이 서려 있기도 하며, 강을 사이에 둔 처녀총각이 애정을 속삭이던 간절한 사연들이 담겨 있기도 하다. 그리고 이러한 예는 우리나라 곳곳에서 찾을 수 있는 평범한 사연 중 하나이다.

정선군은 이곳 아우라지 강변에 얽힌 처녀 총각의 애절한 이야기를 그대로 간과하지 않고 문화적 축제로, 콘텐츠로 개발해서 문화상품화했다. 즉 아우라지 강가에 餘松亭을 세우고 그 앞에 강물을 바라보며 떠난 님을 애절하게 기다리는 듯한 아우라지 처녀상을 건립했다(1986). 처녀상 옆에는 동상 건립 취지문도 작성했다. 뿐만 아니라 아우라지 강가에서 아우라지 처녀를 위한(신성성 획득) 뗏목시제까지 지낸다. 제의의 목적은 "마을 전체의 발전과 재해 방지와 수해 방지" 등이다. 결국은 마을 사람들의 삶을 평안이하고, 물과 관련된 사고나 문제 등이 발생하지 않기를 바라는 염원이 제의의 목적임을 알 수 있다.

그 외에도 사랑과 인정과 애환이 얽힌 정선아리랑을 계승 발전시키기 위하여 1976년 9월 제1회 '정선아리랑제'를 개최한 이후 매년 열리고 있다. '정선아리랑제'는 현재 각종 민속놀이 등으로 다채롭게 구성되어 군민의 화합을 도모하고 한국적인 민속을 계승 발전시키며, 풍요롭게 살기 좋은 고장 조성에 일익을 담당하는 등, 정선의 명실상부한 문화축제로 자리 잡아 가고 있다. 또한 1977년 8월 19일 비봉산 중턱에 국내 유일의 민요비인 정선아리랑비를 건립하였고, 1980년부터는 극단 「혼성」에 의해 '정선아리랑'(이하 륜작 3막)이 공연된 이후, 1984년에 '전국지방연극제'에도 참여하는 등, 지속적으로 공연되고 있다.

아우라지 처녀 외에도 소양강처녀, 압록강변의 유화부인 등 주로 물

가에는 여성상들을 세워놓았는데, 그 의미를 고찰한 결과, 사람들은
원형 상징상 여성은 풍요의 주체이며 물과 밀접한 관계를 지닌다는
점이 의식적 무의식적으로 작용했기에 생업의 터전으로서 중요한 강
변에 여성상을 세웠을 것이며, 물이 지니는 양가적 이미지가 물과 관
련된 여성들을 비극적 결말로 이끌어갔을 것이라고 추정했다. 아무튼
현재 강가에 세워진 여성상들은 그 지역의 사회 문화 활성화에 많은
도움을 주고 있음은 주지의 사실이며, 콘텐츠로 개발되고 있는 분야
인 것이다.8)

3. 고전문학의 콘텐츠화를 위한 수업모형

앞 장에서 이미 고전문학 작품 많은 수가 콘텐츠화되고 있음을 살
펴보았다. 본 장에서는 대학 강의를 통해서 고전문학 작품이 콘텐츠
화로 개발되거나 학습자의 흥미를 유발시키기 위한 수업모형을 제시
하고자 한다. 사실, 영화, 연극, 애니메이션, CD롬 등의 작업과 같은
문화콘텐츠 개발은 엄밀히 말하면 국문과 원래의 기능과 영역에서는
벗어난다. 이들을 시행하기 위해서는 기술적인 부분이 요구되는데,
이 분야는 또 다른 전문 분야의 몫에 속하기 때문이다. 단지 국문과
영역에서는 기초단계를 제시하는 즉 원자료를 제공하는 일을 담당할
수 있는데, 주지하다시피 이 일은 상당히 중요한 일에 속한다.
국문과 영역에서 시행할 수 있는 일은 기술적인 분야를 시행하기

---

8) 강명혜, 「강 민속에 나타난 여성−소양강 처녀, 정선아우라지 처녀, 압록강 유화부
인」, 『국외학술대회발표논문집』, 나라축제조직위원회, 2006, pp. 251~264 참조.

전 단계에서 기초적 자료를 제공하는 것이다. 기초적 자료는 결국 스토리텔링화 할 수 있는 기본적인 텍스트를 말하는데, 텍스트 자체는 콘텐츠로 바로 개발될 수 없다. 하나의 텍스트나 장르가 콘텐츠로 개발되기 위해서는 각 매체에 따른 시놉시스가 필요하기 때문이다. 즉 스토리텔링이나 스토리텔링을 위한 기초작업이 요구되는 것이다. 애니메이션이나 광고, 영화와 연극, TV 극을 위해서는 시나리오나 극본, 대본, 각본 등이 필수적이며, 이를 위해서는 시놉시스도 작성해야 한다. 하지만 실정이 그렇다고는 해도 고전문학 강의에서 이러한 분야나 특성을 위해서만 모든 노력을 기울일 수는 없다.

왜냐하면 대학 교육에 있어서 고전문학이 원래 지니는 기본적 성향 및 고유성도 간과되어서는 안 되기 때문이다. 사실 고전문학 강좌의 개설과 증폭은 인간성 상실과 비도덕적 규범이 난무하는 현재의 전자문명시대의 교육실정에서는 더욱 요구되는 德目이다. 또한 고전문학을 통해서 '조상들의 아키타입을 이해하여 자아를 정립하고 올바른 삶을 영위할 수 있는 기틀'을 마련하는 일도 수행해야 한다. 이렇듯이 고전문학이 지니는 원래의 목적과 이를 현대인의 취향에 맞추어 문화콘텐츠화하는 목적을 병행하는 방법은 없는 것일까?

본고에서는 두 가지 목적을 수행하고자 다음과 같은 수업 모형을 제시한다. 즉 포트폴리오 작성과 프리젠테이션 방식을 채택해서 강의를 진행하는 방식을 권장하고자 한다.

우선 교수자는 두 가지 목적을 수행하는 방식의 일환으로 포트폴리오를 작성하는 교수학습 모형을 작성해야 한다. 원래 이 방식은 교수자가 해야할 일이지만 필자는 이를 확대해서 학생들도 스스로 자신의 포트폴리오를 작성하도록 한다. 수업 포트폴리오(teaching portfolio)의 유래와 개념은 1985년 캐나다 대학교수협의회에서 Dossier란 이름으로 처음 소개된 것으로, 수업에서의 자신의 성취를 사실적으로 기술한 수업에 관한 이력서, 혹은 다차원적인 자료 모음을 지칭한다. 즉 교육자가 자신의 교육에 관한 모든 것을 수집하는 자료인데, 이를 교수자는 물론이고 학생들 자체도 자신의 학습 포트폴리오를 제작하게 하는 것이다. 학생에게 이를 수행하게 하는 목적은 수업평가 책임을 학생 스스로 지게 하려는 데에 있다. 이러한 부분은 수업의 내용 및 수업태도 등을 더 많이 반성하게 해서 수업개선을 자극하거나 학습자들간의 의견과 자료를 교환함으로써 수업에 대한 탐구 및 담론하는 문화를 만들 수 있다. 이는 각기 개인적인 수업개선과도 연결된다.

이렇듯이 교수−학습자는 강의의 목적(문서로 작성)을 분명히 하고 고전문학 텍스트 이해 및 분석에 들어간다. 이는 원래 기존 강의 방식과 다를 바가 없다. 군이 변별점을 지적한다면 앞에서 제시한 두 가지 목적을 교수−학습자가 사전 정보로 지니고 있다는 점이다. 또한 반드시 고전문학 텍스트가 지니는 표면적, 이면적 의미를 찾아서 그 주제를 다양화시켜야 한다는 점이다.

이를테면, 설화 중에 '박장사 설화'를 분석한다고 하자.

'박장사 설화'는 양구의 설화로서 동두보제를 설치한 박장군에 대한 이야기담이다. 현재, 박장군을 추모하기 위한 제의가 양구에서 실제로 시행되고도 있다. 박제된 단순한 이야기담에 그치는 것이 아니라 실생활에 녹아있는 양구민의 문화며 사상이며 생활의 일부로 작용하고 있는 것이다. 이러한 박장군 설화의 진정한 의미와 기능은 무엇인가? 이면적으로 살핀 결과 박장군 설화의 구조 속에는 전국적으로 퍼져있는 우리의 보편적 설화인 아기장수설화와 풍수설화가 내재되어 있었다. 이 두 설화와 양구 지역에서만의 고유의 설화인 '박장군' 설화가 연맥된 것이 바로 '박장군' 설화인 것이다. 이러한 박장군 설화의 구조 속에는, '풍요'라는 인류보편적인 원형적 틀을 기반으로 하고 있다. 이는 곧 박장군의 기능과 역할이 농업을 잘되게 하는 즉, 풍요적 기능을 지닌다는 점에서 그러하다. 또한 박장군 설화는 '겨울과 봄의 싸움'이라는 인류의 기본적인 원형담을 내재하고 있고, 그 의미와 기능은 농경시대의 풍요 및 재생의 원리를 기반으로 하고 있다. 결국 고대의 순환론적 시간인 '씨뿌림 → 자람 → 열매 맺음 → 수확'과 '봄 → 여름 → 가을 → 겨울'이라는 농경원시의식의 아키타입(원형)의 기표화가 박장군 설화의 근본정신이라고 할 수 있다.

이 모든 것을 도표화하면 다음과 같다.9)

양구민의 사회문화적 배경과 주 생업	양구민의 꿈과 희망, 원망
깊은 산과 강 사이에 펼쳐져 있는 비교적 넓은 분지 지대에서 펼쳐지는 농업	영웅 출현의 희망 및 좌절 (아기장수)
	준 영웅 도래(박장군-풍요상징) 및 재생원리(봄과 겨울의 싸움)
	풍요 기원(박장군에 대한 제의)

여기까지 교수-학습자의 과정은 일반 고전문학 강의와 변별되지 않는다. 이 후의 활동은 고전문학의 문화콘텐츠화를 위한 과정에 해당될 것이다. 학생들은 이 텍스트를 문화콘텐츠화 하기 위한 작업에 들어가야 하며, 이를 위한 시놉시스를 마련해야 한다. 학생들은 이를 위해 장르와 매체를 선택할 수 있다. 장르가 선택되었으면 이를 위한 스토리텔링을 구축하게 된다. 이를 위해서는 조별 작업이 필수적이다. 개인

---

9) 강명혜, 「양구인물설화의 의미 및 기능-박장사 설화를 중심으로-」, 『강원민속학』, 강원도민속학회, 2006, pp.135~156 참조.

으로 하면 시간도 많이 걸리고 부담감도 증폭되기 때문이다.

조별작업은 브레인스토밍(brainstoming), 즉 여러 사람이 모여 어느한 문제에 대한 아이디어를 공동으로 내어놓은 회의 방식의 집단사고방식을 채택할 수도 있다. 이를 통해서 학습자는 아이디어를 내고, 의견을 수렴해서 자신들의 목표에 부합하는 콘셉을 작성하고, 시놉시스도 마련하고, 나아가서는 스토리리텔링을 구축할 수도 있다.

이 과정을 통해서 박장사 설화는 영화의 시나리오나, 연극이나 TV의 극의 극본 또는 대본으로, 애니메이션을 위한 시나리오로 만들어지게 된다. 그리고 이는 프리젠테이션을 통해서 발표된다. 이 작업물은 후에 DB나 CD로 제작되어 학습자들에 의해 인터넷에 제공될 수도 있을 것이다. 또한 아이콘을 이용해서 상품개발이나 광고문에 이용할 수도 있다. 박장사 캐릭터를 아이콘으로 하면, 최근 컴퓨터 상에서 흔히 볼 수 있는 아바타 중 하나와 흡사한 모습을 지닐 수도 있을 것이다.

고전시가 강의 또한 이 방식을 택할 수 있다.

앞에서 언급했듯이 신라시대의 작품까지는 부대설화를 대동하고 있기에 이를 스토리텔링화하기가 쉬우며, 그렇지 않은 고려시대의 속요도 얼마든지 문화콘텐츠로 개발 가능하다. 가령, 고려속요인 〈서경별곡〉을 예로 들어보자.

〈서경별곡〉은 표면적 주제로는 이별의 노래이다. 그러나 "<u>종묘의 음악 중에서</u> 보태평이나 정대업은 좋으나 그 외의 속악 중 <u>서경별곡 같은 것은</u> 남녀상열지사라서 심히 좋지 못하니(불가하니) 악보는 급히 고치기가 어렵다하더라도 곡조에 맞추어 가사를 다시 짓는 것이 어떻겠는가—宗廟樂 如保太平 定大業則善矣 其餘俗樂 如西京別曲 男女相悅之詞 甚不可 樂譜則不可卒改 衣曲調別制 詞何如"(『성종실록』

권 215, 19년 4월조, 밑줄 필자)와 같은 기록을 통해서 〈서경별곡〉이 종묘악으로 사용되었음을 추정할 수 있다. 또한 조선조에 와서 개찬된 후에도 〈정동방곡〉의 곡조로 계속해서 궁중 의례악으로 사용되었다는 기록 등으로 보아 아악 정리 전에는 물론이고 후에도 의례에 사용되었음을 알 수 있다. 이를 전제로 해서 〈서경별곡〉의 표면적, 이면적 내용을 추정해야 한다.

〈서경별곡〉텍스트를 분석한 결과, 〈서경별곡〉은 주제소의 특성상 서경연(1연), 구슬연(2연), 대동강연(3연) 등 3연으로 나눌 수 있었고, 이 세 연은 서로 연결되기를 마치 끈이 구슬을 꿰는 것과 같이, '구슬연(2연)'이 '서경연(1연)'과 '대동강연(3연)'을 연결시키는 구조를 지니고 있었다. 그러므로 구슬연인 2연은 불변적 의미를, 서경연인 1연과 대동강연은 가변의 의미를 지니고 있었다. 이런 모든 점에서 〈서경별곡〉은 상당히 미학적인 시적 구조방식을 취하고 있으며, 그 주제는 '어떤 상황과 시련과 유혹이 온다해도 님을 향한 일편단심은 변하지 않는다'는 것이고, 이때의 시적 화자는 님과의 영원한 합일을 지향하는 것으로 드러났다. 또한 문헌을 통해서 고구한 결과, '西京'은, 고려시대의 왕들에게는 상당히 주요한 곳이었으며, 태조의 〈훈요십조〉 5항에 "서경은 수덕이 순조로와서 우리나라 지맥의 근본이 되며 대업을 만대에 전할 땅인지라 마땅히 사중월에는 순주(巡駐)하여 백일이 지나도록 머물러 안녕을 이루도록 하라"라고 명기한 후 역대의 왕들은 근신을 요하거나 어려운 일이 발생 시에는 특히 '서경'에 행차했던 사실에 주목해서, 서경에서의 왕과 신하의 관계나 상황을 노래한 것이 바로 〈서경별곡〉의 이면적 의미임을 밝혔다. 따라서, 〈서경별곡〉은 표면적인 주제로는 "남녀간의 이별의 노래"로 나타나고 있었지만, 이면적으로는 "임금님에 대한 끈질긴 사랑과 믿음(信)을 강조, 주지한다는 점에서 송축·연군의 의미"로 환원되는 것이다. 즉, 〈서경별곡〉은 표면적인 주제로는 남녀간의 애정관계에 있어서 일편단심을 노래한 것으로, 이면적으로는 군신간의 절의와 신의를 노래한 것으로, 송축·연군의 의미를 지니고 있으며, 이러한 이유로 궁중의 제례악이나 연례악에 사용되었으라고 추정했다.10)

여기까지는 고전문학 강의의 원래 목적에 부합되는 것이며, 이 결과를 가지고 학생들은 조별로 브레인스토밍 작업을 거쳐, 각 조마다의 특성을 살펴서, 영화, 연극, TV 극, 애니메이션의 자료를 위한 시놉시스를 마련하게 된다. 이 마련된 작업은 프리젠테이션을 통해서 발표될 것이다. 서경별곡의 시적 화자도 앞에서 제시된 박장사와 마찬가지로 캐릭터를 아이콘화해서 영상적 효과를 자아낼 수도 있다.

이와 같은 고전문학 수업을 통해서 학습자들은 고전문학의 가치 및 의의를 깨닫게 될뿐더러, 다양한 원천 자료 및 증거를 수집하고, 자세한 자료의 제공 하에 여러 가지 문화콘텐츠를 개발할 수 있게 된다. 또한 프리젠테이션을 잘 할 수 있다는 부대 이익까지 획득할 수 있다. 특히 포트폴리오 작성을 통해서 자신의 발전된 모습과 미래의 계획을 감지할 수 있으며, 이에 따른 목표 전략을 반성하고 장점과 개선된 부분을 탐색하면서 창의적인 요소를 개발할 수도 있는 것이다. 교수자는 학생들의 포트폴리오 결과를 성적에 반영할 수 있다.

결국 교수-학습자들 모두가 수업에 흥미를 갖고 만족할 수 있을 뿐더러, 스스로의 작업결과물(포트폴리오)을 통해 자긍심을 배양할 수 있고, 자신의 미래를 위한 긍정적인 성과물을 획득할 수 있다는 부대효과까지도 기대된다. 또한 이 방식은 필자가 비록 국문과 학생들을 대

10) 강명혜, 「고려속요의 송도성」, 『古典文學硏究』 제15집, 한국고전문학회, 1999.

상으로 한 것은 아니지만, 지난 몇 년간의 포트폴리오 작성과 학생들
의 프리젠테이션을 통해서 이미 시행해 온 결과이기도 하다.

4. 결언

본장에서는 이미 콘텐츠화되고 있는 국문학 작품의 문화콘텐츠화
양상을 살펴보고, 이들이 선택된 이유를 살펴보며, 나아가서는 실제로
대학 강의에 어떻게 접목하거나 습융시킬 수 있는가의 방안을 마련하
려는 것을 목적으로 했다. 그 결과를 간략히 제시하면 다음과 같다.

고전문학은 이미 여러 가지 분야 즉, 고대의 상고시가를 비롯해서
향가, 속요, 시조, 가사, 민요, 전설, 민담, 신화, 민속극, 판소리, 민속
물 등으로 문화콘텐츠화되고 있었다. 이들의 양상은 매체와 불리불가
결한 관계에 놓여있는데, 주로 연극, 영화, TV 극, 인터넷 영상물, 비
디오테이프, CD롬, 애니메이션, 라디오 다큐멘터리 등으로 문화콘텐
츠화되고 있었다.

필자는 〈공무도하가〉, 시조, 그리고 민요로는 〈해녀 노젓는 소리〉,
가사로는 윤희순의 〈안사람 의병가〉, 서사담으로는 〈금강산 설화 부
분〉과 〈아우라지 처녀 전설〉 등을 선택해서 각기 다른 매체를 이용해
문화콘텐츠화된 양상과 채택된 목적 등을 밝혔으며, 향가나 고려속요,
한시 등도 부분적으로 콘텐츠화되고 있음도 간단히 언급했다.

또한 고전문학이 지니는 원래의 목적과 이를 현대인의 취향에 맞추
어 문화콘텐츠화하는 목적을 병행하는데 필요한 교수-학습 방법의
수업 모형도 제시했다. 이 두 가지 목적을 수행하기 위한 방식으로는

포트폴리오 작성과 프리젠테이션 방식이 적합함을 밝혔다. 이를 위해 서 〈박장사 설화〉와 〈서경별곡〉을 채택해서 예시를 했다. 우선 이들 작품의 표면적 의미와 이면적 의미를 추출하는 일을 수행하는 것은 고전문학의 원래의 목적에 해당되며, 그 결과를 갖고 조별로 브레인 스토밍 방식을 통해 자신들의 목표에 부합하는 콘셉을 작성하고, 시 놉시스도 마련하고, 나아가서는 스토리리텔링을 구축해서, 영화의 시 나리오나, 연극이나 TV의 극의 극본 또는 대본으로, 애니메이션을 위 한 시나리오로 작성한 후, 이를 프리젠테이션을 통해서 발표하는 방 식으로 진행할 수 있다. 이 작업물은 후에 학습자들에 의해 인터넷에 DB로 제공될 수도 있고, 또한 아이콘을 이용해서 상품개발이나 광고 문에 이용될 수도 있다. 주인공 캐릭터를 아이콘으로 해서 영상적 효 과를 자아낼 수도 있음도 제시했다.

이러한 고전문학 수업을 통해서 학습자들은 고전문학의 가치 및 의 의를 깨닫게 될뿐더러 학습자들은 다양한 원천 자료 및 증거를 수집 하고 자세한 자료의 제공 하에 여러 가지 문화콘텐츠를 개발할 수 있 게 된다. 또한 프리젠테이션을 잘 할 수 있다는 부대 이익까지 획득할 수 있다.

고전시가와 스토리텔링

1. 서언

현재 우리는 인터넷·모바일 등과 같은 새로운 테크놀로지 세계와
깊이 연맥되어 있으며, 이러한 측면은 우리의 삶을 다양하게 변화시키
고 있다. 이제 인터넷 사용은 개인적인 취향이나 선택의 문제가 아니
라 어느 누구에게다 거의 필수적 항목이 되었다. 현재 우리는 인터넷
이나 모바일을 통해 언제 어디서든 쉽게 정보를 취득하고 공유할 수 있
으며, 새롭게 개인이 재창조하는 형태인 UCC(User Created Contents)[1]
방식 등으로 우리들이 사고하고 사용하던 기존의 방식에서 탈피해서
점차 새로운 욕구와 또 다른 방식의 커뮤니케이션을 창출하고 있다.

---

[1] UCC(User Created Contents—사용자 제작 콘텐츠)란 언론사 등이 아닌 일반인이
휴대전화나 디지털 카메라 등을 이용해 직접 제작하고 편집한 사진, 동영상 등의
콘텐츠를 말한다. 류수열외, 『스토리텔링의 이해』, 글누림, 2007, p.139.

　기존의 방식과 다른 커뮤니케이션은 또한 무형 유형의 문화, 문학적 정신유산인 작품을 대중 매체를 이용해서 상품화, 산업화시켜 대중에게 널리 보급하는 것을 의미하는 '문화콘텐츠'와도 깊이 관련된다. 문화콘텐츠는 예술과 상품, 산업과의 경계를 허물면서, 한편으로는 기술적 측면과 접합(문화기술−Culture Technology)된다. 따라서 문화콘텐츠는 문화와 디지털 기술의 접합을 의미한다. 하지만 어디까지나 주축은 문화적 측면이라고 할 수 있다. 이런 점에서 문화콘텐츠의 경쟁력은 콘텐츠 즉, 그 내용이 좌우하게 된다. 또한 문화콘텐츠의 내용은 스토리텔링(story telling) 방식이 주축을 이루는 경우가 상당히 많다는 점에서 사실상 스토리텔링은 문화콘텐츠의 지반을 이룬다고 할 수 있다. 기존의 아날로그식 스토리텔링은 이제는 디지털 매체로 이동되면서 여러 장르에서 다양한 형태로 확장되고 있으며, 모두가 주목하는 화두로 떠오르고 있는 것이다.

　그러므로 스토리텔링은 이제 모든 장르에 적용되는 기본 틀이 된다. 사실상 스토리텔링 즉, 이야기 방식은 현대인과는 아주 친숙한 관계이다. 왜냐하면 각종 광고나 게임, 영화, 애니메이션, TV의 기본 축을 이루고 있는 것이 바로 스토리텔링 구조이기 때문이다. 따라서 현대인은 이야기 구조를 보이는 광고, 이를테면 이야기가 있는 음식, 이야기가 있는 의류, 이야기가 있는 주택, 혹은 기호식품 등을 선택한다든가, 게임, 영화 등 디지털 서사(이야기)와 같은 각종 이야기 구조에 길들어져 있다. 디지털 세계에서 생활하고 있는 현대인은 이렇듯이 설명이나 논증보다는 서사(이야기)에 익숙하다고 할 수 있다. 생활적 측면만이 아니라 문학 또한 인터넷 문학, 인터랙티브 서사 등 다양한 디지털 서사가 소개되고 있다. 이렇듯이 지금 우리가 살고 있는 세상 어디에서도 쉽게 '이야기'를 찾을 수 있는 시대가 도래한 것이다.

이런 점에서 문화콘텐츠의 1차 자료가 되는 스토리텔링의 가치는 대단히 중요하다. 1차 콘텐츠의 스토리텔링이 경쟁력을 가져야만 디지털 컨버전스(digital convergence)[2]를 통해 2차, 3차 콘텐츠의 스토리텔링으로 이어지면서 상업적 성공을 획득할 수 있기 때문이다. 이때에는 이야기를 만들어내는 인문학적 상상력과 그것을 가공하는 예술적 심미안, 가공된 텍스트를 보기 좋게 편집할 수 있는 공학적 기술까지를 모두 아우를 수 있는 통합적 능력이 요구된다.[3] 결국 1차 스토리텔링은 2차, 3차 스토리텔링으로 변전되면서 그 영역에 어울리도록 적합하게 첨삭되거나 가공될 수 있다. 즉, 각각 대상 장르의 고유 서사문법에 맞게 변모되면서 적용되는 것이다. 이렇듯이 1차 콘텐츠를 성공시킨 후 재투자 및 독점권을 갖고 2차, 3차 콘텐츠로 발전시키는 전략은 결국은 OSMU(One-Source-Multi-Use), 즉 원소스 멀티유즈를 어떻게 운영하는 가에 달려 있다.

그러므로 1차 콘텐츠의 스토리텔링 즉, 이야기의 원천소스가 되는 각종 '자료'의 선택은 무엇보다도 중요하다. 따라서 각계에서는 원천소스가 되는 서사 발굴에 특히 주목하고 있는데, 이중에서도 최근의 추의는 원천 자료를 우리의 '전통문화' 속에서 찾고자 노력한다는 점이다. 그러나 전통적 이야기담이나 문화, 서사 등이 대중성을 획득하거나 현대인의 공감대를 이끌어내기 위해서는 무엇보다도 시공간적 차이에서 오는 생경감을 극복해야 하며, 그 외에도 가치관이나, 사회·문화적 이질성을 극복해야 하는 문제점이 대두된다. 따라서 전통성을

---

2) 컨버전스는 사전적 의미로 "여러 기술이나 성능이 하나로 융합되거나 합쳐지는 일"이다. 디지털 스토리텔링이 기왕의 스토리텔링 방식과 다른 점은 기술에 대한 의존도가 높아졌다는 점이다.
3) 류수열 외, 앞의 책, pp.163~231 참조.

파손시키지 않은 범위 내에서 현대인의 취향에 부합되도록 전통문화
나 서사담을 문화콘텐츠의 각종 스토리텔링으로 가공하는 노력이 절
실히 요구된다.

　이렇듯이 전통적 서사물을 문화콘텐츠화해서 공감대를 공유하기는
그렇게 녹녹하지는 않다. 그렇다면 고전시가의 경우는 어떠한가? 고
전시가를 문화콘텐츠의 원천텍스트로 이용하는 것은 가능할까? 불가
능할까? 결론부터 말하자면 '가능하다'이다. 즉, 고전시가의 경우도 스
토리텔링이 가능하다고 말할 수 있다. 주지하다시피 우리의 고전시가
는 고려가요 전까지는 부대설화(서사담)를 대동한다는 특징을 보유한
다. 우리의 先祖들은 고전시가의 경우, 시 텍스트는 은유나 상징 등을
주로 사용해서 짧은 운문으로 창작했고, 이를 解號하는데 필요한 정
보는 서사담으로 만들어서 시 텍스트와 함께 공존시켰기 때문이다.
그러므로 우리의 고전시가는 상고시가부터 향가까지는 시 텍스트와
부대설화가 동시에 존재한다는 독특한 구조를 보이는 것이다. 따라서
고전시가를 해독할 때는 부대설화와 연계해서 이해해야 비로소 올바
른 해독이 가능하다. 이런 모든 점에서 볼 때, 우리의 고전시가는 시
장르임에도 불구하고 스토리텔링이 가능하다.

　필자는 고전시가의 다양한 문화콘텐츠화에 대해서 논의한 바가 있
다. 그 결과, 시가의 경우도 이미 '가요'로, '민요'로, '연극', '영화'의 극
본으로서 CD나 TV 등의 디지털 매체를 통해서 문화콘텐츠화되고 있
음을 밝힐 수 있었다.[4] 본고에서는 이와 연장선에서 고전시가의 스토
리텔링에 대해서 살펴보고자 한다. 이러한 작업은 문화콘텐츠의 원천
소스를 확장하게 된다는 의의를 기대할 수 있다. 혹자는 고전시가의

---

4) 강명혜, 「고전문학의 문화콘텐츠화 양상 및 문화콘텐트화를 위한 수업 모형」, 『우
리문학연구』, 우리문학회, 2007.

스토리텔링이 가능하다고 해도 많은 서사담도 산재해 있는데 군이 고
전시가를 스토리텔링화할 필요가 있느냐고 반문할 지 모르겠지만, 미
래를 생각한다면, 그리고 문화콘텐츠의 내용적 측면의 다양성과 확
장이 중요하다는 점을 인식한다면, 문화콘텐츠의 원천소스의 원형으
로 삼을 우리의 전통 문화유산의 범위를 확장하는 것도 상당히 중요
하다는 점에 동의할 것이다. 다른 한편으로는 고전시가를 '진부하
다', '난해하다', 혹은 '어렵다'고 점차 흥미를 잃어가는 젊은 세대들
이나 일반인에게 보다 친숙하게 다가가는 기회를 제공한다는 부가
적 목적도 있다.

2. 고전시가와 스토리텔링

스토리텔링이란 과연 무엇일까?

스토리텔링은 쉽게 말해서 이야기(story)와 말하기(telling)의 접합어
이다. 기존에 우리가 지니고 있는 이야기는 "어떤 사실에 관하여, 또는
있지 않은 일을 사실처럼 꾸며 재미있게 하는 말로서 인물과 사건, 시
공간적 배경 등으로 구축되는 口述혹은 口談"을 지칭한다. 하지만 현
재의 스토리텔링은 그 범위가 상당히 광범위하게 확장되어 사용된다.

우선, 현재의 스토리텔링에는 스토리뿐만 아니라 인포메이션(infor-
mation)도 포함된다. 스토리와 인포메이션은 '의사소통을 전제로 이루
어지는 행위'라는 점에서 공통점을 갖지만, 스토리는 '옛날 옛날 아주
먼 옛날에~'로 시작하거나, '언젠가 이런 일이 있었지', 또는 '어떤 마
을에서'로 서두를 꺼낼 수 있는 이야기이다. 반면 신문에 나온 기사문

이나 TV의뉴스에 나오는 사건 보도는 스토리와 마찬가지로 시간과 장소가 등장하면서 '언제 어디서 무슨 일이 있었다'라는 식으로 구성되기는 하지만 스토리라는 용어 대신 '인포메이션'이라고 구분해서 달리 지칭된다.[5)]

문화콘텐츠 산업에서는 인포메이션보다 스토리를 훨씬 더 선호한다. 왜냐하면 스토리는 인포메이션에 비해서 작가의 예술적 감성이 개입되며, 무엇보다도 간접적인 경험이라는 점에서 사람들에게 부담감을 주지 않으며, 사실 보다도 더 실제적이고 현실감을 준다는 점에서 대중의 공감대를 이끌어내기 때문이다. 하지만 최근에는 디지털 기술과 이로 말미암은 패러다임의 변화로 인해 스토리와 인포메이션의 이질적인 두 가지 형태의 결합이 가능해졌다. '스토리 인포메이션'이라는 새로운 장르의 출현을 맞이하게 된 것이다. 이렇듯이 스토리텔링과 디지털의 결합은 스토리텔링의 범위를 여러 가지로 확장시키는 역할을 하고 있다. 뿐만 아니라 디지털 스토리텔링은 문학이나 영화, 연극 같은 전통적인 이야기 예술뿐만 아니라 디지털공학, 미디어공학, 경영학 등에서도 널리 이용된다.

앞에서도 잠깐 언급했지만 디지털 스토리텔링에서 중요한 것은 '컨버전스'와 '원소스멀티유즈'이다. 컨버전스는 기술의 융합뿐만 아니라 마인드의 확장까지 포함한다. 원소스멀티유즈 개념은 하나의 소재를 서로 다른 장르에 적용하여 파급효과를 노리는 마케팅전략이다. 특히 하나의 인기 소재만 있으면 추가적 비용부담을 최소화하면서 다른 상품으로 전환해 높은 부가가치를 얻을 수 있다는 점에서 각광받고 있다. 또한 관련 상품과 매체를 체계적으로 관리할 수 있어 저렴한 마케

---

5) 류수열 외, 앞의 책, p.154.

팅 및 홍보비용으로 큰 효과를 누릴 수 있다는 장점이 있다.6)

　이렇듯이 현대의 스토리텔링 범위는 매우 확장된 의미로 사용되고 있지만 사람들이 여전히 선호하는 것은 고래로부터 내려오면서 되풀이 되고 있는 원형적 스토리라고 할 수 있다. 원형적인 스토리는 동서고금을 막론하고 사람들의 마음, 정서, 감정 등을 깊이 움직이는 힘을 지니고 있다. 이런 점에서 오랜 생명력을 유지하면서 지속되어 온다. 이들은 포장만 달리할 뿐 기본 주제는 동일한 것의 반복으로서 사람들에게 지속적으로 감동을 주게 된다. 원형으로서의 주제는 여러 가지가 있겠지만 진부한 듯 하면서도 가장 많이 선호하며, 많은 관심 속에서 반복, 지속되는 주제는 아마도 인간의 통과의례적 측면과 관련이 깊은, '죽음', '사랑', '이별', '새 생명 탄생' 등일 것이다. 이러한 주제는 결국은 네버 앤딩 스토리(never-ending story)에 해당하는 원형담이라 할 수 있다.

　실제로 현존하는 시가 중 가장 고대의 것으로 알려진 상고시가의 주제도, 결국은 '사랑과 이별'(황조가), '새 생명의 탄생'(구지가), '죽음과 재생'(공무도하가)이다.7) 이런 점을 염두에 두고 본고에서는 '이별(사랑) 및 죽음'을 기본 주제로 하고 있는 작품 중, 상고시가인 〈공무도하가〉, 향가인 〈제망매가〉, 그리고 부대설화가 첨부되어 있지 않은 고려속요인 〈서경별곡〉을 선정해서 이들의 줄거리 즉, 시놉시스, 구성방식, 인물 즉 캐릭터의 창출 등에 대해서 살피면서 스토리텔링의 일 모형을 제시하고자 한다.

---

6) 류수열 외, 앞의 책, p.46.
7) 강명혜, 「〈黃鳥歌〉의 의미 및 기능」, 『온지논총』 11집, 온지학회, 2004 ; 「상대시가의 의미 및 기능」, 『한겨레어문연구』 2집, 한겨레어문학회, 2003 ; 「죽음과 재생의 노래 〈공무도하가〉」, 『우리문학』 18집, 우리문학회, 2005.

1) 〈공무도하가〉의 시놉시스 및 구성, 캐릭터

문학작품을 1차 콘텐츠 원형자료로서 개발할 때는 사실상 2차, 3차 콘텐츠 활용을 염두에 두어야 한다. 활용을 위해서는 중요한 2가지가 있는데, 하나는 활용이 가능한 분절단위를 가져야 하고, 다른 하나는 완제품을 지양한다는 것이다. 설화, 소설 등 서사물의 원형을 있는 그대로 입력하거나 채취해서 그대로 디지털화한다면 이는 창작 소재로서의 가능성이 매우 떨어진다. 서사의 분절단위를 설정하여 이를 자유롭게 조합과 분해가 가능한 틀을 제공해야 한다. 다시 말해 문학서사물의 개발은 단순히 아날로그 매체에 담겨진 내용을 디지털 매체로 옮겨 놓은 데에 그치는 것이 아니라 한 번 개발된 콘텐츠가 다양한 영역에서 자유자재로 변형될 수 있도록 열린 구조로 개발한다는 의미를 담고 있다.[8]

원형 개발의 이러한 전제 때문에 실제로 문학 서사물들을 가공한 사례를 살펴보면 독특한 서사 전략이 보인다. 우선, 문학서사물 원형 자료들은 가장 1차적으로 시놉시스의 형태로 가공된다. 완성된 시나리오보다 시놉시스는 2차 가공의 단계에서 개발자의 필요에 따라 변형이 훨씬 자유로울 수 있기 때문이다.[9]

이런 점을 염두에 두고 〈공무도하가〉, 〈제망매가〉, 〈서경별곡〉의 시놉시스를 간단하게 구성해 본다. 시놉시스는 사건에서 드라마틱한 소주제적 요소를 지닌 사건들을 선별하여 원형적 요소를 침범하지 않은 범위 내에서 가장이나 상상적인 요소를 첨가하여 이야기로 재구성

---

8) 정경운, 「서사물의 디지털콘텐츠화 전략 연구」, 『한국문학이론과 비평』, 2005, p.219.
9) 상동.

한 것이다. 각각의 이야기들은 1개 또는 2개 이상의 사건들이 집합되어 하나의 완결된 구조를 지녀야 할 것이다.

우선, 상고시가인 〈공무도하가〉는 『琴操』에 다음과 같은 부대설화와 함께 기록되어 있다.

> "공후인은 조선의 뱃사공 곽리자고가 지었다. 자고가 아침 일찍 배를 젓고 있을 때, 征夫 한 사람이 머리는 흐트러지고 병(壺)을 든 채 물을 건너려고 하고 있었다. 그 妻가 뒤쫓으며 막으려 했으나 미치지 못해 征夫는 물에 빠져 죽고 말았다. 이에 부인이 하늘을 향해 울부짖으며 箜篌를 타면서 노래 부르길, "그대여 물을 건너지 마시오. 임은 끝내 물을 건너시네. 물에 빠져 죽으니, 임을 어찌할 것인가?"라고 했다. 노래를 다 마친 후 물에 뛰어 들어 빠져 죽고 말았다. 子高가 듣고 비창해져서 가야금을 뜯으며 箜篌引을 지었다. 그 형상이 소리가 되니 이른바 공무도하곡이다.
> ; 箜篌引者 朝鮮津卒霍里子高所作也 子高晨刺船以濯 有一征夫 被髮提壺涉河而渡 其妻追止之不及 墮河而死 乃呼天噓唏 鼓箜篌而歌曰 公無渡河 公竟渡河 公墮河而死 當奈公何 曲終自投河而死 子高聞而悲之 乃援琴而鼓之 作箜篌引 以象其聲 所謂 公無渡河曲也" 『琴操』

『古今注』에는 다음과 같은 부대설화가 전한다.

> "공후인은 조선의 백사공 곽리자고의 아내 여옥이 지은 것이다. 자고가 새벽에 일어나 배에 노질을 하고 있었는데, 머리가 하얗게 센 狂夫 한 사람이 머리를 풀어헤친 채 병을 쥐고는 어지러이 흐르는 강물을 건너고 있었다. 그 뒤를 그의 아내가 쫓으며 막으려 했으나, 미치지 못해 그 광부는 끝내 물에 빠져 죽고 말았다. 이에 그의 아내는 공후를 타며 公無渡河

의 노래를 지었는데 그 소리는 심히 구슬펐다. 노래가 끝나자 그의 아내
는 스스로 물에 몸을 던져 죽었다. 子高가 돌아와 아내 여옥에게 그 광경
과 노래를 이야기 하니 여옥이 슬퍼하며 곧 공후로 그 소리를 본받아 타
니 듣는 이가 눈물을 흘리지 않음이 없었다. 여옥이 그 곡을 이웃의 여용
에게 전하니 일컬어 〈공후인〉이라 한다. ; [箜篌引] 箜篌引 朝鮮津卒霍
里子高妻麗玉所作也 子高晨起 刺船而濯 有一白首狂夫 被髮提壺 亂流
而渡 其妻隨乎止之不及 遂墮河水死 於是援箜篌而鼓之 作公無渡河之
歌 聲甚悽愴 曲終自投河而死 子高還以聲語妻麗玉 玉傷之 引箜篌而寫
其聲 聞者莫否墮淚掩泣焉 麗玉以其曲傳隣女麗容 名之曰 箜篌引言『古
今注』"

두 부대설화의 共通點은 우선, ① 등장인물로 공통적으로 '霍里子
高'와 '한 남자', '그 남자의 처'가 등장한다는 점, ② 공후를 타면서 실
제로 처음으로 〈공무도하가〉를 부른 사람은 '征夫(=狂夫)의 처'라는
점, ③ '머리를 흩트린 남자가 병(壺)을 든 채 강을 건너려고 하고, 그
의 처는 뒤쫓으며 이를 말리려 하는데, 부인의 말을 듣지 않고 물을 건
너던 남자가 물에 빠져죽는다. 이를 비통해 하던 부인이 공후를 타면
서 〈공무도하가〉를 부른 다음 자신도 물에 빠져 죽는다'는 이야기담
등은 서로 공통된다.

두 부대설화의 差異點은, ① 등장인물이 『고금주』에 더 많이 등장
하며(여옥, 여용), ② 물에 빠져 죽는 남자를 『琴操』에서는 '征夫', 『고
금주』에서는 '白首狂夫'로 다르게 표현하고 있고, ③ 노래를 채록해서
공후인을 지은 작가가 서로 다르다는 점이다. 『금조』에서는 곽리자고
를 작가로 소개하고 있는데 비해, 『고금주』에서는 그의 아내 여옥을
작가라고 소개하고 있다. 그러나 배경설화 이야기 구조 속에서는 실

제의 작가는 『금조』에서는 곽리자고, 『고금주』에서는 백수광부의 처로 나타난다. ④ 전파 과정이 서로 다르게 나타난다. 『금조』에서는 정부의 아내가 부른 노래(歌)를 곽리자고가 공후인으로 만들었다(作)는 사실만 전하고 있으나, 『고금주』에서는 백수광부의 아내가 노래를 짓고(作), 곽리자고는 목격한 사실을 여옥에게 전하니 麗玉이 이를 노래로 만들어(寫), 이웃 여자인 여용에게 전하는 것으로 되어 있다. ⑤ 『금조』에는 〈공무도하가〉 노랫말이 나오는데 비해, 『고금주』에는 노랫말이 없다는 점 등이다.

〈공무도하가〉는 다음과 같은 정보를 제시한다.

사람은 언젠가는 죽게 마련이라는 점, 그 죽음에는 여러 가지 사연이 개입된다는 점, 죽음은 남은 가족들이 죽음에 이를 만큼 비탄과 애통함을 수반한다는 점, 죽음에는 이를 애도하는 어떤 의식이 필요하다는 것, 죽음에 대한 일반인의 반응은 그 죽음에 동조하여 동정과 비통함을 함께 나눈다는 것, 그리고 그 주검을 수습하는 과정이나 절차 등에 함께 동반해 준다는 것 등이다. 또한 물이 지니는 양가성으로 말미암아 죽음과 새로운 생명의 탄생을 제시하기도 한다는 점이다. 즉 "인간의 죽음뿐만이 아니라, 삶과 죽음, 재생과 그 원리, 순환성, 영원성 등 인간 영위의 본질성 등을 모두 이야기하는 것"이다.[10] 따라서 이러한 의미가 부지불식간에 작용했기에 〈공무도하가〉는 현재까지도 문화콘텐츠의 대상이 되기도 하는 등 널리 전파되고 관심을 받고 있다고 할 수 있다.

이를 근거로 해서 간단한 '시놉시스'를 제시하면 다음과 같다.

---

10) 강명혜, 「죽음과 재생의 노래-공무도하가-」, 『우리문학연구』 18집, 우리문학회, 2005, pp.99~128 참조.

- **시놉시스 1** : 시간적 배경은 새벽이며, 공간적 배경은 강가이다. 새
  벽 일찍 강가에 나온 뱃사공 곽리자고는 남녀의 죽음을 목격하게 된
  다. 그 광경은 다음과 같다. 즉, 한 남자가 병을 든 채 달려오고 있다.
  그 뒤로는 한 여인이 쫓아오고 있다. 그 남자는 여자의 만류도 뿌리
  치고 강물로 뛰어들어 결국 난류에 휩싸여 죽음을 맞게 된다. 그 광
  경을 목격한 여인은 들고 있던 공후를 타면서 슬픈 가락의 노래를 부
  른 후 역시 물에 빠져 죽는다.

이와 같은 간략한 시놉시스는 다양한 사건의 뼈대가 된다. 위의 시
놉시스는 발단-전개-갈등-절정-대단원의 절차에서 대단원에 해당
된다. 대단원을 맺기까지의 다양한 구성과 사건 전개는 작가(스토리텔
러)의 재량에 달려있다. 그리고 이 시놉시스는 어떤 장르로 선택하느
냐에 따라서 그 내용이 상당량 달라질 것이다. 이를테면, 애니메이션,
영화, 연극, TV극, 혹은 광고 등에 따라서 줄거리는 달라질 수밖에 없
다. 이렇듯이 개발자가 의도하는 목적이나 규모, 그것을 표현하는 장
르에 따라 이야기를 다양하게 확대 재생산할 수 있다. 또 다른 시놉시
스를 위한 자료는 다음과 같이 전개될 수도 있다.

- **시놉시스 2** : 곽리자고와 여용, 여옥을 중심 축으로 하고 악기인 '箜
  篌'와 관련된 또 하나의 시놉시스가 가능하다. 여옥은 당대에 알아
  주는 공후연주자였다. 그러나 그녀는 앞을 보지 못한다. 어렸을 적
  정적들에 의해 부모님을 여의고, 여옥은 그 때 목숨은 다행히 건졌으
  나 눈을 다쳤던 것이다. 여옥은 비극적인 사건을 듣고 이를 작곡해서
  연주하는데…

- 시놉시스 3 : 죽은 남녀의 다양한 러브 스토리에 관한 스토리 전개. 죽은 남녀는 연인이나 부부일 수도 있고, 짝사랑 커플일 수도 있다. 너무나 사랑했으나 죽을 수밖에 없는 사연이 다양하게 전개될 수 있는 여지가 마련된다.

- 시놉시스 4 : '강'의 전설, 그리고 삶과 재생과 관련된 스토리 전개가 가능하다. 강의 신 미르와 이를 사랑하는 인간인 지인, 그러나 미르를 짝사랑하는 요정 누리. 누리에 의해 지인은 죽음을 맞게 되는데… 결국 미르와 지인은 서로의 사랑을 확인하게 되고 강을 통해서 재생한다. 그리고 해피엔딩…

위에서 제시한 시놉시스와 같은 스토리텔링은 상당한 창작적 기반을 제공한다. 실제로 상당한 한류 열풍을 일으킨 〈대장금〉은 수백 권에 달하는 『조선왕조실록』에서 단지 대여섯 번 정도 등장하는 '의녀 대장금과 관련된 기록'이 소재소가 되어 탄생한 드라마다. 또한 1억원의 상금을 거머쥔 소설 〈미실〉은, 『화랑세기』에 등장하는 '미실'이라는 '이름'만 가지고 창작된 작품이다. 소재란 사실 어디에도 없고 동시에 어디에도 존재한다. 스토리텔러의 재량에 의해서 새로운 스토리텔링의 원천자료가 얼마든지 생성될 수 있다.

또한 한 자료에 대해 간단하지만 다양한 시놉시스의 생성은 서로 분절되고 이접되는 과정을 통해 여러 개의 에피소드를 창조하게 된다. 따라서 다양한 에피소드의 선택과 조합, 재배열 등에 의해 다양한 스토리텔링이 가능하게 된다. 이렇듯이 원 텍스트를 출발점으로 하여 개연성있고 호환 가능한 하이퍼텍스트를 무한히 생성해 다양한 문화산업의 현장에서 활용 가능한 콘텐츠를 제공할 수 있다.

시놉시스를 어떤 스토리로 전개시키건 간에 스토리텔링을 위해서 신경써야할 요인은 일단 등장인물(캐릭터)과 플롯, 세계관, 시점, 서술 방식 등이다. 스토리 자체도 중요하지만 잘 짜여진 플롯은 필수항목이다. 영화든 애니메이션이든, 만화든, 드라마든 수용자들은 스토리가 아닌 플롯을 통해서 작품과 대화하고 소통한다. 작품은 플롯을 어떻게 엮어 가느냐에 따라 수용자에게 호소하는 느낌이 달라지기 때문이다. 결국 플롯은 이야기의 핵심적 뼈대 기능을 하게 된다.

플롯이 탄탄하게 전개되기 위해서는 어떤 캐릭터들이 창출되느냐하는 것이 관건이기도 하다. 등장인물 중에서도 주 캐릭터는 스토리를 이끌어 나가는 책임을 진다. 주 캐릭터는 특정한 동기나 욕망에 의해 목표를 가지게 되는데, 목표를 달성하는 과정에서 여러 가지 상황과 사건을 겪게 된다. 이러한 상황과 사건 속에서 주 캐릭터는 주동적인 행동을 하게 된다.11) 그 외에도 보조 캐릭터가 스토리에 등장해서 캐릭터의 욕망에 도움을 주기도 하고 방해를 하기도 한다. 아무리 단순한 구조를 가진 스토리라 하더라도 반드시 보조 캐릭터는 존재하게 된다. 보조 캐릭터는 주 캐릭터의 다양한 성향을 드러내게 하여 스토리의 내용을 풍성하게 하고 다양한 사건이나 상황을 만들 수 있게 하는 바탕이 된다.

우호적 캐릭터 ---------- 주 캐릭터 ---------- 적대적 캐릭터
      | |
주 캐릭터의 조력자   목표 달성의 방해자
목표 달성에 동참   위기 조장
                                            극적 긴장감 조성

---

11) 류수열 외, 앞의 책, p.77.

　세계관은 한 개체가 지향하는 사상이나 도덕, 이념 등 자아를 둘러
싸고 있는 세계 전체에 대한 통일적 이해를 말한다. 따라서 세계관은
주체적·실천적 계기를 자주 강조하게 되며, 단순한 객관적 대상 이해
에 만족하지 않고 보는 주체의 실천적 파악에까지 나아간다. 결국 세
계관은 개인의 인생관과도 깊이 연관되어 있다. 작중 캐릭터가 어떤
세계관을 택하고 있는가에 따라서 작품의 세계관이 결정된다. 캐릭터
앞에 놓인 문제들, 즉 정치, 종교, 사회, 문화, 교육, 결혼, 돈, 명예, 이
별, 죽음, 고통 등에 대해 부정적이고 소극적인 관점이 아닌 긍정적 세
계관을 가지고 들여다보면 주어진 장애는 더 이상 어려움이나 문제를
야기하는 장애물이 아니라 더 나은 상황으로 가게 하는 데 좋은 기회
로 이용될 수도 있다. 따라서 스토리는 문제가 될 만한 상황들을 개선
하는 캐릭터의 행동으로 나타날 것이다.12)

　다양한 스토리텔링에 따라 주 캐릭터의 아이콘도 여러 가지로 달라
질 수 있다. 이를 대표적으로 몇 개 제시하면 다음과 같다.

〈공무도하가〉의 스토리텔링에 따라 달라질 수 있는 인물 캐릭터의 아바타13)

12) 류수열 외, 앞의 책, p.120 참조.
13) 인터넷 사이트.

2) 〈제망매가〉의 시놉시스 및 구성, 캐릭터

〈제망매가〉는 향가이다. 향가 중에서 특별한 부대설화가 동반되지 않고 있는 작품이다. 부대설화는 부재하지만, 작가인 '월명'에 대한 기록은 제시되고 있다.

> "明常居四天王寺 善吹笛 嘗月夜吹過門前大路 月馭爲之停輪 因名其路曰月明里 師亦以是著名"[14]

월명은 사천왕사에 거주하고 있었으며, 피리를 잘 불었다고 한다. 그가 달밤에 피리를 불며 거리를 가면 하늘 중천에 떠있는 달조차 거의 홀리다시피 해서 한 자리에 멈추어 있었다는 기록이다. 이 문면은 단순히 시적 과장법에 그치지 않는다. 월명의 피리소리에 달이 멈추어 있었다는 연유로 인해 거리 이름을 '월명리'로 불리게 되었음을 상기할 때, 월명스님은 피리의 달인이라는 정보와 함께 거의 神技를 지니고 있었다고 평가할 수 있다.

사실 『삼국유사』 기록에 의하면 향가는 일반인들에게 주술적 노래로 알려졌음을 알 수 있다. 월명은 '도솔가'로써 태양의 이변을 말끔하게 씻어내기도 했다. 또한 왕과 월명 앞에 미륵보살이 현신하기도 했다. 시가 신성현시(hierophany)를 불러일으킨 것이다.[15] 이렇듯이 주술적인 성향을 보유한 향가를 부르며, 피리를 신이하게 부는 인물, 그가 바로 월명인 것이다. 혹 향가의 음도 피리로 연주하지 않았을까?

---

14) 『삼국유사』 권5 월명사도솔가조.

15) 김열규, 「'제망매가' 거듭 읽기」, 『한국문학이론과 비평』 28집, 한국문학이론과 비평학회, p.14.

월명의 인물됨만으로도 시놉시스는 마련될 수 있다. 월명이 신이한
피리연주자가 된 스토리가 스토리텔러에 의해 창작될 수 있기 때문이
다. 월명은 또한 〈祭亡妹歌〉의 작가로도 유명하다.

> 생사로(生死路)는
> 예 이샤매 저히고
> 나는 가느다 말ㅅ도
> 몯다 닏고 가느닛고
> 어느 ᄀᆞ을 이른 ᄇᆞᄅᆞ매
> 이에 저에 ᄠᅥ딜 닙다이
> ᄒᆞᄃᆞᆫ 가재 나고
> 가논곧 모ᄃᆞ온뎌
> 아으 彌陀刹애 맛보올내
> 道닷가 기드리고다

시적 화자는 죽은 누이를 생각하면서 자신의 감정 및 願意 등을 서
술하고 있다. 누이는 왜 세상을 떠났을까?, 왜 오라비한테 '간다'는 말
도 못한 채 갑자기 갔을까? 병이 걸린 것일까?

아님 다른 사연이 있는 것일까? 혹자는 미타찰에서 만난다는 말에
기인해서 아마도 누이는 비구니였을 것이라고 추론하기도 한다. 그러
나 이 텍스트만으로는 누이의 갑작스런 죽음 외의 다른 정보는 추출
할 수 없다.

어쨌든 〈제망매가〉는 누이를 사랑하는 오라비의 마음이 절절이 감
지되는 시 텍스트이다. 누이의 죽음을 안타까워하는 오라비의 마음이
독자의 가슴에 절실히 와 닿는다. 미래를 기약하면서 안위하는 모습

에서도, 哀調를 띤 어조에서도 그 마음은 감지된다.

남매간의 사랑과 죽음 또한 인류의 영원한 아키타입, 즉 원형상징
담에 해당된다. 오래된 민담, 〈해와 달이 된 오누이〉의 서사담을 기억
해 보면 이들의 등가성을 알 수 있다. 해와 달이 된 오누이는 사실은
'월명'이라는 이름 속에서도 제시된다. '月+日'로 이루어진 것이 明이
기 때문이다. 월명이란 이름은 '오라비+누이'를 표상하는 것이다.

이를 준거로 해서 시놉시스를 제시해 본다.

- 시놉시스 1 : 오빠는 현재 스님이다. 갑자기 여동생의 죽음을 맞이했
  다. 동생은 오빠에게 고지도 못할 만큼 갑자기 세상을 떠났다. 오빠
  는 동생을 그리워하며 도를 닦아 극락에서 만나길 기원한다.

- 시놉시스 2 : 석신과 여동생 옥인은 일찍이 고아가 되었다. 오빠는
  여동생을 부모처럼 돌본다. 그러다가 둘은 절에 맡겨졌는데, 동생 옥
  인은 비구니가 거처하는 절에 거주한다. 둘은 서로 애틋한 마음만 있
  었지 거의 만나질 못한다. 어느 날 동생 옥인(승명 – 월파)은 어떤 사
  건에 의해 갑자기 입적한다. 입적 과정에서 동생은 극락왕생했음이
  확인된다.

- 시놉시스 3 : 엄마는 과부가 된다. 생활고 때문에 엄마는 오빠인 관
  서를 절로 보내고, 누이인 민인만 데리고 재혼을 한다. 새아버지의
  구박, 그리고 결혼 후 남편의 방탕과 학대로 인해 착한 누이 민인이
  는 갑자기 세상을 뜬다. 스님이 된 오빠의 동생에 대한 연민과 안타
  까움…

• **시놉시스 4** : 새엄마는 예쁜 누이동생을 데리고 아버지와 재혼을 했
  다. 예쁜 누이동생에게 향하는 마음, 금단의 사랑, 오라비는 번뇌와
  고민 끝에 출가를 한다. 번뇌에 싸일 때마다 부는 피리는 이미 신기
  에 오르고. 어느 날 누이동생의 부고장, 그 안타까움과 슬픔이란...

　주 캐릭터와 우호적 캐릭터, 적대적 캐릭터는 스토리 전개에 의해
달라지게 된다. 또한 주 캐릭터 즉, 주체(sujet)의 대상(objet)은 주 캐
릭터의 욕망에 의해 달라질 것이다. 월명과 누이동생 캐릭터의 아바
타를 제시하면 다음과 같다.

　　월명 캐릭터 아바타　　　누이동생 캐릭터 아바타[16]

3) 〈서경별곡〉의 시놉시스 및 구성, 캐릭터

　주지하다시피 〈서경별곡〉은 고려시대 궁중에서 궁중악으로 그것도
제례악으로 부르던 노래로서, 조선시대에는 '남여상열지사'로 단정되
었다. 즉, "종묘의 음악 중에서 보태평이나 정대업은 좋으나 그 외의

---

16) 인터넷 사이트.

속악 중 <u>서경별곡 같은 것은</u> 남녀상열지사라서 심히 좋지 못하니(불가하니) 악보는 급히 고치기가 어렵다하더라도 곡조에 맞추어 가사를 다시 짓는 것이 어떻겠는가 – 宗廟樂 如保太平 定大業則善矣 其餘俗樂 如西京別曲 男女相悅之詞 甚不可 樂譜則不可卒改 衣曲調別制詞何如"(「성종실록」권 215, 19년 4월조, 밑줄 필자)와 같은 기록이 이를 입증한다.

〈서경별곡〉의 표면적 내용은 이별의 노래이기에, 당연히 '이별의 노래'로 알려졌다. 하지만 필자의 연구 결과 이면적으로는 '임금님에 대한 절의와 신의를 노래한 송축·연군의 노래'였다. 이런 점에서 궁중의 제례나 의례 때에 자연스럽게 의례악으로 사용했을 것으로 추정했다.[17]

> 0 西京이 아즐가 西京이 셔울히 마르는 위두어렁셩두어렁셩다링디리
> 0 닷곤딕 아즐가 닷곤딕 쇼셩경 고요 ㅣ 마른 위두어렁셩두어렁셩다링디리
> 0 여히므론 아즐가 여히므논 질삼뵈 브리시고 위두어렁셩다링디리
> 괴시란딕 아즐가 괴시란딕 우러곰 좃니노이다 위두어렁셩두어렁셩다링디리
> 0 구스리 아즐가 구스리 바회예 디신들 위두어렁셩두어렁셩다링디리
> 0 긴히쫀 아즐가 긴힛쫀 그츠리잇가 나는 위두어렁셩두어렁셩다링디리
> 0 즈믄히를 아즐가 즈믄히를 외오곰 녀신들 위두어렁셩두어렁셩다링디리
> 0 信잇든 아즐가 信잇든 그츠리잇가 나는 위두어렁셩두어렁셩다링디리

---

17) 강명혜, 『고려속요·사설시조의 새로운 이해』, 북스힐, 2003.

　　O 大同江 아즐가 大同江 너븐디 몰라셔 위두어렁셩두러렁셩다링디리

　　O 빈내여 아즐가 빈내여노흔다 샤공아 위두어렁셩두어렁셩다링디리

　　O 네가시 아즐가 네가시 럼난디 몰라셔 위두어렁셩두어렁셩다링디리

　　O 널빈에 아즐가 널빈예 연즌다 샤공아 위두어렁셩두어렁셩다링디리

　　O 大同江 아즐가 大同江 건넌편 고즐여 위두어렁셩두어렁셩다링디리

　　O 빈타들면 아즐가 빈타들면 것고리이다 나는 위두어렁셩두어렁셩다
　　　링디리

　〈서경별곡〉은 4연으로 나누기도 하지만 역시 3연으로 구분하는 것
이 자연스럽다. 왜냐하면 '서경'과 '구슬'과 '대동강'이라는 너무도 뚜
렷한 주제소가 확연하게 구분되기 때문이다. '서경'과 '대동강'은 이 텍
스트에서 주요한 배경으로 등장하게 된다. 왜냐하면 '서경'은 작중 화
자의 삶의 공간이고 '대동강'은 그 삶을 변화시키는 공간이기 때문이
다. 하지만 그 중간에서 '구슬연'은, 이 이질적이고 상반되는 '공간'들
을 서로 연결시키는 기능을 하게 된다. 이는 결국 '삶(사랑)'과 '삶의 이
탈(헤어짐)'은 서로 상반되고 분리된 것 같지만 결국은 하나의 연결고
리로 연결되어 있음을 암시하는 것이다.
　1연에서 시적 화자는 서경이라는 공간이 자신에게 있어 얼마나 중
요한지에 대하여 언급하고 있다. 즉 서경은 서울이고, 새로 닦은 작은
서울이며, 자신은 이곳을 사랑한다는 것이 그것으로서, 반복을 통해
자신의 의도를 강조하게 된다. 시적 화자 자신이 얼마나 서경을 사랑
하는 지를 밝히려는 시도의 일환이며, 그렇게 자신에게 있어 소중한
곳이지만 그럼에도 불구하고 '사랑하는 님을 위해서라면 포기하겠다'
라는 그 다음 언급의 전제조건까지도 암시하는 대목이다. 그러나 이
는 어디까지나 전제조건이 충족될 때의 실행 사항이다. 이때의 전제

조건은 물론 '님이 사랑해 주신다면'이다.

그렇다면 만약 '님이 사랑해 주지 않는다'면 어떻게 될까? 문면 그대로 받아들인다면 소중한 터전이나 생업을 떠날 필요도 없으니 울 필요도 없고 고민할 필요도 없을 것이다. 그러나 과연 그러할까? 행간에서 읽을 수 있는 사실은 님의 사랑이 부재한다면 시적 화자에게 있어서는 소중한 삶의 터전과 생업은 모두 무의미해 질 것이라는 점이다. 아마도 소중한 삶의 터전을 떠나게 되어 '울게'되는 상황과는 비교할 수도 없는 상황이 전개될 것이다. 이런 점에서 1연의 시적 화자의 상황은 '사랑을 영원히 잃어버린 버림받은 상태'로 이해하기 보다는, '사랑하는 님과 일시적으로 헤어져야 하는 상태'로 이해하는 것이 온당할 듯 싶다.

2연은 1연의 주제소와는 상당히 다른 양상으로 전개된다. '실'과 '구슬'이라는 비유물을 사용해 자신의 의도를 표명하는 것이 그것인데, 시적 화자는 이를 통해 자신의 굳센 의지를 밝히고 있다. 이때에는 원관념, 보조관념을 모두 표면화시킴으로써 자신의 의도가 무엇인지를 분명하게 한다. 곧 어떤 시련이나 어려움이 있을지라도, 또한 지금 현재는 암담하고 희망이 없는 것 같더라도, 님에 대한 자신의 사랑은 영원불멸하며 님에 대한 자신의 의지는 확고한 것이라는 사실을 명백하게 밝히고 있는 것이다. 결국 이곳에서는 1연에서의 조건적 사랑을 한 수 접어둔 채 무조건적인 사랑을 토로하는 것으로, 시적 화자의 본심을 명백하게 드러내고 있다. 따라서 앞에서의 조건구인 '괴시란되'는 결국 허언(虛言)임이 드러난 셈이다. 이는 시적 화자가 자신의 '님'이 어떤 태도와 입장을 취하던 간에 그에 대한 사랑과 믿음은 변하지 않을 것이고 영원할 것임을 의미한다.

3연 역시 2연과는 전혀 다른 주제소로 이루어지며, 시적 화자의 돌변한 어조(영원한 사랑의 다짐을 하던 시적 화자의 신념에 찬 어조는 느닷없이 변모되어 비난과 원망에 찬 어조로 전환)로 전개된다는 점에서 앞의 연들과의 연계성은 부자연스럽기만 하다. 물론 1연 다음에 3연 그리고 2연 순으로 배열된다면 완결성을 보인다는 점에서 자연스럽겠지만, 이러한 시각은 해피 엔딩적 결구에 익숙해져서가 아닐까. 엄밀히 말해서 부자연스러운 이 배열은 오히려 치밀하게 계산된 배려에서 나온 것은 아닐까. 왜냐하면 2연에서 '님과의 사랑'과 시적 화자의 변하지 않는 굳은 의지에 대한 비유로 나타나는 '구슬'과 '실'은 그 특성상 1연과 3연, 즉 서경연과 대동강연을 연결시키는 역할을 하기 때문이다. 즉 구슬연은 '끈의 역할'을 하는 것으로, 한 축으로는 서경연을, 또 한 축으로는 대동강연을 '꾀게' 되는 것을 말한다. 그러므로 이 세 연은 마치 실이 구슬을 꾀는 것과 같은 형상을 지니게 된다.[18)]

스토리 전개상, 시적 화자는 주체로서 주 캐릭터이고, 대상은 님이며, 사공은 님을 싣고 간다면 반대자로서 적대적 캐릭터, 화자의 부탁을 들어준다면 조력자로서 우호적 캐릭터가 될 것이다.

이를 참고로 해서 시놉시스를 작성해 보면 다음과 같다.

- 시놉시스 1 : 서경에 사는 여인 보금은 어느 날 개성서 온 귀족 자제 시현과 사랑에 빠진다. 시현의 개경 갈 날자는 다가오고. 보금은 식구들을 떠나 시현을 따라갈 준비를 한다. 그런데, 시현의 태도는? 그동안 사랑이 시든 것일까? 보금을 진실로 사랑한 것은 아닐까? 그러다 바로 그 사건이 발생한다. 시현과 보금의 친구 연성의 다정한 모습을 목격한 것이다…

---

18) 상동.

- 시놉시스 2 : 사공의 아내 세희는 유난히 아름답고 명랑했다. 그녀를 한번 본 남자들은 모두 그에게 마음을 빼앗긴다. 개경서 온 왕족인 석정도 그녀를 우연히 한번 본 후 사랑에 빠진다. 그러던 어느 날 사공은 막중한 임무를 맡게 되는데...

- 시놉시스 3 : 왕은 서경을 방문해서 3달간 머무신다고 했다. 서경의 고위 관리인 경성은 왕 모실 일을 걱정한다. 왕이 머무는 동안 왕은 경성을 유난히 총애하고, 경성은 왕을 따라 서경을 떠나기로 결심한다. 물론 왕이 함께 가기를 원한다면. 그러나...

스토리 전개에서 누가 주 캐릭터가 되는가, 주 캐릭터의 욕망 대상은 무엇인가? 세계관은? 등에 의해서 플롯은 다양하게 전개될 수 있을 것이다. 그리고 이는 스토리텔러의 재량에 의해서 상당량 달라질 수 있다. 이와 같은 1차적인 원천텍스트로서의 스토리텔링은 2차, 3차 스토리텔링으로 변전되면서 그 영역에 어울리도록 적합하게 첨삭되거나 가공될 수 있다.

〈서경별곡〉 스토리의 주 캐릭터 아바타의 예를 다음과 같이 들 수도 있다.

〈서경별곡〉 스토리의 주 캐릭터 예[19]

3. 결언

필자는 문화콘텐츠의 콘텐츠 내연과 내연을 확장해서, 문화콘텐츠의 원천소스의 원형으로 삼을 전통 문화유산의 범위를 확장한다는 목적과, 고전시가를 대중화시켜서 일반인들에게보다 수월하게 접할 수 있는 기회를 제공한다는 의도에서, 원천소스로서 고전시가를 선택해서 스토리텔링으로 가공하는 작업을 했다. 우리의 先祖들은 시 텍스트는 은유나 상징 등을 주로 사용해서 짧은 운문으로 창작했고, 이를 解號하는데 필요한 정보는 서사담으로 만들어서 시 텍스트와 함께 공존시켰기에, 상고시가부터 향가까지는 시 텍스트와 부대설화가 동시에 존재한다는 독특한 구조를 보인다는 점에서 스토리텔링이 가능하다.

고금동서의 원형적 주제로서 통과의례적 측면과 관련이 깊은, '죽음', '사랑', '이별'을 다룬 고시가 중 〈공무도하가〉, 향가인 〈제망매가〉, 그리고 부대설화가 첨부되어 있지 않은 고려속요인 〈서경별곡〉을 선정해서, 이들의 줄거리 즉, 시놉시스, 구성방식, 인물 즉 캐릭터의 창출 등에 대해서 살피면서 스토리텔링의 현장화를 시도했다. 이들 주제는 결국은 네버 앤딩 스토리(never-ending story)에 해당하는 원형담으로서 1차 스토리텔링은 2차, 3차 스토리텔링으로 변전되면서 그 영역에 어울리도록 적합하게 첨삭되거나 가공될 수 있는 OSMU(One-Source-Multi-Use)을 가능하게 한다. 따라서 이들 작품의 시놉시스를 1개 내지 2개 정도씩 간단히 작성해 보았다. 작성된 1차 시놉시스를 개발자

---

19) 인터넷 사이트.

가 의도하는 목적이나 규모, 그것을 표현하는 장르에 따라 이야기가 다양하게 확대 재생산될 수 있는 가능성도 타진해 보았다. 그 결과 기본 줄거리 및 주제를 해치지 않는 범위 내에서 상상력과 창의력을 가미해서 2차, 3차 스토리텔링이 가능하다는 것을 밝힐 수 있었다. 2차, 3차 스토리텔링에서는 '컨버전스'와 '원소스멀티유즈' 전략으로 전개된다. 컨버전스는 기술의 융합뿐만 아니라 마인드의 확장까지 포함하며, 원소스멀티유즈 개념은 하나의 소재를 서로 다른 장르에 적용하여 파급효과를 노리는 마케팅전략이다. 이런 점을 염두에 두고 캐릭터의 상품가치에 대해서도 간단히 제시했다(아바타 제시).

〈滿殿春別詞〉의 스토리텔링화

1. 서언

  현대는 전자 문명 사회이다. 전자 문명 사회는 여러 가지 이점을 보유하지만, 한편으로는 정신세계를 지향하는 학문(인문학 분야)의 퇴보 및 폄시화, 추상적·비가시적인 영역의 쇠퇴, 여기에서 기인하는 비인간적 성향 만연, 몰개성 초래, 물질만능주의 팽배 등의 부정적인 측면도 수반한다. 따라서 인간성 기반 구축의 주요 요인의 일환이며, 인간다운 삶을 영위하는데 필요불가결한 요소로서 절대 가치와 선을 지향하는데 필수적 분야인 인문학의 활성화는 상당히 중요한 현황이며, 그 중에서도 대학사회에서 폄시되고 있는 고전시가에 대한 이해와 활성화 및 활용화는 현재 무엇보다도 시급하다. 고전문학 쇠락의 결과는 한국인으로서의 아이덴티티를 상실하게 하고, 조상의 얼과 문화유산의 散失로 이어져서 비문명인으로 원시화(정신적)하고 결국은 정신세계가 파괴되는 지경까지 이르게 하는 등, 그 폐해가 심각하기 때문이다. 이러한 위기와 위축을 타계하기 위한 방안의 하나로서, 본 연구자는 고전시가 텍스트의 '문화콘텐츠화'를 시도하고자 한다.

고전시가를 문화콘텐츠의 원천텍스트로 이용한다는 것은 고전시가를 제대로 이해하는 일과도 부합된다. 사실 고전시가는 은유나 상징으로 되어 있어서 열린 텍스트로서의 가능성은 지대하다. 그러나 우리 先祖들은 시 텍스트는 은유나 상징 등을 주로 사용해서 짧은 운문으로 창작했고, 이를 解號하는데 필요한 정보는 서사담(부대설화)으로 만들어서 시 텍스트와 함께 공존시켰기에 상고시가부터 향가까지는 부대설화로부터 완전히 자유로울 수는 없다. 따라서 이들 작품은 컨텍스트(부대설화)와 연계해서 이해해야 비로소 올바른 해독이 가능하며, 그 후 고려속요부터는 텍스트 자체만으로 다양한 해석(열린 텍스트)을 할 수 있다.

이들 고전시가들을 대상으로 해서 심도있는 연구를 시도하고, 이를 확장시켜서 문화콘텐츠의 원 텍스트화하는 것이 본 연구의 목적이다. 이러한 작업은 고전시가에 대한 심도 있는 이해 및 문화콘텐츠의 원천소스 확장, 고전시가(=우리 문학)에 대한 친숙한 접근 등과 같은 효과 및 의의를 수반할 것이다. 본 연구자는 이미 고전시가의 다양한 문화콘텐츠화에 대해서 논의한 바가 있으며, 이를 위한 수업모형도 제시했다.1) 또한 고전시가의 스토리텔링에 대한 논문도 발표한 바가 있다.2)

---

1) 강명혜, 「고전문학의 문화콘텐츠화 양상 및 문화콘텐츠화 수업모형」, 『우리문학연구』 21집, 우리문학회, 2007.
2) 필자는 고금동서의 원형적 주제로서 통과의례적 측면과 관련이 깊은, '죽음', '사랑', '이별'을 다룬 고시가 중 〈공무도하가〉, 향가인 〈제망매가〉, 그리고 부대설화가 첨부되어 있지 않은 고려속인 〈서경별곡〉을 선정해서, 이들의 줄거리 즉, 시

혹자는 고전시가의 스토리텔링이 가능하다고 해도 많은 서사담도 산재해 있는데 굳이 고전시가를 스토리텔링화할 필요가 있느냐고 반문할지 모르겠지만, 미래를 생각한다면, 그리고 문화콘텐츠의 내용적 측면의 다양성과 확장이 중요하다는 점을 인식한다면, 문화콘텐츠의 원천소스의 원형으로 삼을 우리의 전통 문화유산의 범위를 확장하는 것도 상당히 중요하다는 점에 동의할 것이다. 무엇보다도 고전시가가 '진부하다', '난해하다', 혹은 '어렵다'고 점차 흥미를 잃어가는 젊은 세대들이나 일반인에게 보다 친숙하게 다가가는 기회를 제공한다는 목적이 크다고 할 수 있다. 따라서 현재 너무 침체되고 있고 무관심의 대상인 고전시가의 활성화가 바로 본 연구자가 지향하는 가장 큰 목적이며, 고전시가의 상품화는 그 다음의 일이라고 사료된다.

이런 점에서 필자는 ① 고전시가의 심도 있는 천착, ② 고전시가 작품 텍스트의 확장 ③ 고전문학의 이해 및 활성화 ④ 고전시가에 대한 지속적인 관심 및 흥미 고양 ⑤ 고전시가의 문화콘텐츠화 – 원소스 개발 및 확장 ⑥ 문화콘텐츠 확대 및 다양화 등으로 창출되는 문화가치의 경쟁력 증가 등의 목적과 의도에서 고전시가의 문화콘텐츠화 작업을 시도하고자 한다. 이는 인문학 교육이 원래 지니는 정신적인 측면과 현대의 산업사회가 요구하는 덕목을 잘 교합시켜서 대학에서의 국문학의 위기를 극복하고 활성화시킬 수 있는 하나의 대책 및 방안의 틀을 마련할 수 있을 것이라고 기대한다.

본장에서는 고려시가 중 대표적인 '남녀상열지사'로 알려져 있는

놉시스, 구성방식, 인물 즉 캐릭터의 창출 등에 대해서 살피면서 스토리텔링의 현장화를 시도했다. 이들 주제는 결국은 네버 앤딩 스토리(never-ending story)에 해당하는 원형담으로서의 기능을 하고 있었다. 「고전시가의 스토리텔링화」, 『온지논총』 16집, 온지학회, 2007.

〈만전춘별사〉를 대상으로 해서 스토리텔링화를 시도해 보고자 한다. 스토리텔링을 위해서는 우선 시놉시스를 작성해야 하는데, 그러기 위해서는 작품의 표면적, 이면적 주제 파악은 필수적이다. 이를 근거로 해서 1차 시놉시스를 작성하고, 그 후 작성된 1차 시놉시스는 개발자가 의도하는 목적이나 규모, 그것을 표현하는 장르에 따라 이야기가 다양하게 확대 재생산될 수 있다. 즉 1차 스토리텔링은 2차, 3차 스토리텔링으로 변전되면서 그 영역에 어울리도록 적합하게 첨삭되거나 가공될 수 있는 OSMU(One-Source-Multi-Use)을 가능하게 할 것이다.

2. 고전시가와 스토리텔링

　현재 우리는 인터넷이나 모바일을 통해 언제 어디서든 쉽게 정보를 취득하고 공유할 수 있으며, 새롭게 개인이 재창조하는 형태인 UCC (User Created Contents) 방식 등으로 우리들이 사고하고 사용하던 기존의 방식에서 탈피해서 점차 새로운 욕구와 또 다른 방식의 커뮤니케이션을 창출하고 있다. 기존의 방식과 다른 커뮤니케이션은, 무형 유형의 문화, 문학적 정신유산인 작품을 대중 매체를 이용해서 상품화, 산업화시켜 대중에게 널리 보급하는 것을 의미하는 '문화콘텐츠'와 깊이 관련되며, 문화콘텐츠의 경쟁력은 콘텐츠 즉, 그 내용이 좌우하게 된다. 또한 문화콘텐츠의 내용은 스토리텔링(story telling) 방식이 주축을 이루는 경우가 대부분이라는 점에서 사실상 스토리텔링은 문화콘텐츠의 지반을 이룬다. 즉, 기존의 아날로그식 스토리텔링은 이제는 디지털 매체로 이동되면서 여러 장르에서 다양한 형태로 확장되며, 모두가 주목하는 화두로 떠오르고 있는 것이다.

그러므로 스토리텔링은 이제 모든 장르에 적용되는 기본 틀이 된다. 사실상 스토리텔링 즉, 이야기 방식은 현대인과는 아주 친숙한 관계이다. 왜냐하면 각종 광고(광고는 이야기 형식을 보임)나 게임, 영화, 애니메이션, TV의 기본 축을 이루고 있는 것이 바로 스토리텔링 구조이기 때문이다. 이런 점에서 현대사회에서 문화콘텐츠의 1차 자료가 되는 스토리텔링의 가치는 대단히 중요하다. 왜냐하면 1차 콘텐츠의 스토리텔링이 경쟁력을 가질 때 비로소 디지털 컨버전스(digital convergence)를 통해 2차, 3차 콘텐츠의 스토리텔링으로 이어지기 때문이다. [3)]

이런 배경 하에서 사실상 상징과 비유, 압축, 응축의 묘를 보이고 있는 '시가', 그것도 '고전시가'가 대학사회를 비롯해서 현대인에게 각광받지 못한다는 것은 어쩌면 당연한 결과일 것이다. 이러한 어려움을 극복하기 위한 방안 및 목적으로서 고전시가를 열린 텍스트화해서 이면적 의미 및 표면적 의미를 규명하고, 이를 기반으로 해서 스토리텔링화 작업을 수행한다면 우선적 고전시가 텍스트를 천착할 수 있는 기반이 마련될 것이며, 고전시가는 열린 텍스트로서 의미가 확대되고, 학습자나 수용자들에게 동기를 부여하고 흥미를 유발시켜 고전시가에 대한 바른 이해 및 호응을 배가시키고, 나아가 우리의 전통문화 원형의 원천소스를 발굴, 확대시킬 수 있는 동인이 제공될 것이라고 기대한다. 이는 마치 문학당의설과도 흡사하다. 즉, 스토리텔링화(快樂이라는 糖衣)라는 쉽고도 흥미있는 작업을 통해서 고전시가의 해석과 해독, 감상, 연구결과를 주입(教訓)하고자 하는 것이다.

---

3) 강명혜, 「고전시가와 스토리텔링화」, p.130.

1) 〈만전춘별사〉의 구조 및 특성

고려속요인 〈滿殿春別詞〉는 조선조에 와서 작성된 악장가사 및 악
학궤범에 수록 당시부터, 〈雙花店〉, 〈滿殿春〉, 〈履霜曲〉, 〈動動〉,
〈井邑詞〉, 〈後庭花〉, 〈北殿歌〉 등과 함께 '男女相悅之詞, 淫褻之
辭'라는 평가를 받고 있는 이래로 현대까지도 거의 모든 국문학자나
일반인에게도 그러한 평가에서 자유롭지 못한 작품 중 하나이다. 필
자는 〈만전춘별사〉를 비롯한 모든 고려속요는 시 텍스트가 제시하고
있는 표면적 내용이 전부가 아니라 작품 내면에 이면적 의미를 함축
하고 있음을 주목하고 이를 연구한 바가 있다.[4] 필자가 이를 근거로
해서 〈만전춘별사〉의 스토리텔링화를 시도하고자 한다. 본고에서 우
선적으로 〈만전춘별사〉를 선택한 이유는, 〈만전춘별사〉는 고려속요
중 대표적인 '남여상열지사'로 알려져 왔으며, 조선조에 와서 신하들
의 상소나 계의 대상으로 여러 번 등장하는 등, 지속적인 관심이 유별
난 작품이기 때문이다. 공적인 상소가 지속된다는 것은 〈만전춘별사〉
가 '공적' 성격을 띠고 있기 때문이 아니겠는가? 표면적으로 '남녀상열
지사'인 이 노래가 다른 고려속요와 마찬가지로 고려 의례악으로 사용
되었고, 조선초까지 궁중악으로 사용될 수 있었던 당위성 등을 이면
적 내용을 통해서 살펴보고자 한다. 본 장에서는 구조 및 특성을 간략
히 살펴본다.

〈滿殿春〉은『世宗實錄』樂譜 卷 一四六과『樂章歌詞』에 각각 다
른 歌詞가 전해오는데, 前者는 〈滿殿春詞〉라는 명칭으로 전해지고
있어 原詞인 것 같지만 결국은 尹淮가 개찬한 〈鳳凰吟〉과 동일한 것

---

4) 강명혜,『고려속요·사설시조의 새로운 이해』, 북스힐, 2003.

으로서 개찬한 것이고, 『樂章歌詞』에 실린 〈滿殿春別詞〉가 오히려
원사라는 것은 이미 학계에 널리 알려진 바다. 5) 『악장가사』에는 '0'
라는 표시 다음에 다음과 같은 가사가 6항목으로 수록되어 있다.

　0 어름우회 댓닙자리 보아 님과 나와 어러주글만뎡 어름우회 댓닙자
　　리 보아 님과 나와 어러주글망뎡 情둔 오닔밤 더듸새오시라 더듸
　　새오시라

　0 耿耿孤枕上애 어느 ᄌᆞ미오리오 西窓 여러ᄒᆞ니 桃花ㅣ 發ᄒᆞ두다
　　桃花ᄂᆞᆫ 시름업서 笑春風ᄒᆞᄂᆞ다 笑春風ᄒᆞᄂᆞ다

　0 넉시라도 님을 ᄒᆞᆫᄃᆡ 녀닷景 너기다니 넉시라도 님을 ᄒᆞᆫᄃᆡ 녀닛景
　　너기다니 벼기더시니 뉘러시니잇가 뉘러시니잇가

　0 올하 올하 아련비올하 여흘란 어듸두고 소해 자라온다 소콧얼면 여
　　흘도 됴ᄒᆞ니 여흘도 됴ᄒᆞ니

　0 南山애 자리보와 玉山을 벼여누어 錦繡山 니블안해 麝香각시를
　　아나누어 藥든 가슴을 맛초ᄋᆞ사이다 맛초ᄋᆞ사이다

　0 아소님하 遠大平生애 여힐술 모ᄅᆞᄋᆞ새

〈滿殿春別詞〉

〈만전춘별사〉는 편장된 것이라는 견해가 지배적이지만, 편장이라
고 해도 아무렇게나 편장된 것이 아닐 것이라는 것이 필자의 생각이
다. 고려 때 궁중음악을 관리하던 대악서의 관리는 엄격한 과거제도

---

5) 〈만전춘별사〉의 형식은 "아소 님하 遠大平生애 여힐 술 모ᄅᆞᆸ새"를 윗 연에 붙여
서 5聯으로 보는 경우(박병채, 여증동, 김상억 등)와 이를 한 聯으로 보아 6聯으로
보는 경우가 있으나 거의 후자 쪽으로 고정되어 가는 것이 학계의 추이이다. 사실
『樂章歌詞』에는 6연으로, 『樂學便考』에는 5연으로 구분되어 있다.

(인종 4년, 1136년에 확립)를 거쳐서 채택된 지식층이었기에 아무렇게
나 편장하지는 않았을 것이기 때문이다.

필자가 구조분석을 한 결과 〈만전춘별사〉는 고유의 문법과 체계를
보이고 있었다. 즉, 〈만전춘별사〉 텍스트를 상세히 살펴보면 여기에
는 두개의 대립되는 이미지나, 동일한 의미가 엄격하게 한 짝이 되어
반복적으로 기능하고 있다. 이 때 이 대립되는 이미지나 동일한 의미
는 반복되면서 주제를 더욱 밀도 있게 만드는 기능을 하는 것으로, 결
국은 긴밀한 구조를 생성하는데 기여하고 있다. 두 개의 대립되는 이
미지란 '얼음'과 '녹음'이미지를 말하는 것으로서, 1연과 4연이 전자의
이미지인 '얼음'이미지를, 2연과 5연이 후자의 이미지인 '녹음'이미지
를 내포하는 것이 그것이다. 또한 동일한 의미란 3연과 6연에서 찾을
수 있는데, 3연의 내용이 반복되면서 완결성을 보이는 경우가 6연이
라는 점에서 더욱 논리적인 짜임새를 획득하고 있음을 알 수 있다. 따
라서 1·2연을 한 章으로, 3·4연과 5·6연을 각각 한 짝으로 해서 같
은 章으로 보아 三章으로 보는 경우도 나름대로 논리성을 획득하고
있지만, 실은 1연과 4연을 같은 층위로, 2연과 5연 그리고 3연과 6연
을 동일한 층위로 보아, 1·2·3聯을 한 짝으로 하고, 4·5·6聯을 한 짝
으로 해서 이를 반복의 구조로 볼 때 그 심층적 의미가 더욱 확연해진
다. 이를 좀 더 상세히 살펴본다.

〈만전춘별사〉 시 텍스트에 일관되게 드러나는 주제는 남녀간의 '사
랑'이다. 이 사랑의 매개자인 시적 화자 '나'와 그 대상인 '님'의 이야기
가 전개되는 가운데 표출되는 것이 바로 '얼음'과 '녹음'이미지, 그리고
'소망'의 의지이다. 이는 텍스트 구조 속에 용해되어 심층적 층위와 표
면적 층위 양면에서 기능하는 것으로 내적 구조질서에 기여하게 된
다. 그러므로 이미지의 문제는 구조의 문제와 맞물려서 구조의 긴밀

성에 기여한다. 즉 1연과 4연이 겨울과 얼음이미지를, 2연과 5연이 봄과 녹음이미지를 함유함으로써 내적 질서를 획득하게 되는 것이 그것이다. 그러므로 1연과 4연이 같은 층위고, 2연과 5연, 그리고 3연과 6연이 각각 같은 층위에 놓이게 된다. 그러나 이를 파악하기가 쉽지 않은 것은 형태상의 문제와 진전되는 내용 때문이다.

(1) '얼음'이미지

'얼음'이미지를 함유하고 있는 聯을 보자.

> 1 聯 : 어름우희 댓닙자리 보아 님과 나와 어러주글망뎡
> 어름우희 댓닙자리 보아 님과 나와 어러주글망뎡
> 정(情)둔 오늜밤 더듸 새오시라 더듸 새오시라

> 4 聯 : 올하 올하 아련 비올하
> 여흘란 어듸두고 소해 자라온다.
> 소콧얼면 여흘도 됴ᄒ니 여흘도 됴ᄒ니

'얼음'이라는 동일한 이미지를 함유하고 있는 것은 1연과 4연이다.

얼음(Ice)은 인류공통상징으로 겨울, 차가움, 죽음의 계절, 추상, 고체와 액체 사이의 중간 상태, 지옥의 형벌, 여성의 순결, 의식과 무의식의 분리의 상태[6] 등을 표상한다. 이러한 속성은 영원불변할 수 없는 상태를 함축하기 때문에 결국 '시적 화자'와 '님'의 관계는 불안정할 수밖에 없는 것이다. 따라서 1, 4연에서의 결합은 일시적이고 불안정

---

6) Ad. de Vries, Dictionary of Symbols and Imagery, North-Holland Publishing Company, 1974, p. 267.

한 것임을 암시하게 되며, 이런 점에서 긴장감과 시적 화자의 불안감
이 텍스트 내에 내재하게 된다.

우선 1연은, '차가움을 상기시킨다'는 점에서 동일한 성분이라고 할
수 있는 '어름'과 '댓닙'이 등장하고 있는데, 이 '어름'과 '댓닙'의 조화
는 '차가움'의 효과를 배가시키는 기능을 한다. 왜냐하면 '얼음'은 차가
움을 극명하게 드러내주는 물질이며, '댓잎'도 서늘함을 단적으로 드
러내주는 물질이므로 이들의 결합은 '차가움'을 극단적으로 표상하기
때문이다.

4연은 '오리'와 '물(소, 여흘)'이라는 등가적 짝을 통해 님과의 사랑을
비유적이지만 확실하게 나타내는 가운데 겨울의 현상인 '소콧얼면'을
통해 '차가움'과 '얼음'이미지를 표출시키고 있다. 이때의 시적 화자의
심리상태는 분노와 조소의 감정을 강하게 반영하기에 자아(시적 화자)
와 세계(님)간에는 대립과 갈등이 내재하게 된다. 4연은 〈만전춘별
사〉에서 가장 논의의 대상의 되는 부분 중의 하나인데 이는 '비오리'
나 '소', '여울'이라는 상징어 때문이다. 비유물의 특성상 '비오리'는
'남자'이고, '물'은 '여자'로서 '소'는 '시적 화자 자신'을, '여울'은 '다른
여인'을 원관념으로 한다는 데에는 異見이 없지만, 시 텍스트의 발화
형태에 대해서는 많은 견해의 차이를 보이고 있다. 필자는 이 부분을
2중 시점, 즉 대화로 보지 않고 시적 화자의 독백으로 처리했다. 왜냐
하면 "여흘란 어듸두고 소해 자라온다"에서 '다'가 의문형[7]이긴 하나
이는 독백에서 사용될 수 있으며, 그 다음 발언인 "소콧얼면 여흘도
됴흐니 여흘도 됴흐니"도 역시 빈정대는 말로써 독백으로 처리될 수
있기 때문이다. 사실 일상적 대화 속에서 화가 났거나 빈정댈 때 상대

---

7) 이광호, 「高麗歌謠의 疑問法」, 『백영 정병욱선생 환갑 기념 논총』, p.142.

방의 말을 받아 대신하는 경우는 보편적인 일인 것이다. 따라서 1인칭 '시적 화자'의 '발화'로 보아서, "다른 여자"(여흘)는 어디두고 다시 "나(소)에게 왔나요? 또 제가 거절하거나 냉대한다면(소콧 얼면)면 다시 다른 여자(여흘)에게 가겠군요", "~ 다른 여자를 좋아하겠군요" 등으로 해석했다. 이는 하나의 시 텍스트 속에서 시적 자아 외에 여러 명의 등장인물이 발견된다고 해서 이를 인물 쌍방적인[8] 장르로 볼 수 없는 것과도 같은 이치인 것이다. 결국 이 부분은 시적 화자가 그렇게 그리워하던 님이지만 여기저기 기웃거리고 자신을 외롭게 만든 사람이기에 한편 반갑지만 아니, 너무나 반갑기 때문에 오히려 더 가시돋힌 비꼬는 말을 던지게 되는 경우에 해당된다. 이를 두고 "그렇게 자신이 사랑하는 남자가 왔는데 빈정거릴 수 있는가?"라는 의문을 제기하는 것은 여성심리를 간파하지 못한 경우일 것이다.

또한 얼음은 靜과 動, 그리고 陰과 陽의 속성을 동시에 갖고 있기에, − 상황으로도, + 상황으로도 나갈 수 있는 여지를 함축한다. 그러므로 1연과 4연의 상황은 각각 님이 不在하는 2연과 님과의 행복한 해후를 나타내는 5연으로 환원될 수 있으며, 이런 점에서 1연의 사랑에서는 이미 2연의 고독과 외로움이 배태되고 있고, 4연의 초조감과 분노의 상황은 5연의 행복한 해후로 발전될 수 있는 여지가 마련되고 있다.

(2) '녹음'이미지

〈녹음〉이미지는 2연과 5연에서 나타나고 있다.

---

[8] Paul Hernadi, Beyond Genre, Cornell University, 1972, p.160. 인물쌍방적= 劇.

2 聯 : 耿耿孤枕上애 어느 주미 오리오

西窓을 여러ᄒ니 桃花ㅣ 發ᄒ두다

桃花는 시름업서 笑春風ᄒᄂ다 笑春風ᄒᄂ다

5 聯 : 南山에 자리보아 玉山을 벼여누어

錦繡山 니불안해 麝香각시를 아나누어

南山애 자리보아 玉山을 벼여누어

錦繡山 니불안해 麝香각시를 아나누어

藥든 가슴을 맛초ᅌᆞ사이다 맛초ᅌᆞ사이다

2연과 5연에 나타나고 있는 詩語인 "桃花, 笑春風, 錦繡山, 麝香, 南山, 藥" 등이 모두 〈녹음〉 이미지를 함축한다는 데에 주목할 필요가 있다.

녹음(Thaw)은 인류공통상징으로 多産, 비옥, 풍부함, 번식력의 회복, 변화성 등을 함축한다. 이러한 해빙은 '봄'에서 비롯되기 때문에 1·4연의 겨울이미지에서 벗어나 2·5연의 복사꽃, 봄바람, 남산 등의 봄의 이미지, 즉 따뜻함으로 옮겨지는 데서 녹음의 이미지는 추출된다. 이는 또한 씨 뿌리고, 인고하며, 결실을 맺는다는 자연의 섭리를 연상시키는 패로디라 할 수 있는 것으로, 긴장과 갈등을 거쳐 해결의 場이 펼쳐지는 것은 결국 이를 환원한 것이 된다.

주목되는 것은 2연에 나오는 녹음이미지는 정서적인 측면으로 보았을 때는 완벽한 녹음이미지를 반향하고 있는 것은 아니라는 점이다. 오히려 시적 화자의 심정은 '녹음'과는 다른 처지에 놓여있다고 할 수 있다. 그럼에도 불구하고 2연은 5연에서의 '완벽한 녹음'을 지향하고 있는 연이며, 무엇보다는 시어는 '녹음이미지'로 구성되어 있다는 점

에서 녹음이미지에 함유시킨다. 무엇보다도 2연과 5연을 한 짝으로
보았을 때, 〈만전춘별사〉의 시적 구조는, '얼음(1연과 4연)', '녹음(2연
과 5연)', '소망(3연과 6연)'이라는 질서정연한 구조 체계로 환원되기 때
문이다. 사실상 2연에 보이는 '녹음'이 정서적으로는 '녹음'이라고 볼
수 없다는 점은, 5연(완전한 녹음), 6연(통합되고 완결된 화해와 소망)의
대단원을 향해서 점차적으로 나아가는 과정이라는 점에서 당연하다
고 할 수 있다. 대단원을 향해서 나아가는 노정에 완전한 '녹음'은 생
성될 수 없는 것이다. 이런 점에서 2연의 시적 화자의 외로움은 감정
이입이 되지 않은 복사꽃의 무심한 웃음과 대비되어 갈등을 야기하는
상태로 몰고 가는 반면, 님과 합치가 되는 5연은 완전한 해소의 場으
로써 〈녹음〉이 표상하는 豊饒와 繁殖의 재획득의 기회를 마련하게
되는 것이다.

　5연에 등장하는 남산, 옥산, 금수산, 니불, 사향, 약, 가슴, 각시 등
의 어휘들 또한 '사랑'의 매개어들이고, 가장 따뜻하고(南山), 가장 정
결하며(玉山), 포근하고, 아름답고, 향기로운(니불, 錦繡山, 麝香), 장소
라는 점이 더욱 이를 입증해준다. 특히 '사향'은 사랑의 묘약으로 암암
리에 전해오는 비방임에랴. 이렇게 볼 때 5연의 상황은 1~4연까지의
고난과 인내를 거친 결실의 場이 되며, 이를 영원화시키는 것이 바로
6연의 "아소 님하 遠代 平生애 여힐술 모르 옵새"인 것이다.

　이 때 5연의 발화자도 시적 화자인 '여성'으로 본다. 그러므로 이 시
텍스트의 일관된 발화자는 1인칭인 시적 화자인 여성화자이다. 사실
기존 학설에서는 "사향각시를 아나누어"의 대상을 시적 화자의 '님'인
'작중인물', 즉 '남자'의 발화로 보고 있지만 이는 다소 어색한 해석이
라 할 수 있다. 왜냐하면 "당신이 날 냉대하면(소콧 얼면), 다른 여자
(여울)에게 가겠다"라고 으름장을 놓던 사람이 바로 그 다음 연에서 그

렇게 정결하고 포근하며 아름다운 사랑을 나눈다는 것은 아무래도 부
자연스럽기 때문이다. 따라서 이 경우도 여성화자의 발화로 보는 것
이 보다 더 자연스럽거니와 사실상 자기 자신을 '사향각시'라고 객관
화시켜 얼마든지 호명할 수 있는 것이고, 이렇게 볼 때 비로소 6연과
의 연계성에도 무리가 없게 된다. 이에 따라 자연히 '藥든 가슴'에서의
가슴은 시적 화자의 가슴으로 환원되는데, 이 경우에서의 '藥'은 결단
력과 의지력이 약하여 방황하는 '님'의 갈등을 잠재울 수 있는 묘약이
며(이를 뒷받침해주는 것이 '麝香각시'이다), 藥든 가슴을 맞추는 행위는
'시적 화자'의 원망과 갈등까지도 해소시켜주는 것이기에 이중적인 해
결의 의미를 함축하는 詩語인 것이다.

그러므로 이때의 사랑은 1연의 일시적이고 불안이 개재된 '사랑'이
아닌, 가장 아늑하고 가장 정결하고 가장 따뜻하고 화려한 장소에서
이루어지는 '완전한 사랑'을 의미하는 것으로, 이러한 사랑이 다시 깨
어지거나 결핍되지 않기를 갈망하는 願望, 所望으로 끝맺음한다는 것
은 그만큼 당연한 일이 된다. 이에 부응하여 시적 화자의 소망과 의지
는 5연의 '맛초흅사이다', 6연의 '모릭압세' 등과 같은 서술어미의 청유
형으로 표출된다. 이렇듯이 〈滿殿春〉은 얼음(1, 4연)과 녹음(2, 5연)
이미지를 정연하게 내재하고 있다.

(3) '소망'의 미학

〈만전춘별사〉의 구조는 얼음(1, 4연)과 녹음(2, 5연) 이미지를 정연
하게 함유하고 있을 뿐만 아니라, 3聯과 6聯 또한 서로 밀접한 관련성
을 지닌 짝으로 긴밀한 구조에 기여한다는 것을 알 수 있다. 이는 곧
님과 화해하고 님과 같이 있고자 하는 화자의 소망이 공분모로 나타
난다는 점에서 그러하다. 단지 3聯의 화해와 소망에는 미해결적 요소

인 원망이 내재하고 있는 반면, 6聯에는 통합되고 완결된 화해와 소망을 염원하는 시적 화자의 의지가 드러난다는 차이가 있을 뿐이다.

> (3) 넉시라도 님을 흔딕 녀닛景 너기다니
>   넉시라도 님을 흔딕 녀닛景 너기다니
>   벼기시더니 뉘러시니잇가 뉘러시니잇가

> (6) 아소님하 遠代平生애 여힐술모르 옵새

3연의 "혼백이라도 님과 한 곳에 가고자(함께 있고자)하는 경황으로 알았더니 어기던 사람이 누구셨습니까"에서 알 수 있듯, 시적 화자는 님과 맺었던 과거의 언약을 기억하고 원망을 토로하고 있다. 그러나 이때의 원망에는 님과 함께 있고자 하는 강한 열망이 암시되어 있으며, 이러한 원망과 갈등, 대립은 4연을 거치면서 5연의 화해로 해소되고, 6연에서는 영원한 화합의 노래와 소망을 염원하는 시적 자아의 간절한 목소리로 환치된다. 따라서 이때의 '아소'는 아소서의 생략의 형태로서, 환기의 뜻을 내포한다.

그러므로 1연과 2연의 상황이 얽혀서 3연의 원망과 한탄으로 응축, 유출되며, 이와 똑같은 양상이 4, 5, 6연에서 반복적으로 진행된다는 것을 알 수 있다. 그러나 후자의 경우에는 발전의 의미를 내포한 중복으로써 2연의 외로움 대신 5연의 행복한 합치, 3연의 원망과 실망 대신에 6연의 너그럽고 풍성한 소망을 노래하는 시적 화자의 목소리가 대치된다는 차이를 보인다. 이렇듯이 〈만전춘별사〉의 의미구조는 정·반합의 형태를 취하고 있으며, 이때의 사랑에는 강한 소망의 염원이 내포되어 있어 시적 화자의 소망을 성취하는 인과적 결합으로 짜여지며, 이러한 주제소가 '밤'을 時間的 배경으로 하고 '잠자리'를 空間的 배경으로 하여 반복되며 수직적인 소망의 욕구를 향해 진행되어 간다. 그러므로 〈만전춘별사〉구조는 또한 여성화자의 소망이, 긴장(1연) → 갈등(2, 3, 4연) → 해소(5연)를 통해 표출되며, 궁극적으로는 이를 영구화시켜 초월하려는(6연) 내적 의지가 용해되어 있다고 할 수 있다.

이런 모든 점에서 〈만전춘별사〉는 '사랑'이 주 모티프가 되어 한편으로는 1, 4 聯과 2, 5, 聯을 각각 한 묶음으로 한 얼음(겨울) → 녹음(봄)이미지와 님과의 합일에 대한 소망과 화해의 구조(3, 6연)를 보인다는 점에서 얼음(겨울) → 녹음(봄) → 소망의 미학이 반복되는 형태를 취하고 있으며, 다른 한편으로는 1, 2, 3 , 4, 5, 6聯이 정·반·합의 형태를 취하면서 순차적인 질서를 내재시키는 작품이다.[9]

2) 〈만전춘별사〉의 표면적 의미 및 이면적 의미

〈만전춘별사〉는 구조적인 측면이나 해석적 측면에서 약간의 차이는 있겠지만 어느 누가 해석하든지 표면적인 내용은 '남녀간의 열렬한 사랑', 그것도 '육체적인 사랑'이다. 이렇듯이 남녀간의 육체적 사랑을 노래한 〈만전춘별사〉는 고려 때의 노래이며, 「악장가사」에 수록된 것으로 보아 궁중악의 가사인 것은 분명하지만, 도대체 언제, 어느 때 불리었을까?

『조선왕조실록』에 수록된 〈만전춘별사〉에 대한 기록은 다음과 같다.

---

9) 강명혜, 『고려속요·사설시조의 새로운 이해』, 앞의 책, pp.123~131. Passim.

"特進官 李世佐의 啓에 이르기를, '지금의 음악은 거의 男女相悅之詞를 쓰고 있으니, 曲宴·觀射·行幸을 할 때 같으면 그것을 사용하는 것이 해롭지 않겠으나, (王께서 친히) 正殿에 나가시어 뭇 신하들에게 臨할 때에는 이런 내용의 우리말 노래를 사용한다는 것이 事體에 괜찮으실런지요? 臣은 掌樂堤調가 되어 본래 음율을 알지 못하오나 들은 대로 말씀드리겠습니다. 〈眞勺〉은 비록 그 歌詞가 俚語이나 바로 忠臣戀主之詞이니 사용해도 해로울 것이 없겠습니다마는 다만 사이사이에 鄙俚한 歌詞를 노래함에 〈後庭花〉, 〈滿殿春〉과 같은 류가 많다 하니, 이를테면 〈致和平〉, 〈保大平〉, 〈定大業〉 같은 것은 祖宗의 공덕을 칭송하는 노래로서 마땅히 노래하게 하여 聖德과 神功을 찬양해야 하겠으나 지금 妓女, 樂工이 積習에 젖어 있기에 正樂을 버리고서 음란한 음악을 좋아하게 되면 심히 편치 못한 일입니다. 俚語로된 그런 노래를 일단 듣기는 하시되 그 모두 계속 익히지는 마십시오' 하였다. 임금께서 좌우의 신하들을 돌아보시며 물으시니 領事 李克培가 대답하기를 '그 말은 옳습니다마는 다만 積習이 이미 오래되므로 갑자기 고치기가 어렵습니다. 해당 曹署에 令을 내리시어 의논하여 啓를 올리도록 하소서'하였다. 임금께서 '좋은 일이라' 하였다.: 特進官李世佐啓曰 方今音樂 率用男女相悅之詞 如曲宴·觀射·行幸時 則用之不妨御 正殿臨群臣時 用此俚語 於事體何如 臣爲掌樂堤調 本不解音律 然以所聞言之 眞勺 雖俚語 乃忠臣戀主之詞 用之不妨 但間歌鄙俚之詞 如後庭花, 滿殿春之類亦多, 若致和平, 保大平, 定大業 乃祖宗 頌功德之詞 固當歌之 以襃揚聖德神功也. 今妓工狃於積習 舍正樂而好淫樂 甚爲未便 一應俚語 請皆勿習 上顧問左右 領事李克培 對曰 此言是也 但積習已久 不可遽革 令該曹商議以啓 上曰 可"『成宗實錄』19년 8月條. 〈방점 필자〉

"임금께서 宗廟의 別祭를 의식대로 몸소 행하시고 傳教하시기를 '종묘의 음악 중에서 〈保太平〉, 〈定大業〉 같은 것은 좋으나, 그 이외의 속악으로서 〈西京別曲〉 같은 것은 男女相悅之詞라서 심히 좋지 못하니, 악보는 갑자기 고칠 수 없다고 해도 곡조에 맞춰 가사를 따로 짓는 것이 어떻겠는가? 예조에 묻도록 하여라'고 하였다: 傳日 宗廟樂 如保太平定大業則善矣 其餘俗樂 如西京別曲 男女相悅之詞 甚不可 樂譜則 不可卒改 依曲調別制詞何如"『成宗實錄』券 215, 19년 4월 丁酉.

이 내용을 보면 시사하는 바가 크다.

① 궁중악으로서 '남녀상열지사'에 해당되는 노래를 사용하고 있었다.
② 표면적 내용으로 보았을 때, 그 성격 및 주제가 거의 동일한 〈진작〉, 즉 〈정과정곡〉은 '충신연주지사'로 받아들여지고 있는 반면, 〈후정화〉, 〈만전춘별사〉는 비리한 가사를 지닌 '남녀상열지사'로 보았다.
③ 〈만전춘별사〉는 관사, 행행, 곡연 등보다 훨씬 더 중요하고 격식을 갖춘 의례에 사용되고 있었다.
④ 〈서경별곡〉과 같은 고려속요가 새로 창제한 조선조 악장과 함께 종묘제례악으로 사용되고 있었다.
⑤ 고려속요와 조선조에서 새로 창제한 신제악장이 궁중악으로 혼효되어 사용되고 있었다.
⑥ 점차 고려속요를 신제악장인(조선조 악장)으로 대치해 가고 있었다(음률은 그대로 사용하고 가사만 바꾼 경우, 같은 제목에 가사를 바꾼 경우, 폐지한 경우 등이 있다[10]).
⑦ 위 내용으로 보았을 때, 비록 〈만전춘별사〉가 〈서경별곡〉처럼

'종묘제례악'으로 사용했다고 꼭 집어서 밝힌 문헌은 찾을 수 없지만 여러 정황으로 보아서는 〈만전춘별사〉도 제례의식과 같은 공식적인 행사에서 사용되었다고 보아야 할 것이다.

주지하다시피 조선조는 고려조의 신하가 세운 나라로서 두 나라 사이의 경계는 불분명하다. 즉 어제의 '고려'가 오늘에는 '조선'이 된 형국이므로 조선조 초기에는 고려의 모든 것에서 탈피할 수 없었다. 궁중악도 예외는 아니었다. 모름지기 나라가 생성되면 음악이 함께 창제되었던 것이 상례지만 조선조는 고려조의 신하가 세운 나라였고 건국에 필요한 시간이 충분치 못하였기에 모든 것을 고려조에서 답습할 수밖에 없었고 음악도 예외는 아니었다. 이렇듯이 성종조, 나아가서는 중종조 때까지도 고려 때의 음악을 궁중악으로 사용했었음이 기록으로 남아있기 때문이다.

그러므로 '속요'란 '고려시대 궁중에서 오랫동안 사용되었던 우리 음악의 歌詞'를 의미하는 것으로서, '祀圜丘 社稷 享太廟 文宣王廟 亞終獻 及送神 並交奏鄕樂'이라 하여 대다수가 궁중의 祭禮樂 특히 사직에 제사하거나 제향드릴 때인 亞·終獻 및 送神에 쓰였고, 조선조의 成宗년간까지도 대부분 正殿의 의례에 쓰였던 음악의 가사이다. 즉 원구, 사직, 태묘, 선농, 문선왕묘의 제사 때 두 번째 잔을 올리는

---

10) 당시 기록들을 살펴보면 선률이 채택된 경우는 대략 〈만전춘〉, 〈청산별곡〉, 〈동동〉, 〈정과정곡〉, 〈서경별곡〉 등인데, 〈만전춘〉의 경우는 선율이 채택될 때 그 노래의 가사도 尹淮에 의해서 개작되었다. 또한 개작된 〈쌍화점〉의 가사는 〈쌍화곡〉이란 이름으로 『시용향악보』에 전하고 원래의 가사는 『악장가사』와 『대악후보』 권 6에 전한다. 『시용향악보』의 쌍화곡의 가사와 곡조가 「대악후보」의 것에서 개작된 것은 사실이지만 원래의 한글 가사를 한문 가사로 개작했을 뿐 〈쌍화곡〉의 곡조는 〈쌍화점〉의 것을 전승했다. 장사훈, 「高麗歌謠와 音樂」, 『高麗時代의 가요문학사』, 새문사, 1982, pp.174~175. Passim.

아헌과 세 번째 잔을 올리는 종헌, 그리고 신을 떠나보내는 송신, 이상
세 가지 절차에서 속악은 당악과 병행해서 사용되었고, 궁중잔치에서
도 당악과 함께 연주되기도 했던 것이다.11)

　음악연구자인 장사훈에 의하면, "太祖 2년 7월에 정도전이 〈납씨
가〉와 함께 〈정동방곡〉을 지어 올렸는데 〈정동방곡〉은 〈서경별곡〉
가락을 그대로 갖다 썼고, 둘째, 世宗 29년 임금이 保太平, 定大業,
發祥, 鳳來儀 등 新樂을 전래의 고취악과 향악에 바탕하여 창제하였
고, 셋째, 지금까지 밝혀진 것으로는 世宗 때의 保太平 중 隆化는 고
려 전래의 향악 〈풍입송〉 곡을 갖다 쓰고, 〈정대업〉 중 順應(세조 이
후의 赫整)은 고려의 〈만전춘〉, 和泰(세조 이후의 永觀)는 고려의 〈서
경별곡〉가락을 습용한 점 등으로 무의식적이 아니라 오히려 의식적으
로 고려의 향악(궁중악) 가운데서 선택한 것이라고 하면서, 조선조에
궁중악으로 채택된 고려악만 해도 10곡을 헤아릴 수 있으며, 국악학
의 진전에 따라 더 많은 곡이 발견될 여지가 있다"12)고 하고 있다는
점도 이를 입증하는 사례 중 하나이다.

　이런 모든 정황으로 보았을 때, 고려속요는 '고려 악장에 해당되는
노래의 가사'로서, 표면적인 의미만을 수용한다면, 상당 부분 원의미
를 간과하는 결과를 초래할 것이라고 사료된다. 동서고금을 막론하고
인구에 회자하는 이야기담(설화포함)이나 속담 등은 모두 직설적 이야
기와는 거리가 멀다. 직설적 이야기는 거의 인구에 회자되지 않거나,
전달되지 않으며 그 생명력은 길지 않다. 재미있고 흥미있는, 또는 신

11) "祀圜丘 社稷 享太廟 文宣王廟 亞終獻 及送神 竝交奏鄕樂"『高麗史』卷71. 志25.
樂2. '用俗樂節度'; "이 때 祭主(獻官)는 初獻에는 왕, 亞獻에는 太子, 公, 侯, 伯,
終獻에는 光祿卿이 정해져 있다"「高麗史」卷59. 志13. 禮1 '圜丘'
12) 장사훈, 「高麗歌謠와 音樂」, 『高麗時代의 가요문학』, 앞의 책, pp.174~175. Passim.

기한 이야기나 노래가 아니면 쉽게 잊혀지는 것이 보편적인 상식이다. 직설적이고 사실적인 이야기나 기록이 역사적 특성이라면, 비유나 상징은 문학적 특성인 것이다. 비견한 예를 들자면, "결혼을 해 주시겠습니까"가 역사물, 혹은 단순한 사람의 청혼에 해당된다면, "저와 매일 아침 해 뜨는 것을 함께 보시겠습니까?", "그대를 위해 매일 된장찌개를 끓여주겠다"등은 모두 문학적 담론에 해당되며, 보다 지적이고 세련된 사람의 화법에 해당된다. 또한 직설적인 주제는 그 생명이 짧다는 점도 위에 제시한 문장들의 표면적 의미는 각각 다르지만 이면적 주제는 모두 하나로 수렴된다는 데에 이의를 제기할 사람은 없을 것이다.

이렇게 생각해본다면 우리가 우리 선조들이, 그것도 학식과 지식이 남다른 궁중 관계자들이, 또 그렇게 오랜 세월 유지되었던 노래들을, 단지 표면적 의미로만 해석해서 텍스트를 닫아놓는다면 이는 바람직한 현상이라고는 볼 수 없을 것이다.

그렇다면 〈만전춘별사〉의 이면적 내용은 무엇일까?

앞에서 밝힌 바와 같이 〈만전춘별사〉는 상당히 체계적인 텍스트 구조와, 미적 기능을 지닌 사랑의 노래이다. 그러나 여성화자의 정열적인 사랑과 질투 그리고 사랑에 대한 열렬한 갈구 등이 노골적이고 구체적인 情事的 분위기와 함께 어우러져 조선에 채록할 당시부터 비속하다는(鄙俚之詞) 평을 받게 되었으며, 현재까지도 기녀의 음란한 노래로, 술자석이나 잔치에서 즐겼거나 혹은 궁녀의 사랑의 노래 등이라고 평가받고 있다. 이는 결국 표면적인 해석에서만 비롯된 결과이다. 필자는 "에로틱한 사랑의 노래"라는 표면적 주제 그 이면에 내재한 심층적 의미를 찾고자 했다.

혹자는 궁중에서 부르던 노래가 음란한 것은 기녀들이 자신들의 취향에 맞는 노래를 부르다보니 그렇게 되었다고 하지만, "妓女들이 노래를 부른 것은 틀림없으나 이들은 어디까지나 기능인으로서 정해진 곡명을 唱했을 뿐이지 엄정한 제도 속에서 기생이 좋다해서 부르면 궁중악이 되는 것은 아니며", "한자라도 틀리면 목이 달아나는 판"13) 이라는 점을 고려할 때 궁인들의 자신들의 취향에 부합되는 음악을 임의적으로 채택했다는 것은 오늘날의 경우를 생각해 보아도 상식적으로 이해가 되지 않는다.

〈만전춘별사〉에는 남녀 간 사랑의 극치를 의미하는 '성적 행위'가 암시되고 있다. '성적 행위'는 무조건 음란한 것일까? 사실 '性行爲'는 고대에 있어서는 日常事적인 것의 일부로서, 繁殖을 상징하며 豊饒를 내포하는 의미를 지니고 있었다. 多産의 행위는 인구가 얼마 되지 않았던 고대에 있어 가장 중요한 행위 중의 하나였기 때문이며, 이에 따라 多産의 전제가 되는 성행위는 진지하고 엄숙한 일 중 하나였기 때문이다. 이런 점에서 볼 때 현대인이 알고 있는 부끄러움이나 수치심 같은 부정적 감정은 애초에 개입되지 않았음을 알 수 있다. 그러므로 고대인의 의식은 남녀의 성기를 표상하는 징물들도 마치 해나 달 같은 자연 현상의 그것과 같은 의미로 받아들이고 있었음을 단편적으로 남아있는 고대의 풍습이나 출토된 물건 등을 통해서 추정할 수 있다. 또한 이를 뒷받침하는 것 중 하나가 성행위를 모의적으로 행하면서 豊饒를 기원하는 習俗 등이다.14)

---

13) 정기호, 「〈履霜曲〉 이해를 위한 몇 문제」, 『한국고전시가작품론1』, 앞의 책, p.274.
14) 우리나라에서는 최근까지 어촌에서는 豊魚祭를 지낼 때, 남근을 상징하는 돌이나 몽둥이를 걸어놓고 지냈다.(安仁津의 해랑당 설화 참조). 채록자에 의하면 일제 때 그러한 풍습과 상징물들이 거의 없어졌다고 한다. 또한 우리나라에서 洞祭(예: 경북 안동 일대의 洞神祭)를 지낼 때는 현재에도 남녀의 성행위를 상징하는 절차를 취한다. 또한 대전 교외에서 발견된 "農耕文靑銅"-남성 상징을 드러낸

이런 점에서 볼 때 고대의 애로틱한 사랑 노래의 기원은 사실상 '豊饒의 노래'에서 유래되었으며, 고려시대까지도 이러한 특성은 지속되었다고 본다. 실제로 『고려사』를 보면, "궁중에서 무녀를 200~300명 정도 불러서 지렁이를 그려놓고 기우제를 지냈다"는 기록이 심심치 않게 보이기 때문이다.[15] 고려시대까지는 고대의 巫俗的 사상이 어느 정도 지배했던 시기였던 것이다. 따라서 이러한 풍요사상(남녀간의 육체적 사랑)은 '임금'에 대한 사랑, 즉 戀君으로 대체됨에 따라 祈願이나 頌祝의 뜻을 강하게 내포하게 되었으리라고 생각하며, 〈만전춘별사〉도 그러한 의미, 즉 豊謠나 頌禱의 의미로 사용되었으리라고 추정한다.

이는 또한 제목을 통해서도 추출할 수 있다. 왜냐하면 〈만전춘〉 제목에서 환기되는 것은 무엇인가 풍성하고 가득참, 송축, 번영, 기복, 태평구가 등이라고 할 수 있기 때문이다. 반드시 그런 것은 아니라고 해도 제목이란 전체 내용을 대표하거나 환기하는 것이 보편적 사실이라고 할 때 그 속에 내재된 표상성, 전언 등을 간과해서는 안될 것이다. 그렇다면 〈만전춘〉 제목은 작품 내용을 어떻게 환기하는 것일까? 〈滿殿春〉은 〈滿〉－가득차다, 〈殿〉－궁궐, 〈春〉－봄으로 해석된다. 이 때 '春'은 과연 남녀의 사랑을 조응하는 것일까? 그렇다고 하더라도 男女의 사랑과 '궁궐'이라는 것이 과연 연관성이 있는가, 또한 표리관계에 있는가라는 문제에 이르기까지 여러 가지의 의문점이 제기된다. 사실 제목이 제시하는 메시지와 텍스트 본문에서 환기되는 이미지,

---

裸身의 사나이가 발갈이 하는 모습이 새겨져 있다고 하는데 이런 것에서 풍요의 편린을 엿볼 수 있다. 강명혜, 『고려속요·사설시조의 새로운 이해』, 앞의 책, 〈雙花店〉, 항목 참조.

15) "丙寅 集巫三百與人 于都省廳 祈雨", "六月己卯朔, 集巫二百五十人于都省, 禱雨"(世家. 卷第十六. 仁宗二)

내용, 詩語 등이 서로 모순적인 상반성을 보인다는 점은 〈만전춘별사〉를 이해하는데 불투명성을 보이게 했으며 이로 말미암아 사회적 여건 등을 고려한 궁중의 퇴폐성이라든가, 왕의 음란성, 궁녀의 사랑의 노래라는 것으로 귀결되거나 거론되곤 했던 것이다. 따라서 제목이 내포하는 원형성이 〈만전춘별사〉의 특징은 아니지만 고금동서가 갖는 원형성과 〈만전춘별사〉의 제목이 부합되고 있다는 점에 주목할 필요가 있다. 즉 〈만전춘별사〉 제목은 〈만전춘별사〉의 내용을 환기하고 있으며, 원형적 특성에도 부합하고 있는 것이다.

〈만전춘별사〉는 님과 함께 사랑을 나누고자 하는 시적 화자의 소망의 제시와 그에 따른 갈등, 대립을 거쳐 긴장감이 극도로 고조된 후 이를 해소하여 화합되어 가는 과정을 보이고 있다. 더구나 화합의 분위기가 극대화된 후에는 이를 영원히 지속시키고자하는 화자의 열망과 소망이 기원투의 어조를 통해 확연히 드러난다. 또한 시적 화자인 여성의 목소리를 통하여 스스로를 객관화시켜 이때 야기되는 극적 효과를 최대화시키는 기법을 보여주고 있고 이러한 진술방식이 작품의 내적 구조의 긴밀성에 기여하고 있다. 이러한 모든 점이 겨울에서 봄으로 이어지며 나타난다는 점에서 제목을 환기할 수 있으며, 〈얼음〉과 〈녹음〉의 이미져리로 되어있다는 점 또한 그렇다고 할 수 있다. 왜냐하면 이는 차가운 겨울의 상징에서 액체화되어 따뜻한 봄으로의 전환의 가능함을 의미하는 것으로 陽과 陰의 속성을 지니는 〈얼음〉이미지에서 번식력을 상징하는 〈녹음〉이미지로의 이행을 뜻하는데, 이러한 점 또한 제목을 내포, 표상하는 기의가 되기 때문이다.

또한 "어름위의 댓닢자리 ~"라는 남녀의 사랑을, 남녀의 사랑 그 이상의 의미로 환원시킬 수 있다는 점에서도 이러한 점을 추출할 수 있다. 사실 이 句節에는 남녀간의 사랑뿐만이 아니라 '임금과의 사랑'도

내포되어 있는 것으로, 이러한 例는 고시가에서는 무수히 볼 수 있기
때문이다. 〈만전춘별사〉 텍스트에서 이를 추출하기 어려운 것은 노골
적이고도 구체적인 情事의 부위기 때문인데, 그러나 이러한 짙은 성
애적 표현도 "임금"에 대한 사랑, 즉 戀君과 대체될 수 있으며 이런 점
에서 기원이나 송축의 뜻을 지닌다고 보는 것이다. 더욱이 임금과의
사랑을 노래한 〈鄭瓜亭〉의 "버기더시니 뉘러시니잇가 뉘러시니잇가"
라는 어구가 〈만전춘별사〉 3연에 등장하는 것이며, 역시 임금의 福을
축원하거나 기원하는 詩歌에 자주 등장하는 "아소님하 원뒤평숭애 여
힐술 모르ᄋ새"가 맨 마지막을 장식하는 것 등이 모두 이를 뒷받침해
준다. 또한 고대 사회에 있어서의 남녀의 사랑은 결국은 풍요나 다산
과 연결되기에 더욱 그러하다고 할 수 있다. 따라서 〈만전춘별사〉 텍
스트 내에서의 '사랑'은 이중적인 의미구조로 기능하는 것으로, 남녀
간의 사랑이 함축하는 다산과 풍요는 왕실의 번영과 풍요로 연계되어
왕실의 복을 기원하는 頌禱의 노래로 환치되며, 제목과도 자연스럽게
연결되는 것이다.

이렇게 볼 때 〈만전춘별사〉는 편장된 것이 아닌 제목, 내용, 형식이
모두 일관되게, '사랑'을 내포하거나 표상, 표출시키는 하나의 완결된
텍스트로서 미적 기능을 지니고 있는 시가인 것이다. 또한 이때의 '사
랑'은 '남녀간의 사랑'과 '君臣간의 사랑'이라는 이중적 의미를 지니며,
나아가 남녀의 사랑은 또한 왕실에 대한 송도의 노래로까지 확대, 연
계되기에 〈만전춘별사〉는 祈願謠, 豊謠, 頌禱의 노래라고 본다. 즉
이면적 의미로 보면 그것은 얼마든지 왕에게 보내는 신하의 애정의
메시지, 충성심 등으로 환원 가능하다. 한 신하에게만 관심 둘 수 없
는 왕의 존재, 그 존재에 대한 신하들의 끊임없는 관심과 애정, 신의
등을 얼마든지 그렇게 빗대어서 표현할 수 있기 때문이다.16) 이렇듯

이 신과의 사랑이나 군신간에 사랑, 그리고 그 신심과 충정을 알레고리화할 때 남녀간의 사랑이 항시 채택되는 이유는, 아마도 그 열렬함과 뜨거움·애틋함·불변성의 요구와 같은 성향이 두 매개항 사이의 기본 상수항으로 완벽하게 부합되기 때문일 것이다. 성경의 '아가서'도 신과의 사랑을 '남녀간의 육체적 사랑'에 빗대어서 노래하고 있다는 점을 상기할 필요가 있다.

필자는 고려조에서는 분명히 〈만전춘별사〉를 비롯한 고려속요의 이면적 의미, 즉 비유된 원관념을 인지하고 있었다고 본다. 그렇기 때문에 고려조의 악장으로 떳떳하게 사용되었을 것이다. 물론 조선조 초에도 고려속요를 그대로 궁중의 악장문학으로 사용한다. 단지 조선조에는 악장을 새로 창제해서 고려속요와 대체하는 작업을 지속하는 한편 고려속요를 폄시하는 상소나 계를 시도한다는 차이점을 보인다. 조선조에서 상소나 계는 특히 성종과 중종 때에 주로 이루어지는데, 이면적인 의미(원관념)를 알고도 전조의 노래를 폄하하는 목적으로 올린 것인지, 정말 표면적 내용으로만 파악을 해서 그러했는지 기록이 없어서 알 수는 없지만, 가사만 바꾸고 음을 그대로 사용했거나(쌍화점), 동일한 제목에 내용만 다시 바꾸어서 사용했거나(청산별곡 등 대부분의 고려속요), 좀 더 가벼운 자리에서만 사용하자고(만전춘별사) 했다는 점으로 추정해보면 이면적 의미를 인지하고도 전조의 음악을 폄하하려는 목적이나 고려속요를 폐기시키려는 목적에서 시도되었다고 본다. 또한 무엇보다도 이면적 의미와는 상관없이 표면적 의미는 유교적인 관념 하에서는 용납하기 힘들었다는 점도 크게 작용했을 것이다.

결국 고려와 조선조 악장의 표출방식은, 조선조가 임금에 대한 사랑

---

16) 강명혜, 『고려속요·사설시조의 새로운 이해』, 앞의 책, pp.134~135Passim.

을 '남녀 간의 정신적 사랑'으로 주로 비유했다면, 고려조의 그것은 '남녀간의 육체적 사랑'으로 비유했다는 변별점이 있을 뿐이다. 또한 이는 어쩌면 '청자'(고려)와 '백자'(조선)가 지니는 표상성의 변별성에 비견될 수도 있을 것이다.

3) 〈만전춘별사〉의 시놉시스 및 구성, 캐릭터

〈만전춘별사〉 텍스트는 이렇듯이 표면적 주제와 이면적 주제가 모두 '사랑(충절)'으로 수렴되는 작품이다. '사랑'이라는 주제는 네버 앤딩 스토리(never-ending story)에 해당하는 동서고금의 원형담에도 해당되기도 한다. 이를 토대로 하여 몇 가지 시놉시스를 제시하고자 한다.

사실 필자가 제시하게 되는 시놉시스는 〈만전춘별사〉 작품 텍스트의 필요충분 조건은 아니다. 이는 만전춘별사를 이해하기 위한 하나의 확대되고 재구성된 가상적 이야기일 뿐이다. 스토리텔러의 재능에 따라 무궁무진하게 이야기를 재구축하게 될 것이다. 본고에서는 단지 〈만전춘별사〉도 스토리텔링화가 될 수 있다는 가능성만을 제시한 것이다. 그러나 작품 텍스트가 무한정 확장된다고 해도, 〈만전춘별사〉만의 독특한 특성이 배제되는 것은 아니다. 왜냐하면 〈만전춘별사〉의 시놉시스에는 〈만전춘별사〉가 노래 불러지던 시대의 시대적 상황, 배경, 성격 등의 컨텍스트와 〈만전춘별사〉 텍스트의 표면적, 이면적 의미라는 기본 틀이 내재하고 있기 때문이다. 이를테면 최근 인기있는 MBC 주말 연속극 '이산'은 '정조'를 주제로 하고 있다. 하지만 '사도세자의 아들'이라는 조건과 타이틀, 그리고 그것에서 비롯되고 있는 고유명사 몇몇을 제외시키면 역대의 다른 왕의 이야기담이라고 해도 문제가 되지 않을 정도의 줄거리가 전개되고 있다. 사실 스토리텔링이란 그런 것이다. 그렇다고는 해도 '정조'와 '사도세자'에 대한 기본적인 정보가 주어지지 않는다면 '이산'과 같은 창작물의 배출은 불가능할 것이다. 이와 마찬가지로 〈만전춘별사〉라는 타이틀과 주제는 기본 근간이 되어 최소한의 특성은 보유된 채 스토리가 전개될 것이다.

기본적인 시놉시스에서는, 우선 표면적인 내용으로는 "남녀간 사랑에 있어서 남자의 일방적인 배반", 그리고 "후회와 통한, 변하는 사랑 이야기", "변심한 남자를 수용하는 여자의 입장", "조건과 사랑" 등이 소재소로 작용되는 이야기가 만들어질 수 있다. 이를 근간으로 해서 다양하게 전개되는 줄거리가 마련될 것이다. 기본적인 시놉시스의 일례는 다음과 같이 제시될 수도 있다.

- 시놉시스 1

    소희는 연인 현학과 열렬히 사랑하는 사이였다. 영원을 약속했던 현학은 어느 날 소희 친구 채원과 사랑에 빠지고, 소희 곁을 떠나간다. 절망감에 삶의 희망을 상실하지만 현학을 진실로 사랑하는 소희는 현학만을 기다리고... 몸과 마음은 점점 피폐해진다.

    그러던 어느 날 소희 앞에 다시 나타난 현학. 그는 채원과의 사랑은 한갓 바람에 불과했노라고 고백하고.... 이를 지켜보는 소희는 착잡하기만 하다.

    그러나 소희는 현학을 너무 사랑했기에 현학의 다짐을 받고 또 받은 후 다시 받아들이는데...

- 시놉시스 2

    궁녀 회이는 궁궐 생활이 지루하기만 하다. 언제나 똑같은 풍광, 소일거리도 없는 답답한 곳.

어느 날, 본가를 다니러 왔다가 동네 근처 연못을 거닐던 회이는 늠름하게 생긴 도령을 만나 어쩔 수 없는 사랑의 감정을 느끼고 열렬히 사랑을 나누며, 미래도 약속한다.

궁궐로 돌아온 회이는 그 도령을 잊지 못하고 연모의 정을 불태우며 그리워한다.

어느 날 왕의 수청 명령을 받고 고민에 빠진 회이. 거절할 수도, 수청을 들 수도 없는 회이.

어쩔 수 없이 침소로 향한다. 거기에서 만난 사람은?

이면적인 측면에서는 무엇보다도 "왕과의 신의"가 주제인 시놉시스가 마련되어야 할 것이다. 간단히 한 개만 제시해 보면 다음과 같다.

• 시놉시스 3

경서는 모든 신하들이 현 세자를 신봉하며 세자의 비위를 맞추기에 급급한 가운데, 묵묵히 둘째왕자 금에게 충성한다. 세월이 흘러 심약하던 세자는 병에 걸려 세상을 뜨고, 둘째왕자 금이 왕위에 등극한다. 왕이 된 금이에게 세자에게 충성을 맹세하던 자들이 몰려오고 갖은 아부를 다하게 된다. 경서에 대한 간신들이 모함은 계속되고, 왕은 어느새 경서를 멀리하기 시작한다.

궁궐을 떠나 방황하며 억울함과 왕을 사모하는 마음에 경서는 하루하루가 괴롭기만 한데, 어느 날 왕의 밀지가 도착한다.

위에서 제시한 시놉시스와 같은 스토리텔링은 상당한 창작적 기반을 제공한다. 이렇듯이 간단한 시놉시스라 해도 스토리텔러의 재능에 의해 무궁무진한 스토리가 생성된다. 스토리텔러의 재량에 의해서 새로운 스토리텔링의 원천자료가 얼마든지 생성될 수 있다. 소재란 사실 어디에도 없고 동시에 어디에도 존재하기 때문이다. 이러한 1차 스토리텔링은 2차, 3차 스토리텔링으로 변전되면서 그 영역에 어울리도록 적합하게 첨삭되거나 가공될 수 있는 토대를 마련한다.

한 자료에 대해 간단하지만 다양한 시놉시스의 생성은 서로 분절되고 이접되는 과정을 통해 여러 개의 에피소드를 창조하게 된다. 따라서 다양한 에피소드의 선택과 조합, 재배열 등에 의해 다양한 스토리텔링이 가능하게 된다. 이렇듯이 원 텍스트를 출발점으로 하여 개연성있고 호환 가능한 하이퍼텍스트를 무한히 생성해 다양한 문화산업의 현장에서 활용 가능한 콘텐츠를 제공할 수 있다. 시놉시스를 어떤 스토리로 전개시키건 간에 스토리텔링을 위해서 신경써야할 요인은 일단 등장인물(캐릭터)과 플롯, 세계관, 시점, 서술방식 등이다. 스토리 자체도 중요하지만 잘 짜여진 플롯은 필수항목이다. 작품은 플롯을 어떻게 엮어 가느냐에 따라 수용자에게 호소하는 느낌이 달라지기 때문이다. 플롯이 탄탄하게 전개되기 위해서는 어떤 캐릭터들이 창출되느냐 하는 것이 관건이기도 하다.[17] 주 캐릭터가 중요하지만 그 외에도 보조 캐릭터가 스토리에 등장해서 캐릭터의 욕망에 도움을 주기도 하고 방해를 하기도 한다. 아무리 단순한 구조를 가진 스토리라 하더라도 반드시 보조 캐릭터는 존재하게 된다. 보조 캐릭터는 주 캐릭터의 다양한 성향을 드러내게 하여 스토리의 내용을 풍성하게 하고 다양한 사건이나 상황을 만들 수 있게 하는 바탕이 되기 때문이다.[18]

다양한 스토리텔링에 따라 주 캐릭터의 아이콘도 여러 가지로 달라질 수 있다. 이를 대표적으로 몇 개 제시하면 다음과 같다. 아바타들

---

17) 류수열 외, 앞의 책, p.77.
18) 강명혜, 「고전시가와 스토리텔링」, 앞의 책, p.139Passim.

은 다양한 이야기 속에 나타날 수 있는 개연성을 제시한다. 즉, 캐릭
터나 인물 아바타는 이야기 구조에 따라 스토리텔러의 안목에 의해서
새롭게 생성될 것이다. 따라서 본고에서는 〈만전춘별사〉의 시놉시스
에 따라 이런 저런 인물이 창조될 수 있다는 가능성만 제시한 것이다.
따라서 이들 캐릭터들은 서로 연계되지 않는다. 서로 간에 관련된 이
야기 구조를 생성하지 않는다. 단지 시놉시스의 성격에 따라 이렇게
저렇게 선택될 것이다.

〈만전춘별사〉의 시놉시스에 따라 새롭게 생성될 캐릭터 아바타의 예[19]

필자의 의도는 무엇보다도 '고전시가의 활성화'에 있다. 어떤 스토
리텔링화로 전개되든 사실상 그리 큰 문제는 아니라고 본다. 고전시
가 텍스트를 다시 한번 고구하는 것, 고전시가는 고정되거나 고착되
거나 진부한 작품이라는 인식에서 탈피하는 것, 고전시가의 구조나
성격은 단지 표면적인 측면에서만 이해하거나 접근해서는 곤란하다
는 것, 또한 이들 고전시가는 현대적 감각으로 재탄생할 수 있는 개연
성이 있다는 점 등의 여러 가지 긍정적인 효과를 기대할 수 있을 것이
라는 데서 이 논문의 의의를 찾을 수 있다. 이러한 작업을 통해서 수

---

19) 인터넷 사이트.

용자나 학습자는 고전시가를 어려워하고 무관심하며 싫어하는 현재
의 풍토에서 우리의 고시가는 너무나 소중하고 가치있으며 현대의 감
각으로 볼 때도 이중 삼중의 의미망으로 환원될 수 있는 가치있는 작
품임을 인식할 수 있을 것이며, 거시적으로 보았을 때에는 문화콘텐
츠가 확대된다는 결과를 수반할 것이다.

3. 결언

　본장에서는 고전시가의 의미를 천착하고, 문화콘텐츠의 콘텐츠 내
연과 내연을 확장해서 문화콘텐츠의 원천소스의 원형으로 삼을 전통
문화유산의 범위를 확장한다는 목적과, 이를 대중화시켜서 일반인들
에게 보다 수월하게 접할 수 있는 기회를 제공한다는 의도에서, 원천
소스로서 고전시가인 〈만전춘별사〉를 선택해서 스토리텔링으로 가공
하는 작업을 했다. 우리의 先祖들은 시 텍스트는 은유나 상징 등을 주
로 사용해서 짧은 운문으로 창작했고, 이를 解號하는데 필요한 정보
는 서사담으로 만들어서 시 텍스트와 함께 공존시켰기에, 상고시가부
터 향가까지는 시 텍스트와 부대설화가 동시에 존재한다는 독특한 구
조를 보인다는 점에서 스토리텔링이 가능하다. 그러나 은유, 알레고
리 등으로 되어 있는 고려속요도 앞에서 제시한 바와 같이 스토리텔
링 작업이 가능하다. 따라서 본 연구의 가장 큰 목표는, ① 고전시가
의 심도 있는 천착, ② 고전시가 작품 텍스트의 확장 ③ 고전문학의
이해 및 활성화 ④ 고전시가에 대한 지속적인 관심 및 흥미 고양 ⑤
고전시가의 문화콘텐츠화−원소스 개발 및 확장 ⑥ 문화콘텐츠 확대

및 다양화 등으로 창출되는 문화가치의 경쟁력 증가 등이다.

　고려속요인 〈만전춘별사〉를 선정해서, 이들의 줄거리 즉, 시놉시스, 구성방식, 인물 즉 캐릭터의 창출 등에 대해서 살피면서 스토리텔링의 현장화를 시도했다. 〈만전춘별사〉가 제시하는 '사랑(충성)'이라는 주제는 결국은 네버 앤딩 스토리(never-ending story)에 해당하는 원형담으로서 1차 스토리텔링은 2차, 3차 스토리텔링으로 변전되면서 그 영역에 어울리도록 적합하게 첨삭되거나 가공될 수 있는 OSMU(One-Source-Multi-Use)을 가능하게 한다. 특히 〈만전춘별사〉는 고려시대 궁중악의 가사로서 표면적 의미 외에 이면적 의미로 환원되는 작품임을 염두에 두고, 이에 부합되는 시놉시스를 3개 정도 간단히 작성해 보았다. 또한 작성된 1차 시놉시스를 개발자가 의도하는 목적이나 규모, 그것을 표현하는 장르에 따라 이야기가 다양하게 확대 재생산할 수 있는 가능성도 타진해 보았다. 그 외에 캐릭터의 상품가치에 대해서도 간단히 제시했다(아바타 제시). 무엇보다도 고전시가의 스토리텔링화에는 고전시가에 대한 텍스트 천착(구조파악, 표면적 이면적 내용 파악 등)이 기본적 요건으로서, 고전시가에 대한 심도있는 분석 및 이해가 필수적으로 수반되면서 고전시가의 활성화라는 성과가 획득된다는 의의가 있다.

한국문학, 문화와 문화콘텐츠

허난설헌·윤희순의 현실 대응 방식 및 스토리텔링화

1. 서언

우리나라 여성은 지금도 그러하지만 역사적으로 보았을 때 특히 조선조 여성만큼 그 지위가 약화되고 미비한 존재였던 적은 그 유래를 찾기 힘들 정도이다. 조선조 지배이념인 유교적 시각과 잣대에서 볼 때 여성은 어디까지나 주변인물이며, 방외인이며, 참관인에 불과한 존재로서 아예 존재 가치 자체를 인정받지 못했기 때문이다. 그 당시는 여성의 지위도, 영혼도, 자유 및 인격도 인정받지 못했던 시기였으며, 이런 조건 하에서는 양반층 안방마님의 권세 및 권리가 아무리 대단했다고 주장한다고 해도 이는 虛辭인 메아리에 불과할 것이다.

필자가 조선조에 주목하는 이유는 본고에서 다루고자 하는 여성, 즉 윤희순과 허난설헌이 모두 조선조 여성이라는 점 때문이다. 특히 이 두 여성을 논의의 대상으로 하는 것은, ① 이들이 모두 여성이라는 점,

② 조선조 중기와 조선조 후기에 살던 분들이라는 점, ③ 강원도라는 소외된 지역이 연고라는 점 ④ 여성으로서나 엄마로서 비극적인 여정을 겪었다는 점, ⑤ 시대적 상황이나 시대정신 등으로 인해 자아와 세계가 심하게 갈등을 일으키며 힘든 삶을 살았다는 점, ⑥ 비극의 원인이 윤희순이나 허난설헌 개인에 있지 않고, 시대적 상황이나 역사, 지배이념 등 외부적 상황에서 비롯되었다는 점, ⑦ 비극적 삶을 저항적 세계관으로 형상화시켜 글쓰기를 통해서 분출시키고 있다는 점, ⑧ 운명에 순응하지 않고 자신의 목소리를 내면서 끝까지 시대정신 및 상황에 저항했다는 점, 이런 점에서 페미니즘 적 시각을 보유한다는 점 ⑨ 우리나라 인물사에서 주요인물이며, 특히 여성계, 문학계, 의병학계 등에서 크나큰 반향을 일으킨 대단한 인물이라는 점 등의 공통된 요소를 지니고 있기 때문이다.

본장에서는 이들 여성의 글쓰기는 어떤 의미를 지니며, 어떤 역할을 했으며, 어떤 반향을 일으켰는지에 대한 것 등을 중심으로 해서 살펴보고자 한다. 또한 이들에 대한 스토리텔링은 어떤 방향으로 이루어져야 하는지에 대해서도 언급하고자 한다.

그러나 허난설헌은 조선조 중기의 인물로 요절했으며, 윤희순은 후기의 인물로서 일제 강점기까지 살았다는 점, 윤희순은 강원도 영서의 중심지인 춘천지역에서, 허난설헌은 강원도 영동의 중심지인 강릉을 그 배경으로 한다는 변별점을 보이고 있다. 따라서 이들의 차이점은 공간적 배경이나 시대적 배경, 가문이나 혹 개인의 성향에서 오는 것일 수도 있다. 그럼에도 불구하고 많은 공통점을 가지고 있다는 점에서 두 인물을 대비하면서 그 특성을 파악한다. 이러한 작업은 여성 인물에 대한 연구가 빈약하거나 두어명에만 초점을 두고 있는 강원도 여성의 연구사를 확장, 심화시킬 수 있고, 또 스토리텔링의 기반을 마련해서 이들 인물학을 정립, 교육적 자료 및 문화콘텐츠 등의 여러 가지 측면에서 활용할 수 있다는 기반이 조성될 것으로 기대한다.

2. 시대적 배경 및 저항적 세계관

우리나라 역사상 여성의 지위가 가장 미비했고 인권 및 가치관이 부재했던 시기는 조선시대가 유일무이하다. 조선조는 유교사상을 지배이념으로 삼았는데 유교사상은 삼강오륜을 중시했고 삼강오륜에는 남녀유별이 강조되고 있었기에 결국에는 남존 여비와같은 결과로 이어지게 된다. 남녀유별은 사실 엄밀히 말하면 세종대왕때부터 강조된 가부장적 제도의 산물로서 이러한 의식은 그후 더욱 강조되고 만연하게 되었고, 그 동안 兩亂 및 종교, 서양의 민주화와 같은 평등사상이 들어오면서 많이 타파되었지만 이러한 의식구조는 아직까지도 우리의 가치관 및 이념을 지배해 오고 있는 뿌리깊은 이념이다.

교육제도의 평등 및 남녀의식구조의 평등사상이 만연한 현대에도 여성의 삶이 곤고한데 조선조의 여성은 어떠했겠는가? 이러한 남성중심 사상을 잘 나타내고 있는 작품이 바로 조선조 김만중이 지은 〈구운몽〉이다. 〈구운몽〉은 주지하다시피 1남자와 8부인이 잘 지내는 이야기이다. 이는 어디까지나 남성 중심시각에서 배태된 작품으로서 이러한 작품이 이해받는 시기는 오직 조선조가 유일할 것이다. 그 전시대인 삼국시대 작품인 〈도미 설화〉를 보더라도 '도미처도 도미에게 절개를 지키고 도미도 도미처한테 절개를 지키는 1대1 사랑'으로 표출되며, 고려시대의 〈예성강〉도 부부의 1대1 사랑을 표출하고 있기 때문이다.

모권에서 부권으로 옮아간지 한참 후인 삼국시대에도 남성중심의 시대임은 분명했지만 그래도 최소한의 여성의 지위는 인정되고 있었고, 반대는 있었지만 여왕도 배출시키는 사회였으며, 최소한 여성의 지위 및 제사권은 유지되고 있었음은 주지의 사실이다. 남해 차차웅의 누이동생 아로가 주관하는 국가적 제의가 아로에 의해 거행되었다는 기록도 『삼국유사』에 남아 있다.[1]

그러나 조선조는 여성과 남성의 일대일 사랑 자체가 존재하지 않았다. 물론 법으로 정하기는 1부1처제였지만 남성들은 많은 처첩을 거느리는 것이 거의 사회적 추이였던 것이다. 여자들은 사랑도 정욕도 감정도 인권도 없는 존재였다. 부덕이라는 명분하에 자신의 배우자가 첩을 얻어도 질투해서도 안되었고 사주단지만 받아놓은 상태에서도 남자가 죽으면 평생 수절해야 했다. 양반층에서 개가는 꿈같은 이야기였고 홍살문을 받는 가문이 되기 위해서 여성의 희생이라는 집단적 압력이 암암리에 성행했던 시대가 바로 조선조였다.

이러한 조선조 중기에 허난설헌은 재기가 뛰어나고 총명한 아이로 태어난다(1563~1589). 이러한 여자아이가 한두명이었겠냐마는 허난설헌은 특별한 집안에서 태어난 덕분으로 교육도 받게 되고 격려도 받게 되면서 자신이 재주를 시집가기 전까지는 꽃피운다. 현존하는 시는 약 200여 편이지만 원래는 1000여수 정도 지었다고 한다. 그러나 자신과 함께 없애달라는 유언에 의해 모두 태워졌으며, 200여수는 친정과 허균의 기억 속에 있던 작품이다. 몇 년 살지도 않았는데 한시 1000여편을 지었다는 것은 그녀가 얼마나 열렬히 작품활동에 치중했는지를 가늠하게 한다.

---

1) 『삼국유사』, "남해 차차웅조".

우리나라 많은 여성들이 그러하지만 허난설헌도 결혼과 동시에 곤고한 삶이 펼쳐진다. 더구나 그녀는 시집과 갈등, 남편의 홀대, 아이의 죽음, 친정 오라비의 귀양 등의 지독한 현실적 상황과 맞닥뜨린다. 그러나 이는 허난설헌의 과오는 아니었다. 조선조는 아들보다 똑똑한 며느리는 "아들을 잡아먹고, 아들의 앞날을 가로막는 사악한 여자"로 인식되었던 시기였기에 그녀의 불행은 결국 조선조라는 시대적 상황의 산물이라고 할 수 있다. 그녀에 대한 시집의 홀대 및 남편의 냉냉함, 거기에서 오는 갈등, 게다가 아이들의 죽음까지...자아와 세계의 갈등이 야기되며 이러한 상황에서 허난설헌은 세계에 저항하는 길을 택한다.

즉, 이러한 상황 속에서도 허난설헌은 주저앉아서 울고만 있지 않는다. 운명에 순응하기 보다는 자신의 삶을 작품으로 승화시키게 된다. 이 시기에 그녀는 자아와 세계와의 갈등을 주옥과도 같은 작품으로서 대체하게 되며, 작품을 통해 자신의 결핍에 반응하고 쉼없이 절차탁마한다. 그녀에게 있어서 작품은 생명이었고 목숨이었다. 누구를 의식한 작품도 아니고 스스로를 위로하기 위해 아니 살기 위해 글쓰기를 통해 자신을 승화시킨다. 이러한 점에서 장정룡의 "그녀는 시를 통해 울었지만 끝까지 저항했다. 조선조 여성이 지녀야 했던 순종의 부덕보다 뛰어난 상상력으로 일궈낸 시를 통해 처절히 시대와 사회에 항거했다. 가정과 사회, 국가의 중세적 가치에 갇혀 지내던 시대에 있어 그의 시는 해방적이고 저항적이며 우주론적이다. 그의 문학은 천상계와 선인계로 도피하기 위한 하나의 방편이 아니라 자유로운 천상세계를 질곡의 현실에서 구현하고자 했던 강렬하게 타오른 욕망이었다"[2]라는 평

---

2) 장정룡, 『허난설헌 평전』, 새문사, 2007. p.5. 참조.

가는 설득력이 있다.

그녀의 작품이 중국과 일본에서 그 가치를 인정받을 때에도 조선조에서는 비판의 대상이 된다. 이를테면 실학자인 홍대용이나 박지원에게조차 비판받는 것이다. 홍대용은 "여자가 덕행으로 이름을 전하지 못하고 약간의 시로 이름을 썩지 않은들 무슨 다행함이 있겠는가?"라고 하고 있으며, 박지원도 "규중여인이 시를 짓는 것은 본디 좋은 일은 아니다"라고 혹평한다. 게다가 허균의 작이라는 위작시비에까지 오르내리게 된다. 이런 상황에서도 큰 오빠인 허봉은 두보가 되라고 격려해 주며, 붓과 두보의 시집을 중국에서 사다가 주기까지 한다.

이렇듯이 허난설헌은 자신과 세계와의 갈등을 '글쓰기'로 승화시킨다. 창작활동은 난설헌에게 있어 삶을 지탱해주는 동아줄이었으며 갈등을 해소하는 돌파구이기도 한 셈이다. 그녀의 작품세계는 크게 선계와 관련된 작품, 애정에 관한 작품, 저항적 작품으로 나눌 수 있는데, 이러한 주제는 허난설헌이 현재 누리고 있지 못하고 있는, 즉 결핍의 요소들로만 구성되고 있다는 특징을 보인다. 어찌보면 난설헌의 이상적 세계관이나 지향하는 바가 모두 시어로 조탁되어서 표출된 것이라고 볼 수 있다. 난설헌의 의식은 사회 경험이 거의 없는 조선조 여성의 그것이 아니다. 그녀의 의식구조는 범국가적이고 범우주적이다. 마치 벼슬을 해서 정치를 직접 수행하는 대장부의 기개까지도 보인다.

新復山西十六州　산 서쪽 열여섯 고을 새로 수복하고
馬鞍懸取月支頭　말안장에는 월지의 머리 매달고 돌아왔네
下邊白骨無人葬　강가의 백골 묻어줄 사람 없는데
百里沙場戰血流　백리 모래벌판에는 붉은 피 홍건히 흐르네3)

〈入塞曲 二〉

土馬千群下磧西	오랑캐 말의 많은 무리 적서로 내려오니
孤山烽火入銅鞮	고산의 봉화는 동제요새로 전해지네
將軍夜發龍城北	장군은 밤새 용성 북쪽으로 떠나가고
戰士連營擊敲鼙	군영마다 전사들이 북을 둥둥 울린다.

〈入塞曲 三〉

시적 화자는 아니무스, 즉 남성적 목소리를 지닌다. 남성 탈(퍼스나)을 쓰고 하고 싶은 이야기를 하는 것이다. 막연한 전쟁 이야기라고 할 수 없다. 이 작품에서는 긴장감 넘치는 전장판에서의 경험이 그대로 묻어나고 있다. '백리 전쟁터에 피가 홍건이 흐르네'라는 표현은 공감각적이다. '말안장에 월지의 머리를 걸어매다', '강가의 백골들은 묻은 사람 없고'와 같은 표현도 구체적이다. 〈塞下曲 三首〉가 전쟁을 하기전 풍광이라면, 〈入塞曲 二首〉은 치열한 전투와 전투에서 진 후 다시 수복한 후의 풍광이라고 할 수 있다. 제 3자의 시선도 아니다. 실제 장수나 군졸의 시각이나 행위가 묘사되고 있는 것이다.

놀라운 표현력이며 시각의 확대이다. 누가 이 작품을 여성작이라고 하겠는가? 그것도 조선조 규중여인의... 아마도 이런 점이 난설헌작이 아니라는 오해를 불러왔을 가능성이 크다. 조선조에서 이러한 기개로 작품을 쓴 여성작가가 있었던가? 임윤지당이나 김삼의당 등도 조선조 양반가문의 여성으로서 주옥같은 작품을 남겼지만 이렇듯이 전장의 구체적인 일을 그린적은 없다. 황진이 같은 기녀나 처첩출신 여성작가들도 마찬가지다.

거의 전무후무하다. 아니 오직 국가의 대표로서 적군을 꾸짖는 조

---

3) 허난설헌 시해석은 김명희, 정정룡 등의 해석을 주로 참조로 함.

선조 후기 '윤희순'의사가 그 기개를 물려받았다고나 할까? 난설헌이 만약 윤희순과 같은 처지나 애국지사 집안에서 생활했더라면 윤희순처럼 살았을 지도 모를 일이다.

　난설헌의 비판정신과 저항정신은 변방의 일을 노래한 작품에서도 추출된다.

千人齋抱杵　천 사람이 일제히 방망이 잡고
土底隆隆響　지경 다지니 땅 밑까지 쿵쿵 소리
努力好操築　힘 모아 성곽을 잘도 쌓는다마는
雲中無魏尙　구름 속엔 위상같은 인물이 보이지 않네

〈築城怨〉一

築城復築城　성을 쌓고 또 쌓으니
城高遮得賊　성이 높아 도적이야 막긴 하겠지요
但恐賊來多　그러나 두려운 것은 엄청난 도적이 쳐들어오면
有城遮未得　쌓은 성이 있는데도 막지 못하겠지요

〈築城怨〉二

　이 때의 시적 화자는 직접 성을 쌓는 노무자들이다. 그네들이 하는 일, 그네들의 원망을 담고 있다. 변방에서 성을 쌓는 힘든 노역과 괴롭고 어려워하는 이들의 마음을 헤아리며 사는 사람이 과연 몇이나 될까? 선정을 하거나 명망있는 관료들조차도 과연 변방의 성을 쌓는 인부들에게까지 신경을 쓸까? 하물며 개인의 영달이나 이익을 추구하는 부패관리들이랴. 인부들의 애로점과 실상을 그리고 있지만 여기에서 추출되는 것은 탁상공론만 일삼는 관리들에 대한 비판적 시각이

다. "성 쌓는 것 자체가 힘들지만 그렇더라도 막상 더 많은 도적이 몰려와 그 성으로도 차단할 수 없는 지경에 이르면 무슨 소용이 있겠느냐?"는 것에서 비판적 시각이 추출된다. 원천적인 대책이 필요한 것이지 국력을 낭비하고 애꿎은 백성들만 괴롭히는 것에 무슨 해결방식이 있겠냐며 집권층에 대해 힐란하는 것에서는 비판, 저항하는 분위기가 내재하게 된다. 난설헌의 비판적이고 날카로운 시각은 당대 여성들이나 기층인의 삶도 당연히 놓치지 않는다.

> 豈是乏容色　용모인들 어찌 남보다 빠지랴
> 工鍼復工織　바느질도 길쌈도 또한 잘하건만
> 少小長寒門　어려서부터 가난한 집에서 자라
> 良媒不相識　중매장이 알아주질 않더군요
>
> 〈貧女吟〉一

> 手把金剪刀　쉬지 않고 손으로 가위질 하니
> 夜寒十指直　추운 밤이 되니 열 손가락 곱아오네
> 爲人作嫁衣　남을 위해 시집갈 옷 짓지만,
> 年年還獨宿　나는 해마다 도리어 홀로 잔다네.
>
> 〈貧女吟〉三

이 작품의 시적 화자는 어려운 가정의 여성들이다. 조선조는 좋은 가문의 여성들도 폄하되고 인권이 지켜지지 않는 사회였다. 하물며 가난한 여인들이랴. 시적 화자는 얼굴도 빠지지 않고 재주도 뛰어나지만 곤궁함으로 인해 사회로부터 소외와 박대를 당하는 것에 대해 하소연하고 있다. 늦은 나이에 결혼조차 하지 못하고 바느질이나 길쌈과 같은 노동을 하는 고충이 사실적으로 생생하게 드러나고 있다. 하루종일 쇠 가위를 잡고 일을 하니 밤이 되자 열손가락이 다 곱다는 토로에서는 얼마나 힘든 노역을 하고 있는가가 사실적으로 감지된다. 이는 마치 앞에서 성을 쌓는 노역을 감내하는 하층인 남자와 비슷한 형국이라는 것을 알 수 있다. 손이 펴지지 않을 정도로 남의 옷이나 지어야 하는 팔자는 비단 특정한 여인의 사정만은 아닐 것이다. 시를 잘 짓고 용모가 빼어나도 트집 대상이 되어 삶이 곤고하고 홀로 독수공방하는 난설헌 자신의 처지도 이 여인과 다를 바 없음을 토로하는 것인지도 모른다.

힘들고 어려움을 겪어봐야 비로소 남의 아픔도 느낄 수 있는 법이다. 이러한 모든 부조리는 한 개인의 사사로운 잘못에서 기인하는 것은 아니다. 사회, 정치, 인습, 이념적인 모순이 원인소이기에 사실 이 모든 것은 저항 및 비판이라는 하나의 주제로 수렴된다.

윤희순(1860~1935)은 허난설에 비해 300년이나 뒤에 태어났다. 윤희순이 태어날 때부터 조선의 상황은 좋지 않았다. 임란과 병란 후 국가 근간이 약화되는 조짐도 있었고 국가의 기본 이념인 봉건사상도 붕괴되는 형국이었다. 윤희순은 난설헌과 달리 어렸을 때의 행적이 거의 알려져 있지 않다. 그러나 윤희순의 족적을 살펴볼 때 유학자의 집안임에도 여자아이를 무조건 무시하는 집안은 아니었던 듯싶다. 즉 규중의 여인으로서 집안 일에만 신경쓰라는 가르침만을 받은 것은 아닌 듯싶다. 윤희순의 기질로 보아서 어렸을 때부터 자의식이 강하고 지적수준 및 판단력, 행동력이 뛰어났었을 것으로 추정된다. 이렇듯이 정의감, 책임감이 강한 사람으로 성장한 배경에는 부모의 사려와 사랑이 뒷받침되었을 것이라고 짐작할 수 있다.

윤희순이 1895년 을미사변 후 처음 작품을 발표하면서부터 시종일관 그녀의 작품을 관통하는 하나의 정신은 저항적 세계관이다. 〈방어중〉, 〈은사람 의병가〉, 〈오랑키들ㄹ 경고흔ㄷ〉, 〈외놈압즈비들ㅇ〉, 〈금수들ㅇ바더보거ㄹ〉, 〈으병ㄱ〉 등이 모두 그러하다. 따라서 윤희순 작품을 꿰뚫은 근간 사상은 저항, 애국, 독립정신이다. 사실 이 두 사상은 동전의 앞뒤 면처럼 한 정신에서 비롯된다. 그녀는 우리나라에 몇 되지 않는 언행이 일치된 애국·독립의사였다. 이는 독립운동을 몸으로 실천하면서 자신의 의지를 글(문학 작품)로 표출했다는 점에서 그러하다. 윤희순의 문학작품 속에는 윤희순의 인생관이나 지향하는 바, 의지 등이 내재되어 있다. 특히 당시의 작품들이 주로 남성작가들에 의해 남자들의 시각으로 순한문이나 국한문 혼용으로 진행된다는 점을 염두에 둔다면, 여성으로서 여성의 입장과 시각을 순수한 한글로 밝히고 있다는 점에서 윤희순의 작품은 단연 독보적이며 당대의 여타 작품들과 변별된다. 더욱이 저항시가가 본격화되기 전에 윤희순의 작품이 나왔다는 점에서 윤희순의 작품은 당대의 의병가들과 함께 저항시가의 기반이 되었다는 가치도 지닌다.4)

"ㄴㄹ읍시 술수읍늬 ㄴㄹ술여 스러보시 인군읍시 술수읍늬 인군술여 스러보시 조숭읍시 술수읍늬 조숭술여 스러보시 술수읍ㄷ 흔튼물고 ㄴㄹ차저 스러보시 전진ㅎ여 외놈즙ㅈ 믄시믄시 외놈즙기 으병믄시"
〈으병군ㄱ〉1.

"우리ㄴㄹ 으병들은 이국으로 뭉쳐쓴니 고혼이 된들 무워시 서러우랴 으리로 중는거슨 듸중부이 도리건늘 주검우로 뭉쳐쓴니 주검으

---

4) 강명혜, 「윤희순 작품 연구」, 『온지논총』 제7집, 법인 온지학회, 2002, p.285.

로 충신되즈 우리ᄂᆞᆯ 좀벌리ᄀᆞᆺ든 놈들ᄅ 어듸ᄀᆞ서 술수읍써 오ᄅᆞᆼ
키ᄀᆞ 좃튼몰ᄀᆞ 오ᄅᆞᆼ키를 줍즈ᄒᆞ니 니ᄉᆞ름을 줍키군나 죽더리도 서
러워 ᄒᆞ지마ᄅᆞ 우리 으병들은 금수를 줍는거시ᄃᆞ 우리 으병들은 주
거서ᄅᆞ도 느의게 복수를 홀커시ᄃᆞ 그리올고 우리 인군을 괴로피지
마ᄅᆞ 원수오랑키야"

〈병정노리〉

〈으병군ᄀᆞ〉1에서 시적 화자는 의병들에게 의병활동의 중요성과 필요성을 언급하고 있다. 즉, '나라없이, 임금없이, 조상없이 살 수 없으니 한탄만 하지 말고 나라 찾아서 살아보자'고 언급하고 있으며, '전진하여서 왜놈을 잡자'고 의병들을 고취한다. 또한 '의병 만세'라고 의병을 찬양하는 말로써 의병들을 고양시키고 있다. 그 외에도 의병들에게 '임금과 나라와 조상의 중요성'을 주입시키면서 한탄보다는 '행동으로 실천하자'고 강변한다. 여기에는 국가와 민족에 대한 강한 애정과 의병활동의 필요성이 여실히 반영되고 있다. 그리고 이러한 의병활동에 대한 고취에는 일본에 대한 저항정신이 기반이 되고 있다.

〈병정노리〉에서도 애국 사상이 투철하게 드러나고 있지만 그 근간은 당연히 일본에 대한 저항정신이다. 시적 화자는 자신의 의지를 전달하는 대상을 '의병', '친일파', '원수 오랑캐인 일본' 등, 셋으로 나누어서 각각 다른 메시지를 전달한다. 의병들에게는 '우리나라 의병들은 애국으로 뭉쳤으니 고혼(孤魂)이 된들 무엇이 서럽겠느냐. 의리로 죽는 것은 대장부의 도리 것만 죽음으로 뭉쳤으니 죽엄으로 충신되자'라며 격려·고무하고 있고, 친일파들에게는 '좀벌레'로 비유하면서 훈계를 하고 있다. 좋은 천을 야곰야곰 먹어서 결국에는 못쓰게 만드는 좀벌레와 일본을 따르는 무리들의 폐해가 아주 적절하게 비유된 비유법

이다. '어디가서 살 수 없어 일본 오랑캐를 좇는냐'고 야단치면서 '오랑캐를 잡자하니 너희 먼저 잡게 되겠구나. 죽더라도 서러워하지 말라'고 경고한다. 일본인들에는 '원수 오랑캐', '금수'라는 극언을 퍼부우면서 의병들이 죽어서라도 복수할 것이라고 언급하고 있다. '원수·오랑캐'를 반복하면서 결의를 다잡음도 알 수 있다.

또한, 〈의병군ㄱ〉2에서도 의병들에게 의병을 해야 하는 이유를, "극도열읍 병정들으 늬집읍시 서러워ㄹ 느ㄹ읍시 서러워ㄹ"라고 전제한 후, 내 집과 나라가 없어서 서러우니 '임금을 섬기고 나라를 찾아서 행복하게 살아보자'고 하고 있다. 마지막 연에서는, "으병ㅁㅅㅣ ㅁㅅㅣㅁ ㅁㅅㅣ여 으기청연 으병ㅁㅅㅣ ㅁㅁㅅㅣㅛ"라며 의병을 고양시킨다. 이 때, '왜놈을 임금 앞에 꿇여 앉혀서 분을 풀어보세'라는 언급에서는 당시에 아내인 國母가 살해되고 나라를 잃은 임금의 분함을 잘 이해하고 있음이 드러나고 있다. 당시에 힘 있는 권세가들이 시적 화자와 같은 통렬함과 분통함으로 사태의 심각성을 제대로 파악했더라면 국가가 그 지경까지 이르렀을까하는 안타까움이 절절히 배어있다. 부녀자의 신분으로 온통 관심이 나라와 임금에만 한정되어 있다는 점에서 윤희순의 애국, 열사, 의사적인 면모를 파악할 수 있다.[5] 이렇듯이 일본에 대한 저항정신 및 조국에 대한 애국심이 기반을 이룬 가운데 우리나라 지배층에 대한 비판의식, 친일파에 대한 안타까움, 의병에 대한 애정 및 격려 등, 다양한 시각을 가지고 접근하고 있다.

---

5) 강명혜, 「윤희순 작품 연구」, 『온지논총』 제7집, 사단법인 온지학회, 2002, pp.252~253. Passim.

3. 세계와 자아와의 대결양상

1) 현실초월(仙界지향) – 허난설헌

자아와 세계와의 대립으로 힘든 것은 허난설헌이나 윤희순, 모두 해당된다. 허난설헌은 당대의 이데올로기적 상황 속에서 자아를 인정받지 못하고 가족과 갈등을 일으키면서 힘든 상황이, 윤희순은 조국을 유린하려는 일본과의 대결양상으로 인해 개인적으로 고난과 고통, 힘든 삶을 살게 된다는 공유점이 있다. 세계와 자아가 대결을 보이는 가운데 힘든 양상이 전개되는 것이다. 그러나 세계에 대항하는 방식은 서로 다르게 나타난다. 난설헌은 현실을 초월하는 방식을, 윤희순은 현실을 타파, 즉 집적 대응하는 방식을 택한다. 이 또한 개인의 취향에 따른 선택이기 보다는 당대 시대적 상황과 주변 환경 및 배경, 분위기 등에서 기인된 방식이라고 할 수 있다.

난설헌은 자신이 처하고 있는 힘든 상황을 "통곡과 피눈물로 목이 메이네(血泣悲吞聲) 〈哭子〉"라고 표출한다. 물론 이것은 죽은 아이를 생각하며 쓴 시이지만 이 속에는 그녀의 삶이 얼마나 고통과 곤고함으로 점철되고 있는 지가 잘 드러난다.

> 鮫綃帕上三更淚   한밤중 손수건에 흘린 눈물들
> 明日應留點點紅   내일도 남았을까 피눈물 흔적으로
>
> 〈洞仙謠〉

그냥 눈물도 아니고 '피눈물'이라고 표현하는 것에서 시적 화자의

고달픔과 고통이 감지된다. 비록 먹고사는 것에 대한 걱정은 없었지
만 하나의 인간으로서, 지성인으로서 감내해야 하는 힘든 상황은 단
순한 배고픔보다 몇 배 더 힘들 수도 있다. 그러나 지속되는 아픔과
슬픔, 고통 속에서도 난설헌은 주저 앉아서 울고 있지만은 않는다.
"여성으로 살기 힘들었던 조선조 사회에서 허난설헌은 시대를 앞서가
며 자신의 의식공간과 지평을 넓히고 이를 문학적으로 형상화하는 것
이다. 그것은 난설헌의 시작품이 개인적 차원에 머물지 않고 인간과
사회에 대한 관심을 키워나가"6) 여성집단의 문제점을 의식화, 가시화
하는 성취까지도 마련하는 것이라고 할 수 있다.

　난설헌은 자아와 세계의 대결이라는 힘든 상황을 현실을 초탈하는
방식으로 해결하려고 한다. 현실에 대해 저항하고 문제점을 지적하는
비판의식이 이상세계(仙界志向)를 추구하는 것으로 굴절된다. 어찌
보면 현실도피인 듯 싶지만 자신을 전혀 알아주지 않는 세계에 대한
또 다른 비판의식과 저항정신의 일환일 수도 있다. 또다른 돌파구로
서 그녀의 글쓰기가 시작되는 것이다.

夜夢登蓬萊	어젯밤 꿈에 봉래산에 올라
足躡葛陂龍	갈피 호수 속 용의 등을 밟았네
仙人錄玉杖	신선이 파란 옥지팡이를 짚고
邀我芙蓉峯	부용봉에서 나를 반겨주었네
下視東海水	발아래 동해를 굽어보니
澹然若一杯	한 잔 물처럼 맑고 깨끗해
花下鳳吹笙	꽃 아래 봉황새 피리 부는데

---

6) 장정룡, 『허난설헌 평전』, 새문사, 2007, p.34.

月照黃金罍　달빛은 황금 잔에 가득하네

〈感雨〉四

시적 화자는 꿈에 "봉래산에 올라 용의 등을 밟았다"고 토로한다. 더욱이 "신선이 옥지팡이를 주며 반갑게 맞이했다"고 하고 있다. 그러나 이렇듯이 긍정적이고 아름다운 표현의 행간에서는 오히려 현실에서 대접받지 못하고 배척당하고 무시당하는 한 개인의 외로움과 억울함이 감지되는 것은 어찌된 것인가? 사실 그녀는 좋은 분위기에서 따스한 시선과 격려, 그리고 자신의 정당한 능력을 인정받고 싶었을 것이다. 따라서 아름답고 깨끗하고 상쾌한 긍정적 이미지 이면에서는 오히려 현실 속에서 그녀는 얼마나 고통스럽고 견디기 힘든 부정적인 징표 속에서 하루하루 지냈는지가 역설적으로 반향되고 있다. 이렇게 보는 이유는 간간히 등장하는 "露滴梧枝語夕蟲 이슬 맺힌 오동나무 가지 위에 저녁 벌레가 우네/ 鮫綃帕上三更淚 흰 명주 수건 위에 밤새도록 흘리는 눈물/ 明日應留點點紅 내일이면 마땅히 붉은 자욱으로 남겠지〈洞仙謠〉"와 같은 표현을 통해서다.

"피눈물"이라는 표현은 간접화되었지만 현실 세계에서의 자신의 처지를 잘 대변하고 있는 '시어'이기 때문이다. 자신의 심정이나 고통을 '피눈물'처럼 잘 대변하는 단어가 어디 있겠는가? 난설헌의 작품에 유독 '피눈물'이라는 어휘가 자주 등장하는 것은 그것이 그녀의 심경을 대변하는 표상어이기 때문일 것이다. 따라서 난설헌의 '선계지향'은 현실 대응방식 일환이며, 세계와의 대결방식의 일환인 것이다. 선계 속에서 난설헌은 누구보다도 역동적이고 몽환적이며 폭넓은 자유를 만끽한다. 자신의 의지와 이상을 맘껏 펼친다.

瓊花風軟飛青鳥	구슬꽃 산들바람에 파랑새는 하늘하늘 날고
王母麟車向蓬島	서왕모님 기린수레 봉래로 향하시네
蘭旌藥帔白鳳駕	난초깃발과 배자에다 하얀 봉황을 타고
笑倚紅蘭拾瑤草	웃으면서 붉은 난간에 기대어 구슬풀을 뜯네
天風吹擘翠霓裳	하늘에서 바람 불어 푸른 치마 날리니
玉環瓊佩聲丁當	옥고리와 옥패 소리 쟁그랑 쟁그랑
素娥兩兩鼓瑤瑟	흰 옷 입은 월궁선녀 짝지어 거문고 타고
三花珠樹春雲香	세 번 피는 계수나무 봄 구름에 향기로워
平明宴罷芙蓉閣	먼동 틀 무렵에 부용각에서 잔치 마치고
碧海青童乘白鶴	푸른 바다에서 청동자는 백학을 타네
紫簫吹徹彩霞飛	자색 퉁소 소리 오색 노을에 번지면
露濕銀河曉星落	이슬 젖은 은하수에 새벽 별 떨어지네

〈望仙謠〉

난설헌은 조선조 여성으로서 실현 불가능했던 현실세계의 원망이나 희망, 꿈 등을 선계에서 맘껏 펼친다. 선계에는 현실에서 그녀를 압박하던 그 어떤 갈등이나 고통이 존재하지 않는다. 몽환적인 가상세계, 이것은 그녀의 이상 세계였던 것이다. 비록 현실에 만연한 여러 문제에는 눈을 감았지만 그녀의 글쓰기는 계속된다. 글쓰기를 통해서 그녀는 스스로를 위안하고 위무한다. 가상세계에서만은 그 어떤 것도 장벽이 되지 않는다. 장엄한 광경이 펼쳐지고 그녀는 마음껏 꿈을 꾼다. 신들과 같은 위치로 자신을 격상시키며 그들과 동화된다. 현실세계에서 그녀를 억압하던 굴레에서 비로소 해방되는 것이다. 어쩌면 그녀는 이러한 세계를 동경하면서 현실적 삶에 대한 끈을 쉽게 놓게 될 수밖에 없었을 것이다.

실존에서 시작했지만 가상과 이상의 세계에서 자아를 확인할 수 있었던 조선조 천재시인의 비극이 감지된다. 너무 앞서서 태어났거나 너무 늦게 태어난 것일까? 그러한 이러한 상황이 난설헌만의 것인가? 피투성이의 삶을 살다는 점에서, 내외적으로 주어지는 편견과 억압에 맞서 싸워야 하는 상황이 주어진다는 점에서 어쩌면 이는 현대 우리 여성들에게도 해당되는 부분일 것이다.

여기서부터 여성적 글쓰기가 시작될 수 있다는 점을 난설헌은 본보기로 제시하고 있다. 지성적인 여성의 대처방식이라고도 볼 수 있을 것이다.

2) 현실타파(의병활동)-윤희순

윤희순(尹熙順)은 19세기 말에서 20세기 초에 걸쳐서 활약한 우리나라 최초 여성의병으로서, 여러 편의 문학 작품을 남기고 있다. 이런 점에서 그녀는 의병운동사·독립운동사·민족저항사에 빛나는 인물일 뿐 아니라, 귀중한 작품을 남긴 문학가이기도 하다.[7] 그녀 역시 자아와 현실간의 갈등과 대립 속에서 '글쓰기'를 통해서 결핍적 요소를 충족시키려 한다. 하지만 윤희순은 허난설헌과는 정반대의 입장을 견지한다. 현실과 직접 대적하는 방식을 취하는 것이다.

그녀는 직접 의병활동을 한다. 글쓰기는 오히려 보조수단이다. 특히 안사람, 즉 '여성'들에게도 의병활동을 권장한다. 직접할 수 없으면 적어도 의병들을 돕는 '간접적인 의병활동'을 권유하고 있다. 이는 온 나라 사람들이 의병활동을 통해 저항하고 싸워야지만 나라를 구할 수

---

7) 강명혜, 「윤희순 작품 연구」, 『온지논총』 제7집, 사단법인 온지학회, 2002, p.239.

있다는 생각에서 비롯된 것이다. 윤희순은 숙모에게 보낸 서간에서 "남장ᄂᆞ면 으병을 ᄒᆞ오면 무순수로 ᄒᆞ오리오 되ᄇᆞᆯ질 ᄒᆞ온 거신니 그리ᄋᆞ시옵고 근심을 ᄒᆞ지 ᄆᆞ옵소서 ᄎᆞ라리 주거서 선ᄉᆡᆼ 시ᄋᆞ분임 외당 선ᄉᆡᆼ을 술일수 잇도록 ᄒᆞ긴ᄂᆞ이다"라며 여성의병의 필요성에 대해서 언급하고 있다. 이토록 위급한 시기에 남자들만 의병을 하면 무슨 수로 견디겠냐는 것이다. 남자들을 도와서 여자들이 의병활동을 하거나 남자들을 뒷바라질해야 보다 효율적이라는 의도가 내재되어 있다. 여기에는 또한 살신성인의 정신도 깃들어있다. 차라리 자신이 죽어서 '외당 선생을 살릴 수 있도록 하겠다는' 토로가 그것이다. 사실 이러한 '여성의병 고취사상'은 전무후무할 정도로 독보적이다.

일본의 만행이 노골화됨에 따라 점차적으로 시적 화자는 일본에 대한 태도를 좀 더 강하게 표명한다. 일본을 추궁하거나 질타의 강도가 가일층 높아지는 것이다.

> "오랑키원수놈들ᄅᆞ 남이ᄂᆞᆯ 침범ᄒᆞ여 무월ᄇᆞ리면서 으기양양한든 말린야 김성갓든 외놈원수들ᄅᆞ 남이나ᄅᆞ 침범말고 네ᄂᆞᆯᄂᆞ 보살펴 ᄀᆞ디안고 남의ᄂᆞᆯ 침범하여 ᄂᆞ의ᄂᆞᆯ 잘될손야 운지라도 ᄂᆞ의ᄂᆞᆯ 망할커신이 후희ᄒᆞᆯ날 올커시ᄃᆞ ᄂᆞ의인종 주겨ᄀᆞ며 남이ᄂᆞᆯ 침범ᄒᆞ여 ᄂᆞ의나ᄅᆞ 먼저 망할커시ᄃᆞ 후희말고 ᄀᆞ거ᄅᆞ 우리나라 역 ᄉᆞ잇써 ᄂᆞ에ᄂᆞᆯ 망ᄒᆞ고 ᄀᆞ건만는 무순일노 우리ᄂᆞᆯ 심심ᄒᆞ면 괴로피며 온든말이야 우리ᄂᆞᆯ 사람들른 ᄃᆡᄃᆡ로 너에ᄂᆞᆯ 원수삼어 갈커신다 조훈말노 돌닐적기 너의ᄂᆞ라로 ᄀᆞ서너에 부모너에 ᄀᆞ족ᄃᆞ리고 스러ᄀᆞ며 뇌ᄂᆞᆯ를 잘보살펴 살도록 ᄒᆞ여ᄅᆞ" 조선 안사람이 ᄃᆡ표로 경고흔ᄃᆞ 조선 선비이 안희 윤희순

〈오랑키들ᄅᆞ 경고흔ᄃᆞ〉

일본인들을 '오랑캐', '원수놈'이라고 표현하면서 '스스로나 잘 챙기지 쓸데없이 남의 나라를 침범하냐'고 일침을 놓고 있다. 굳이 자신들의 '인종까지도 죽여가면서 우리나라를 침범한다면 이는 도리에 어긋나기에 먼저 너희 나라가 망할 것'이라고 경고한다. '그렇게 되면 후회할 것이니 그렇게 되기 전에 어서 떠나라'는 위협과 권고도 이어진다. 〈왜놈 대장 보아라〉 보다는 훨씬 더 강경하게 어조를 높인다는 것을 알 수 있다. 또한 '무슨 일로 심심하면 우리나라를 괴롭히냐'는 질타와 함께 '만약에 물러서지 않는다면 우리나라 사람들은 대대로 너희 나라를 원수 삼아 살아갈 것'이라고 엄포를 놓으면서 '좋은 말로 달랠 적에 너의 나라에 가서 부모 가족과 함께 살면서 자신들의 나라나 잘 보살피기'를 권면한다.

여기에서 윤희순은 우리나라 여성의병의 대표성을 확보한다. "조선 안사람이 대표로 경고한다"고 왜적(놈)에게 선언하고 있음이 바로 그 것이다. 스스로 대표라고 선언한 것에서 윤희순이 자신을 어떻게 생각하고 있는지가 잘 나타나고 있다. 윤희순은 평소에 '아녀자'라도 의병활동을 도와야 한다며 '조력자'의 역할을 강조하고 있었다. 하지만 시대적 상황이 이러한 소극적인 태도로는 극복할 수 없을 만큼 긴박해짐에 따라 '대표'로 나설 수밖에 없었던 것이다. 여기에서 대표란 물론 여성들의 대표라고도 할 수 있겠지만, 사실은 '우리 나라의 대표'임을 제시한다. 당대의 여성들의 위치를 상기한다면 이 부분은 소홀히 넘길 수 없는 부분이다. 그녀는 여성의 본분과 역할을 잘 알고 있었지만 위태로운 시기에 그 자리에만 머물러서는 되지 않는다는 위기의식에 가부장제의 굴레를 탈피해서 '국가의 대표'로 나서게 된다. 이는 사실 여성의 위치를 상당히 격상시키고 있는 부분이다. 여성이라서 뒤에 숨어서 소극적으로 대응하는 것이 아니라 당당히 '우리나라의 대표'로서 할 말을 하는 것이다. 자주적이고 적극적이며 당당하다.

이렇듯이 〈왜놈 대장 보아라〉에서는 '조선 선비의 아내'로서 소극적이고 간접적으로 회유를 한 것에 비해, 〈오랑캐들아 경고한다〉에서는 스스로 전면에 나선다. "조선 안사람이 대표로 나선다"는 것이다. 일본의 만행과 음모가 가중될수록 윤희순 작품세계에서 일본에 대한 적개심과 저항의식도 점차 그 강도가 심해지고 격렬해진다.

> "우리조선 스룸들은 느이들을 살여보닉 주디은고 분을푸러 보닉리릭 느이놈들 오랑키야 너주글걸 모루고서 왜완는야 느이들을 우리디이 못즈부면 후디이도 못즈부랴 원수갓든 외놈들으 느의놈들 즈버드ㄱ 슬를갈고 뼈를ㄱ러 조숭님끼 분을푸시 우리으병 물너스랴 ㅁ싴ㅁ싴 으병ㅁ싴 ㅁㅁ싴요"
>
> 〈병정ㄱ〉

아무리 유순하고 아량이 넓고 이해심이 많다고 해도 인내에는 한계가 있다. 이제 더 이상 참기는 힘든 상황인 것이다. 이젠 '그만하고 가라'는 경고의 때는 지났다. 그들은 충고를 듣지 않았고 베푼 아량도 짓밟아 버렸다. 더 이상의 용서는 없다. 그러므로 "우리 조선 사람들은 너희들을 살려서는 보내줄 수 없는 것이다. 분을 풀어야지만 보낼 수 있는 것이다". 그러나 그러기에는 현재 조선은 너무도 힘이 없다. 따라서 "너희들을 우리 대에 못잡으면 후대에도 못잡겠느냐"라며 호령한다. "원수같은 왜놈들아 너희 놈들 잡아다가 살을 갈고 뼈를 갈아 조상님게 분을 풀어야 한다"고 외치고 있다. 이러한 원한을 풀어주는 것은 우리 의병뿐일 것이다. 그러므로 "우리 의병 물러서겠느냐 만세 만세 만만세"라고 역시 의병을 고취·고양시키고 있다.

이렇듯이 일본을 향한 노래가 초기에는 설득과 권고로 주로 이루어지고 있지만 후로 가면서는 점차로 통렬해지고 있다. 많은 일을 당했기에 그 한스러움이 골수에 사무쳐 그 어조와 내용은 강해질 수밖에 없었을 것이다. 울분과 한을 푸는 쪽으로 나가고 있음이 그것이다. 표현도 '살을 갈고 뼈를 간다'와 같이 강해지고 있다. 억울함과 통분함이 극에 달해 있는 심정을 글로써 표현한 것이다. 천추의 한이 되기에 그 원한을 당대에 갚지 못하면 후대까지 가더라도 갚겠다는 강한 결심이 반영되어 있다. 비록 짧은 글이지만 시적 화자의 의지가 확연히 드러나고 있다.

뿐만 아니라 윤희순은 애국·애족정신을 기반으로 해서 우리 민족들에게 의병에 참여하기를 권유하거나, 일본을 향해 극렬하게 항의하고 꾸짖으며 회유하는 것 외에, 친일 행동을 한 사람들에 대해서도 성토하는 한편 회유, 권면한다. 성품이 곧고 애국정신이 투철한 윤희순의 입장으로서는 친일하는 사람들을 이해하기가 쉬운 일이 아니었을 것이다. 그녀는 이들을 도저히 이해할 수 없었기에 일본에 협조하는 사람들은 '잠깐 홀려서' 그러는 것이라고 생각한다. 따라서 이들의 한심한 행위는 단지 '술취했기' 때문에 일시적으로 야기되는 작태라고 치부한다. 술 취한 상태에서 하는 행위란 일시적이고 순간적이다. 정신이 없어서 하는 실수일 뿐이다. 이런 상태만 잘 넘기면 언젠가는 술이 깰 것이고 그러면 모든 것은 정상적으로 돌아올 것이라고 믿어 의심치 않는다. 그러므로 일본인들을 향해 자신있게 일갈한다. '술최흔 인ᄀ 끼여ᄂ면 그스름이 ᄀ몬이보고 잇술줄ᄋ는야〈외놈듸즁보거ᄅ〉고. 그들이 깨고 나면 일본한테 속은 줄 알고 가만있지 않을 것이리라는 것이다.

그러나 그러한 기대는 윤희순의 착각이었음이 드러난다. 그들 친일파들은 근본 성향이 윤희순과 같은 애국지사와는 전혀 다르다. 그들의 인생관은 오직 개인의 부귀영화에만 초점이 맞추어져 있다. 그들은 끝까지 후회할 줄도, 국가의 안위를 걱정할 줄도, 민족의 멸망에 가슴아파할 줄도 모른다. 윤희순은 이들의 이러한 작태를 간과할 수 없다. 특히 기대가 실망으로 바뀌면서 친일 세력에 대한 질타는 거세질 수밖에 없다.

〈외놈압조비들ㅇ〉라는 시 텍스트 내에서 시적 화자는 "너는 어느 나라 사람인가. 너희들은 어째서 그렇게 모르는가. 이 나라에서 태어나서 나라의 은혜를 갚지는 못할 만정 제 나라를 팔아먹고 제 부모를 팔아먹고 자기 조상, 자기 식구, 자기 몸을 팔아서 돈을 벌며 명예을 얻어 어느 곳에 쓴단 말인가? 이 짐승같은 놈들아!"와 같이 친일 행위에 대해 심도 깊은 질타를 퍼붓는다. 이 나라에서 태어난 이 나라 사람이면서도 '자신의 나라'를 파는 행위에 대해서 도저히 이해할 수 없다. "너희는 어째서 그렇게 모르는가"에는 작가의 답답한 심경이 잘 나타나있다. 이들에 대한 분노는 이루 다 형언할 수 없다. '짐승같은 놈들'은 이러한 심정이 집약된 표현이다.

그러나 끝까지 그들을 포기하지 않는다. '이제라도 맘을 고쳐 모든 죄를 씻어서 분기하신 너의 조상 앞에 사죄를 고하여라. 고하면 용서를 하겠지마는 죄를 자꾸 지면 너의 조상이 용서를 안 할 것이다'라고 조언하고 있기 때문이다. 이에서도 역시 넓은 포용력과 아량을 엿볼 수 있다. 나아가서 '마음을 고쳐서 이 나라의 애국자가 되고 충신이 되여라. 너희 자식이 있다하면 무슨 낯으로 얼굴을 대하며 무슨 낯으로 이 나라에 와서 산단 말이냐 네가 조선 사람인데 일본 놈이 될 수 있느냐. 하루 빨리 맘을 고쳐서 충신되고 애국자가 되도록 하여라'라는 충언을 아끼지 않는다. 자손들까지 들먹이며 절실히 권면한다. '후대에 너희 자식, 손자까지 대대로 무슨 낯으로 이 나라에서 산단 말이냐. 후 대에 너의 자손이 원망하지 않도록 하여라. 다시 맘을 고쳐서 훌륭한 조상이 되도록 하여라. 후회하지 말고 꼭 맘을 고치도록 하여주길 바 란다'와 같이 기가 막히도록 참담한 심정과 치솟는 화를 삭이며 따뜻하 고 애틋한 어머니의 맘으로 온유하게 진심어린 충고를 하고 있다.

이렇게까지 충고를 했건만 이들의 작태는 나아지질 않는다. 따라서 이들에 대한 대응은 강해질 수밖에 없다. 하지만 끝까지 포기하지 않 고 지속적으로 이들을 회유하고 권면하려 애쓴다.

"금수와도 못한인ㄱ들ㄹ 느에부모 살를비여 남을주고 느에부모 살수 인ㄴ 뇌부모를 버리고서 남이부모 성길손야 김성들도 읍컨늘 하물 며 사람우로 떠여ㄴ서 이럿타시 할수인ㄴ 말못하는 김성들도 한번 제집을 정희주면 그집을 차저오건ㅁ는 느이놈들른 조선ㅅ 이서 틱여 ㄴ서 남이나라 외놈이기 ㄱ서 김성노룻슬 한돈말인야 한심ㅎ고 이 달도ㄷ 이달도ㄷ 하심ㅎ고 이달도ㄷ 불상ㅎ고 이달도ㄷ 외놈이 압 ㅈ비 늠들 참우로 불상ㅎ고 이달도ㄷ 지살를 비여 남을주고 그살리 흔듸ㄱ 될줄모루는ㄱ 이럿타시 어두운ㄱ 수리만이 최하역커든 안사 람들리 끼도록 방이다 잠제워주도록하고 할커신니 수리끼거든 맘을 곳쳐서 조상님 흔듸 더이상 죄를 짓찌안도록 하여라 너이들도 조선 사람인니 우리나라 살여 우리인군 모셔서 사라보새 충신되고 하여 보시 우리 안사람도 느이 청년들리 맘을 곳쳐서 사러간ㄷ면 도와주 고 할커시ㄷ" 우리 조선 안사람들리 느이들 맘고치길 바린ㄷ 조선 안낭ㄴ들리 ㅂ린ㄷ 윤히순 보닌ㄷ

〈금수들ㅇ 바더보거ㄹ〉

너무도 열망하는 일이기에 글 말미에 부기하기를, "우리 조선 안사람들이 너희들 맘고치길 바란다", "조선 아낙네들이 바란다" 등과 같은 내용을 첨부할 정도이다. 주로 집안 일에만 신경쓰는 아녀자들도 나라가 위급해지자 '나라와 민족'에게 관심을 집중하고 위기 상황을 극복하기 위해 안간힘을 쓰는데 어째서 남정네들이 그러한 작태를 보이는지 시적 화자는 도무지 알 수도 없고 이해할 수도 없다. 시적 화자에게 있어 그러한 행위는 인간이 하는 행위가 아니다. 따라서 '금수보다 못하다'고 표현한다.

또한 '너희 부모의 살을 베어서 남을 줄 수 있냐'고 묻는다. 우리 땅이 유린당하는 것은 마치 부모의 살이 베어지는 것과 같은 형국이라고 시적 화자는 받아들이고 있다. '사람이 살이 베어지면 살 수 없듯이' '우리 민족도 나라가 유린되고는 살 수 없음'을 주지시키고 있다. 그렇다고 너희 부모를 버리고 남의 부모, 즉 일본을 섬길 것이냐고 묻고 있다. 그런 일례는 짐승들에게서도 찾아 볼 수 없다는 것이다. 그러니 자기의 조국을 팔아먹는 행위는 짐승만도 못한 파렴치한 행위라고 언급한다. 이들의 작태가 시적 화자에게는 '한심하고 애달플' 뿐이다. 너무도 '불쌍하고 불쌍할 뿐이다.' '나라가 없어지면 자신들도 죽음 목숨'(베어낸 그 곳이 헐어서 목숨이 위태로울 것)인 것을 모르는 그들에게 '이렇듯이 어두운가?'라고 묻고 있다. 그들의 작태가 시적 화자에게는 너무도 답답하게 다가온다.

그러나 시적 화자는 끝까지 이들을 포기할 수 없다. 짐승만도 못한 행위를 하는 친일파들이지만, 우리나라 사람이기에, 우리 민족, 형제들이기에, 다시 한번 연민의 정을 주며 기회를 준다. "너희는 지금 잠시 동안 정신이 없어서 그러는 것이니 정신이 깰 동안 우리 안사람들이 보살펴주겠노라"고 제안한다. 혹 술이 많이 취했으면 안사람들이

"깰 때까지 방에다 잠재워 줄 것이라"고 회유한다. "술이 깨면 맘을 고
쳐서 조상님한테 더 이상 죄를 짓지 않기를" 부드럽게 당부한다. "너
희도 조선 사람이니 우리나라를 살려서 충신노릇을 하라"고 고취한
다. 그렇게 될 때까지 "안사람들이 도와주겠노라"고 충심으로 간언하
고 있다. 이러한 형상은 마치 패륜아에 대한 자애로운 어머니의 심정
을 보여주는 듯하다.

이러한 깊은 사랑과 폭넓은 아량은 아마도 작가가 여성이기에 가능
한 일이었지 않은가 한다. 어떤 저항시가에도 이렇듯이 부드럽고 너
그러운 사랑의 마음을 찾을 수는 없을 것이다. 이러한 점이 여타의 저
항시가와 변별되는 윤희순 작품의 독특한 특성 중 하나이다. 특히 친
일파들의 작태를 잘 파악하고 있으면서도 어머니다운 포용력으로 감
싸 안으려는 모습에서 여성이 지닌 모성적인 아량과 깊은 사랑을 찾
을 수 있다. 이는 아마 여성 작가이기에 가능한 일이었을 것이다. 이
러한 점 또한 여타의 저항시가와 변별되는 윤희순 작품의 독특한 특
성 중의 하나이다.

윤희순은 최초의 여성의병이라는 점과 최초로 '안사람 의병가'류를
창작했다는 가치 이외에, 나라와 민족의 위태로운 시기에 부녀자의
몸으로 당당하게 일본인을 향해 거세게 항의하며, 우리 민족들을 단
합시켜 국가를 지키고자 하는 의도로 작품을 창작해서 이를 고취하려
했다는 점, 저항시가를 지어서 저항문학의 기폭제 역할을 하고 또한
그 폭을 넓혔다는 문학사적 가치와, 최초의 여성 저항 작가라는 문학
사적 의의, 그리고 작품 자체가 문학적 가치를 지니고 있다. 뿐만 아
니라 페미니즘적 요소가 내포된 여성문학의 기반을 이루었다는 가치
도 첨부시킬 수 있다.[8]

이렇듯이 난설헌과 윤희순은 자아와 세계의 대립이라는 동일한 지

반위에서 출발하지만 대응방식은 현실초월이라는 대응 방식과 현실 타파라는 대응방식으로 변별된다.

허난설헌과 윤희순과 관련된 이와 같은 내용을 중심으로 해서 원소스로 가공된 스토리텔링은 대략 다음과 같다.

4. 스토리텔링

1) 허난설헌의 스토리텔링

■ 영재의 탄생한 행복한 유년기

조선조(1563년, 명종 18), 임영땅(강릉의 별칭) 초당에 귀여운 여자아이가 태어났다. 초당터는 연화부수형 명당터였다. 아기의 태몽은 하늘에서 날아오는 연꽃 속에 선녀가 앉아 있다가 허엽부인을 향해 절을 하는 꿈이었다. 그 선녀의 자태가 얼마나 신비롭고 아름다웠는지 눈에 선했다. 태어난 아기는 마치 꿈 속 선녀처럼 하얀 피부에 오똑한 콧날, 또록또록한 눈망울을 가지고 있었다. 아이의 이름을 초희라고 지었다. 여자아이의 이름을 잘 짓지 않는 풍토에서 이례적인 일이었다. 초희의 부모는 유교적 질서에 그리 억매이지 않는 성품이었기에 딸이라서 제약받는 일은 거의 없었다. 오빠 허봉은 특히 누이 동생을 아꼈다. 초희는 어렸을 때부터 영특했다. 기억력이 뛰어났으며 언어를 구사하는 능력이 남달랐다.

---

8) 강명혜, 「윤희순 작품 연구」, 『온지논총』 제7집, 법인 온지학회, 2002, pp.252~267 Passim.

초희는 오빠와 조금 늦게 태어난 남동생 균과 함께 수학했다. 초희는 자신을 인정해주는 가족의 사랑과 보살핌 속에서 아름답고 재예가 뛰어난 여성으로 성장한다.

■ 불행한 결혼생활과 현실의 어려움

초희는 호를 난설헌으로 짓고 자신의 지적 능력을 향상시키며 학문을 닦는다. 어느 덧 혼기에 찬 15살. 오빠 허봉의 친구 중 김성립과 혼인을 한다. 김성립은 초희와 달리 언변이 부족하고 재예가 뛰어나지 못했다. 비록 당대의 사회적 질서에 순응하는 조용한 사람이었지만 포용력이 부족한 성품을 지니고 있었다. 아니 뛰어난 한 인간의 천재성을 감당하기에 김성립은 너무나 평범한 인물이었다.

아름답고 매사 자신보다 뛰어난 부인을 볼 때마다 김성립의 마음은 복잡했다. 여성은 남성과 동등한 인간의 가치를 지니지 않았다고 배워온 터라 김성립은 점점 부인에 대해 열등감에 휩싸이게 되면서 자연히 초희를 멀리하게 된다. 학문도야를 핑계로 밖으로 겉돌며 심지어 집에도 거의 들어오지 않게 된다. 상황이 이럴진대 시집 식구들이 초희난설헌을 곱게 볼 리가 없었다. 양반집안이라 대놓고 학대하지는 않았지만 따가운 시선과 질시어리고 가시박힌 말들은 허난설헌을 주눅들게 하고 외롭게 했다. "여자가 설치고 잘나면 남편을 잡아먹거나 남편의 앞길을 막는다는" 속설도 있는 터였다. 특히 시어머니의 독에 찬 독설과 서슬퍼런 눈초리는 난설헌을 절망케 한다. 그러나 좌절과 역경조차도 허날설헌의 의지를 꺾지는 못했다. 난설헌은 그럴수록 자신의 창작의지를 불태우며 작품활동을 지속한다. 여자도 자신을 발전시키며 지적욕구를 충족시켜야 된다고 믿는 초희였다.

이렇듯이 괴롭고 힘든 현실 속에서 작품활동을 통해 모든 것을 승화시키면서 하루하루를 보내던 허난설헌은 어느 날 아이를 임신한 것을 알고 뛸 듯이 기뻐한다. 아이를 낳고 정을 붙이다보면 시댁에서도 인정해 줄 것이고 자신도 삶의 의지가 생길 터라고 생각하며 한 줄기 희망을 가지게 된다. 달이 차고 드디어 딸을 낳게 된다. 하지만 기쁨도 잠시, 산모가 건강해야 아이도 튼튼한 법! 가시방석 속에서 심신이 피폐해진 난설헌은 아이를 얻었다는 기쁨도 잠시 병약한 아이는 마마를 앓다가 속절없이 세상을 뜨게 되며, 어렵사리 다시 낳은 둘째 아들도 그만 하늘나라로 보내게 된다. 어찌어찌해서 다시 아이를 가졌지만 노골적으로 멸시하는 매몰찬 남편과 시댁의 눈총 속에서 겨우 견디어 내던 난설헌의 몸은 결국 셋째도 지키지 못한다.

절망 속에서 피눈물을 흘리던 허난설헌은 엎친데 덮친다고 유일하게 자신을 격려하던 오빠 허봉마저 귀양을 가고 친정이 몰락했다는 청천벽력 같은 소식에 접하면서 남은 기력마저도 잃게 된다. 거의 혼이 나가고 식음을 전폐하는 생활을 하게 되지만 정신만은 형형해서 남은 힘을 짜내고 자신의 모든 영혼의 힘을 담아서 작품으로 모든 것을 승화시킨다. 언어를 조탁해서 작품을 완성시키는 것이 유일하게 난설헌을 살게 하는 에너지였으며 그것으로 현실의 곤고함을 위로 받으며 현실을 초탈한다. 미약한 한 개인이 할 수 있는 최대한 저항 방식이 글쓰기로 표출되는 순간이었다.

■ 신비 체험-선계 여행, 작품으로 승화

그러던 어느 날 난설헌은 신비 체험을 하게 된다. 비록 몸은 병들어서 기력은 쇠약했지만 정신만은 또렷한 가운데 특별한 경험을 한다.

봉래산에 올라 호수 속 용 등을 밟고 자유자재로 허공을 나르는 체험이었다. 아름다운 풍광이 눈 아래 펼쳐지고 난설헌은 삼단 같은 머

리를 날리며 가고 싶은 곳, 구경하고 싶은 정취 및 정경을 마음껏 만끽
한다.

사방을 보니 산은 온통 구슬과 옥으로 된 모든 봉우리가 첩첩 포개
져 있고 흰구슬과 푸른구슬이 반짝반짝 빛나 눈을 들어 똑바로 바라
볼 수 없었다. 무지개 같은 구름이 그 우에 서려 오색이 곱고 선명하
며 구슬같은 물이 흐르는 폭포 두 줄기가 벼랑 사이로 쏟아져 내리면
서 부딪쳐 옥을 굴리는 소리를 내고 있었다. 하늘을 보니 사방에 아름
다운 꽃이 만발해 있고 꽃향기가 진동하는데 어느새 봉황새가 날아와
피리를 부니 그 정취에 취해 난설헌은 정신이 다 아득해 온다. 자세히
보니 기이한 풀과 이상한 꽃은 한 번도 본 적이 없고 그 향기 또한 맡
아본 적이 없는 향기이다. 난새, 학, 공작 등이 좌우에서 날며서 춤추
는데 온갖 향기를 풍기고 있었다. 마침내 정상을 오르니 동남쪽의 큰
바다는 하늘과 맞닿아 전부 파란데 붉은 해가 돋으니 파도에 목욕하
는 듯 온 몸이 쾌적하고 상쾌하다.

시간이 지나자 어린 동자가 옥쟁반에 받쳐서 황금잔을 주는데 보기
에는 투명해서 맑은 물인 듯한데 한 모금 맛을 보니 그 향기와 맛이 정
말 이 세상 것이 아닌 듯 향기롭고 맛있다. 음악과 정취와 맛에 취하
다 보니 황금잔에 달빛이 가득하다. 잠시 후 수염이 하얀 신선이 부용
봉에서 돌연히 나타나 난설헌에게 옥 지팡이를 건네며 말한다. "그대
는 원래 이곳의 항아였노라고. 자신의 감정을 주체하지 못하고 너무
나 오만하여 잠시 벌을 주어 인간세계를 경험하게 했던 것이라고. 그
대가 많은 고난을 겪으며 너무나 심한 고통을 겪고 있기에 위로와 격
려의 차원에서 특별히 선계를 경험하게 하겠노라고. 앞으로 선계를
방문할 때는 옥 지팡이를 세 번 돌리면서 주문을 외우라고..."

난설헌이 예를 표하고 다시 용을 타고 동해 바다를 굽어보니 물은

달빛을 받아 반짝거리고 서늘한 바람과 맑은 공기에 황홀한 감정을 맞본다. 난설헌은 이러한 경험을 글로 남기면서 마지막 불꽃을 태우게 된다.

신비 체험 후 어느 날 다시 지팡이를 돌리면서 주문을 외어 다시 선계로 올라갔는데, 난설헌이 도착하자마자 황금 재갈을 하고 구슬 안장을 한 백마가 봉황노래에 맞추어서 날아 왔다. 백마 위에는 늠름한 남자가 타고 있었는데 그는 선계의 문창공자[9]라 자신을 소개하며 난설헌의 글재주가 필요하다며 선계를 위해 일해줄 것을 요청한다. 난설헌이 거절하자 봉황을 타고 머리에는 화관을 한 여사제가 나타나 정중하게 부탁하니 그제야 난설헌이 허락을 한다. 그 후로 난설헌은 밤마다 선계를 방문해서 궁녀들의 시중을 받으며 선관들과 선계의 일을 하게 된다. 문관으로서의 일도 하고 남녀 선관들 동지와 시화답도 하면서 서로 마음이 통하게 되어 막혔던 가슴이 트이는 듯하고 동무들과의 교류가 기쁘기만 하다. 어느 날 비룡을 타고 동해를 날고 있었는데 난새와 금호랑이가 어느 동자를 태우고 난설헌 앞으로 다가 오더니 인사를 하는 것이었다. 자세히 보니 이승에서 잃은 아이들이라 난설헌은 이들을 부여잡고 눈물을 흩뿌린다. 아이들과 투호놀이도 하고 옥피리와 생황, 가야금 소리도 들으며 행복했는데…

난설헌은 어느 날 선계에서 영영 돌아오지 않는다. 그곳에서 3자녀와 오빠가 함께 웃고 있는 초희…

초희 허난설헌은 그렇게 힘든 생을 젊은 나이에 마감했지만 가부장적 제도 속에서도 끝까지 무릎 꿇지 않고 한 개인의 의지를 관철시킨

---

9) 문창공자는 문창제군으로 황제의 아들인데 여러 기적을 나타냈다는 신선. 인간의 祿籍을 관장하는 신으로 재동제군이라고도 한다. 『明史禮志』에 재동제군의 성은 張, 이름은 亞子라 하였다.

인간 승리의 한 틀을 보여주었으며 조선조 여성의 아픔과 고난을 대변한 한 인물로서 지성적 여성의 전범을 보여주었다고 할 수 있다.

허난설헌 영정[10)]

허난설헌 캐릭터(설이)[11)]

2) 윤희순의 스토리텔링

■ 아들의 죽음 앞에서

윤희순은 눈 앞이 깜깜해지고 의식이 혼미해졌다. 귀도 멍멍해지며 속도 울렁거렸다. 입이 바짝바짝 탔다. 돈상이 어떤 아들이던가?

16살에 시집와서 근 20년 만에 겨우 얻은 귀한 아들이었다. 돈상이 2살 때인 1895년 을미사변 후부터 지속적으로 온 가족이 일본과 싸우느라 제대로 보듬어 안아서 키우지도 못한 아들이었다. 그래도 늘 의젓하고 엄마의 마음을 헤아려줄 줄 아는 사려깊은 아들이었다. 온가족이 의병활동에 전념하는 것을 보고 철 들면서부터 자연스럽게 의병활동이나 애국정신이 몸에 배어 식구들이나 엄마를 돕던 아

---

10) 허난설헌 영정. 손연칠 작(1960), 국립현대미술관 소장. 인터넷 사이트 참조.
11) 허난설헌 캐릭터(난이, 설이) - 강명주 조각가 디자인.

들이었다. 엄마를 도와 엄마가 지은 글을 주위에 뿌리기도 하고 일본군 정보도 얻어다 주며 주변 사람들한테 연락도 해 주고 함께 훈련받으며 조국을 위해 의병활동 및 독립운동을 하던 든든한 금쪽같은 아들이었다.

아버지가 돌아가신 후 아버지를 대신하며 19세의 나이로 할아버지와 큰아버지 유인석의 문인 및 친지를 찾아다니고 만주와 몽골 및 중국에 흩어져 있던 180여명의 독립운동가를 모아 〈조선독립단〉을 조직하여 독립운동을 하였으며, 만주와 국내를 왕래하면서 학교를 세우고 인재양성에 힘을 기울였던 아들이었다. 이 과정에서 남의 모범이 되기 위하여 온 가족 남녀에게 군사훈련을 시켜 가족부대를 만들었을 때도 늘 엄마 곁에서 모든 것을 함께 주관 했던 아들이었다.

시아버지, 남편을 여의었을 때에도 가슴이 찢기는 고통은 있었지만 조국과 민족, 그리고 후손들의 미래를 위해서 의연히 버텼던 그녀였다. 하지만 지금 아들 돈상의 주검 앞에서는 손가락 하나라도 움직일 힘이 생기지 않았다. 가슴이 갈기갈기 찢겨져서 더 이상 살아있는 느낌도 없었다. 돈상의 몰골은 말이 아니었다. 독립운동의 일환으로 중국 무순에서 청년들을 교육하던 중 1935년 7월 19일 왜병 수십 명의 급습으로 그만 체포되어 모진 고문을 당했기 때문이다. 죽기 겨우 직전 풀려났지만 그녀의 품에서 운명을 달리했다. 그의 나이 불과 42살이었다. 돈상의 온 몸은 피와 멍투성이었고 눈 뜨고는 차마 볼 수 없는 몰골이었다. 죽은 자식은 가슴에 묻는다고 했던가? 더욱이 이렇듯이 고통스럽게 죽음을 맞이하다니... 아들이 당했을 고초를 생각, 아니 생각할 수조차 없었다. 신음소리조차도 낼 수 없었다.

큰아들의 비참한 주검 앞에서 윤희순은 살아갈 의지도 힘도 더 이상 남아있지 않았다. 그간 선두에서 의병활동을 하거나 3대에 걸친 의병활동 뒷바라지로 일생을 바친 그녀였지만, 그리고 일본대장한테도 두려움없이 호령했던 그녀였지만 아들의 주검 앞에서는 물 한금도 넘길 수 없었다. 윤희순은 이제 자신의 운명을 짐작했다. 그녀는 마지막으로 맏며느리에게 붓과 종이를 가지고 오라고 했다. 후손들을 위해 할 말은 남겨야겠다고 생각했기 때문이다. 안간힘을 써서 할 말을 남긴 그녀는 눈거풀이 무거워짐을 느꼈다. 정신도 아득해 졌다. 갑자기 그녀의 앞에 한 줄기 빛이 보였다. 어렴풋이 시아버지, 남편과 함께 아들 돈상이 웃고 있는 모습이 보였다. 그녀는 망설이지 않고 그들을 향해 달려갔다. 기운이 다시 나기 시작했다. 그 순간 그녀는 분명히 들었다. "대한민국이 해방되었다는 만세 소리를…"

윤희순의사의 주검은 희미하게 미소짓고 있었고 얼굴은 형형하게 빛이 나고 있었다. 향년 76세였고 큰 아들 돈상이 죽은지 불과 10일이 지난 1935년 음력 8월 1일이었다.

■ 최초 여성의병활동

윤희순은 어렸을 때부터 의협심이 강했다. 여자아이지만 불의를 보면 참지를 못했다. 부모는(윤익상, 덕수 장씨) 그것이 걱정 아닌 걱정이었다. 하지만 늘 도를 지키는 편이라 큰 걱정은 하지 않았다. 또 효성도 지극해서 눈에 넣어도 아프지 않은 자식이었다. 그녀는 어느 덧 혼기에 이르게 되었는데(16세), 혼처는 강원도 춘천 의암집안 항재 유재원 집안이었다. 부자는 아니었지만 화서학파 종주집안이고 뿌리깊은 양반집안이라 윤희순의 부모는 흔쾌히 승락하고 윤희순도 시댁이 뿌리깊은 유학자 집안이라는 점과 애국정신이 투철한 집안이라는 사실에 속으로 흐뭇했다.

시아버지 유홍석의 기질과 남편의 기질이 윤희순과 부합되고, 또 윤희순이 워낙 살림솜씨가 좋아 결혼 후에는 화목한 가정을 이루었다. 윤희순에 대한 주변의 칭찬도 자자하였다. 그러나 조선은 그 당시 풍전등화와 같은 처지였다. 남편 항재는 위정척사운동을 확산하고 학문을 닦기 위해 집에는 거의 없었기에 결혼한지 20년이 지난 1894년에야 첫 아들 돈상이 태어난다. 얼마나 기다렸던 아들이었나. 하지만 기쁨도 잠시 아들이 2살 되었을 무렵 명성왕후 시해와 단발령 시행을 계기로 시아버지와 문중식구들, 남편 등 온 가족이 모두 의병활동을 하게 된다. 윤희순도 손을 놓고 있을 수가 없었다. 자신이 할 수 있는 일이 무엇일까 고민했다. 식구들 뒷바라지도 해야 하고 아이도 키워야했다.

하지만 국토는 유린되고 칼날 앞에 선 형국이다. 아무리 여자라고 해도 그냥 있을 수는 없었다. 자신이 해야할 일, 당대의 세력권인 일본에 저항하고 대항하는 일을 고민하던 윤희순은 우선은 '글'이라는 도구를 사용하기로 했다. 글의 위력을 알고 있던 터였다. 글이 간접적인 의병활동의 일환임을 깨달은 즉시 윤희순은 〈안사람 의병가〉 및 〈방어장〉을 발표한다. 그러나 사태는 조금도 나아지지 않았다. 나아지기는 커녕 점점 늪으로 빠져드는 느낌이었다. 더 이상 그녀는 앉아 있을 수가 없었다. 울면서 천지신명께 기도를 한 다음 결단을 내린다. 직접 의병활동에 참여할 것을… 그만큼 당시 조국은 위태로웠던 것이다. 군자금도 모으고 무기도 제조한다. 주위 분들을 격려하며 의병활동을 했던 것이다.

"비록 여자라도 나라를 구하는데 일조해야 한다"며, '안사람'들을 격려하고 간접적인 의병활동(의병을 도와주는 일)을 하였으며, 그 외에도 일본인들에 대해서는 회유와 호통·규탄하는 글을, 청년들을 대상으로 해서는 의병에 참여하자는 권유와 장려의 글을, 친일자에게는 경고 및 회유에 대한 글을 짓는다. 이렇게 지은 글을 노래로 부르면서, 주위 사람들을 격려·고취하고 항일의지를 불태우며 애국심을 공고히 한다. 뿐만 아니라 실제로 이웃 여성들과 합심하여 의병의 옷을 기워주고 빨래를 해주고 밥을 해주는 등, 의병의 뒷바라지를 해준다. 의병부대가 마을로 들어와 밥을 달라고 요구하면 기꺼이 가족들이 먹어야 할 쌀과 춘천 숯장수들이 숯을 사기 위해 갖다 놓은 곡식까지 몽땅 털어 저녁밥을 지어주기도 했다.

특히 화(華), 중(重), 성(省), 의(毅) 문중의 후기 춘천 의병에 참여했던 의병장 아내들과 고흥 유씨 집안 내의 아내, 그리고 향촌민의 아내들로부터 군자금을 모아 가정리 여의내골에서 놋쇠와 구리 등을 구입, 탄환 등의 무기와 소변의 유황(소피적) 등을 모아 화약을 제조하여 공급하는 탄약 제조소 운영에 직접 참여하였으며(참판댁, 약암댁, 남종댁, 항곡댁, 가정댁, 우계댁, 반호댁, 난곡댁, 왕동댁, 한포댁, 팔봉댁 등 여성 약 76명을 규합, 군자금 355량 8전 5복을 모집하여 춘천의병의 항일투쟁 운동에 적극적으로 지원), 가정리 여성 30여명을 동원하여 의병훈련에도 적극적으로 협조하면서 직접 여성의병으로서 훈련도 함께 했다. 또 남장을 하고 정보를 수집하기도 하면서, 〈오랑키들ㄹ 경고흔 듯〉, 〈외놈압ㅈ비들ㅇ〉, 〈금수들ㅇ바더보거ㄹ〉 등을 짓기도 했다.

■ 만주에서의 독립운동

그렇게 애썼건만 1910년에 치욕스런 국권 침탈을 당하게 된다. 시아버지 유홍석은 분함을 이기지 못하여 자결하려고 하였으나 훗날을 기약하여야 한다는 친척과 자손들의 만류로 시행하지 못한다. 그 후 만주로 이주하여 유인석, 이소웅 등과 국내 진공의 방책을 모색하였으며, 이어서 1911년 윤희순의 가족이 만주로 들어오게 되었던 것이다. 그러나 1913년 12월 21일 시아버지 유홍석은 국권회복을 이루지 못하고 끝내 만주에서 타계했으며, 남편 유제원 역시 1915년 동지들과 독립운동을 꾀하려다 세상을 뜨게 된다. 이 때에도 맏아들 돈상이 "조국을 잃었고 할아버지와 아버지를 잃고 동포를 잃었는데 무엇이 두렵겠습니까?, 기여코 왜적을 물리치고 조국을 찾고 말 것입니다"라는 각오를 밝히자 윤희순도 더욱 힘을 북돋우어 굴하지 않고 세 아들을 통해 독립운동을 지속하게 되었던 것이다.

그 동안 얼마나 힘든 일이 많았던가? 미행당하던 일, 추궁당하던 일, 집을 불태워 위기에 봉착했던 일 등. 그런 와중에서도 민족의식 홍보, 통신연락 임무, 군자금 모금, 정보수집 등을 지속했으며 가족부대라는 별칭을 들을 정도로 철저히 일본에 저항했다. 아들 교상과 조카 휘상은 지팡이에 통신 비밀문서를 넣어 전달하는데 능수능란했다고 한다. 큰며느리도 독립운동가 음성국의 딸 음채봉을 맞이했다. 이렇듯이 그간 말할 수 없는 고초를 견디어 왔건만 피투성이가 된 큰아들 돈상의 처절한 죽음 앞에서는 윤희순이라는 거목도 쓰러질 수밖에 없었던 것이다. 그것이 애국자를 넘어선 어미의 마음이 아니던가?

윤희순 영정[12]

---

12) 윤희순 영정. 인터넷 사이트 참조.

여성의병장 윤희순 캐릭터[13)

5. 결언

본장에서는 강원도 여성 중 많은 공통점을 가지고 있다는 점에서 허난설헌과 윤희순을 대비하면서 그들의 저항적 세계관, 자아와 세계의 대응방식, 글쓰기 양상, 스토리텔링까지 살펴보았다.

강원도 여성에 대한 연구의 기회가 소루하다보니 욕심이 지나쳐 너무 많은 것을 고구하려다 오히려 미진한 부분을 많이 남긴 듯해서 아쉽다. 하지만 이러한 작업이 강원도 여성의 연구사를 확장, 심화시킬 수 있고, 또 스토리텔링의 기반을 마련해서 이들 인물학을 정립, 원 소스(one-source)로서 교육적 자료 및 문화콘텐츠 등의 여러 가지 측면(multi-use)에서 활용할 수도 있지 않을까하는 기대로 아쉬움 점을 상쇄한다.

---

13) 여성의병장 윤희순. 윤희순 캐릭터– 강명주 조각가 디자인.

난설헌과 윤희순은 우리나라 몇 되지 않는 정말로 훌륭한 여성의 전범이다. 이들은 조선조 여성이 당면한 어려움을 각자의 방식대로 저항, 비판, 항거했던 여성들이기 때문이다. 둘 다 인생 말로는 행복했다고 할 수 없지만 이는 한 개인의 탓이 아니었다. 사회, 시대, 역사, 이념의 멍애며 굴레의 결과였을 뿐이다. 그리고 그녀들의 선택은 충분히 가치있다.

현실의 곤고함 속에서도 그녀들은 자신들의 목소리를 가지고 세계를 향해 포효한다. 비록 당장은 메아리없는 울림에 불가할지라도 그녀들은 확고한 의지를 표출한다. 그녀들이 그렇게 한 이유는 누구에게 보이거나 누구를 의식했기 때문이 아니다. 자아의 의지가 확고했고 이념 및 추구하는 바가 굳건했기 때문이다. 또한 자신과 세계와의 갈등을 '글쓰기'로 승화시키기도 한다.

자아와 세계와의 대립으로 현실 세계에서 힘든 것은 허난설헌이나 윤희순, 모두 해당되었다. 난설헌은 당대의 이데올로기적 상황 속에서 인정받지 못하고 가족과 갈등을 일으키면서 힘든 상황이, 윤희순은 조국을 유린하려는 일본과의 대결양상으로 인해 개인적으로 고난과 고통, 힘든 삶을 살게 된다는 점에서 공통적이다. 그러나 세계에 대항하는 방식은 서로 다르게 나타났다. 난설헌은 현실을 초월하는 방식을, 윤희순은 현실을 타파, 즉 직접 대응하는 방식을 택했던 것이다. 이 또한 개인의 취향에 따른 선택이기 보다는 당대 시대적 상황과 주변 환경 및 배경, 분위기 등에서 기인된 방식이라고 할 수 있다.

이들 선조가 있다는 것만으로도 우리나라 여성들은 충분히 자긍심을 가질만 하다. 문제는 이들에 대한 관심과 사랑을 토대로 해서 연구를 천착하고 확장해서 널리 선양하는 과제만 남아있다. 이는 후손들, 특히 여성의 몫이라고 할 수 있다. 이러한 연구 및 관심이 지속되기를 희망한다.

난설헌과 윤희순의 스토리텔링을 뼈대만 우선 작성해 보았다. 이를 기반으로 해서 원 소스로서 다양하게 개발, 확장되기를 기대한다.

좌절과 소망의 미학

— 민족시인 심연수의 현대적 전승방안 및 콘텐츠화[1]

1. 서언

심연수는 1918년 5월 20일 강릉시 경포면 난곡리 399번지에서 5남 2녀 중 맏아들로 태어나 강릉에서 자라다가, 1924년 6세의 어린 나이에 가족과 함께 블라디보스토크로 이주하게 된다. 심연수의 러시아 이주는 개인적인 사정이 아닌 그 당시 시대 사회적 여건, 즉 경제적 결핍이나 피폐, 혹은 항일운동의 전개와 같은 정치적 이유에서 어쩔 수 없는 선택이었음에 주목할 필요가 있다. 1920년대 강원도는 영세농, 소작농이 70~80%에 달했다. 이들은 산으로 들어가 화전민이 되거나 주변의 유랑민으로 전락했으며 일부는 해외 유민이 되어야 했다. 이러한 사정은 강원도 뿐만이 아니라 전국적으로 10만명에 이르렀다.

---

1) 조각 디자인, 그림 부분은 강명주 조각가에 의해 이루어짐.

1926년 11월 20일자 〈동아일보〉에 의하면 전국적인 이주민 940호 중 강원도 출신 이주민이 510호로 절반 이상을 차지하는 것으로 드러나 특히 강원도의 정치, 경제, 사회적 여건이 최악이었음을 짐작할 수 있다. 원래 심연수네 집안은 선비 집안에 속했지만 이 당시 이들의 생활상은 기층민보다 척박했기에 경제적 이유로 이주를 결정했으며, 삼촌 심우택 등의 항일운동 전개를 위한 목적도 한몫했다고 보여진다. 이렇듯이 심연수는 다른 강원도 이주민들과 마찬가지로 경제적, 정치적 이유로 이주를 하게 된다.[2)]

그러나 블라디보스토크에서도 7년 만에 한인 이주 정책에 의해서 다시 흑룡강 근처로 이주했으며, 그 후 용정에서 살다가 대학은 일본에서 다니는 등[3)] 유랑민적인 삶을 살다가 교사 생활 중 1945년 8월 8일 일제 앞잡이에 의해 피살되었다고 한다.[4)] 그 후 2000년 7월 중국 용정시에 거주하는 동생 심호수에 의해 55년간 항아리에 담겨 비밀리에 보관되어 오던 육필 유고가 『20세기중국조선족문학사료전집』 제1집 심연수문학편에 수록됨으로써 세인의 관심을 받게 되었다.[5)]

2000년 11월 30일 강원도민일보사와 강릉예총지부가 주최한 제 1

2) 임호민, 「심연수와 그 가족들의 생활상」, 박미현, 「일제 강점기 강원인의 만주이주와 심연수의 만주체험」(2008 심연수 문학제 제8차 심연수 학술세미나) 참조.
3) 1937년 중국 용정시 소재 동흥소학교 졸업, 1940년 동흥중학교를 졸업하였다. 1943년 7월 13일 일본대학 예술학원 창작과를 졸업하였으며, 졸업 후 중국 연안현 신안진 등지에서 소학교 교사로 근무하였다.
4) 1940년 4월 『만선일보(滿鮮日報)』에 〈대지의 봄〉, 〈여창(旅窓)의 밤〉 등을 발표하였다. 같은 해 5월 조선 전역과 중국 북부 일부를 대장정하는 20여 일간의 수학여행을 다녀온 뒤 64편의 기행시를 창작하였다. 현재 2,40여 편의 시작품과 일기문, 편지글 등이 전해진다.
5) 심연수를 추모하는 단체는 중국 용정과 강원도 강릉에 각각 조직되어 있다. 강릉에는 2001년 11월 8일 심연수시인선양사업위원회(위원장 엄창섭)가 조직되어 매년 국제학술세미나를 개최하고 있다.

회 〈민족시인 심연수 국제학술 심포지엄〉을 발단으로 국내외적으로 그의 삶과 문학적 연구 및 평가 등의 작업이 본격화 되어 많은 업적이 축적되었다. 그간의 연구 결과를 보면, 심연수 시의 특성으로서, "시적 긴장미를 통한 유연성과 호방성, 그리고 거창성, 모호성"등이 지적되거나[6], "짙은 유랑의 사고가 개척의지, 항일적인 민족의식들이 주된 테마였다. 그리고 당시 참혹한 식민지적 민족 수난기에 고난 극복 노력 및 범우주적인 제재적 측면을 보였다. 심연수는 애국애족이 열혈한 시인이었으며 정의와 진리를 집요하게 추구해온 용감한 투사였다... '암흑기 문학사의 한 등불'"[7]로 평가되기도 한다. 또한 "심연수는 투철한 민족애와 애국심으로 해방을 기다리는 선지자적 예언과 함께 항일을 실천한 민족시인의 반렬에 자리한다"[8], '암흑기'로 낙인 찍혔던 시대에 간도 지역에서 민족의식이 투철한 문학작품을 썼던 시인으로, "일본 유학 중 쓴 시는 마치 윤동주의 유학시절 시를 연상할 만큼 생생한 타국에서의 삶을 느끼게 해주며 반일적 색채가 강하고, 일본 유학 이후의 시는 모더니즘적 경향이 강하다"고 보고 있다. "모더니즘 중 윤동주가 정지용 계열이었다면, 심연수는 김기림 계열이라 불러도 좋을 것이라고 평가"하기도 하며[9], "심연수의 문학은 일제 말 진흙 속에서 피어난 순수하고 아름다운 연꽃이며, 다수 문인들이 친일문학으로 기울던 부끄러운 계절에 조금도 때묻지 않고 그 시대의

---

6) 엄창섭, 「심연수 시인의 문학과 시적 층위」, 심연수선양사업위원회, 『민족시인 심연수 학술세미나 논문총서』, 강원도민일보출판국, 2007, p.27.

7) 이명재, 「심연수 시인의 문학사적 위상」, 심연수선양사업위원회, 『민족시인 심연수 학술세미나 논문총서』, 강원도민일보출판국, 2007, p.61.

8) 허형만, 「심연수 시 연구」, 『한국문학이론과 비평』 22집, 한국문학과 이론학회, 2004.

9) 임헌영, 「심연수의 생애와 문학」, 『민족시인 심연수 학술 심포지엄』, 2000.11.30.

아픔을 지켜보며 〈눈보라〉를 비롯한 우수한 작품들을 남기며 암흑기를 밝힌 별빛으로 반짝이며, 이런 의미에서 그는 윤동주와 함께 우리 문학사의 명맥을 이어준 귀중한 자리를 차지한다"고 평가하기도 한다.10) 그 외에도 많은 긍정적인 평가가 있으며,11) 결과적으로 심연수는 '민족시인, 저항시인'으로서 윤동주, 이육사와 함께 거론되면서 결국 1040년대는 암흑기가 아닌 저항기였다는 것으로 중론이 모아지고 있다. 물론 이에 전적으로 동조하지 않고 보다 냉정한 평가가 수반되어야 한다는 주장도 있지만 심연수 작품의 가치나 의미에 대해서 만큼은 모두가 수긍하고 있는 것이 현 실정이다.

앞으로 남은 과제는 심연수의 작품세계를 여러 방면에서 지속적으로 천착하는 것은 물론이고, 일기나 기행문, 삶과 죽음까지도 세밀히 살펴서 심연수를 우리 문학사에 정확히 정립해야 하며, 널리 알려야 하는 일이다. 즉 심연수를 어느 특정지역만의 인물이 아니라 민족적, 국가적 인물로 부각시켜서 그 문학적, 역사적 위상을 자리 매김해야 한다. 이를 위해서는 일회적이거나 단선적인 행사나 평가에 그쳐서는 안될 것이며 항시적이고도 구체적인 선양계획이 요구된다. 또한 선양

---

10) 김우종, 「심연수의 문학사적 자리매김- 윤동주와의 비교를 통해서」, 심연수선양사업위원회, 『민족시인 심연수 학술세미나 논문총서』, 강원도민일보출판국, 2007, pp.75~76.

11) "심연수의 작품들은 (중략) 범지구적인 차원에서 새로운 세계를 내다보는 미래의식과 예언자적 경구를 담고 있다. (중략) 저항의식을 가진 지사로 희망을 제시하고 승리를 예언하는 예언자로 해방을 위하여 투쟁하는 투사로 되기도 한다."(김룡운, 「심연수 문학의 사상 경향성」) ; "심연수는 모더니즘을 고집한 것도 아니고 모더니즘에 대한 자의식이 있었던 것도 아니고 대체로 그의 경우엔 전통적인 서정시, 민족적인 리얼리즘, 모더니즘이 혼재한다"(이승훈, 「심연수의 시와 모더니즘」), "대륙적 기질, 혹은 우주적 시가"(김경훈, 「심연수의 시 세계」), "민족시인, 저항시인, 그리고 리얼리즘 시인"(홍문표, 「심연수의 문학세계」), "저항의식과 해방의 기다림"(허형만, 「심연수 시조 연구」) 등 많은 평가가 있다.

작업이 이론만 강조된다면 탁상공론에 그쳐서 그 효과를 기대할 수 없다. 보다 구체적이고도 실용적인 아이템 구축이 필요하다. 이러한 작업은 결국 심연수 문인을 전국적으로 부각시키고, 그 위치를 공고히 하는 일이기도 하다. 아울러 심연수를 원 텍스르로 한 다양한 문화 콘텐츠는 강릉지역의 문화유산을 확산시키는 일이기도 하다. 심연수를 통해서 이중 삼중의 이익과 부가가치 창출이 마련될 수 있음에 주목할 필요가 있다. 현재와 같은 지방자치 체제 하에서는 각 지역마다 그 지역민의 정서나 지역민이 보유한 다양한 유산을 얼마나 어떻게 개발, 활용, 확산시키는가 하는 것에 그 지역민의 미래가 달려있기 때문이다. 세계적으로도 문화적 유산 및 마인드가 경제, 생산적 측면과 밀접히 연관되는 요즈음 그 지역민이 보유한 문화적 유산에 대한 개발, 활용화는 그 지역의 정체성을 확립하는 일이며 부가가치로 연계되니 만큼 그 중요성은 아무리 강조해도 지나치지 않는다. 특히 발굴된 원형자료를 문화콘텐츠로 개발하는 추이는 이미 시대적 요청이며 당위적 성격을 띠고 있다. 즉 디지털 문화콘텐츠 산업이 보편화되면서 학문의 유형이나 모든 사람의 가치체계에 있어서 커다란 변화의 시점에 놓여있는 것이다. 따라서 심연수에 대한 콘텐츠 개발은 강릉지역문화, 나아가서는 강원도, 우리나라의 문화를 정립, 확장시키는 일로서 결국 부가가치 창출과 연계되며, 강원지역 문화산업의 기초 및 토대를 마련하는 길이다. 이렇듯이 현 시점에서의 강릉 지역의 인물, 심연수를 이용해서 콘텐츠화하는 작업은 필요충분 요건을 갖추고 있다.

2. 현대적 전승방안 및 콘텐츠화

심연수에 대해서는 10여년의 학문적 연구가 축적되어 있다. 또한 2001년 8월 중국 용정실험소학교에, 국내외의 학자들에 의해 詩碑 〈지평선〉이 건립되었으며12), 강릉에서도 경포호수변에 詩碑 〈눈보라〉가 건립되었다. 특히 〈심연수 시인 선양사업위원회〉가 출생지인 강릉과 성장지인 용정에서 각각 조성되어 시낭송대회, 선양음악회, 학술세미나 등 심연수 시인을 추모하고 선양하는 행사를 지속적으로 개최되고 있는 것이 현 실정이다.

그러나 보다 영구적이며 종적 횡적인 선양에는 미흡하고 미진하다. 이에 대해 많은 전문가들이13) 문학관이나 문학촌 건립, 또는 심연수문화마을 조성, 중고등학교 교과서의 시 수록 등의 필요성에 대해 의견을 수렴하면서 널리 선양되기를 바라고 있는 실정이지만 구체적이고 체계적인 방안 제시에는 미치지 못하고 있다. 따라서 필자는 다양하고도 항시적인 방안을 구체적, 미시적으로 구축해서 일부나마 제시하고자 한다.

---

12) 심연수 문학작품의 역사적 의의와 중요성을 감안하여 친필유고가 용정시 문물보호 문헌으로 명명되었다.
13) 김찬윤, 심재교, 이양우, 권혁준, 정영식, 박복금 등에 의해 심연수 선양 사업의 활성화 방안이 제시된 바 있다.

경포에 세워진 시비

심연수 사진14)

1) 물리적 방안(유형)-심연수 체험하기(공간 마련)

영구적, 구체적, 항시 활용 가능한 공간 마련-집성촌, 문학촌, 박물관, 공원 등으로 개발한다.

(1) 심연수 문화촌

- 심연수 삶이나 체험 등을 스토리텔링화해서 이를 미니어처로 제작하거나 영상물로 제작한다.
  - o 이 장소를 방문하면 언제나 여러 가지 정보를 얻을 수 있고 가치있는 체험을 할 수 있다.
  - o 행적이나 작품, 텍스트에 나타난 사건을 소재로 해서 다양한 스토리텔링으로 구축, 이를 다양하게 활용한다. 또한 스토리텔링으로 개발된 것의 일부는 전시관 등에 음성 녹음 파일과 모조인형을 이용해 (미니어처 제작) 설치해서 이곳을 찾는 관광객들의 흥미와 이해를 돕는 관광 자원으로써 상시 활용한다. 현재 다른 박물관이나 전시관

---

14) 인터넷 사이트

(한용운 등) 등의 경우를 밴치마킹해서 활용할 수도 있다.

o 구조물이나 인물의 3차원 형상 데이터, 3차원 디지털 모델 콘텐츠
구축.

3차원 스캔 작업 → 내레이션, 음악녹음(자료실로 다가가면 움직
이면서 목소리까지 나옴)―가상현실용 네비게이션을 이용(전시실
로 다가가면 설명을 들을 수 있다).

■ 심연수는 강릉에서 6년, 러시아 블라디보스토크에서 7년, 만주
흑룡강 밀산과 신안진에서 4년, 중국 간도 용정에서 10년(4년 일
본)에서 살았다. 그의 삶에 대한 족적을 이용해 문학관을 조성한
다. 즉 그 당시의 생활상, 의복, 음식, 놀이, 구비문학 등을 조사
해서 제시하거나 전시해 놓으면 역사적, 교훈적 가치가 크다.

① 강릉관- 그 당시의 강릉을 배경으로 제시(소작민이나 화전민들의
생활상, 이주 당시의 강릉의 여러 생활상을 제시), 문서 및 전시, 심
연수 성장 과정, 좋아하던 놀이, 당시의 풍습, 구비물 등

② 러시아관(블로디보스토크)- 그 당시 사회 정치적 환경, 소련 이주
민들이 어떤 생활을 했는지, 어떤 집에 살았는지, 구조 및 환경 복
원, 구비물, 놀이 조사, 체험

o 블라디보스토크(러시아어: Владивосток 중국조선말: 블라지보스
또크, 문화어: 러시아 체험, 블라디보스토크에 이주했던 우리 민족
들의 생활상, 먹던 음식, 의복, 민속, 구비물, 놀이 등에 대한 조사.
블라지보스또크는 러시아의 도시이며, 군항이다. 외국인들은 러시
아 지역에서 "블라디"라고 줄여서 말하는 경우도 있는데, 이는 잘
못된 표현이며 욕설로 들릴 수 있기 때문에 주의해야 한다. 구한말
부터 한인들이 많이 이주하여 1937년 중앙아시아로 강제 이주될

때까지 블라디보스토크에서 신한촌을 이루었다. 시베리아 횡단 철도의 시발점이다. 인구는 2002년에 59만 1800명이었다.

③ **만주, 중국관(흑룡강관련)**— 만주, 중국 이주민들의 생활관— 무엇을 먹었고, 어떤 공간에서 살고, 머물렀는가에 대한 정보를 주는 주택, 생활공간의 시각화, 여기에 관한 모든 정보를 제시, 중국 둥베이 지구[東北地區: 옛 이름은 만주] 가장 북쪽에 있는 성(省).[15]

블라디보스토크

북쪽과 동쪽은 헤이룽·우수리 강을 따라 러시아 연방과 경계를 이루며, 서쪽은 네이멍구 자치구[內蒙古自治區], 남쪽은 지린 성[吉林省]과 맞닿아 있다. 헤이룽장 성은 거대한 둥베이 평원의 절반 이상을 차지하는데 3면이 중간 정도 높이의 노년기 산맥으로 둘러싸여 있으며, 중앙에 쑹화[松花]-넌장[嫩江] 평원이 있다. 주민의 9/10 이상이 한족(漢族)이지만 중요한 소수민족도 몇몇 존재한다. 만주족·조선족·후이족[回族]·몽골족·다구르족·오르촌족·허쩌

---

15) 인터넷 사이트.

족[赫哲族]·키르기스족 등이 바로 그것이다. 그밖의 소수민족으로는 티베트족·러시아인·야쿠트족이 있다. 만주족은 헤이룽장성에 거주하는 소수민족 중 가장 규모가 크며, 성 남부에 주로 분포해 있다. 그러나 이들은 문화적으로 한족에 동화되어, 생활방식이 한족과 유사하며 두 민족 사이의 통혼도 흔한 편이다. 또한 남만주 철도를 통해 중국 및 북한의 철도망과 연결되며 태평양으로도 이어진다. 하얼빈의 중공업은 공업기계·공작기계·농기계 및 화학제품·비료·방직·재목·건축자재 제조 등을 포함한다. 하얼빈은 또한 중요한 교육도시로, 특히 엔지니어링 및 응용과학 분야가 뛰어나다.

④ 간도관 – 간도(間島)는 두만강, 압록강 이북 지역을 일컫는 지명이다. 그 북쪽 한계에 대해서는 이견이 분분하다. 대체로 두만강과 토문강(또는 그 본류 송화강)사이 지역을 간도라고 하고 있는데 이 지역이 문제가 되는 것은 1712년 청나라의 요청으로 조선과 청나라가 국경을 확정하면서 세웠던 백두산정계비 문구 중 '토문'을 서로 다르게 해석하면서 시작된다. 일반적으로 간도는 백두산을 경계로 서간도, 북간도, 동간도, 연해주, 심요지역 등으로 나뉜다.

⑤ 용정 – 룽징(문화어·중국조선말: 룡정, 표준어: 용정, 중국어 간체: 龙井, 정체: 龍井, 병음: Lóngjǐng)은 중화인민공화국 지린성(吉林省) 연변 조선족 자치주(延邊朝鮮族自治州)에 있는 도시이다. 면적은 2591km²이고 인구는 26만명이다. 가곡 〈선구자〉로 알려진 정자 일송적(一松亭)이 있다. 시인 윤동주(尹東柱)의 고향으로 그의 무덤이 이곳에 있다.

일송정 정자에서 바라다 보이는 해란강[16]

간도

(2) 영상관 운영

심연수의 삶과 시, 그 당시 체험 등을 스토리텔링화해서 보여주거나, 앞에서 제시한 이민자들의 삶에 대한 자료를 수집해서 영상으로 제작, 이를 상영한다. 영상관용의 가상현실 전용 콘텐츠도 개발한다.

(3) 심연수 작품 전시실(문학관)

작품을 전시해 놓을 뿐 아니라, 작품을 스스로 낭송한 후 바로 자신의 목소리를 들어볼 수 있다.

시낭송하고 직접 들어보는 공간[17]

① 시
② 시조
③ 소설 및 기행문, 편지문

---

16) 인터넷 사이트.
17) 강명주 설계도.

(4) '심연수' 3행시 짓기

한 달에 한번씩 대회를 열어서 간단한 경품을 보내준다.

(이를테면 심연수 캐릭터 비누 증정)

심연수 문학관[18]

(5) 유서편지 쓰기 이벤트

이 방은 컴컴하게 만들어서 촛불을 드문드문 켜놓고 이곳을 관장, 관리하는 사람이 참석한 사람들에게 유서를 쓰게 한다. 젊은 나이에 세상을 뜬 심연수의 처지를 생각해서 삶과 죽음에 대해서 생각해 보는 체험을 갖는다. 부모, 자식, 연인 등에 대한 유서 편지 쓰기.

- 편지 : "새로 뜯은 봉투에서 떨어지는/ 글자없는 편지/ 아아 그것은 간절한 사연/설음에 반죽된/ 눈물의 지문/ 떨리던 그 쪽마음 / 여기에 씌여졌구나."
- 님의 넋 : "주소없는 편지봉투를... 똑같은 편지를 일생을 두고 받을 줄 미리미리 알아다오."

---

18) 강명주 조직도.

• 잃어버리는 글 : "오늘도 또 한 장의 편지를 미납으로 郵函속에 결심
하고 넣었지요."

(6) 상품관

돌에다가 시를 새겨서 판매한다. 심연수 캐릭터로 만든 제품(열쇠고
리, 핸드폰 걸이, 손수건, 스카프, 방석, 소품 액자 등), 심연수 비누개발,
즉, 심연수 캐릭터 비누 등, 캐릭터를 개발해서 사용한다.

(7) 학술회관 등 조성

학술회관 등도 조성해서 정기적인 행사 및 학술회의, 연구의 장이
되도록 기획한다. 프로그램을 항시 개발하여 적용, 시행한다. 체험학
습장으로서 강원도 내는 물론이고 전국적으로 학생들이 방문하여 체
험을 체득하거나, 이곳에 머물며 체험학습을 경험하고 애향심 및 애
국심을 고취하도록 한다.

심연수 관련 자료

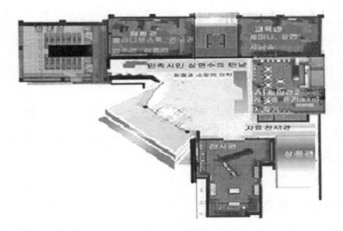

심연수 문학과 배치도[19]

2) 정신적 방안(무형)- 심연수 만나기

(1) 다양한 프로그램으로 콘텐츠 개발

① 스토리는 이미 현대인에게 익숙하다. 이들 인물에 대한 다양한
스토리텔링을 개발, 작성한 후 여러 곳에 활용한다. 즉 극본·시
놉시스 등의 텍스트, 이미지, 동영상 음악파일, 데이터베이스 정
보, 즉 부호, 문자, 음성, 음향 및 영상으로 표현될 수 있는 모든
자료 및 지식에 활용한다. 공원 및 전시관에도 스토리텔링을 개
발, 적용하여 이에 부합되는 조각이나 게시판, 부조물 등을 설치
하여 이야기가 흐르는 공간이 되도록 조성한다.

② 컴퓨터상으로 메인 홈페이지 개발, 온라인 상의 DB화로 심연수

---

19) 강명주 설계.

를 홍보한다. 요즈음 학생들은 인터넷 사이트를 거의 활용하고
있기에 이를 적극 활용, 관리한다.

③ 애니메이션으로 개발하여 교육용, 상업용으로 활용한다.

④ UCC도 제작하여 교육프로그램에 이용하거나 일반인, 교육용으
로 제공한다. (디지털 콘텐츠화)

⑤ 캐릭터를 고안하여 심연수 상징물로 활용하며, 이 디자인을 여
러 곳에 적용, 광고한다. 즉 비주얼이미지를 부각시켜 마케팅에
도 적용한다. 캐릭터는 디자인이라는 시각적 메시지를 통해 인
간 정서를 함양시키는 매개체로서 기능을 한다. 따라서 캐릭터
는 호감을 주는 친밀성 있는 표현과 개성, 시대성 그리고 즐거움
을 주면서 여러 가지 형태로 바꿀 수 있는 다양성과 다양한 매체
로 활용할 수 있는 탄력성을 특징으로 한다. 또한 캐릭터는 관련
산업 발전의 촉진제 역할을 한다는 것에 주목해야 한다. 캐릭터
는 다른 문화산업과 밀접하게 연관되어 있으면서 시장을 확대시
켜 주는 동시에 독자적인 영역을 가진 것이 특징이다. 또한 캐릭
터는 문화콘텐츠의 일환이며 산업화 OSMU를 목적으로 개발된
다는 것을 인식하고 소재 발굴과 세심한 접근이 필요하다. (3차원
디지털 콘텐츠)

심연수 캐릭터[20] 　심연수 캐릭터로 활용가능한 아바타 예[21]

이들을 원 텍스트로 해서 다양한 콘텐츠로 개발, 활용한다.(One source Multi Use)

(2) 심연수 시, 조각 공원

시, 조각 공원을 조성한다. 경포대 길을 이용해서 나무에 시나 그림을 새긴 게시판을 게시하고, 산책을 하거나 자전거를 타다가 쉬면서 읽을 수 있도록 한다. 여기에는 심연수 시의 주제나 소재로 등장하는 바다, 혹 자연과 관련된 생명력이 주제가 된 조형물이 설치되면 좋을 것이다. 글구와 그림을 간략히 제시하면 다음과 같다.

〈경포대〉
경호에 비친 대는 안개인듯 어리우고
단청한 대들보에 제일강산 누구 필적
낡아진 액면에다가 남긴것은 누구의 말

〈鏡湖亭〉
경호반에 정 지으니 경호정이라
이곳에 놀던 선비 무어라 하더이냐
정자야 작다고 한들 정취야 적을소냐

〈죽도〉 "돌아서 오며는 鏡湖水 보기 좋고", 〈부두의 밤〉, 〈추억의 해변〉, 〈바닷가에서〉, 〈해변일일〉(海邊一日) "백파야 동해마다 흰물결 치는 바다/ 성내인 그 모양이 능실거려 지금까지/ 潮風은 불어오나니 이 답

---

20) 강명주 디자인(심연수 캐릭터)
21) 인터넷 사이트 아바타.

답한 땅으로// 흰물결 부딪치는 해변의 암석우로/ 이름모를 물새가 처량히 우는 날/ 나는 힘찬 바다를 오래동안 보았다"

22)

(3) 심연수 소망의 나무

심연수 소망의 나무 꾸미기(심연수 시에 등장하는 '소망'과 '자람', 그리고 '불'과 관련된 콘텐츠)―밤에는 불이 들어오게 전등 설치, 새(심연수 시에 많이 등장)모양의 표식판에다가 자신의 소망을 적어서 매단다. 자라

---

22) 강명주 조각 및 조직도.

는 나무 이미지이다. 활자를 만들어서 부착. 일시적이거나 한시적이 아니라 지속되기에 심연수 소망의 나무는 점점 자라게 된다. 후에 소원이 이루어졌을 때나 재방문해서 자신의 글귀를 읽을 수도 있다.

〈소망〉 "찾노라 知己를/나와 같은 젊은이를/일생을 두고 사귈/나와 같은 늙은이를", 〈맨발〉 "내 소원이 참웃음치며", 〈地雪〉 "녹아라 봄눈처럼/남긴없는 승화를/... /정열로 남김없이 녹이련다", 〈등불〉그 등잔에는 기름도 많이 있고/심지도 퍼그나 기오니/다시 불만 켜진다면/다시 불만 켜진다면/이 집은 오래오래 밝아질것입니다", 〈대지의 봄〉 "봄을 잊은듯하던 이 땅에도/소생의 봄이 찾아오고/록음을 버린듯이 얼어던 강에도/얼음장 내리는 봄이 왔대요"

〈대지의 여름〉 "찌는듯한 여름날/무르녹은 록음에/만물은 자란다 큰다", 〈대지의 가을〉 "지새는 가을밤/서늘한 새벽하늘/서리발진 이슬에/려명

심연수의 소망의 나무[23]

은 깨여난다", 〈세기의 노래〉 "우리의 새 일감은 새로 있나니/우리의 새 일터는 무한 넓나니/품은 리상은 우주에 차고/ 저장한 힘은 위대장엄하나니/정의의 앞에 굴복할자는/허위를 감행하던 악마자이니라", 〈**북국의 봄맞이**〉 "마른풀 주어먹던 불쌍한 양의 무리/새 풀 먹으며 즐길 날/ 넓은 들 황금새판에/ 신기루궁을 짓고/ 새로 오신 봄맞이/ 잔치놀이 할거라"

---

23) 강명주 디자인.

(4) 심연수의 길

우주의 길, 대지의 길, 세기의 길, 인류의 길로 조성한다.

〈우주의 노래〉

"태양의 흑점이 옮아가면/ 引力의 바줄이 빨라지고/ 太陰의 借光이/ 밝아지는 밤/ 軍土의 근육이 경련한다// 보아라, 이 조그만 한 별에도/ 이제 창조의 베풂이 나리리니/ 두팔을 걷고 일어서는 날/ 전투의 神旨가 내릴게다//우주의 울타리에 홰치는 닭/ 뭇별에 비끼는 려명을 찾아/ 건너편에 떠오르는 화성의 벗에게/ 우주의 새 진리를 이야기한다."

심연수의 길[24)]

(5) 심연수의 고난과 좌절–얼음이미지

고난과 어려움을 극복하는 게임이나 스토리텔링을 개발한다.

　　① 얼음 위에 서서 버티기
　　② 연인끼리 볼 사이에 얼음을 끼우고 오래 버티기
　　③ 얼음 조각을 가지고 조각품(소품) 만들기 등

---

24) 강명주 디자인.

〈天冰〉, 〈地雪〉 "녹아라 봄눈처럼/ 남김없는 승화를/어제는 엉켜맺힌 원한이었지/ 래일을 풀어갈 보복이리라/ 피 흐른 흔적/ 쫓겨간자 어디로 갔을가/ 오! 살았느냐 죽었느냐/ 지심이 뿜어준 지설이거늘/ 정열로 남김 없이 녹이련다"〈북국의 봄맞이〉 "록음을 버린 듯 얼어붙었던 강에도/ 얼음장 내리는 봄이 왔다", 〈눈보라〉 "칼날보다 날카로운 이빨로/ 눈덮친 땅바닥을 물어뜯는다"〈한야기(寒夜記)〉 " 누리는 삭막한 빙실(氷室) 같다" 후조(候鳥) "나는 날짐승 외로운 새/ 계절을 거스르는 후조래요... 극지의 빙혈에 둥지를 틀고/ 빙산설원에 굶어지내는"〈觸感〉 "오— 차거운/ 뼈속까지 저린/ 그러나 맨살로/ 더듬는 초행길"

(6) 심연수 미로관-거울로 만든 미로 찾기

거울은 심연수 시에 등장하고 있는 주제소 중 하나로서 거울 부재의 자아를 반추한다. 거울은 자신을 바라볼 수 있는 대상체인데 이 거울이 부재한다는 것은 결국 미로에 놓여있음을 상징한다. 따라서 거울과 관련된 미로찾기로 콘텐츠화할 수 있다. 거울이 함유하고 있는 이미지가 자아를 반영하기에 이 체험을 통해서 자신을 잘 반추해 보고자 하는 의미가 있다. 특히 이 체험을 통해서 심연수를 비롯한 우리 선조들의 이민체험이 마치 미로처럼 아득했음을 느낄 수 있다. 외적으로는 재미나 흥미를 유발한다. 내적으로는 교육적 효과를 획득한다.

〈어디로 갈가〉 "동으로 갈가/ 서으로 갈가/ 남으로 갈가/ 북으로 갈가/ 어느곳 어드메가/ 갈 곳이더냐/ ", 〈放浪〉 "머물곳 없는 낯선 땅/머물 곳 정함없는 타향에서/ 호올로 헤매고저 또 떠나노라"〈칠석〉 "젖음을 꺼리잖고 헤매고 있다", 〈거울없는 화장실〉 "내 이 어두운 골목/미로의 밤을 헤매다가/ 려명에 앞을 찾아/아침거리로 나오니/ 밤동안 지낸 일 꿈인양 착잡해/ 밤새 겪은 슬픈 생애, 쓰거운 일생/ 애잔한 백발인양 한없이 피곤하다...캄캄한 글방(書房) 안칸에서 거울없는 화장실을 찾아/ 영원히 성스럽고 변함없는/ 고독한 내 맵시를 가꾸리라"〈방〉 "한결같이 막히운 방"

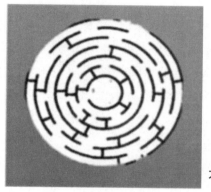

거울미로

(7) 연인과 외나무 건너기

심연수 시 〈나의 고향〉 "앞호수에/외쪽 널다리/혼자서 건너기는/너무 외로와/님하고 달밤이면/건느려 하오/나의 고향 뒤산에/묵은 솔밭길/단 혼자서 오르기는/너무 힘들어/님 앞선 발자국 따라/함께 오르리오/나의 고향 가슴에/피는 꽃송이/쓸쓸히 선 것이/너무 서러워/님하고 그우로/자주 갈테요"의 내용을 토대로 하여 콘텐츠를 개발한다.

(8) 심연수 축제

심연수 축제를 기획해도 좋을 것이다. 심연수 탄생일인 5월 20일날 축제를 개최하면 축제 주제를 소망적인 측면과 부합시킨다. 꽃도 많이 피는 시절로서 단오와 연계해서 개최한다. 심연수 사망일로 알려진 8월 8일은 여름 축제와 맞물린 축제로 기획할 수 있다. 이들 축제를 복합적인 콘텐츠로 개발시킨다.

① 어린이용 애니메이션 제작-교육적 효과 획득

② 칠석과 관련된 이벤트
〈칠석〉 "굿은비 또 내리는/ 금년의 오늘/헝클어진 머리를 쓰다듬으며 / 거리의 좁은 골목/ 헤매여 찾는 밤의 사나이/ 직녀의 그리움을 담뿍 안고서/ 젖음을 꺼리잖고 헤매고 있다"

③ 새 날리기 이벤트
〈외로운 새(1942)〉
"내 가슴에 깃들인 한 마리 새/오늘도 이른새벽 먼동이 틀새"
〈갈매기(1942)〉
후조(候鳥) "나는 날짐승 외로운 새/ 계절을 거스르는 후조래요"

④ 태극기를 이용한 게임

태극기를 이용한 게임 개발[25]

---

⑤ 불이미지-불을 이용한 콘텐츠

〈불탄자리〉, 〈밤은 깊었으련만〉 "희망의 심지에 불꽃이 타고"

〈운성〉 "설광", "街燈", "불덩이", "光熖" "未明", "서광" "동쪽 하늘",

"해 뜨는", "등불", "불꽃", "희망의 해불", "정의의 불", "홀로 빛나는

불", "염천", 〈등불〉 "다시 불만 커진다면/ 이 집은 오래오래 밝아질것

입니다", 〈소년아 붐은 오리니〉 봄은 가까이에 왔다. 화덕에 숯 놓고

불씨 붙여, 또 밝아오려니, "불멸의 광망", "전광처럼 일어나는 불꽃

이"〈지구의 노래〉, "먼동이 틀제", "활활타는 불속에", "반짝이더라",

"새벽아침", "야광주〈구슬〉", "소생의 봄은 찾아오고", "황금새판", "불

똥" "작은 별", "빛", "타오르는 불길", "햇동이"

⑥ 소지태우기

〈燒紙〉내 기원(祈願)의 소지/ 타는 마음의 불씨로/ 공손히 정성들여

붙여/ 이제 님에게 올리노라/ 별도 여윈 그믐밤/ 오흘로 침묵속에서

빌며/ 세갈래길 표석옆에 서서/ 마지막불길을/ 합장하고 지키나이다/

무거운 절망속에/가벼이 사그라지는 마지막재/ 오! 그것은 사랑의 하

소런가/ 아니! 그것은 보답의 응대여라/ 이제 나는 이 자리에서/ 무엇

을 찾을고?/ 이제 나는 이 흐름에서/ 무엇을 얻을고?/다만 님을 생각

하는/ 넋의 눈자위로/ 칠흑같이 깊어가는 신비의 밤을/ 끝없이 바라

보며 발을 옮기노라 〈소화 17년 7월 3일〉

⑦ 심연수 비누 만들기

심연수 소설에 등장하는 '비누'를 이용해서 이를 콘텐츠화한다. 비누에

심연수 캐릭터를 찍는다.

⑧ 강릉에서 만나는 심연수

심연수길, 초당두부, 정자, 경포대, 놋쇠 등을 개발해서 상시 설치하고
이를 직접 체험하게 하고 음식을 맛볼 수 있게 한다. 한 곳에서 강릉을 만
난다는 주제.

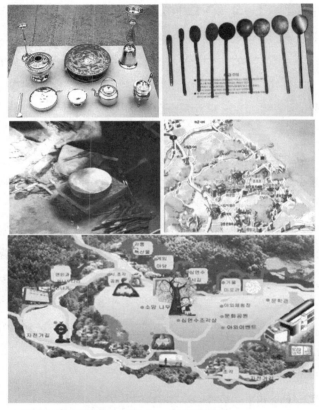

1. 방자수저가 완성되는 형태   2. 모루돌[26]
3. 강릉문화지도   4. 심연수 문학관 및 시조각 공원[27]

---

26) 양구 방자수저 모루돌.
27) 강명주 제작.

3. 결언

    심연수를 널리 선양하는 가장 좋은 방법은, 친근하게 자주 접하면서 '가치와 의미'를 체득하게 되고, 여기에 '교육적 효과'가 수반되며, 무엇보다도 '흥미있고 즐겁다'라는 이미지를 부가하는 일이다.

    이를 위해서는 일회성, 단성성, 추상적인 계획이어서는 곤란하다. 따라서 심연수 문화촌은 사람들에게 조상들 삶과 시대적 어려움을 제시하고 이 어려움을 의지와 끈기, 애국적 심상 등으로 이겨나갔다는 사실을 주제로 하면서 이를 통해서 현대적 감각과 과학을 이용해 재미와 즐거움을 체득하게끔 구성해야 한다. 아울러 축제로 발전한다면 더욱 바람직하다. 이곳에 가면 언제나 즐겁게 체험(강릉의 대표적 문화를 한 자리에 수합)할 수 있다는 인식이 전국민에게 확산된다면 심연수의 인지도는 널리 선양될 것이고 강릉의 문화유산 중 하나로서 자리매김하게 될 것이다.

한국문학, 문화와 문화콘텐츠

재일동포 한국어 작가의 시조연구 및 문화콘텐츠 방안

—김리박의 『한길』을 중심으로

1. 서언

'시조'는 현대(현대시조)까지 이어지며 창작되는 유일한 '고시가' 장르이다. 이미 밝힌 바와 같이 고시조가 현대시조로 면면히 이어지는 원인 중 하나는 시대적 컨텍스트에 적응하는 시조 텍스트의 '유연성'에 기인한다.1)

시조는 고려 말 '평시조'에서 출발해서 '사설시조'(조선조 중기) → '개화기시조'(개화기) → '근대시조'(근대) → '현대시조'(현대)로 변이되거나 변화되면서 이어져 왔다. 최근에는 현대시조와 자유시의 변별성을 놓

---

1) 강명혜, 「시조의 변이양상」, 『시조학논총』 24집, 한국시조학회, 2006.

고 문제점을 제기하는 의견도 있지만 통상 시조를 시조답게 하는 기본적인 시조성[2]에만 부합되면 '현대시조'로 인정받고 있는 것이 작금의 현실이기도 하다. 즉 초장, 중장, 종장 3章으로 구성되어 있으며, 3(4), 4, 3(4), 4의 음절로 이루어져 있고, 종장의 첫 구 3字를 지키고 있다는 최소한의 조건에만 부합되면 현대시조에 함유된다.[3]

현대시조에 대한 가치 및 기준을 논하는 것도 중요하지만, 글로벌시대를 맞이해서 해외에 흩어져 살고 있는 우리 민족의 작품에 대해서도 그 특성 및 성향, 미적 가치 등에 대해 규명하는 것 또한 매우 중요하다. 그들은 비록 해외에 거주하지만 우리의 모국어(한국어)를 사용해서 작품을 창작하고 있기 때문이다. 따라서 이들 문학은 언젠가는 우리 문학사에 함유시켜야할 우리의 문학임은 틀림없다. 이러한 점을 염두에 두고 본고에서는 해외동포 문학 중 '제일동포의 한국어 문학' 중에서도 특히 '시조' 장르에 주목하여 그 특성 및 양상, 미적 가치 등을 규명하는 것을 목적으로 한다.

일본 식민지 통치의 결과로 생성된 '재일동포'는 현재까지도 일본에 동화되지 않고 우리 민족성을 고수하며 일본 속의 마이너리티, 즉 변두리인으로 살고 있는 우리의 동포들이다. 그들은 아직까지도 정체성의 혼란에 시달리며, 진정한 의미에서 안주하지 못하고 있다. 이러한 상황에 처하게 된 이유는, '영토'와 '국적(=민족)'과 '혈통'이 서로 일치하지 않는다는 괴리성 때문만은 아니다. '재일동포'의 가장 큰 문제는 해방 후에도 식민지 종주국으로부터 불평등한 대우와 핍박을 받았다는 것에서 주로 기인한다. 이러한 점에서 '재일동포'는 자신이 몸담고 있는 '영토'와 공동태로 동화될 수 없으며, 자신의 내면과 충돌하게 되

---

2) 강명혜, 「시조의 변이양상」, 앞의 논문, p.41.
3) 엄밀히 말하면 3장 6구 12음보가 정확하다는 것이 통설이기도 하다.

면서 자신의 정체성에 회의를 느끼거나 위기에 처할 수밖에 없다. 따라서 '재일의 비극성'은 아이덴티티 측면에서 자아 상실, 위축, 괴리를 경험하면서 극대화된다고 할 수 있다. 이러한 현상은 사실 다른 재외동포들과도 변별되는 점이다.[4]

  해방 직후 열악하고도 엄청난 불평등에 시달리던 '재일동포'는 그나마 북한의 정신적·물질적 원조에 힘을 입어 정신적 지주로서의 모국을 느끼며 북한을 정신적 주춧돌로 삼는다. 이러한 과정과 원인에 기인해서 '재일동포 한국어 문학'은 '주체사상'에 입각한 작품으로 경도되는 필요충분 조건에 처하게 되었던 것이 그간 재일동포 문학계 사정이다.[5] 따라서 '재일조선문학회'는 해방 초기에는 일본제국주의에서 벗어난 기쁨과 동포들의 생활을 작품에 반영하는 등의 경향을 보이지만, 1948년 9월 조선민주주의 인민공화국(이하 북한)이 창건되고, 물질적, 정신적 원조 등을 북측으로부터 전폭적으로 받으면서부터는 점차 작품 경향이나 관심은 북한으로 응집되며 자연히 '주체사상'에 경도된 작품을 창작하게 된다. 특히 1959년에는 재일본 조선인 〈문학예술가동맹〉5(문예동)이 결성되면서 북한의 강령이 문화방침으로서

---

4) 강명혜, 「표류하는 이방의식과 귀향 아이덴티티-재일동포 한국어 문학을 중심으로-」, 『한국문학이론과 비평』 31집, 2006. 6, p.565.

5) 북측의 강령(주체사상 측면)을 받는 과정은 손지원(「재일동포국문문학운동에 대하여」 PP. 1~14), 송혜원(「재일 조선인 문학의 조선어로의 창작 활동의 변천」, P.8)의 논문에 보다 상세히 나와 있다. [재일 조선인 조선어문학의 현황과 과제], 2004년 12월 11일 (토) 早稲大學校(와세다대학 조선문화연구회, 해외동포문학편찬상업 추진위원회, 재일본조선문학예술가 동맹 주최). 그 외에 최영호(「재일본 조선인연맹의 한반도 국가형성과정에의 참여」, 강덕상·정진성외, 『근·현대 한일관계과 재일동포』, 서울대학교출판부, 1999)는 북한이 서한을 통해 재일의 마음을 얻는 과정 등을 설명하고 있으며, 시에 있어서 주체사상적 측면은 김응교 논문(「일본속의 마이너리티, 재인조선 시」, 『시작』, 2004. 겨울호)에서 다루고 있다. 강명혜, 앞의 책, p.566 재인용.

강조되는데, 이로 인해 북한의 주체사상과 부합되는 측면, 즉 '조국의 공민이 된 영예와 긍지', '민족교육문제', '미제와 한국 정부 규탄', '수령찬가' 등을 주로 주제로 하게 된다.[6)]

이러한 사정으로 말미암아 '재일동포'의 작품을 '북한문학'과 거의 동일시해서 거의 다루지 않았던 것이 몇 년 전까지의 우리 학계 실상이었다. 그러나 근래에는 재일동포 한국어 문학을 대상으로 해서 일본문단, 한국문단 어느 범주에도 함유되지 못한 채 문학적 정체성의 혼란까지 겪어있는 '재일문학'을 우리 문학사로 수렴시키고자 의도하는 논문들이 비록 소수이지만 속속 발표되고 있다. 하지만 아직 그리 많은 수는 아니며, 특히 시가, 그 중에서도 '시조'에 대한 관심은 거의 전무한 실정이다.

따라서 필자는 학계에서 거의 다루고 있지 않은 재일동포 한국어 문학 중 '시조'에 주목하여 그 특성 및 성향, 작품성 등을 고찰하고자 한다. 시조는 우리 민족 고유의 양식으로서 고전시가 양식으로는 유일하게 현존하는 장르이기에 이를 연구하는 것은 우리의 전통성에 대한 탐색 및 천착이라고 할 수 있다는 점에서 그 의의를 찾을 수 있으며, 또한 다른 이념적·문화적 환경에서 배태되었지만, 민족의 수난과 분단이라는 가장 기본적인 역사적 체험을 공유한 이들의 문학작품을 같은 지평에서 논의해서, 재일문학을 "한국문학사에 편입시켜서 한국문학사의 외연과 지평을 넓히고, 남북 국민과 총련, 민단계가 모두 수용, 공감할 수 있는 동질감을 찾아서 통일 한국문학의 거멀못 역할을 할 수 있는 기초를 마련하고자"하는 부가적 목적도 있다.[7)]

---

6) 상게 논문 및 카지무라 히데키, 김인덕역, 『재일조선인운동』(1945~1965), 현음사, pp.15~54 참조.
7) 이러한 목적에서 최근에는 이들 작품을 대상으로 해서 강명혜, 김학렬, 이경수, 최

그러나 북한측의 문학적 마인드나 그 성향에 부합되는 작품을 시도하고 있는 재일동포 한국어 문학 중, 우리나라 고유의 양식인 '시조'는 거의 찾기가 힘든 것이 재일동포 한국어 문학계의 현실정이다. 이러한 풍토에서도 1~2편의 시조 작품을 창작한 한 두명 외에는 오직 한 명의 작가에 의해서 지속적으로 시조 작품이 창작되었는데, 그 작가는 바로 김리박 시인이다. 한밝 김리박 시인은 주로 시조 작품에 주력해서 창작활동을 해 왔으며, 이를 모아서 2권의 작품집(시조집)으로 엮어서 발간했다. 필자는 김리박 시조집 중 처음 발간한 시조집, 『한길』을 대상으로 해서 그 작품의 특성 등을 고찰하고자 한다. 두 번째 발간한 시조집 『민나라』는 후고를 기약한다. 아울러 본장에서 연구된 텍스트 및 결과물을 문화콘텐츠화 하는 방안에 대해서도 일부 제시하고자 한다.

2. 김리박 소개 및 시조집 구성의 특징

재일 한국어 문학 작가인 김리박(金里博)은 1942년 경남 창원에서 출생했다. 호는 '한밝', 본명은 金炳熙이다. 1944년 가을에 현해탄을 건너 도일했다. 1963년에는 교또조선고급학교를 졸업했고, 1970에는 조선대학교 이학부 생물학과를 졸업했다. 1970년부터 학우서방 교재

종환, 이정희, 김은영, 윤의섭, 조해옥, 이정석, 김형규, 한승옥, 소재영 등 여러 편의 논문이 나왔으며, 이들 공저자 편인, 『재일동포 한국어 문학의 민족문학적 성격 연구』(국학자료원, 2007), 『재일동포 한국어 문학의 전개 양상과 특징 연구』(국학자료원, 2007)이 출간되었다.

176 한국 문학, 문화와 문화콘텐츠

편찬위원회, 토목공, 택시 운전수, 오사까부 히라까따(枚方)시교육위
원회 조선어교실 강사, 민족시보사 논설위원, 범민족대회추진 일본지
역 본부 부위원장 등을 거쳤고, 현재는 재일한국문인협회 회장, 기관
지『한흙』편집장으로 있으며 긴키대학교 강사 및 류코쿠대학교 강사
를 하고 있다. 시조집『한길』(1987. 3, 海風社), 가집『堤上』(1991. 3,
まろうど社), 장편묶음시『견직비가』(1996. 3, 근란문화사), 긴 얘기 노
래 글『봄의 비가』(2001. 5, 근란문화사), 소년소설『소년 김 4·24의 때』
(2004. 6, 宇田出版企劃), 둘째 시조집『믿나라』(2005. 9, 서울 범우사)
등이 대표 작품집이다.

앞에서도 언급했듯이 재일동포들은 그간 북한측의 정신적, 물질적
원조 및 남한측 정보의 차단 및 무관심으로 인해 북한을 정신적 지주
로 삼아 북측의 시각과 잣대로 남한측과 미국에 대해 작품을 통해 적
개심을 노출하거나 비판적 시각으로 일관한 것이 대부분의 재일동포
한국어 문학작품의 경향이었다. 그러나 이 중에서도 민단측 재일동포
작가와 중립을 고수하는 중립적 작가들은 자신만의 색체를 보이며 작
품 활동을 했는데, 그 중 한 명이 바로 한밝 김리박이다. 김리박은 전
무후무하게 작품활동 초기시절부터 '시조' 작품을 시도했다. 일반 시
작품도 창작했지만 김리박 작가의 대표적 장르는 어디까지나 '시조'라
고 할 수 있다. 그는 특히 한국어가 환기하는 순수한 이미지와 전통적
소재를 추구하며 이를 우리 고유의 시가 양식인 '시조'에 담고자 노력
했으며, 또한 시조를 단순하게 치부하지 않고 다양하고도 현란한 방
식을 사용해서 시조의 다양성을 실험하고 시도했다.

당대 재일동포 한국어 문학의 경향을 상기한다면 이러한 상황에서
'시조'를 창작한다는 것 자체만으로도 실로 상당한 의의를 지닌다고
할 수 있다. 김리박 작가의 시조 창작 의의는 이미 시조집『한길』의

서문과 발문에서 역량있는 중견작가들에 의해서 언급되고 있고, 이들에게 인정받고 있다. 당시 재일동포 작가 1세대이며 거물급 작가인 강순은 다음과 같이 언급하고 있다.

> "이 객지땅에서 해방을 맞아 이미 四十여년이 지났다. 그간 민족교육의 창달이 있었고, 한편 문화요 문학이요 시끄럽게 떠들어 왔다. 그러나 곰곰이 생각건대 민족문학이 어떻게 되어오며 특히 민족시가의 활동이 어느 정도나 자기 노릇을 치러왔던가 하면 실로 답답해진다. 특히 국문시의 경로가 딴 허튼길을 헤매고 있고 더구나 민족시의 전통성을 두고 말할 때 시조는 거의 막막한 불모지대의 대명사 같아왔다. 우리의 억울한 상황에서 무슨 현대시니 현대시조니 할 나위도 없었다고 하더라도 그것이 시가활동이라는 자기의 본신역할에서 본다면 우리는 지난 과거가 역시 안타깝고 또한 수치를 참을 수 없을 것이다. 그러던 중 이번에 한밝 김리박군이 민족교육을 받고 그속에서 민족의 전통시의 정수라고 할 시조에 착감하여 十여년을 애써오다가 기어이 자기의 첫시조집을 엮어 펴내게 되다보니 이 얼마나 경하스럽지 않은가. 너무나 지르된 유감이 있다치더라도 또 기법이 아직도 생경하여 반지빠르다 하더라도 이 시조집의 선편의 의의는 손도 뻗어보지 못했던 이땅에서 피어난 한 송이의 꽃이 아닐 수 없다."[8]

강순은 그 동안 재일한국어시단이 아무리 좋지 않은 상황이라 할지라도 "허튼 길을 걸었음"을 반성하며 시조를 "민족의 전통시의 정수"라고 보고 있다. 따라서 이러한 시조에 대해 무관심한 것을 "안타깝고

---

8) 김리박, 『한길』, 해풍사, 1987, p.7.

수치스럽다"고 토로하고 있다. 이런 점에서 '김리박의 시조 기법이 생경하긴 해도 민족의 전통시의 정수인 시조를 착감했다는 것에 대해 경하스럽고 또 이 땅에 핀 한 송이 꽃'이라고 김리박 시조집 창간의 의의를 설명하고 있다. 강순은 시조가 우리 민족에게 있어서 어떤 양식인지를 잘 인지하고 있었고, 김리박 작품이 시조의 기법에서 이탈내지 확장하고 있음을 간파하고 있었던 것이다. 또한 발문에서 김시종도 "김리박군이 우리 나라의 고유한 단시형문학인 「시조」시에 경도하고 있는 사실은 이러니 저러니 하여 是非가 시끄러운 재일세대들의 風化·風潮와 함께 매우 시사적이다. 그의 뜻과 지향성은 고전을 계승한다는 단순한 애호차원으로서의 집념은 아닐 것이다. 점점 묽어져 가는 同一性에의 외침과 같은 民族心情의 執念을 느끼지 아니 할 수 없다"9)고 하고 있다. 또한 이어서 시조에 대해 "본래 시조는 시대변혁의 의지력을 구현함으로써 「時節의 曲調」로서 완성된 것"10)이라며 시조의 정의를 언급하고 있다. 김리박이 시조를 시도한 것에 대해 경하하고 있으며 우리 민족의 고유한 장르를 잇는다는 점에 그 가치를 부여하고 있다. 더욱이 문학작품의 경향에 대해 시시비비가 있는 시점이라 더욱 시사적이라고 시조 창작의 가치를 언급한다. 그 외에도 유석준은 "재일동포 2세로서 우리 말로 시조가집을 출판한다는 것이 결코 쉬운 일이 아니라는 점"을 들어 시조집 발간의 의의를 치하하고 있고, 오홍조도 "재일동포 2세로서는 처음으로 시조집 상재의 영광을 感占"것에 대해 시조집 발간의 의의 및 가치를 밝히고 있다. 따라서 김리박 작가의 시조에의 집념과 사랑은, 이미 당시대의 비중있는 작가들에 의해 인지되고 있었고, "민족 전통시의 정수"인 시조를 택한

---

9) 김리박, 위의 책, p.200.
10) 김리박, 앞의 책.

것에 대해 그 가치 및 의의를 인정받고 있음을 알 수 있다. 사실상 김 리박 작가는 거의 홀로 우리의 전통양식인 '시조'를 선택했다는 것 자 체로도 그 가치를 인정받을 수 있지만 다양한 형식과 새로운 방식을 시도했다는 점에서도 주목할 만하다.

이렇듯이 홀로 우리의 전통시가인 시조 양식을 선택한 김리박 시인 의 작품 경향 및 최대 관심사는 무엇일까? 김리박 작가가 의도하고 주 목하는 것은 이미 시조 작품집 '서문'에서 작가 스스로가 밝히고 있고 또 다른 사람들의 축사에서도 표출되고 있다.11) 『한길』시조집 서문 에서 김리박은, "하찮은 이 時調集을 白帆 金九先生님의 靈前에 삼가 올리며 南北, 在外의 離散·失鄕 同胞들에게 삼가 바칩니다."12)라고 하고 있다. 그의 관심대상은 어디까지나 이산이나 실향한 동포들이 다. 그리고 조국이다. 이러한 조국애와 동포애가 작품 전체에 날줄 씨 줄로 얽혀서 전개되고 있는 것이 바로 한길 시조집이라고 할 수 있다. 유석준도 "우리말로 시조가집을 출판한다는 것에 대한 경하와 시집에 담겨진 민족의 분열을 통탄하는 지극한 애족 이국심이 깊이 동감, 그 리고 제일동포의 설움을 뼈저리게 노래하고 있다"13)고 함으로써 역 시 김리박의 일관된 주제의식을 파악하고 있다. 또한 이 시집의 의의 를 "책방에 갇혀 쓴 것이 아니라 생계를 위하여 매일매일 중노동을 하

---

11) 그러나 이러한 주제는 사실상 김리박 시인만 해당되는 것은 아니다. 이는 당대 재일동포한국어작가들의 공통된 관심사며 주제에 해당된다. 강명혜, 「표류하는 이방의식과 귀향 아이덴티티-재일동포 한국어 문학을 중심으로-」, 『한국문학 이론과 비평』 31집, 2006.

12) 김리박, 앞의 책, p.2.

13) 위의 책, p.4. "첫째로 재일동포 2세로서 우리 말로 時調歌集을 출판한다는 것이 결코 쉬운 일이 아니라는 것과 둘째로 이 시집에 담겨진 민족의 분열을 痛嘆하는 지극한 愛族·애국심에 깊이 동감하는 데에 있으며 셋째로 재일교포의 설움을 뼈저리게 노래하고 있다는 점에 있다."

는 상황에서 씌여졌다"고 하고 있다. 이점은 강순이 김리박 작품을 "생활시"[14]라고 한 점과도 일치한다. 또한 강순도 김리박 작품에 대해 "인간으로서 한민족으로서의 나라사랑 겨레사랑 인간사랑을 기둥으로 하여 한결같이 분단국가의 고통과 분렬민족의 애가와 통일만이 유일한 열쇠라는 심원을 담아 자기의 순정을 쏟아부어 읊은 가락이라고나 할꺼나"[15]라고 하고 있다.

김리박 작품을 상세하게 살펴보고자 한다.

3. 김리박 시조의 미학

1) 서사지향

김리박은 시조를 가지고 여러 가지의 형태를 시도했는데, 가장 큰 특징 중의 하나는 정형시이며 단형시로서 서정적 자아가 두드러지는 특성을 가진 시조를, 단형의 형식은 취하되 그 내용면에서는 서사를 지향하는 성향의 시조로 탈바꿈시켰다는 점이다. 그렇다고 김리박 시조가 사설시조의 특성에 부합되는 것도 아니다. 그의 시조 작품은 사설시조의 형식과는 또 다른 양상을 보인다. 사설시조도 서사를 지향하기는 하지만 사설시조는 역음체 형식을 사용하며, 중장이 길어지면서 서사를 지향한다는 특징을 보인다. 그러나 김리박 시조형식은 어디까지나 평시조이다. 평시조를 연작으로 짓되, 그 내용만이 하나의

---

14) 상동.
15) 상동.

이야기로 환원되는 서사로 구성된다는 특징을 보이는 것이다. 이 점에서 기존의 사설시조와는 많이 변별된다.

이렇듯이 긴 이야기노래, 즉 서사를 지향하는 특징은 김리박 시인의 대표적 특징 중 하나이다. 시조 뿐만이 아니라 『견직비가』, 『봄의 비가』도 마찬가지이다. 이들 작품의 장르는 서정시인데, 하나의 줄거리로 전개된다. 즉 서사를 지향한다. 이를테면 토착적인 시어로 대화체 및 사건의 전개를 통해 백여 년에 걸친 긴 역사적 이야기를 이끌어가고 있다. 여기에 등장하는 역사적 인물은 녹두장군, 김육신, 김구, 유관순, 김지섭, 윤동주, 최현배 등이며, 격변의 역사 속에서 민중의 아기로 태어난 김육신의 생애와 죽음도 서사의 중심을 이룬다. 이 작품집에서 한자어는 거의 등장하지 않으며 순수한 토박이어와 한자를 풀이한 시어로 구성된다.

이렇듯이 서사를 지향하는 것은 김리박 작가의 작품 특징 중 하나인데, 서정을 지향하는 시조(평시조)에서도 김리박의 이러한 특성은 확연히 드러난다. 김리박은 시조작품들에서도 시조의 정형성을 고수하며, 3, 4나 4, 4조로 진행하고 있고, 종장의 첫 구 3자도 잘 지키고 있는 등 시조 양식에서 크게 이탈하고 있지는 않지만, 하나의 줄거리나 작가의 의도가 이야기로 나타난다는 점에서 역시 서사를 지향한다. 이런 점에서 본고에서는 김리박 시조를 '서사시조'로 편의상 명명하고자 한다.

김리박은 서사시조인 『한길』에서 주로 ① 자신을 비롯한 재일동포들의 견디고 있는 인고의 나날 및 이에 대한 사적인 감정 토로 ② 우리 민족의 수난사 및 분단, 이에 대한 안타까움 및 조국에 대한 긍지 및 조국애 ③ 돌아간 부모를 비롯한 지인들에 대한 애정 및 감정토로 ④ 남북한에 대한 자신 및 재일의 처지 ⑤ 통일된 조국을 염원하는 기

원 ⑥ 서경이나 경물에 대한 자신의 감정 및 서정적 자아 토로 등을
주제로 하고 있다. 그러나 『한길』 시조집을 관통하는 뚜렷한 주제는
무엇보다도 '한민족에 대한 관심과 사랑'이라고 할 수 있다. 이 사랑이
'민중의 항거'로, '애국 독립운동'으로, '가족에 대한 애잔한 사랑'으로,
'인고와 분노, 모멸감'으로, '투쟁과 희망'으로, '서정적 자아의 표출' 등
으로 분사되어 표출되지만 그래도 최종적으로 귀결되는 주제는 결국
은 '조국애', '민족애'이다. 이 주제가 날줄 씨줄로 얽히면서 서사형식
을 띤 채 하나의 줄거리로 환원되면서 진행된다.

　『한길』 시조집 첫 부분에 〈속뜻〉이라는 제목 하에 〈얼〉, 〈외〉,
〈한〉, 〈삶〉, 〈옮〉이라는 소제목의 시조가 5수 전개된다. 여기에서 시
적 화자는 자신의 의지를 드러내고 있다. 이 때 시적 화자는 작가와
동일시되고 있으며, '속뜻'이 의미하듯 김리박 자신의 속 마음을 제시
한다. 작가는 이 텍스트에서 자신의 진짜 속마음 즉, "남한에도 북한
에도 안주하지 못하는 자신의 처지"를 안타까워한다. 특히 시적 화자
를 통해 '남측'에 대한 자신의 속뜻을 제시하고 있다.

> 온땅이 가뭄이라 내속도 가물손가
> 가람은 바다가고 얼더위 돋솟는데
> 그누가 남몟목위에 속뜻없어 살까나　〈얼〉

　초, 중장에서 시적 화자는 외부가 가뭄이라도 "내 속도 가물손가",
'강은 바다로 가고 얼더위는 돋솟는데'라고 언급한다. 온 땅이 가뭄이
들어도 자신의 속은 가물지 않겠다는 것은 결국 자신은 외부 환경에
좌우되지 않겠다는 의지의 표명이다. 그러면서 종장 첫 구 3자는 "그
누가"로 되어 있다. 이는 앞 장의 내용을 환기하면서 내용의 전환을

보여준다. 따라서 초, 중, 종장을 함께 연계하면 시적 화자의 마음이 나 의지가 더 확연히 드러난다. 결국 외부환경에 좌지우지 되지 않는 시적 화자 자신은 "강이 바다가는 것이 당연하듯이" "남쪽에 온 마음 을 주면서 의탁하지는 않겠다"는 것이다. 그러나 "그 누가 남뗏목위에 속뜻얹어 살까나"라는 종장 구절이 암시하는 내용은 그리 간단하지 않다. 자신이 남쪽에 의탁하지 못하는 이유가 들어있기 때문이다. '남 쪽을 뗏목'이라고 표현하고 있는데, 뗏목은 배 형태 중 가장 원시적 형 태 중 하나이다. 안전하지 않고 방향을 잡기도 쉽지 않다. 나무로 얼 기설기 엮어서 만들었기에 닻도 돛도 없다. 상대적으로 위험하다. 이 러한 뗏목의 속성을 파악한다면 남한에 속뜻을 얹어 살지 않겠다는 시적 화자의 토로는 당연한 것으로 귀결된다. 위험도가 높은 남한에 는 마음을 주거나 안착하지 않겠다는 의지를 명료히 드러내고 있기 때문이다. 남측에 대한 시적 화자의 속뜻은 〈한〉에서도 지속된다.

> 다살아 몸곪아도 다늙어 몽당돼도
> 마음은 오직하나 믿나라 풀흙되료
> 남땅에 몸을 세워도 아리랑뼈 되잖다   〈한〉

시적 화자의 관심은 어디까지나 하나인 조국 즉, '믿나라'이다. 풀흙 일지언정 '믿나라'에 쏠려있다. 남측도 북측도 아니다. 하지만 시적 화 자는 결국 '남땅에 몸을 세운다'. 남땅에서 몸을 세운다는 것은 무슨 의미일까. 시적 화자는 남한의 문인들과 교류한다. 이러한 교류는 남 한을 방문하고 남한 출판사에서 시집을 출간하고 출판기념회까지도 가능하게 한다. 그래도 시적 화자 즉, 작가는 노래한다. "아리랑뼈 되 잖다"고. 아리랑뼈 된다는 것은 무슨 의미일까? 작가는 어려움이나 수난을 시기를 노래할 때, 어찌할 바를 모르는 악흑세계일 때 통칭 "아리랑 아리아리랑 아라리오 아리랑"〈朱雀의 장 중 哀歌〉이라고 표현한다. "海賊船 검은배요 強盜의 손아귀라"라고 노래한 후 위의 아리랑이 이어진다. 또한 역시 동일 시조에서 "汽車는 칙칙폭폭 鐵길을 달려 간데// 닿을곳 알고마는 이몸은 어데있고//" 다음에 이어지는 것이 위의 "아리랑~"이다. "아리랑~"은 조선을 상징하는 것으로 '조선의 진토'가 되자는 의미일 것이다. 결국 통일된 조국이 작가가 원하는 '고국'임을 알 수 있다. 이 점을 〈속뜻〉에서 밝히고 있는 것이다.

　조국에 대한 시적 화자의 애착은 〈四舞歌〉에서도 잘 드러난다. 〈사무가〉에는 동서남북을 의미하는 〈현무, 주작, 청룡, 백호〉라는 소제목 하에 우리나라의 동서남북, 즉 북(현무)으로는 '만주와 함경도 등의 지역', 南 주작에는 '부산을 비롯한 현해탄(재일동포와 연계)', 동(청룡)으로는 '성진서 울산, 경상도', 서(백호)로는 '충무, 제주, 전라도'를 지칭하는데, 이곳에서 일어났던 역사적 질곡을, "序章, 玄武의 章(悲歌, 憤舞), 朱雀의 章(哀歌, 劍舞), 靑龍의 章(血歌, 活舞), 白虎의 章(淚歌, 槍舞), 結章"에서 표출하고 있다. "비가와 애가, 혈가, 누가"가 지칭하는 것은 우리가 겪었던 비극적인 역사의 사건에 대한 감정을 대상으로 한 분류를, "분무, 검무, 활무, 창무"는 여기에 대응했던 우리의 활약상을 대상으로 해서 춤 형상으로 표현한 것으로 짜여져 있다. 이렇듯이 〈사무가〉라는 동일 제목에 묶인 시조들은 결국 하나의 줄거리로 변환되고 조직화되어 서사성을 함유하며 우리의 역사를 제시한다. 〈사무가〉 서장에서는 우리 역사의 첫 장인 고구려의 '동맹', 예의 '무천'부터 등장한다.

　　舞天은 아득하고 東盟도 올곳없나

춤 끝에 울음돋고 굿노래 슬프도다

아히야 陸路 맺으면 破竹하는 겨렌데.

우리 민족 초기 역사부터의 비극성을 노래하고 있다. 그러나 계속적으로 비극으로 점철되는 것은 아니고 우리 민족은 역사의 질곡마다 어려움을 헤쳐내고 다시 살아나는 겨레임을 序章에서 밝히고 있다. "예의 무천이나 고구려의 동맹, 즉 고대의 국가제의에서 부르는 '춤은 울음으로 이어지고, 굿노래는 슬프다'"는 결국 우리 민족의 비극적인 상황을 노래하는 듯하지만 종장의 3구 첫 구 "아히야"에서의 내용을 환기하는 데에 이르면 앞의 내용은 전환된다. 우리 겨레는 육로를 맺으면(통일이 되면) "破竹하는 겨레"라는 것이다. 여기에서 파죽하는 겨레란 의미는 지속적으로 등장하는 "죽창을 들고 항거하는, 혹은 죽창을 들고 싸우는"과도 연결되며, 또한 '破竹之勢'의 의미로서 결국은 남북이 화합하여 물밀 듯이 달려가 옛 고구려 영토까지 되찾겠다는 의미인 것이다. 당연히 "안악도 국토라면 동래는 내향지를"에서는 만주에서 부산까지 모두가 우리의 국토라는 것을 반향한다.

서장에서 이미 "八道의 山川에는 곳마다 春生이라 竹槍을 높이 쳐들어 長驅하는 同胞여"라고 결론을 내리고 있다. 결국 우리 민족은 용기있고 기백이 충만한 민족이라는 것이다. 희망을 의미하는 '봄'이 시간적 배경으로 등장한다는 것도 희망을 상징하는 백그라운드 역할을 한다. 그 다음 세부적으로 〈현무의 장〉에서는 우리나라의 북쪽 즉 '백두'에 대해서 언급한다. '백두는 上上峰을 淸滴의 白雪맞고' 그 다음 '의주'로 해서 "남해서 만나보니 북변도 내 땅이요 남녘은 내땅이라"라고 하고 있다. 마지막 연에서는 "서도들 故鄕香노래 遲延遲延 吐하니"라고 하고, "길고긴 嚴冬에는 뿌리만 남겼으니 말라도 칼춤추어서 겨우살이 이기리// 하늘땅 맞붙은곳에 흘린피는 얼마냐// 멀고먼 옛날이랴 가슴에 拳銃품고 몸바친 한밝기슭 못잊을 烈士무리 오늘도 滿洲廣野앤 遊擊춤이 돋느냐"〈憤舞〉라고 투쟁해서 승리했음을 노래하고 있다. 이렇듯이 작품 한편 한편이 각각 이야기성을 내포하고 있지만 특히 이들을 모두 연계하면 선명한 하나의 줄거리로 환원된다. 서사성을 내포하며 서사를 지향한다고 할 수 있다.

투쟁과 승리 그리고 남북한이 갈린 것에 대한 안타까움, 통일에 대한 염원 등을 간접적으로 노래하고 있는 〈내 나라〉에서는 남쪽과 북쪽에 대한 시적 화자의 시각이 잘 드러나고 있다. 〈내 나라〉는 12수의 연작으로 되어 있는데, 특히 '역사의 비극과 질곡에서 이를 극복한 우리 민족에 대한 긍지', '남북의 분단에 대해 비통해 하는 심정', '동서남북 즉, 전국토가 아름답고 가치있는 우리나라' 임을 강조한다.

(1)
南北은 銀河水요
東西는 날씬蜂腰

北녘은 長江靈山
南녘은 綠島光海

차암한
無窮花동산
금싸락의 나라여.

우리나라는 동서남북이 모두 아름다운 나라임을 밝히는 내용으로 구성되고 있다. (1)의 작품에서 시적 화자는 '북녘'을 긴 강과 신령한 기운이 도는 산이 있는 곳이라고 표현하고 있으며, '남녘'은 푸른 섬과 빛나는 바다로 이루어진 '무궁화 동산'으로서 우리나라 전 국토는 결국 '금싸라기 땅'이라고 언급하고 있다. 이렇게 남북한, 즉 조국에 대한 찬사로 이야기를 시작한 시적 화자는 (2)의 시조 텍스트에서는 동해와 남해, 두만강을 제시하면서 분단의 안타까움을 제시하고 있고, (3)의 시조 텍스트에서는 동래서 서울, 의주를 잇는 뗏목꾼의 노래를 이야기하면서 전국토가 서로 서로 연결되고 있음을 일깨우고 있다. 시조 텍스트 (4)에서는 '백수광부'의 예를 들어서 우리 민족은 비통함을 경험한 겨레임을 밝히고 있고, (5), (6)의 시조 텍스트를 통해서는 조국의 아름다움을 상기하며, 역사, 지리, 문화 등을 노래하고 있다. 그러다가 (7)의 시조 텍스트에서는 조국의 침탈 역사, 즉 북쪽 수나라의 침략과 왜나라 풍신수길의 침입을 예로 들면서 이들의 침략이 있었지만 "백성은 끝끝내 싸워서 한얼을 전한 민족"임을 밝히고 있다. 이러한 우리 겨레에게 분단이 발생했음을 시조 텍스트 (8), (9)번에서 제시하면서 분단의 아픔과 안타까움을 노래한다. 마지막 결미 부분에 해당하는 (10), (11), (12)번의 시조 텍스트에서는 '살수대첩'의 성공을 예로 들면서, 조국의 긍지 및 앞으로의 희망찬 조국의 앞날을 제시하는 내용이 전개된다. 이렇듯이 평시조 12편의 연시조를 통해 조국의 역사 및 상황, 처지 그리고 조국에 대한 긍지까지를 씨줄 날줄로 노래하고 있는 것이 바로 〈내 나라〉이다. 이와 같이 이는 한 편의 이야기로도 환원된다. 즉 서사를 지향하는 것이다.

　조국과 민족에 대한 사랑 및 긍지, 통일에 대한 염원, 통일된 조국에 대한 願望 등의 주제 외에도 '재일의 슬픔' 및 '재일에서의 불평등', '일본을 향한 투쟁'을 주제로 한 작품도 『한길』의 또 하나의 축을 이룬

다. 〈朱雀의 章〉의 〈애가〉에서도 '재일의 슬픔이나 한'이 절절히 묻
어나고 있다.

> 비오는 釜山浦를
> 떠나는 連絡船은
>
> 海賊船 검은배요
> 强盜의 손아귀라
>
> 아리랑
> 아리아리랑
> 아라리요 아리랑
>
> 이몸은 딸린 목숨
> 내일은 모른다오
>
> 언제면 참빛보느뇨
> 異國갇혀 마흔해
> …
> 子息은 아비되고
> 孫子놈 倭語 살이   〈哀歌〉

　　남쪽은 부산포에서 현해탄으로 연결되어 비극의 장이 되는 시작점
이다. 현해탄을 건너 일본으로 가는 배는 '해적선'과 다름없고 '강도의
손아귀'와 다름없다. 해방이 된 후에도 일본은 여전히 압제자로서 힘

을 과용하기에 재일인은 고달프고 분하고 힘들고 눈물겨울 수밖에 없다. 아득하고 희망도 없는 상황을 시적 화자는 "이 몸은 딸린 목숨 내일은 모른다오"라고 표현한다. 미래가 불투명한 것처럼 불안하고 암울한 것이 있을까? 이국에 "갇혀있다"고도 언급한다. '재일'은 '감옥'이며, '참빛을 볼 수 없는 경계'에 놓여있는 것이다. 그리운 것은 자연히 '내 고향의 인정이나 인심'일 수밖에 없다. 재일의 삶에서 핍박받는 모습과 불행한 자신에 대한 토로와 더불어 민족에 대한 향수, 애정 등이 표출되고 있다. 그러면서도 자기 자신을 추슬러 주체적 자아로 거듭나야 한다는 의지나 단심을 보이기도 한다.

> (1)
> 世上이転코変해 亢龍들 나는나요
> 어릴적 곱게배운 丹心은 희어질까
> 찍혀도 우뚝솟아서 부목된들 좋아라.
> (2)
> 차라리 뒷간속의 구더기 되어서도
> 내맘은 내맘이요倭속은 안되리라
> 千年을 두고살아도 한얼만을 지니리.   〈마른외침〉

〈마른외침〉은 시조 5수로 이루어졌는데, 여기에서 시적 화자는 "뒷간 속의 구더기"가 되어서라도 일본에 동화되지 않겠다는 뜻을 분명히 하고 있다. "뒷간 속의 구더기"라는 표현에서 시적 화자를 비롯한 재일한국인들이 얼마나 일본에서 비하되고 멸시받으며 비참한 삶을 견디었는지가 감지된다. 직접적 목소리로, "冷待가 萬年이건 괄시가 永久하건"이라고도 하고 있다. '천 년을 두고 살아도 한얼만을 지니겠다'든가 '어릴적 곱게 배운 단심은 희어질까'와같은 언술을 통해 시적 화자 자신의 의지를 공고히 하고 있다. 어떠한 고난이 와도 자신의 의지는 변하지 않겠다는 결심이다. 그 외에도 부모님을 비롯한 주변 지인에 대한 애통함이나 애절함 등의 애정을 노래하거나 자신의 다양한 서정을 읊은 경우도 있다. 이들의 주된 특징도 모두 평시조를 연작으로 해서 이야기식으로 이끌어 간다는 점이다.

〈굿노래〉라는 제목 하에서는 부모님을 비롯한 지인들의 죽음을 애도하고 애통해 모습이 반영되며, 〈서경과 서정〉이라는 제목 아래에 묶인 시조들은 시적 화자 자신의 서정적 자아에 대해서 노래하고 있다. 〈하늘〉, 〈땅〉, 〈소나기〉, 〈벚나무〉, 〈마파람〉, 〈꿈나라〉, 〈눈물〉, 〈七월하늘〉, 〈中天〉, 〈가을아가씨〉, 〈지난날〉, 〈오늘〉, 〈在日炎月悲歌〉라는 소제목이 암시하듯이 서경적 풍광이나 시적 화자의 서정적 자아에 대한 느낌, 감상 등을 환기하는 내용들이다. 하지만 이들도 그 내용이 서사를 지향한다는 점에서는 거의 변함이 없다.

2) 토착어 구사 및 다양한 형식 시험

김리박 시조는 평시조 작품 내에서도 서사를 지향하지만 특히 이들 평시조를 연작으로 해서 더욱 분명하게 하나의 줄거리로 환원시키는 즉, 서사를 지향한다는 특성도 있지만, 또한 시조를 다양한 형식으로 시도하고 있다는 성향 및 거의 사라졌거나 사라져가고 있는 우리 고유의 토착어를 많이 구사한다는 특성도 두드러진다.

그는 『한길』에서 韋이라는 용어 대신에 '가름'이라는 용어를, 節 대신에 '조각'이라는 우리 고유어를 사용하고 있다. 그 외에도 제의나 장례, 죽음과 관련된 노래를 '굿노래', 우리 나라를 '믿나라', 인생에 있어서의 삶이나 평생의 삶을 '죽살이'라고 표현하는 등, 우리 고유의 토착어 사용을 상당히 많이 구사하고 있다. 남측에서는 거의 사용되지 않은 용어도 많아서 그럴 때에는 친절히 주석도 달아 놓고 있다. 이러한 특성은 특히 2번째 시조집인『믿나라』에서 두드러진다.『믿나라』는 서울에 있는 출판사에서 출판을 했기에 남측 독자들을 많이 의식한 결과일 것이다.

『한길』목차를 보면, '머리가름'까지 포함해서 10개의 장으로 '가름'(章)을 하고 있고, 그 다음 '조각'(節)으로 나뉜다. '조각'은 다시 소제목으로 분류되는데, 이 때에는 두 편의 시조를 '하늘', '땅'으로 이름을 붙여서 진행하거나, 혹은 4편의 시조를 '나', '라', '사', '랑'으로 소제목을 붙이는 등 정연하게 배치하고 있다. 이러한 것은 작가의 의도가 상당히 개입된 결과임이 자명하다. 이는 내용뿐만이 아니라 소제목도 서로 연계되어 서사를 지향한다는 것을 알 수 있다. 즉 소제목이 서로 연결되어 의미를 구현하고 있는 것이다.

머리	가름	속뜻
	첫째 조각	얼
	둘째 조각	외
	셋째 조각	한
	넷째 조각	삶
	다섯째 조각	옳
첫째	가름	마른외침
둘째	가름내	나라
셋째	가름굿	노래
	첫째 조각	어머님 靈前에

둘째 조각　　정판수선생 靈前에

셋째 조각　　이태수군을 追悼하여

넷째 조각　　아버님 靈前에

넷째　　가름　　四月鎭魂歌

다섯째　가름　　四舞歌

여섯째　가름　　何日是掃日

일곱째　가름　　永遠한 삶

여덟째　가름　　敍景과 抒情

　첫째 조각(하늘, 땅)

　둘째 조각(소나기, 벗나무)

　셋째 조각(마파람, 꿈나라, 눈물, 七월하늘, 中天, 가을아가씨, 지
　　　난날, 오늘)

　넷째 조각(在日 炎月悲歌)

　다섯째 조각(뭍바람)

아홉째　가름　　별곡 한길

'가름'의 제목도 '굿노래', '마파람', '뭍바람', '얼', '외', '옮', '나라사
랑', '사월진혼가', '四舞歌' 등과같이 순수 토속어 및 우리의 옛 사상과
연계된 시어를 사용하고 있으며, 특히 '사무가'는 "序章, 玄武의 章(悲
歌, 憤舞), 朱雀의 章(哀歌, 劍舞), 靑龍의 章(血歌, 活舞), 白虎의 章(淚
歌, 槍舞), 結章"라고 제목 자체를, "북현무, 남주작, 좌청룡, 우백호"의
풍수지리를 적용해서 진행하고 있다. 뿐만 아니라 소제목으로는 '비
가', '애가', '혈가', '淚歌'의 노래적 특성과 '분무', '검무', '활무', '창무'
라는 춤의 특성을 표기한 후 여기에 맞추어서 시 텍스트의 내용을 전
개하고 있다. 우리 민족의 특성 및 전통, 역사를 살리고자 상당한 노

력을 한 흔적이 상당히 적나라하게 드러나고 있다. 시조를 이와같은
방식으로 시험하고 시도한 경우는 현재까지 김리박이 유일하다고 할
수 있다.16) 이러한 시도는 〈어머님 靈前에〉, 〈아버님 靈前에〉에서
도 "天의章, 地의章(天地)", "이태수군을 追悼하며"에서의 "나의章 라
의章 사의章 랑의章(나라사랑) 과같이 드러나기도 한다.

그 외에도 한 편의 시조 텍스트 배열도 기존의 고시가와는 판이하
다. 고시조가 橫으로 배열된다면 김리박 시조는 縱으로 배열된다. 종
으로 배열시키는 것은 현대 자유시의 특징이기도 하며, 현대시조의
특징이기도 하다. 이 때 김리박은 자수는 평시조 그대로의 자수를 그
대로 지키되 종장의 첫 자는 한행으로 따로 배열시켜서, 고시조의 종
장 첫 구의 특징을 그대로 살린다는 특성을 지닌다.

> 무거운 저녁하늘
> 내일은 개이겠나
>
> 별없이 이 長夜를
> 외롭게 보내련가
>
> 아니네
> 무지게잊은
> 마파람의 외로움.   〈마파람〉

---

16) 남측 현대시조작가 중에는 사설시조를 자유시처럼 사용한 경우는 있다. 선정주
작가는 현대시조를 사설시조의 형태에 맞추면서 시상을 전개하는데, 역시 서사
를 지향한다. 즉 하나의 이야기나 줄거리를 보인다. 사설시조의 형식을 취한다는
점에서 서사나, 대화, 이야기체로 전개되는 것이 어색하지 않다. 강명혜, "시조의
변이양상", 앞의 논문.

초, 중, 종장 3장 배열을 횡으로 배열하지 않고 종으로 배열해서 마치 자유시와 거의 같은 구조를 보이도록 설정하고 있다. 만약 위의 형식을 종으로 고시가 방식으로 배열하면 다음과 같다.

무거운 저녁하늘내일은 개이겠나
별없이 이 長夜를외롭게 보내련가
아니네무지게잊은마파람의 외로움.　〈마파람〉

완벽하게 초장 3, 4 3, 4, 중장 3, 4, 3, 4, 종장 3, 5, 4, 3으로 전환된다. 종장은 비록 여운이 남아있는 채 종결되고는 있지만 3장이 모여서 정형을 갖춘 완벽한 한 편의 평시조를 반향한다. 이를 현대화해서 종행으로 2행씩 배열해서 현대시에 가까운 시각적 효과를 창출하고 있다. 고시조를 답습하면서도 상당히 창의적인 면이 돋보인다고 할 수 있다. 특히 종장의 3자를 한 행으로 배치시켰다는 것은 작가가 종장 3자의 의미나 역할을 정확히 인식하고 있었음을 의미한다. 종장의 첫구 3자는 "아니네"로서 앞의 초중장의 의미를 전환시킨다. 초중장에서 시적 화자는 "내일이 개이겠나? 별없이 긴밤을 외롭게 보내겠나?"라고 반문한다. 그러면서 종장에서는 앞의 내용을 반박한다. "아니네 이것은 다름이 아닌 무지게를 잊은 마파람의 외로움"이라는 것이다. 무지개(게) 잊은 마파람이 뜻하는 것은 무엇일까? 무지개는 낮의 현상이다. 결국 마파람의 외로움은 초중장의 그것에서 비롯되지는 않는다. 즉 초장, 중장에서는 '밤의 현상 및 사건'을, 종장에서는 '낮은 현상 및 사건'을 이야기하고 있다는 점에서 종장은 초, 중장과 변별된다. 이 변별을 종장의 첫구 "아니네"가 수행하고 있다. 평시조의 직능이 그대로 빛을 발하고 있으며, 그 특성이 잘 유지되고 있다.

이렇듯이 김리박은 고시조의 특성을 잘 유지하면서 시대적 컨텍스트에 부합해서 유연하게 형식의 변이를 성공적으로 수행하고 있다.

4. 문화콘텐츠 방안 제시

문화콘텐츠는 현대의 중요한 화두 중 하나이다. 문화콘텐츠의 원 텍스트는 다양할수록 빛을 발할 수 있으며 그 가치는 지대하다. 이러한 점에서 본고는 김리박과 그의 시조 작품을 각각 문화콘텐츠화할 수 있음을 간략히 제시하고자 한다.

우선 재일동포 한국어 작가인 '김리박'이라는 인물 자체를 문화콘텐츠화 할 수 있다. 김리박 작가는 재일동포 2세로서 하층과 상층의 여러 직업을 골고루 전전했으며, 병으로 인한 휴학 및 복학, 당대의 한국어동포 작가들과 다른 길을 걸었다는 점 등의 이야기를 스토리텔링화해서 여러 가지 콘텐츠로 개발할 수 있다. 아울러 '김리박' 아이콘이 개발될 수도 있다.

또한 김리박은 시조 작품 텍스트 자체가 이야기를 지향하는 서사성을 보유하고 있기에 이를 하나의 줄거리로 만들어서 다양한 콘텐츠로 개발할 수도 있다. 이를테면 그의 시조 텍스트에는 '고대의 祭儀, 수나라 침입, 왜적 침입, 충무공의 무용담, 3. 1운동 4. 19의거, 광동지진 및 학살사건, 의적, 의병' 등의 사건이 등장한다. 이들 소재나 주제소는 스토리텔러의 역량에 따라서 다양하게 스토리텔링화가 가능하다.

그 외에도 그의 작품 중 '四舞歌'는 스토리텔링 뿐아니라 소제목에 따라서 무용으로 만들거나 노래로 콘텐츠화할 수 있다. 이를테면, "序章, 玄武의 章(悲歌, 愼舞), 朱雀의 章(哀歌, 劍舞), 靑龍의 章(血歌, 活舞), 白虎의 章(淚歌, 槍舞), 結章"에서 표출되고 있는 사건을 스토리텔링화할 수 있으며, "비가와 애가, 혈가, 누가"가 지칭하는 우리가 겪었던 비극적인 역사의 사건에 대한 감정을 주제로 해서 노래로 만들 수 있고, 또한 "분무, 검무, 활무, 창무"는 여기에 대응했던 우리의 활약상을 대상으로 해서 춤의 형상으로 표현한 내용인데, 이것은 바로 춤으로 콘텐츠화가 가능하다. 또한 예의 무천이나 고구려의 동맹, 즉 고대의 국가제의에서 부르는 '춤은 울음으로 이어지고, 굿노래는 슬프다'와같은 구절도 이들을 기본 텍스트로 해서 춤과 노래로 콘텐츠화할 여지가 마련된다. 어떤 내용인가에 따라서 분무나 검무, 활무, 창무가 만들어질 수 있다.

〈사무가〉를 대상으로 해서 간단히 뮤지컬로 콘텐츠화한 것을 간략히 소개하면 다음과 같다.

- **■ 〈四舞歌〉를 주제로 한 뮤지컬 시놉시스**
1. 우리 역사 속에서의 질곡과 부침, 보존, 발전을 주제로 한다.
2. 풍수지리에 따른 4방위와 역사가 서로 규합되면서 특징적인 역사 줄거리가 형성된다.
3. 춤과 노래와 함께 이루어지는 뮤지컬의 성격을 띤다. 즉, 춤과 노래를 통해서 우리 역사 속 중요한 사건을 다루게 된다.
4. 역사적 사건은 〈사무가〉에서 다루고 있듯이, 백두의 기상, 만주에서의 독립운동, 열사(북), 그리고 부산과 현해탄을 연계해서 3·1운동과 광복(남), 오랑캐 침략, 왜적, 아오지, 삼팔선, 관동 지진(좌), 농군항거, 이순신(우) 등의 사건으로 구성된다. 각 장에서는

모두 비극적 사건을 다루고 있지만 결국은 의지로 이를 극복하고 희망과 극복이 결미를 장식하는 내용으로 구성된다.

■ 실제 연출은 다음과 같이 전개된다.

① 서장은 코러스로 장엄하게 부른다.
(고구려의 동맹과 부여의 무천 등 굿노래에서 시작되어 면면히 이어오는 민족의 기상을 웅장하고도 장엄한 스케일로 노래한다)

② 玄武의 章(悲歌, 憤舞)
　　북 현무의 장에서는 백두의 기상과 의주, 삼수갑산, 함경을 넘어 만주에서의 열사, 애국지사의 용감한 면모, 그리고 그들의 분노 등이 표현된다. 이러한 모습이 겨울 풍광에 이입되며 칼춤으로 표출된다, 슬픔 및 안타까움은 노래로 표현된다. 즉 "함경의 나비는 작아도 천리를 가듯이" "狼林숲은 志士들의 도장"으로서 흘린 피가 憤舞인 칼춤으로, 슬픔은 노래로 나타나게 되는 것이다.

③ 朱雀의 章(哀歌, 劍舞)
　　남 주작의 장에서는 부산포의 연락선과 현해탄 그리고 이국 땅에서의 재일의 삶(손자놈 倭語살이)을 애끊는 노래로 표현한다. 이는 "느티나무 꽃내음"이 표상하듯이 3·1운동, 광복노래로 이어진다. 남 주작에서의 일련의 사건은 검무로 표현되며 애끊는 마음 및 벅찬 감정은 노래로 나타난다.

④ 青龍의 章(血歌, 活舞)

좌 청용 장에서는 바닷가에서 벌어졌던 역사적 사건이 노래된
다. 왜적의 침략과 많이 흘린 피가 노래의 주된 내용이며, "날조
된 국경선"이, 그리고 "광동 지진 사건"이 다루어진다. 그리고 이
러한 모든 것은 피를 토하는 심정으로 표출된다(혈가). 한편 남
쪽 판문점을 넘어서 북쪽을 찾은 남한 소녀는 통일을 상징하는
것으로 활력이 된다. 이는 활무로 표현된다.

⑤ 白虎의 章(淚歌, 槍舞)

이우 백호의 장에서는 한삼섬 충무공을 다루게 된다. "백성의
淸心"과 제주도의 "비바리의 안가슴"이 각각 청자와 백자로 상징
되면서 바다의 노래가 淚歌로 표현되기도 하며, 전라도 농군의
항거가 의병군의 모습으로 표출된다. 이들은 죽창을 들고 왜적
과 싸웠는데 이를 창무로 나타낼 수 있다.

⑥ 結章

역사는 과거가 아니고 현재이며, "血史와 悲史" 사이에서 "조
국은 민족과 함께 생사고락"하는 것임을 노래하며, "在外의 三百
萬"은 한핏줄의 겨레임을 선언한다. 마지막에는 "강강수월래를
하는 처녀들의 군무(雅舞)"로 대단원을 마무리한다.

이렇듯이 간략하게 〈사무가〉의 콘텐츠화를 제시했다. 하지만 이는
하나의 조그만 방안일 뿐으로, 실은 이를 원 텍스트로 해서 수많은 콘
텐츠(멀티유즈)가 개발될 수 있는 가능성이 있다. 본장에서는 이를 타
진해 본 것으로 의의를 삼는다.

5. 결언

필자는 학계에서 거의 다루고 있지 않은 재일동포 한국어 문학 중 '시조'에 주목하여 그 특성 및 성향, 작품성 등을 고찰하고자 했다. 시조는 우리 민족 고유의 양식으로서 고전시가양식으로는 유일하게 현존하는 장르이기에 이를 연구하는 것은 우리의 전통성에 대한 탐색 및 천착이라고 할 수 있다는 점에서 그 의의를 찾을 수 있으며, 또한 다른 이념적·문화적 환경에서 배태되었지만, 민족의 수난과 분단이라는 가장 기본적인 역사적 체험을 공유한 이들의 문학작품을 같은 지평에서 논의해서, 재일문학을 "한국문학사에 편입시켜서 한국문학사의 외연과 지평을 넓히고, 남북 국민과 총련, 민단계가 모두 수용, 공감할 수 있는 동질감을 찾아서 통일 한국문학의 거멀못 역할을 할 수 있는 기초를 마련하고자"하는 부가적 목적도 있었다.

한밝 김리박은 재일동포한국어 작가들 거개가 북측의 '주체사상'에 입각한 작품으로 경도되는 있는 문단에서 거의 유일하게 시작 초기부터 우리의 고유 전통 양식인 시조를 택해서 작품활동을 했다는 점으로도 그 의의를 찾을 수 있으며, 이러한 점은 이미 당대의 비중있는 작가들에 의해 "민족 전통시의 정수"인 시조를 택한 것에 대한 가치 및 의의를 인정받고 있었다.

작품을 살펴본 결과 김리박은 홀로 우리의 전통양식인 '시조'를 선택했다는 것 자체로도 그 가치를 인정받을 수 있지만 토착어 구사 및 다양한 형식과 새로운 방식을 시도했다는 점에서도 주목할 만했다. 특히 서정시에 해당하는 시조를 하나의 이야기로 시도하고 있다는 특징을 보이고 있었는데, 필자는 이를 '서사시조'라고 명명했다. 김리박의 서사시조는 평시조를 연작해서 완성한 것으로 서사를 지향하는 기존의 사설시조와도 많이 달랐다. 즉 형식상으로 보았을 때 자유시와 유사한 듯하지만, 평시조의 특성인 초장(3, 4, 3, 4), 중장(3, 4, 3, 4), 종장(3, 5, 4, 3)의 정형성을 그대로 지키고 있었다. 단지 초장, 중장, 종장의 배열을 횡열로 배열해서 현대시의 특성에 부합되는 듯한 시각적 효과가 창출되고 있었다. 시조의 생명력이 시대적 특성(컨텍스트)에 부합하면서 유연하게 변모하면서 지켜지는 것이라고 할 때 김리박 시조의 특성은 그것에 잘 적응하고 있는 것으로 이는 독보적이라고 할 수 있으며, 아울러 시조의 단점인 단순성을 극복하고 있다는 의의를 지닌다. 고시조가 현대화하면서 발전할 수 있는 또 하나의 방식을 제시한 셈이다.

김리박 시인의 작품 주제 및 최대 관심사는 주로 ① 자신을 비롯한 재일동포들이 견디고 있는 인고의 나날 및 이에 대한 사적인 감정 토로 ② 우리 민족의 수난사 및 분단, 이에 대한 안타까움 및 조국에 대한 긍지 및 조국애 ③ 돌아가신 부모를 비롯한 지인들에 대한 애정 및 감정 토로 ④ 남북한에 대한 자신 및 재일의 처지 ⑤ 통일된 조국을 염원하는 기원 ⑥ 서경이나 경물에 대한 자신의 감정 및 서정적 자아 토로 등이었다. 그러나 『한길』 시조집을 관통하는 뚜렷한 주제는 무엇보다도 '한민족에 대한 관심과 사랑'이라고 할 수 있다. 이 사랑이 '민중의 항거'로, '애국 독립운동'으로, '가족에 대한 애잔한 사랑'으로, '인고와 분노, 모멸감'으로, '투쟁과 희망' 등으로 분사되어 표출되지만 그래도 최종적으로 귀결되는 주제는 결국은 '조국애', '민족애'였다. 이 주제가 날줄 씨줄로 얽히면서 서사형식을 띤 채 하나의 줄거리로 환원되면서 진행되고 있었다.

김리박 작가의 시조 창작의 의의는 무엇보다도 재일한국어작가 중

유일하게 우리의 전통양식인 시조를 택해서 독창적인 양식으로 개발
시켰다는 점일 것이다. 즉, 시조의 단점인 시상 전개의 단순성을 보완
해서 작가의 목적을 마음대로 펼 수 있는 시형식을 시도했으며, 그러
면서도 평시조의 정형성을 그대로 답습했다는 것이다.

  김리박 시조를 문화콘텐츠한다면, 김리박 작가의 파란만장한 전기
를 문화콘텐츠화(에니멘터리)할 수도 있으며, 시조 작품이 서사를 지향
한다는 점에서 각각 하나의 역사적 사건으로 구성한 스토리텔링이 가
능하다고 보았다. 또한 그의 작품 중 〈四舞歌〉는 '憤舞', '劍舞', '活
舞', '槍舞'라는 주제로 무용으로 만들 수 있는 여지가 있으며, '悲歌',
'哀歌', '血歌', '淚歌'라는 제목 그대로 노래로 콘텐츠화할 수 있음을
제시했다.

2부

한국문학, 문화와 문화콘텐츠

전통 武藝 양상의 현대적 변용 및 콘텐츠화 방안

1. 서언

무예가 언제부터 발생했는지 가늠해 보는 것은 그리 어렵지 않다. 왜냐하면 무예란 인류 생성 초기부터 생성되었을 것으로 추정 가능 하며, 인류의 기원과 무예의 기원을 동일시할 수밖에 없는 사회, 문화, 환경적 요인을 수반하고 있기 때문이다. 대자연의 위엄 속에서 한없이 하찮게 여겨졌을 인간들이 생존을 위해서 반드시 필요한 것이 바로 무예였던 것이다. 대자연 속에서 인간은 생존을 위해서 투쟁적인 활동을 해야 하는 필요충분 요건에 놓이게 되었고, 천재지변이나 불의의 공격으로부터 자신을 보호, 방어해야 하는 자위적인 목적에서도 무예는 필요했을 것이다. 그렇다면 무예의 정의는 어떻게 내릴 수 있는가?

무예는 일단 '싸움', '전쟁', '경기', '대련', '호신', '도야' 등과 연관된다. 그러나 이러한 어휘가 무예의 원천적 정의의 필요충분 요건을 모

두 충족시키지는 못한다. 무예란 전쟁이나 싸움을 대비하여 그 기술
이 발전한 것은 사실이지만 고대의 춤이나 術, 道, 禮, 철학적 사유까
지를 모두 함유하고 있는 개념이기 때문이다.

따라서 우리나라 무예 역사는 선사시대, 즉 우리 선조의 역사와 동일
하다고 볼 수 있다. 구석기 시대에는 맨 몸이나 석기를 사용했으며, 신
석기에 이르면 좀 더 정교한 도구가 일상생활이나 분쟁이나 修身을 위
해서 사용되었을 것이다. 청동기에는 구리를 이용한 보다 정교한 무기,
즉 창이나 활촉, 도끼 등이 발달되었을 것이고 거기에 부합된 여러 가
지 정신적, 신체적 행위가 수반되었을 것이다. 또한 이러한 무기나 행
위들은 부족이나 국가가 형성되면서는 하늘에 지내는 제천의식에도
사용했음을 기록이나 圖畵를 통해서 알 수 있다. 이를테면, 고구려의
동맹, 부여의 영고, 예의 무천 같은 제천의식에도 말타기·활쏘기·창
쓰기·씨름·돌팔매·수박·등의 무예가 수반되었던 것이다.

이러한 편린은 문헌뿐만 아니라 무용총·수렵총이나 덕흥리·약수
리·대안리·마선구·통구 무덤 등과 같은 벽화 등을 통해서도 알 수
있다. 또한 삼국시대에는 빈번한 전쟁과 더불어 무예가 국가의 제도
적인 행사로 채택되었으며, 고려시대에는 전투적 목적의 무예가 본격
화된다. 민간무예로서 씨름·활쏘기가 유행했으며 체력 및 무술 단련놀
이로써 말타기·격구·씨름·활쏘기·돌팔매·수박회(손치기)·수희 등
을 했다는 것을 기록을 통해서 알 수 있다. 특히 몽고와의 전쟁 등을
겪으면서 각 무예의 기술이 발달했으며, 무예에 대한 인식과 무인에
대한 예우가 높아져서 가장 무예가 성행했던 시기였을 것으로 추론한
다. 고려 말기에는 무예도감이 설치된다.

조선에서는 국가적으로는 훈련관을 설치하고 무예를 가르쳤으며,
1709년에는 국가에서 『武藝圖譜通志』를 만들어 무예24반(武藝二十

四般)의 차례를 그림과 함께 상세하게 그려 당시는 물론 조선 말기까지 무예훈련 교본으로 널리 이용했다는 등 무예에 심혈을 기울인 것을 알 수 있다. 하지만 무예가들의 견해로는 우리나라 전통무예는 실제적으로 조선시대부터 거의 단절되기 시작했다고 한다. 무인들은 강직하여 새로운 왕조인 조선에 뜻을 함께 하는 경우가 드물었고 이에 후환을 없애기 위해 조선조 초기에 무인들을 거의 다 전멸시키다시피 했거나 몸을 피한 일부 문인들은 홀로 강호에 숨어서 살다가 세상을 하직했기 때문이다. 『무예도보통지』도 순수한 의미에서 우리 전통무예는 아니라고 한다. 더욱이 일제강점기에는 우리 전통무예를 하는 사람을 잡아다 무조건 사살했기에 실제적으로 우리 선조들이 하던 전통적 의미의 무예의 맥은 거의 사라졌다.[1] 그러나 최근에는 오히려 우리 전통무예에 대한 관심도 증가하는 추세이고 또 연구를 하거나 실제 수련을 통하여 전통을 찾으려는 노력을 단편적으로나마 지속적으로 하고 있기에 언젠가는 거의 복원되지 않을까 하는 기대를 해본다.

본장에서는 고대 무예의 개념과 그 종류, 특징 등을 살펴보면서 이들이 현대까지 어떻게 지속, 변이, 소멸되었나를 규명해 보고자 한다. 또한 현대에 있어서 고대로부터 전승되거나 향유되었던 전통무예의 확장과 부활, 전파 등을 목적으로 하면서 그 활성화 방안을 모색해 보고자 한다. 대상으로는 우리 史書뿐 만이 아니라 고구려의 역사와 실생활을 그림으로 남겨놓은 고구려벽화를 통해서 우리 전통무예의 종류 및 특징을 고구할 것이다. 이러한 작업은 현재 우후죽순처럼 퍼지고 있는 각 지자제의 행사나 축제 등에 우리 전통 문화콘텐츠로서 무예가 어떤 기능과 역할을 해야하는 지를 제시할 수 있지 않을까하는

---

1) 이용복, 『민족무예 태견연구』, 학민사, 1995 ; 육태안. 『우리 무예 이야기－다시 찾은 수벽치기』, 학민사, 1990, P. 27 참조.

기대를 해 보게 한다.

2. 전통무예 양상 및 기능

우리나라 최초의 역사서인 『삼국유사』에는 대략 활, 수렵, 말타기, 검·창, 석전(돌던지기), 마차나 수레, 배 등을 이용한 무예, 무인들에 대한 호칭 및 대열, 순회 등에 대한 전통무예가 제시되고 있다.2) 그러나 현재 우리에게 널리 알려진 택견, 택권, 수박, 씨름 등에 대한 기록은 거의 보이지 않고 있다. 단지 벽화와 같은 圖畵를 통해서 이 종목이 전통무예에 해당됨을 알 수 있다. 아래 제시한 것 중 (1)~(7)항까지는 기록된 것이고, (8)~(10)항은 圖畵를 통해서 제시되거나 추출된 내용이다.

> (1) 觀射(신라본기 3, 실성이사금 4년),
>
>   弩師 , 觀射車弩, 射, 善射, 矢, 弓矢, 强弓, 弩
>
>   14년(415) 가을 7월에 穴城의 들판에서 군대를 크게 사열하였다. 왕이 금성 남문에 거동하여 활쏘기를 구경하였다.
>
>   好勇(권13 고구려본기 1 시조 유리명왕 27년)
>
>   27년 봄 정월에 왕태자 해명은 옛 도읍에 있었는데 힘이 세고 武勇을 좋아하였으므로 황룡국의 왕이 그 말을 듣고 사신을 보내 강한 활을 선물로 주었다. 해명은 그 사신 앞에서 활을 당겨 부러뜨리며 "내가 힘이 세

---

2) "무예" 부분만 발췌해 놓은 『한국무예사료총서』를 참조했음. 『한국무예사료총서』 1-삼국시대편, 국립민속박물관.

기 때문이 아니라 활이 강하지 못한 탓이다"라고 말하였다. 황룡국왕이
이 말을 듣고 부끄럽게 여겼다.

칠려, 누로, 마, 노포(권 5 신라본기 태종무열왕 8년) 성주 대사 동차천
이 사람을 시켜 마름쇠를 성 밖으로 던져 깔아서 사람이나 말이 다닐 수
없게 되고 또 안양사의 창고를 헐어 그 목재를 실어다가 성의 무너진 곳
마다 즉시 망루를 만들고 밧줄을 그물같이 얽어 마소가죽과 솜옷을 걸치
고 그 안에 弩砲를 설치하여 막았다.(큰 활의 일종)

무용총 수렵도 중에서 활(명적)을 쏘는 모습3)

---

3) 여기에 인용한 고구려벽화 그림은 고구려 고분벽화 고구려 특별대전(kbs 한국방
송공사, 1994)에 수록된 것과 인터넷 사이트에서 따왔다.

(2) 獵(신라본기, 유리이사금 19년), 狩, 田獵, 田(권 13 고구려본기1 시
조 유리명왕 22년), 畋

22년 12월에 왕이 질산(이후에도 왕이나 귀족이 질산에서 사냥한 것
으로 보아 고구려 왕실, 귀족 사냥터) 북쪽에서 사냥하면서 5일이 되어도
돌아오지 않자 대부 협보가 간하였다.

고구려 舞踊塚 등의 고분벽화에도 수렵도의 모습이 선명하게 남아있
다. 무용총 널방 서벽에 채색된 수렵도는 활달하고 힘찬 고구려인의 기상
을 아낌없이 보여준다. 큰 나무를 사이에 두고 오른쪽에 소가 끄는 마차
가 대기하고 있고 왼쪽에 사냥 장면이 전개된다. 사냥 장면은 깃털이 달
린 모자를 쓴 5명의 말 탄 사람이 활시위를 힘껏 당기며 사슴과 호랑이를
쫓고 있다. 산과 산 사이를 쫓고 쫓기는 말 탄 사람과 동물들은 매우 생동
감 있게 표현되고 있다.

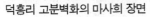

덕흥리 고분벽화의 마사희 장면　　　　무용총의 수렵도

(3) 養馬(권 13 고구려본기1 시조 동명성왕 즉위년), 騎, 閱兵(신라본기,
파사이사금 15), 士馬, 步騎(신라본기, 지마이사금 4), 騎兵(권 20, 고
구려본기 8, 영양왕 23년), 騎(2번), 戰馬, 甲馬, 馬, 養馬, 神馬(권14
고구려본기2 대무신왕 3년), 夫餘馬(대무왕 3년)

가을 9월에 왕은 골구천에서 사냥하다가 신비로운 말을 얻어 거루라고
이름하였다.

삼실총 기마도

경주 천마총에서 발견된 천마도

(4) 杖鉞, 寶劍, 短槍, 劍, 戟(창극), 短劍 (권 5 신라본기 태종무열왕 7
년), 刀(권 13 고구려본기1 시조 유리명왕 19년), 跨馬拔劍(권 4 신라
본기 4 진흥왕 51년)

"유신이 말하였다. "내가 듣건대 옷깃을 잡고 흔들면 가죽옷이 바로 펴
지고, 벼리를 끌어 당익면 그물이 펼쳐진다고 했는데 내가 벼리와 옷깃이

되어야겠다. 이에 말을 타고 칼을 빼들고는 적진을 향하여 곧바로 나아가세 번 들어가고 세 번 나옴에 매번 들어갈 때마다 장수의 목을 베고 혹은 깃발을 뽑았다. 여러 군사들이 승세를 타고 북을 치며 진격하여 5천여명을 목베어 죽이니 그 성이 이에 항복하였다."

안악 3호분의 부월수

안악 3호분의 도월수

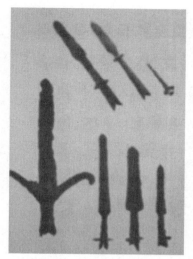

석반부철모 각종 기창으로 추정4)

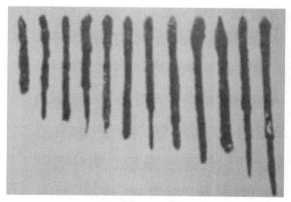

부소산성 출토 대형철촉5)

---

4) 국립민속박물관,『한국무예의 역사·문화적 조명』, 국립민속박물관, 2004, P. 18.
5) 위의 책 P. 24. 상노의 촉으로 추정된다고 함.

적장참수/ 퉁구 12호분 북분 오른쪽 벽

⑸ 矢石(권3 신라본기 3 자비마립간 2년)

2년(459) 여름 4월에 왜인이 兵船 100여척으로 동쪽 변경을 습격하고 나아가 월성을 에워싸고는 사방에서 화살과 돌을 비오듯이 퍼부었다. 왕성을 굳게 지키자 적들이 장차 물러가려고 하였다. 군사를 내어 공격하여 쳐부수고 북쪽으로 바다까지 뒤쫓아갔다. 적들 중에는 물에 빠져 죽은 사람이 반이 넘었다. 抛車(권 5 신라본기 태종무열왕 8년)-돌을 날려 적을 공격하는데 쓰이는 무기로 벽력차기라고도 부른다.

석전하는 모습(조완묵, 우리 민족의 민속놀이)6)

⑹ 草偶人, 持兵, 勇士, 壯士, (신라본기 3, 내물이사금 9년), 勇騎, 步卒, 精兵, 步兵(신라본기3, 내물이사금 38년), 士卒, 兵士, 邏兵, 巡邏兵, 軍卒, 戰士, 大閱, (신라본기, 일성이사금 5년, 실성이사금) 9번, 水軍 2(신라본기 2, 미추이사금 5년) 2

"38년(393) 여름 왜인이 와서 금성을 에워싸고 5일 동안 풀지 않았다. 장수와 병사들이 모두 나가 싸우기를 청하였으나 왕이 "지금 적들은 배를 버리고 깊숙이 들어와 사지에 있으니 그 칼날을 당할 수 없다"고 말하고 성문을 닫았다. 적이 아무 성과없이 물러가자 왕이 용맹한 기병 200명을 먼저 보내 돌아가는 길을 막고 보병 1천명을 보내 독산까지 추격하여 양쪽에서 공격하여 크게 쳐부수었는데 죽이거나 사로 잡은 사람이 매우 많았다.

丈夫(권 13 고구려본기 1, 유리명왕 21년)

"여름 4월에 왕은 위중림에서 사냥하였다. 9월에 왕은 국내로 가서 지세를 보고 돌아오다가 사물택에 이르러 한 장부가 진펄 위의 바위에 앉아 있는 것을 보았다."

巡行(신라본기, 유리이사금 5년), 北巡(신라본기, 일성이사금 5년) 巡幸, 戌幸, 征袍(신라본기 2, 아사달이사금 4년), 巡幸(신라본기, 파사이사금), 12번

---

6) 인터넷 사이트 인용.

左上 | 약수리 고분 중장기병
左下 | 목보호개 유물 (금관가야)
　右 | 삼실총 벽화의 고구려 무사의 모습

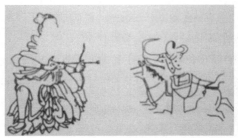

오회분 5호묘의 執弓力士圖

백제금동배향로의 기사도

경주 용감동 토용총의 무사용

통구 12호분 전투도

약수리 고분벽화의 행렬도약수리 고분 행렬도.
악 3호분보다 규모가 작지만 중장기병은 더 많다.

(7) 蹴鞠

"正月 午忌日에 分信이 春秋公의 집 앞에서 공(蹴鞠)을 찼다"『삼국유
사』권 1. "太宗 春秋公" 조.『삼국사기』신라본기 문무왕 상.『舊唐書』에
고구려의 풍속을 들어 '八能蹴鞠'이라 하였다.

현재 일본의 신사에서 과거의 축국을 하는 장면과 중국 명대의「사녀도 · 축국」
명대에는 귀족 · 관료들에게 축국 금지령이 내려져 여성의 유희가 되었다고 함.[7]

---

7) 〈무예보고서〉 인터넷 사이트.

(8) 手搏

수박에 대한 기록은 초기에는 보이지 않는다. 하지만 고구려 고분벽화, 즉 안악 3호분 무용총, 삼실총 등에 두 사람이 겨루기를 하는 자세가 확실히 그려져 있어 이것이 수박, 택견 등의 형상을 나타낸 것이라고 본다.[8] 따라서 수박희는 4~5세기 정도부터 있었을 것으로 파악되지만 실은 손을 가지고 다루는 이런 식의 수박희는 아주 이전부터 있었을 것이라고 추정한다. 백제금동대향로의 향로 몸체의 연꽃 상단이 있는 인물상도 왼쪽 팔은 펴고 왼쪽 다리는 구부리고 있는 현상으로 새겨져 있어서 이것도 고구려 고분벽화의 수박희와 유사하다고 보고 있다. 그러나 백제금동대향로 뚜껑의 인물상은 고구려 고분벽화의 인물상이 옷을 벗은 모습과는 달리 옷을 거의 입고 있다는 차이점이 있다.[9]

무용총의 수박희　　　　　**백제금동대향로 수박도**[10]

---

8) 태권도의 기원을 이 벽화에서 찾는 설도 있다.

9) 『백제금동대향로』(백제금동대향로 발굴 10주년 기념특별전 도록), 국립부여박물관, 2003, PP. 67.

10) 이 책에 나오는 고구려벽화 관련 그림은, 『고구려 고분벽화 고구려특별대전』(KBS 한국방송공사, 1994)에서 따왔음.

안악 3호분의 수박희

(9) 씨름

　씨름에 관한 가장 오랜 사료로는 1905년 만주 통화성 즙안현 통구에서 발견된 각저총 현실 돌벽 벽화가 있다.[11] 이 그림에는 네 마리의 까마귀 혹은 까치가 앉아있는 큰 나무 아래서 두 사람이 웃통을 벗은 채 씨름을 하고, 한 노인이 이를 지켜보고 있다. 그러나 문헌에서는 찾을 수 없었다. 두 장사 모두 상체에는 아무 것도 걸치지 않은 맨몸이고 하체에는 반바지 류의 옷을 걸쳤다. 두 장사 모두 허리와 다리에 오늘날과 같은 샅바를 걸

---

11) 권희경, 『우리 영혼의 불꽃 고구려벽화』(태학사, 2001), P. 75.

처 매고 있으며 두 손으로 샅바를 움켜쥐거나 감아쥐고 있다. 이런 씨름
의 모습은 오늘날의 씨름과 크게 다르지 않다. 장천 1호분의 씨름그림 역
시 두 장사가 서로 상대방 왼쪽 어깨에 머리를 대고 오른쪽 어깨는 상대
의 왼쪽 갈빗대에 맞댄 채 두 손을 뻗어 상대 등쪽의 바지허리춤을 잡고
왼쪽 허벅지는 상대의 사타구니 아래에 이르게 한 자세로 씨름에 열중하
는 모습을 하고 있다.12)

장천 1호분의 씨름도 및 각저총 씨름도

---

12) 전호태, 『벽화고분으로 본 고구려이야기』, 풀빛, 1999. PP. 56~59.

『武藝圖譜通志』

⑽ 武舞

　무용에 대한 기록도 초기 문헌에는 등장하지 않는다. 단지 고구려 무용
총에 땡땡이 무늬(아사라 공법)의 옷을 입은 여인들이 춤을 추는 모습이
새겨져 있을 뿐이다. 그러나 춤은 祭儀와 함께 발달했을 것이라고 추정할
수 있다. 후대 궁중에서는 文舞와 武舞가 등장하는데 그 원형은 아주 오
래 되었을 것이며 궁중악뿐만 아니라 巫 속에서도 그 편린이 남아있을 것
이라고 추정한다. 또한 실제로 현재 무녀들은 무무를 추고 있다. 사실 고
대의 춤사위는 궁중무 보다는 무속 쪽이 더 원형에 가까울 수도 있다.

　궁중에서 추는 무무는 손에는 干, 오른손에는 戚을 들고 아헌과 종헌 절
차에서 춤을 춘다. 간은 방패형의 舞具이고, 척은 도끼형태의 무구이다.
이는 적을 격퇴시키고 방어한다는 것을 상징하며 武德을 기린 것이다.13)

---

13) 문화원형백과, 인터넷 사이트 참조.

무용총 무용도

武舞는 亞獻·終獻 춘다

3. 현대적 변용 및 콘텐츠화 방안

고대의 문헌이나 벽화, 그림 등의 圖畵를 통해서 살펴본 결과 우리 전통무예는 활, 수렵, 기마, 석전, 수레나 배 등을 이용한 무예, 창이나 칼 등을 이용한 무예, 용사나 장사, 병사 등의 훈련과 관련된 무예,

씨름, 수박희(택견, 태권, 수박), 武舞 등 10가지 정도로 분류할 수 있었다.

이들은 현재 石戰 외에는 비록 그 방식이나 방법, 형태, 기능에 변화는 있지만 그 편린이 모두 남아있다는 점에서 주목된다. 사실 석전도 축제의 형식으로 일부 지역에서 지속되고 있거나 놀이의 형태로 부활하고 있기 때문에 우리의 전통무예는 사실상 그 종류나 장르는 그대로 연맥된다고 보아도 무방할 듯하다. 우리의 전통무예에 대해 좀더 살펴보고 현재 변이, 변용된 양상 등도 규명해 본다.

(1) 우선 활쏘기는 전통무예의 대표적인 종목이다. 『한국무예사료총서』에 발췌해 놓은 기록을 보면 빈도수에 있어서 가장 많이 등장하고 있다. 명칭도 "觀射, 弩師, 觀射車弩, 射,善射, 矢, 弓矢, 强弓, 弩 등 다양하다.

삼국은 활쏘기를 국가적으로 장려하여 군왕의 자질로 삼았고 인재 등용의 기준으로 삼았다. 특히 고구려와 백제에서는 善射와 剛勇을 겸비하는 것을 군사의 자질로 꼽았다. 그리고 고구려 경당과 같은 교육기관에서 독서와 함께 習射를 가르쳤다.[14) 고려도 무관들이 정치를 한 기간이 많았기에 당연히 활쏘기와 같은 무예는 장려되었으며 이러한 풍조는 조선조에도 그대로 이어졌다. '성종조'에 보면, "特進官 李世佐의 啓에 이르기를, '지금의 음악은 거의 男女相悅之詞를 쓰고 있으니, 曲宴·觀射·行幸을 할 때 같으면 그것을 사용하는 것이 해롭지 않겠으나, (王께서 친히) 正殿에 나가시어 뭇 신하들에게 臨할 때에는 이런 내용의 우리말 노래를 사용한다는 것이 事體에 괜찮으실런지

---

14) 『구당서』 권 199상 열전 제 149상 고려, 김성태 재인용, P. 21.

요?15)라는 내용이 나오는데, 왕이 관사, 즉 활쏘는 일을 수시로 했었고, 왕이 활을 쏠 때에는 음악이 있었음을 알 수 있다. 이 때의 활쏘기는 또한 자신을 성찰하고 나아가서는 禮나 道로 나아가는 하나의 방편이었다.

> "왕이 명정전에 납시어 백관들의 하례를 받고 하교하기를 '나라의 큰
> 일은 제사와 軍事에 있고 사람의 행동을 살펴보는 데는 활쏘기보다 큰
> 것이 없다. 삼가 상고하건대 순임금 때 이미 활쏘기를 밝히는 일이 있었
> 고 그 제도가 주나라에 이르러 크게 갖추어졌는데 주공이 친히 제정한
> 것으로서「주례」에 실려있다. 그러나 반드시 학교에서 익히게 하는 것
> 은 그것으로 사람의 착함을 알아내고 선비의 재질을 가려 뽑아 교화 가
> 운데서 함양되게 한 것이니 어찌 과녁 맞히기를 주로 하여 힘만 숭상할
> 뿐이겠는가"16)

활쏘기는 예의를 가르치는 중요한 교육으로 유학의 교육에서 중시되었고 실제로 실행되었다. 즉, "禮樂射御書數"는 六藝의 하나로서 활쏘기는 군자가 반드시 갖추어야 할 덕목으로 강조된 것이다. 특히 몸과 마음을 같이 닦는다는 측면 때문에 더욱 장려되었다고 볼 수 있다. 활에 대해서『맹자』에서는 "仁者는 화살을 쏘는 행위와 같다. 화살을 쏘는 사람은 자기를 바로 한 연후에 화살을 쏘는 것이다. 화살이 비록 적중하지 않더라도 자기를 이긴 자를 원망하지 않는 것이다. 다만 자기의 잘못을 반성할 따름이다."라고 하고 있다. 이는 궁술이 단

---

15) "特進官李世佐啓曰 方今音樂 率用男女相悅之詞 如曲宴・觀射・行幸時 則用
之不妨御 正殿臨群臣時 用此俚語 於事體何如"『成宗實錄』19년 8月 條.
16) 『조선왕조실록』 연산군조, 김성태 P. 230 재인용.

순한 신체운동이나 경쟁적인 경기가 아니라 인격을 도야하고 자기를 반성하는 수양의 도구라는 점을 알 수 있게 한다. 활쏘기는 이와 같이 남을 탓하는 것이 아닌 자기를 반성하도록 하였는데 그것은 먼저 마음을 바로 하고 다음으로 활을 쏘아 과녁에 화살을 적중하게 하는 순차적인 성격 때문임을 알 수 있다.17)

궁술관련 자료는 오회분 5호묘, 무용총, 안악 3호분, 덕흥리, 약수리, 감신총, 장천 1호분 등 거의 모든 벽화에 등장한다. 이는 얼마나 활쏘기가 보편화되었는지를 반영하는 예이기도 하다. 이러한 사실적인 자료를 통해서 보다 시각적으로 생생하게 접근할 수 있다. 벽화에 나오는 궁술을 살펴보면 기술에 있어서 거의 신궁에 가깝다는 것을 알 수 있다. 즉, 말 탄 채 활쏘기, 뒤돌아서 쏘기, 걸어서 쏘기 등 다양하며 활도 단궁, 장궁, 명적까지 모두 등장한다. 명적은 쏠 때 소리가 많이 나서 그 소리에 동물들이 기절까지 했다고 한다. 이 명적은 아마도 훈련용으로 동물을 잠시 기절시키는 용도로 사용되었을 것이다.

이렇듯이 우리 전통무예의 대표주자인 '활'은 현재 일반인들이 거의 접하기 어려운 종목이 되어버렸다. 하지만 '스포츠' 분야에서 '양궁'이란 이름으로 현재 세계적으로 저력을 보여주고 있다. 우리 민족 원형 속에 궁술에 대한 인자가 면면히 전해 내려오는 것이다.

문제는 이 궁술을 어떻게 현대화 할 수 있는가 하는 것이다. 활쏘기를 좀더 활성화, 생활화하는 측면에서 아래와 같은 방안을 제시한다. 굳이 이렇게 하는 이유는 우리 선조들이 오랫동안 애용해 오고 예찬했다는 것은 궁술이 지닌 긍정적이 요인이 많다는 것을 의미하는 것으로 이 부분을 개발해서 궁술무예가 함유하고 있는 장점을 지속적으

---

17) 김경지, 『태권도학 개론』, 경운출판사, 1993, P. 227. 재인용.

로 향유하자는 의미에서다.

① 모든 축제 때 활쏘기를 시도해 본다. 이 때의 활쏘기는 명적을 개발, 이용해서 위험 요인을 없앤다. ② 놀이터에도 비치해 놓고 많은 학생들이 수시로 이용할 수 있게 개발한다. 시험이나 각종 스트레스에 시달리는 학생들의 건강 수양에 이로울 것이라고 예측. ③ 게임 등을 개발해서 가상으로도 즐길 수 있게 한다.(린텐도 위) ②번과 동일한 효과가 예상됨.

(2) 현재에는 수렵이 차지하는 부분이 지극히 일부이고 또한 제한되어 있지만 이전 우리 선조들에게 있어서 수렵은 아주 중요한 무예 중 하나였다. 또한 이전에는 숲이 많이 우거지고 많은 동물이 있었기에 '사냥'은 사람들의 생계를 위한 중요한 수단이기도 했다. 따라서 왕을 비롯한 귀족층들의 오락수단에 많이 이용하는 반면 일반 백성들은 소박한 수단이나 방법을 이용해서 수렵을 통해 먹거리를 준비했다. 겨울에는 작은 산 하나를 동네 사람들이 완전히 에워싸고 산 정상으로 오르며 짐승들을 포획하는 사냥이 비일비재했다. 이렇듯이 수렵, 즉 사냥은 동물을 포획하기 위한 수단이나, 운동, 놀이 등 다양한 용도를 띠고 있었다. 하지만 무엇보다도 군사훈련이나 무술을 위한 방편으로 사용되는 것도 큰 부분을 차지했다. 훈련이나 무술을 위한 사냥에는 앞에서 언급했듯이 화살끝이 뾰족하지 않고 뭉툭하게 만들어진 명적이 사용되었다. 이는 동물을 잠시 기절시키는 데 그쳤기에 동물들을 살생하지 않고 많은 동물을 포획하면서 무예적인 측면을 경험하게 되는 기회가 되었을 것이다. 鳴鏑은 그 소리가 워낙 커서 붙여진 이름인데 담이 약한 짐승은 그 소리만으로도 기절했다고 한다.

사냥에 대한 내용은 문헌에도 등장하며 무용총 등 벽화에도 자주 보이는 주제이다. 6세기경에 축조된 것으로 추측되는 무용총의 〈수렵도〉를 보면, 활을 겨누며 말을 달리는 기마인물들이나 사력을 다해 달아나는 산짐승들이 모두 힘차게 약동하는 모습으로 표현되어 있다. 『삼국사기』열전 온달전에도 "해마다 봄철 3월 3일이면 낙랑언덕에서 사냥경기를 하여 활쏘기·말타기·칼쓰기·창쓰기 재주를 겨루는 대회가 열렸다"는 기록이 있으며, 『舊唐書』동이전에도 "마을 한가운데 큰 집을 지어 이것을 '경당'이라고 하고 젊은이들이 글을 읽고 활쏘기도 연습했다"는 기록이 있다. 이러한 기록으로 보아 외세와의 침략전쟁이 빈번했던 고대시대에 국가정책으로 무예를 적극 권장했음을 알 수 있다.[18]

수렵의 현대화는 현재 '매를 훈련시켜 꿩이나 토끼를 사냥하는 매사냥은 우리 민족의 시작과 같이 해 전 세계로 보급됐다고 전해지는데 오랜 역사를 지닌 전통 놀이'같은 것을 들 수 있다. 비록 일부에서 전문가에 의해 시행되고는 있지만 이러한 분야가 더욱 개발되었으면 하는 바람이다. 이를테면 대구에서는 봉받이(매를 다루는 사람) 지망생들이 소정의 교육을 받으면 매 사육을 허가해주는 방안이 검토 중에 있다고 한다. 매가 천연기념물인 만큼 보호해야 마땅하지만 제한적이나마 사육을 허용해주지 않는다면 전통 계승도 대중화도 어렵기 때문에 일부 허용해 주는 것도 바람직할 것이다.[19] 또한 유치원 어린이들을 숲에 풀어놓고 조그만한 동물을 잡거나 다루게 하면서 용맹성, 독립성, 호연지기 등을 키워주는 것도 좋을 것이다.

---

18) 국립민속박물관, 『한국무예의 역사, 문화적 조명』, 김성태, 「한국 고대무예의 종합적 검토」 재인용.
19) 매사냥은 유네스코에 문화유산으로 등재됨.

(3) 우리는 이전부터 기마민족으로 불리웠다. 자연히 말(馬)도 많고 말에 대한 관심도 많다. 우리가 말을 잘 타는 기마민족이라는 사실은 고구려 고분벽화의 기마도 등 말을 다루는 여러 그림들을 통해서도 알수 있다. 고구려 고분벽화에는 말을 타고 가는 기사도, 말을 타고 활을 쏘는 수렵도, 죽은 사람의 혼이 타고 가는 鎧馬圖 등이 있다. 우선 말이 그려진 고분벽화는 안악 3호분(동수묘) 주실회랑 행렬도, 삼실총 제 1실 북벽 기사도, 무용총 주실동벽 기마인물, 쌍영총 연도서벽 기마상, 개마총 현실서벽천정 받침 개마도 등이 있다.[20]

『사기』의 기록에 따르면 기원전 위만조선에도 말의 수량이 상당했고 말을 타고 다닐 뿐만 아니라 전투에도 활용되었음을 알 수 있다. 또한 삼국지 동이전의 기록에 보면 당시 부여의 명마와 과하마라는 두 종류의 말이 있었고, 예나 부여에서는 말을 재산으로 간주했으며, 동옥저는 말의 수가 적었다는 사실, 삼한지역은 모두 우마가 있었으나 마한은 말을 타지 못한 반면에 변한, 진한은 말을 탔다는 사실도 기록되어 있다. 우리나라 최초의 역참제는 『삼국사기』 권 3 신라본기 제 3 소지 마립간 9년(487)조에 "처음으로 사방에 우역을 설치하고 왕은 관사에 명하여 관도를 수리케 했다'라는 기록을 통해서 알 수 있다.

이렇듯이 말을 잘 타고 말을 잘 이용하다가 보니 말위에서 하는 무예인, 마희술(馬戲術), 기사술(騎射術), 기창술(騎槍術) 등이 발달했다. 심지어 말신앙도 발달했다. 민속에서 말은 수호신으로 숭상되기도 한다. 세시풍속에서 정월 상오일에 상달의 말날이 있다. 이날이 되면 각 가정에서는 간단히 치성을 드린다. 상오일에는 말에게 간단히 제사지내고 찬을 주어 말을 숭상하기도 하였으며 이 날 풍속으로는 장을 많

---

20) 천진기, 『한국동물민속론』, 민속원, 2003, p.320.

이 담근다. 말이 좋아하는 콩이 장의 원료이고 우리말 '맛있다'의 '맛'과 '말'의 말음이 비슷하기 때문에 유감의 원리로서 맛있는 장을 만들기 위해 오일(午日)에 장을 많이 담근다고 한다. 10월 말날에는 붉은 팥떡을 하여 마구간에 차려놓고 말의 건강을 비는 고사를 지냈다. 이 기록은 18~19세기의 민속이지만 현재 일부 지방의 우마를 사육하는 가정에는 이 유습이 잔재하고 있을 것이라고 생각된다. 무속에서는 천연두를 앓은 뒤 13일 만에 역신(痘疫神)을 전송할 때 베푸는 배송(拜送)굿에서 실마(實馬) 또는 추마(芻馬)를 등장시켜 마부로 하여금 신(痘神)을 모시고 나가는 무속제의도 있다. 말이 등장하는 민속놀이도 있다. 민속놀이에서도 말을 이용하거나 말의 형상을 만들어 노는 경우는 격구, 馬上才, 제주도의 躍馬戲가 해당되며, 명절을 비롯해서 빈번하게 놀곤하는 윷놀이의 모도 바로 말에 해당된다.21) 이렇듯이 말과 관련된 민속놀이를 통해서도 우리 민족과 말과의 친연성을 짐작할 수 있다.

마상재는 단마 혹은 쌍마를 타고 달리는 말 위에서 여러 가지 재주를 피우는 것을 말한다. 말이 친숙하다 보니 재주가 개발 된 것이다. 재주 종류는 ① 주마립마상 ② 좌우초마 ③ 마상도립 ④ 횡와마상양사 ⑤ 좌우등과장신 ⑥ 종와침마미 ⑦ 쌍마입마상 등이다. 마상재의 복장은 머리에 전립을 동여매고 황황색의 호의를 입고 가죽신을 신어 잡아맨다 이외에 2월 초순에 제주도 영등굿에서 약마희(말뛰기 놀음)이 있는데 열두개의 긴 장대나무 끝에 채색 비단으로 말머리와 같이 꾸며 가지고 놀이를 한다.22)

현재는 민속 중 말과 관련된 놀이를 활성화시키고, 경마 형태를 이

---

21) 김광언, 『한국의 민속놀이』, 인하대 출판부, 1982.
22) 위의 책.

용해서 여러 콘텐츠를 개발하는 것이 바람직하며, 말을 다른 재질로 만들어서 학교 운동장 등에 비치한다면 운동이나 오락 등에 좋을 듯 싶다. 말신앙이 민가에서 성행하느니 만큼 그 정신을 이용해서 다양하게 활용하는 것도 좋을 듯 싶다.

(4) 무예에 사용되는 각종 무기(검, 창, 도끼의 다양한 종류), 및 무사(용사, 장사), 도구(전차, 배 등)도 우리 전통 무기로서 전통무예에 해당된다.

고대의 전투, 아니 근대 이전의 전투에는 아무래도 육탄전이 주로 이루어졌기에 각종 무기가 발달하지 않을 수 없었다. 무기에 대한 문헌기록으로는『삼국사기』'訥催傳'에 실전에서 도끼를 사용하는 모습이 유일하게 나타나고 있다. 이 기록에서는 최후까지 저항하는 눌최를 뒤에서 나타난 백제군사가 도끼로 쳐서 죽이는 것으로 묘사되고 있다. 이 기록은 아주 단편적이나마 도끼가 인물의 격살에 사용되었음을 알 수 있게 한다. 이렇듯이 도끼를 중심으로 해서 각종 병기무기인 단검, 斧鉞, 장검, 창, 극, 원사 등이 사용되었을 것이다. 검에 대한 기록은『무예도보통지』'본국검조'에 전하는 신라인 황창랑의 검무기사가 있다. 병기무기 뿐만 아니라 이를 사용하는 병사도 앞에서 제시했듯이, "草偶人, 持兵, 勇士, 壯士, 勇騎, 步卒, 精兵, 步兵, 士卒, 兵士, 邏兵, 巡邏兵, 軍卒, 戰士, 大閼, 水軍" 등으로 불리우며 용맹성에 따라서 추앙받고 대우받았다고 할 수 있다. 이들에 대한 벽화도에는 삼실총의 문지기 무사, 안악 3호분 행렬도, 약수리 고분벽화 행렬도, 평양 역전 2실묘 전실서벽, 안악 3호분 전실남벽의 도검수 등과 도침이 있는데, 여기에 새겨진 전사모습 등을 통해서 무사의 모습을 어느 정도 짐작할 수 있다.

특히 도끼를 든 부월수는 안악 3호분 행렬도, 약수리 고분벽화 행렬도, 평양 역전 2실묘 전실서벽, 안악 3호분 전실남벽 등에서 확인되며 모두 중무장을 하지 않고 있다. 그 외에 창쓰기도 보편화되었을 것으로, 삼국시대 창모술을 전하는 고고자료는 騎槍에 관한 고분벽화가 절대 다수이다. 또한 戟術도 있는데, 극은 갈고리가 달린 창을 말한다.『삼국사기』에는 신라에 皆知戟幢이라는 부대가 신문왕 10년(690)에 창설되었다고 기록되어 있고, 문무왕 1년(661)엔 전공자에게 戟을 하사하고 있다. 또한 김유신 열전에는 丕寧子가 아들 거진 및 종합절과 함께 백제군의 劍과 극을 맞받아 싸우다가 전사하는 장면과, 거열주대감 아진함이 극을 비껴들고 적진으로 돌진하는 장면 등이 묘사되어 있다. 극에 관한 자료로는 안악 3호분 행렬도의 극을 든 무사도와 동명왕릉 부근 1호분에 극을 쥔 사천왕상이 있고, 평양시 평천구역에서 출토된 투각금동인왕상이 든 극도 좋은 참고자료이다. 실물자료로는 正倉院 소장의 극이 유일한데(내량국립박물관), 이것은 안악 3호분에 그려진 극의 형태와 유사하다. 신라장군이 鉤戟을 사용하고 전공자에게 극을 하사하는 기록을 통해 추정할 수 있는 것은 극은 뛰어난 무공을 지닌 壯士에게만 한정적으로 사용되었을 것이라는 점이다.[23] 백제의 도검으로는 일본국왕에 하사한 것으로 알려진 칠지도검이 존재하며, 백제의 '싸울아비'를 근원으로 하고 있다는 사무라이도 이전에 만연했던 무예에 대한 증거 중 하나이다.

장사나 무사, 역사상은 장천 1호분의 묘문을 중심으로 좌우 벽에 그려진 무기를 든 문지기 등을 통해서 편린을 엿볼 수 있고, 약수리 고분 행렬도의 많은 중장기병, 안악 3호분의 군사들을 통해서 알 수 있다. 약수리 벽화에는 행렬을 하는 중장기병이 등장하는데 행렬 뒷부분에는

---

23) 김성태, 앞의 글, PP. 17~22. Passim.

모두 갑옷을 입은 중장기병 12명이 저마다 긴 창을 들고 나란히 달려오고 있는 형상이며, 여기에 칼을 든 지휘관과 깃발을 든 기병이 이들과 함께 참여하는 모습이 새겨져 있다. 덕흥리 고분에도 역시 12명의 중장기병이 보인다.24) 이렇듯이 삼국시대 초기에는 전투기술에 필요한 무예훈련이 있었으며 특히 활과 창을 이용한 무기가 주류를 이루었다.

그 외에도 전투에는 수레나 배 등이 이용되기도 했다. 고구려 덕흥리 고분벽화에는 무덤 주인과 그의 가족, 그리고 길을 안내하는 부하가 탄 수레 행렬이 그려져 있다. 왕릉으로 추정되는 고구려 안악 3호분 벽화에도 화려한 수레와 작은 수레가 나란히 그려져 있으며, 무용총 벽화에는 미국 서부 개척시대의 역마차와 같은 큰 수레가 등장한다. 현재 발굴된 약 110여 기의 고구려벽화 고분 가운데 18기 고분에서 40대의 수레와 네 개의 수레바퀴의 그림이 발견됐다. 신라와 백제에서도 수레가 널리 사용됐다. 신라에는 수레를 담당하는 승부(乘府)라는 관청이 있었으며 백제의 주요 유적지에서도 수레를 사용한 흔적을 찾아볼 수 있다.25)

이런 점을 기반으로 해서 각종 무기를 이용해서는 캐릭터 개발이나 소용품 도구로서 깜찍하고 특색있게 디자인하여 사용하면 좋을 듯싶다. 실제로 민속이나 상징으로 검이나 도끼(지니고 있으면 아들을 난다) 등은 긍정적인 의미를 지니고 있기에 이를 다양하게 이용하면 좋을 것이다. 예를 들어서 시험생들이 포크를 지니고 있으면 포크는 잘 찍는다는 의미를 지니고 있기에 시험을 잘 볼 수 있다고 하는데, 차라리 포크대신 우리의 도끼나 창모양을 귀엽게 캐릭터화해서 지니게 한다

---

24) 권희경, 『우리 영혼의 불꽃 고구려벽화』, 태학사, 2001, P.104.
25) 심승구, 「한국무예의 역사와 특성」, 『군사』43, 군사편찬연구소, 2001. PP. 236~241.

면 더 의미있을 듯하고 우리의 전통문화 정신도 살리게 되는 효과를 획득할 것이다.

(5) 근대 이전의 전투에서는 석전, 즉 돌던지기가 큰 영향력을 가지고 있었음은 앞에서 이미 예시한 바와 같다. 활과 함께 상대방을 공격하거나 특히 守城戰에서 그 위력을 발휘한 듯하다. 이 투석전은 쇠뇌가 본격적으로 개발되기 이전인 6세기까지만 해도 순전히 돌팔매질에 의존하였을 것이다. 이런 투석이 실제전투에 사용된 예는 허다하게 확인되는데 그 중에서 당나라와의 전투시 백암성을 공격할 때 당나라 군사들이 날아오는 돌과 화살을 무릅쓰고 싸우는 이유는 노략질에 그 뜻이 있다고 한 이세적의 말26)에서도 찾을 수 있다.

이렇듯 전장에서는 투석의 필요성이 절대적이었기 때문에 삼국은 투석능력을 향상시키는 기예, 즉 투석술을 놀이의 형태로 권장하였는데 그것이 바로 석전놀이다. 『隨書』고구려전에는 고구려 사람들이 해마다 연초에 대동강가에 모여서 국왕 이하 고관대신들이 참석한 가운데 각종 놀이를 벌이고 그 뒤 끝에 강을 사이에 두고 두 패로 나누어 돌팔매질을 하는 경기를 하였다고 전한다.27) 이렇듯 석전은 전쟁에 대비하여 鍊武라는 큰 뜻을 가지는 전투놀이의 일종으로서 고려 때에는 석투반, 석투군 등의 군대조직이 편성되었을 정도였고 조선시대에 들어서는 삼포왜란 때 석전선수들을 모집하여 왜인의 난동을 막았다는 기록이 있을 정도로 성행했었음을 알 수 있다. 석전에 관한 기록은 『고려사』권44, 권134, 권135, 『隋書』고구려전 등에 기록이 있으며, 고려 29대 충목왕(忠穆王 1337~1348, 재위 1344~1348) 원년의 단오

---

26) 『삼국사기』권 21. 고구려본기 제 9 보장왕 4년조.
27) 『수서』권 81 열전 제 46 동이 고려전.

에 잠시 금지되기도 했으나, 이후 고려 말까지 세시풍속으로 자리 잡
았으며 편쌈, 便戰으로도 불렸던 민속놀이기도 하다.28) 따라서 석전
은 후에 고려시대를 거쳐 조선조에 이르기까지 그 명맥을 이어가던
전쟁놀이로 확산된다. 속칭 편싸움이라고도 하는 석전은 부락 또는
지방 단위로 편을 갈라 내(川)를 사이에 두고 벌이는 돌팔매질 싸움놀
이로서 달아나는 편이 지는 것으로 승부를 결정짓게 된다. 그러나 이
석전의 원 시초는 豊農을 기원하는 祭의 형태로 시작 되었다고 알려
져 왔으며, 후에는 옛 명절을 기념하는 놀이 문화로 변이되었고, 현재
는 김해시에서 이 놀이를 재현하고 있다. 청명절, 5월 단오에 주로 했
었다고 한다.

또한 강원도 홍천지역 주민에 의하면 대보름날 달맞이를 하면서 불
놀이를 하고 그 후 돌던지기(석전)까지 했다고 한다. 개울을 사이에 두
고 돌싸움을 했다는 것이다.29)

2010년 충남 공주에서 시행된 민속경연대회에서는 경남대표로 김
해 석전놀이가 대상을 받았다. 김해석전놀이는 1980년대 중단되었으
나 2009년에 부활되었다. 2011년에는 차밭골, 활천골 두 패로 나누어
서 개울을 사이에 두고 "공격하라, 진군하라"라는 말을 선포하면서 시
작되었다. 이 때에는 마을의 각 대장이 마이크를 들고 "그 동안 안 죽
고 잘 살았구나. 저번에 우리 얼라를 좀 조졌지? 오늘 두고 보자"등 입
담을 과시한다. 대장들은 막대칼을 들고 있다. 중간에 사또가 등장해
서 "5월 단오다. 그 동안 갈고 닦은 실력을 발휘할 날이 왔다. 석전 승
리자는 조정무관으로 뽑아 왜군 전장시 선봉장으로 삼겠다"라는 말도

28) 최상수, '석전놀이' 항목『한국민족문화대백과사전』12 한국정신문화연구원, 1991,
    p.142.
29) 홍천 성산2리, 박훈제(81), 2012.12.20, 필자채록.

하며 사이 사이 익살과 재담, 욕설이 난무한다. 이를테면, "돌뱅이 맞고 빙신이 돼서 제첩국도 못묵고 도망하고 자빠지나" 등과 같은 종류가 여기에 해당된다.

이 석전을 잘 개발해서 각 축제 등에 사용하면 청소년들의 스트레스도 해소시키고 지역의 단합을 위해서 상당히 유익할 것으로 사료된다(일본 불축제를 벤치마킹할 필요가 있다). 이 경우, 돌을 맞아도 크게 다치지 않을 재료로 개발해야 할 것이다.

30)

(6) 手搏에 대한 기록은 『삼국유사』 등에서는 찾을 수 없다. 하지만 고구려 고분벽화, 즉 안악 3호분 무용총, 삼실총 등에 두 사람이 겨루기를 하는 자세가 확실히 그려져 있어 이것을 수박, 태견 등의 형상을 그린 모습이라고 파악하고, 4~5세기 이전부터 있었을 것으로 보고 있다. 흔히 태권도, 택견 등의 기원으로 이해하기도 한다. 학자에 따라서는 수박이나 씨름 그림이 죽은 자의 영혼을 내세로 보내기 위해 행하던 통과의례의 과정으로 파악하기도 한다.31) 백제의 수박 관련 자료는 최근에 발굴된 백제금동대향로의 인물상에서 확인된다. 해당 인물은 향로 몸체의 연꽃 상단에서 확인되는데 왼쪽 팔은 펴고 왼쪽 다

30) 김해시청 사이트 참조.

31) 전호태, 「고구려 고분벽화연구—내세관 표현을 중심으로」, 서울대학교대학원 박사학위논문, 1996.

리는 구부려 힘과 긴장감이 느껴지는 역동적인 동작을 취하고 있다.
보고자는 이 그림을 고구려 고분벽화의 수박희와 유사하다고 판단하
면서 백제금동대향로 뚜껑의 사람은 고구려 고분벽화의 거의 벌거벗
은 모습과는 달리 단정하게 옷을 차려입고 있음을 지적하였다.[32]

　아마도 삼국 이전부터 수박희가 있었을 가능성이 농후하다. 손으로
대적하는 일은 오래 전부터 있어왔던 인간의 본능에 해당되기 때문이
다. 따라서 인간이 출현한 원시시대부터 수박이 있어왔다고 하는 편
이 옳을 것이다. 신라의 수박희 관련 자료는 아직 확인된 바가 없다.
그러나 『일본서기』 황극천황 원년조에 백제사신에게 조정에서 건장
한 장정에게 명령하여 相搏을 보인 사실로 미루어[33] 삼국시대 상박
이 고구려, 백제, 왜 등에서 널리 성행하였고, 신라 역시 수박희가 있
었을 개연성이 높다고 하겠다. 이런 추측은 7세기 말에서 8세기 초로
편년되는 경주 용강동고분 출토물중에 보이고 있는[34] 수박 자세를
취한 武士俑 3명의 존재를 통하여 더욱 뒷받침된다. 이 무사용은 진
골신분으로 추정되는 무덤 피장자의 호위무사로 볼 수 있는데 3인 모
두 각기 다른 대련 자세를 취하고 있어 아마도 수박의 단위 동작을 세
심하게 표현한 것으로 추측된다. 이 무사용은 사실적인 입체상으로
표현이 세밀하여 앞으로 도수무예 연구에 아주 귀중한 자료가 될 것
으로 판단된다.[35]

　『고려사』 정중부조에도 수박희에 대한 기록이 있다. "다음 날 왕이

---

32) 『백제금동대향로』(백제금동대향로 발굴 10주년 기념특별전 도록), 국립부여박물
　　관, 2003, pp.66~67.
33) 『일본서기』 皇極天皇 원년조 김성태 29.
34) 조유전·신창수, 「경주용강동고분 발굴조사개보」, 『문화재』 9, 문화재관리국, 1966.
35) 김경지, 『태권도학 개론』, 경운출판사, 1993, P. 12.

보현원에 행차하려고 五門 앞에 이르러 모신 신하를 불러 술을 따르게 하고 술이 거나하게 취하자 좌우를 돌아보고 말하기를, '장하다 이 땅이여, 군사훈련을 할 만하다'고 하였다. 그리고 무신에게 명령하여 五兵에게 수박희를 하게 하였다. 이러한 조치는 대개 무신들이 실망함을 알고서 그들을 후하게 대접함으로써 무신들을 위로하고자 함이었다."는 기록이 있는데 이를 통해서도 고려 때에도 수박희가 성행했다는 것을 알 수 있다. 신채호의 『조선상고사』에서는 수박이 씨름과 함께 제례행사로 행하여졌다고 기록되어 있다. 『고려사』 중의 이의민 열전과 최충헌전에도 이러한 구절이 잘 나타나있다. 조선조에 들어와서도 수박이 무사의 호신술로서 또는 기본무예로서 계승되고 있었음을 『태종실록』과 『동국여지승람』에서 찾아볼 수 있다. 그러나 최영년의 『海東竹枝』에는 탁견희라는 시가 등장하는데 이를 보고 수박희를 택견, 탁견으로 부른다고 하고 있다.

　　〈탁견희〉
　　다리를 놀려 백 가지 기예를 겨루고
　　가벼히 날아 올라 상투 끝도 스치며
　　꽃다움을 나누니 저게 바로 풍류일세
　　상투머리 차 내리면 의기가 볼 만하네[36]

　여기를 보면 옛날 풍속에 脚術이 있었는데 상재와 더불어 서서 발로 차서 넘어뜨리는 세 가지 방법이 있었다고 전한다. 그 중 제일 실력이 없는 자는 그 다리를 차고, 그 다음으로 잘하는 자는 그 어깨를

---

36) 김명곤, 「민중의 무술 택견」, 이용복, 『민족무예 택견연구』, 학민사, 1995, P. 89.

차고, 飛脚術이 있는 자는 그 상투를 찬다는 표현이 있는데 이렇게 하여 원수를 갚고 혹은 사랑하는 여인을 빼앗았으며 이것이 벼슬아치들에게 번성했으나 지금은 없어졌고 이것을 이름하여 탁견이라고 한다고되어 있다.37) 그 외에도 정조 연간(1777~1800년)에 간행된 「제물보」에는 '탁견'으로 제시되고 있다.

　문제는 이 탁견회를 현재의 택견, 태권도, 수박이 모두 각자의 뿌리및 근원으로 보고 있다는 점이다. 이러한 점은 좀더 논의 및 역사적사료 등을 통해 철저히 고증을 해야 될 것으로 본다. 육태안은, "현재우리나라 전통무예의 맥이 거의 단절되었지만 완전히 단절된 것은 아니고 우리 전통무예의 모습이 전승되어 오는 민속연희나 우리의 춤,놀이에서 다시 역추출할 수 있는 가능성과 본맥도 가늘게 산 속에 은거해 있는 몇몇의 傳人들에 의하여 '지킴이'의 역할이 수행되고 있기에 아주 불가능하지는 않다"38)고 보고 있다. 또한 무예에는 율동미와감각의 즐김과 2차적인 실용성이 있어야 하며, "율동미에는 박자의 자유로움, 운동선의 부드러움, 힘의 배합이 자연스럽게 조화된 흐름의멋이 있어야 한다. 감각의 즐김에는 우주의 리듬과 합치되는 우주의쾌감과 내심의 영혼의 움직임이 신체에 전달되어 오는 감각의 즐거움이 있어야 한다. 현재를 사는 우리는 무예를 언어학, 민속학, 인류학,고고학 등의 학문연구를 통해 그 흐름을 다시 이 땅에 확연히 드러낼수 있도록 해야 한다"39)며 이러한 점도 잘 살려야 한다고 한다.

(7) 씨름에 관한 가장 오랜 사료로는 1905년 만주 통화성 집안현 통구

---

37) 위의 책, PP. 12~13.
38) 육태안, 『우리 무예 이야기―다시 찾은 수벽치기』, 학민사, 1990, PP. 24~25.
39) 위의 책.

에서 발견된 각저총 현실 돌벽 벽화가 있다. 두 남자가 서로 붙들고 있는 장면이다. 얼핏보아도 현재의 씨름과 거의 흡사하다. 웃옷은 벗고 있으며 샅바도 보인다. 정적인 장면이지만 가만히 들여다 보면 두 역사는 힘을 상당히 쓰고 있음을 알 수 있다.

씨름의 어원에 대해서는 여러 가지 학설이 있다. 일설에 의하면 씨름의 씨자는 한자의 氏자에서 온 것이고 름은 '겨룬다'의 겨룸의 름이 붙은 말로 그 뜻은 '남자들이 겨루는 것'이라고 하고 있다. 씨름은 한자로 角抵, 角觝, 角力, 角戲, 僚跤, 相撲, 蚩尤戲 등 여러 가지로 불려졌고 중국 몽고 일본 등지에서도 그 방법엔 조금씩 차이가 있으나 성행했었다고 한다.[40]

이러한 씨름은 전쟁과 수련의 목적보다는 민속적 목적으로 주로 성행했던 듯싶다. 『동국세시기』에 보면 단오 풍속 중 씨름에 관해 나온다.

"젊은이들이 남산의 왜성대나 북악산의 신무문 뒤에 모여서 씨름을 하여 승부를 겨룬다.

씨름하는 방법은 두 사람이 서로 맞구부리고 각자 오른손으로 상대방의 허리를 잡고 왼손으로는 상대방의 허리를 잡고 왼손으로는 상대방의 오른쪽 다리를 잡고 일시에 일어나며 상대를 번쩍 들어 메어친다. 그리하여 넘어지는 자가 지는 것이다. 안걸이, 바깥걸이, 둘러메치기 등 여러 가지 기술이 있다. 그 중에 힘이 세고 손이 민첩하여 재치있게 구사하여 많이 이기는 사람을 판박음이라고 한다. 중국 사람들이 우리 씨름을 본따서 그것을 고려기라고도 하고 혹은 僚跤라고도 한다. 단옷날 하는 씨름놀이

---

40) 최대림 역해, 1997, p.245.

는 매우 성하여 경향 각지에서 성행한다."[41)

　이러한 씨름 경기는 단순히 개인적인 경기가 아니라 단오 등과 함께 명절을 기하여 행하여졌다는 점에서 주목된다. 명절을 기해서 행해지는 이러한 씨름 경기는 명절의 축제로서 한 마을의 단결을 유도했을 것이다. 농경공동체 사회가 기본이었던 전통사회에 있어서 무예 또한 전시에는 공동체를 방어하기 위한 기능을 하였지만 전시가 아닌 경우에 있어서는 공동체를 화합시키고 공동체를 평화롭게 하며 공동체의 즐거움을 위한 축제의 기능도 하였음을 알 수 있다. 나아가서 씨름은 무예와는 또다른 목적이 있었던 듯싶다. 박규수의 문집인 『瓛齋集』권 1에는 다음과 같은 시가 실려있기 때문이다.

　　　正見神母 사당에서 해마다 봄 제사 드리고
　　　한바탕 씨름으로 자웅을 가리네
　　　돌아오는 길 神像을 겨루며 옛 춤을 어울리니
　　　달이 떠오르매 긴 소매 펄럭이네

　제사를 지낸 후 씨름을 했다는 것이다. 그것도 신당에서 시행했다는 것이다. 이는 해마다 봄 제사를 드리고 씨름을 행했다는 기록으로서, 단오에 씨름이 행해졌다는 『동국세시기』의 기록과도 일치한다. 따라서 이러한 기록을 통해서 씨뿌리기를 마치고 풍년을 비는 제의적인 목적으로 그것도 神堂에서 씨름경기가 행하여졌음을 알 수 있다. 이런 점에서 씨름에는 제의성이 있다고 보기도 한다.

---

41) 위의 책.

"씨름의 성격 중 주목할 것이 있다면 제의성이 있다는 점이다. 씨름에 제의적인 성격이 있다는 것은 결국 씨름의 목적 중의 하나가 天과의 합일 혹은 화해를 시도하고 있는 점을 말하고 있는 것이다. 씨름의 제의성을 읽어볼 수 있는 자료는 우선 고구려 각저총 벽화를 들 수 있다. 이 그림에는 네 마리의 까마귀 혹은 까치가 앉아있는 큰 나무 아래서 두 사람이 웃통을 벗은 채 씨름을 하고, 한 노인이 이를 지켜보고 있다. 이 때의 나무는 무용총과 감신총의 나무와 마찬가지로 神樹로 해석된다. 따라서 신수 아래서 행해진 씨름 역시 일정한 제의성을 수반한 행위로 보아야 하는 것이다.42)

또는 수박이나 씨름이 죽은 자의 영혼을 내세로 보내기 위해 행하던 통과의례의 과정으로 파악하기도 한다.43) 필자가 보기로는 '씨름'은 확실히 고대적인 원형성이 내재하고 있는 전통무예이다. 오히려 전투적 목적 보다는 오랜 인류학적인 의미가 내재하고 있다고 볼 수 있다. 즉 씨름에는 줄다리기와 같은 풍요의 원형성이 내재한다고 볼 수 있다. 이는 "봄과 겨울의 싸움"으로 인류의 오래된 아키타입 중 하나이며 풍요의 원리를 그 기저로 하고 있다는 의미이다. 이러한 원리가 내재했기에 오랜 전통으로 민속에서 행하여졌을 것이고 현재까지도 시행되고 있을 것이다. 이 부분은 좀더 천착해야 한다.

⑻ 축국은 가죽주머니로 만든 공인 鞠을 발로 차는 놀이 또는 경기이다. 축국에 관한 기록으로는 『삼국사기』에 김유신이 김춘추와 축국을

---

42) 김광언, 『한국의 민속놀이』, 인하대 출판부, 1982, p.58.
43) 전호태, 「고구려 고분벽화연구-내세관 표현을 중심으로」, 서울대학교대학원 박사학위논문, 1996.

하다가 김춘추의 옷끈을 밟아 떨어뜨렸다는 내용이 있으며, 또 유사한 내용이『삼국유사』에서도 확인된다. 즉 김유신이 김춘추와 더불어 午忌日에 김유신의 집 앞에서 축국을 하다가 고의로 김춘추의 裙을 밟아 옷고름을 찢었다고 좀 더 자세히 기록해 놓고 있다.44) 이들 기록을 통해서 신라인이 축국을 농주희라 불렀으며, 특정의 지정된 장소가 아니라 집 앞에서 경기를 펼칠 정도로 널리 일반화되었던 놀이임을 알 수 있다. "『舊唐書』에 고구려의 풍속을 들어 '팔능축국(八能 蹴鞠)'이라"45) 하였다. 이로 미루어 보아도 당시 고구려 사람들 사이에 축국이 성행했었음을 짐작할 수 있다.

축국은 어디에서나 아무 때나 가능했으나, 주로 겨울에서 봄 사이에 즐기는 놀이로 더 발전하였다. 추운 날씨에 집 밖에서 공을 차면서 땀을 내고 체력을 기르며 건강도 유지했던 것이다. 조선시대에는 축국이 전국적으로 발달한 탓으로 이를 부르는 이름도 매우 많았다. 순조 때 편찬된『재물보(才物譜)』에는 축국을 농주, 답국, 척국, 백타, 건자, 행두, 축융, 원사, 척구, 원정 등으로 다양하게 기록하고 있다. 축국을 제기차기의 원조라고 보는 이도 있지만 제기차기는 떨어트리면 지는 게임이고 축국은 정해진 장소에 공을 넣는 것으로 제기차기는 축구의 원조라기 보다는 축구와 비슷한 놀이라고 보는 견해가 맞다. 오늘날에는 족구가 축구의 원형과 가장 닮아 있다.

『무예도보통지』에 "축국은 황제가 만든 것으로 병세의 기본이 된다"든가, "전국 때부터 시작하여 무사들을 단련하여 재주있는 이를 알아내는 것이었다"라고 기록되어46) 있는데 이를 통해서 추출해 보면

---

44)『삼국유사』其 一 태종 춘추공조.
45) 권희경,『우리 영혼의 불꽃 고구려벽화』, 태학사, 2001.
46)『무예도보통지』권 4 擊毬.

축국도 단순한 공놀이가 아니라 군사를 훈련시키고 무예의 자질이 있는 자를 선발하는 특별한 방법이었음을 알 수 있다.

축국이 오늘날의 축구인지 제기인지 그것도 정확히 고증을 통해서 밝혀야겠지만 현재 구기의 기본이 되었음을 틀림이 없다. 인류학적으로 공을 가지고 놀거나 단련을 하는 습속은 보편화된 것이었기에 현재 축구에 그리도 열광하는 지도 모를 일이다.

(9) 무용(武舞)의 기원도 상당히 오래되었을 것으로 사료된다. 물론 고구려의 무용총을 통해서 무용이 오래되었다는 것을 짐작하지만 특히 검무라는 전통무예가 있기에 무용도 전통무예의 범주에 넣고자 한다.

검무는 검도가 우선이다. 즉 무예를 닦는 일환으로 검무를 휘두르며 자신의 위용을 과시하다가 발생했을 것으로 사료되기 때문이다. 고구려의 고분벽화의 것은 武舞라고 보기 어렵지만 신라의 '황창랑의 고사'에서 알 수 있듯이 일찍부터 있어 왔다. 이러한 검무가 기록상에 나타나는 것은 조선조 세종 대『악학궤범』과, 순종 때『己丑 進饌儀軌』와,『戊子 進爵儀軌』등이다. 『악학궤범』에서는 70명이 넘는 무용수들이 갑옷과 투구에 검, 창, 궁시 차림으로 무장하고 소무인 입장에 맞추어 춤을 춘다. 춤추는 장면을 보면 전장의 모습을 그대로 재현하고 있다. 이러한 검무는 민중 속에서도 면면이 내려오고 있는데 신윤복의 풍속화인 〈雙劍對舞〉를 통하여 알 수 있으며 근대의 민족종교의 효시이며 최재우에 의하여 창도된 동학에서도 劍訣이란 형태로 검무가 행해지고 있다. 또한 무속에서도 검무는 필수적이다. 무속의 검무를 볼 때 그 기원은 원시시대로 보는 것이 합당할 듯하다. 이 부분도 더 천착해 볼 문제이다.

또 궁중 雅樂 중에서도 文舞와 武舞의 일무를 춘다. 일무는 신분에

따라 규모가 달라지는데, 황제는 8일무, 제후는 6일무, 대부(大夫)는 4
일무, 사(土)는 2일무를 진설한다. 일무의 무원수에 관해 진나라 두예
(杜預)의 설과 후한(後漢) 복건(服虔)의 설이 있다. 6일무의 경우 두예
의 설은 6열 6행의 36명 규모이고, 복건의 설은 8열 6행의 48명 규모
이다. 무무는 왼손에는 간(干), 오른손에는 척(戚)을 들고 아헌과 종헌
의 절차에서 춤을 춘다. 간은 방패형의 무구(舞具)이고, 척은 도끼형
태의 무구이다. 이 외에 무무에는 순(錞)・탁(鐲)・요・탁(鐸)・응(應)・
아(雅)・상(相)・독(牘) 등의 아악기 연주자가 함께 서서 악기를 연주
한다. 무무를 추거나 무무의 정(旌)을 들고 있는 악생 50명의 복식은
세종조(1418~1450) 회례연 기록이나 오례의에도 나타나는데, 기량대
(起梁帶)를 매는 등 독특하였다. 그러나 성종대(1469~1494)에 이르면
이러한 특징들이 사라지고 차분한 모습으로 변화되었다. 피변(皮弁)
을 쓰고 조주의(紬衣)를 입고 백주중단(白紬中單)을 입고 백주군(白紬
裙)을 입고 금동혁대(金銅革帶)를 매고 백포말(白布襪)에 오피리(烏皮
履)를 신는다. 변화된 부분만 비교하면, 붉은 색 비란삼 대신 검정색
조주의를 입고, 황화갑에 표문대구고 대신 백주중단에 백주군을 입으
며, 기량대 대신 금동혁대를 맨다. 결국 관모만 제외하면 동시대의 문
무(文舞) 악생과 동일한 옷차림으로 바뀐 것이다. 옷이나 신발, 허리
띠는 똑같아서 문무의 악생은 진현관(進賢冠), 무무를 추는 악생은 피
변(皮弁)으로 구분하게 된다. 무무에서 응・아・상・독・순・탁・요・탁
을 잡는 악생은 붉은 끈을 가로로 동여맨 무변(武弁)을 쓰고 비란삼을
입고 백주중단(白紬中單)을 입고 백주고(白紬袴)를 입고 금동혁대(金
銅革帶)를 매고 백포말(白布襪)에 오피리를 신으며 홍금비구(紅錦臂)
를 맸다. 이는 『국조오례의서례』에 기록된 아악의 등가・헌가 악생
복식과 비교했을 때 개책 대신 무변을 썼고 팔에 홍금비구를 둘렀을 뿐

나머지는 동일한 차림이다. 다시 말해서 춤과 음악이 어우러진 무무에서 춤을 추거나 무무를 인도하는 악생은 춤의 내용에 맞추어 '비란삼-황화갑-표문대구고-기량대'처럼 용맹한 군사의 모습을 표현했고, 좌우에 늘어서서 악기를 연주하는 악생은 다른 상황에서의 악생과 비슷한 차림을 갖추었다. 특히 이들이 연주하던 악기는 흔들거나 내리치는 등의 팔동작이 큰 타악기 계통이었기 때문에 비란삼 소매자락을 잡아매기 위해 팔꿈치 아래에 홍금비구를 둘러 묶어주었다. 47)

또한 武舞는 亞獻・終獻 때 무무를 추는데 왼손에 방패를 들고 오른손에 은도끼나 칼을 드는데 이는 적을 격퇴시키고 방어한다는 것을 상징하며 武德을 기린 것이다. 현대의 검무는 예술적 의미나 오락, 그리고 진지한 의미로는 무속에서만 행해지고 있다. 검무도 제대로 해석되고 분석되어서 우리의 전통무예로 지속되었으면 하는 바람이다.

4. 결언

필자는 고대 전통무예의 개념과 그 종류, 특징 등을 살펴보면서 이들이 현대에는 어떻게 변이, 변모되었나를 규명하고자 했다. 또한 현대에 있어서 고대로부터 전승되거나 향유되었던 전통무예에 대해 확장과 부활, 전파 등을 목적으로 하면서 그 활성화 방안을 모색해 보고자 했다. 이러한 작업이 현재 우후죽순처럼 퍼지고 있는 각 지자제의 행사나 축제 등에 우리 전통 문화의 콘텐츠로서 무예가 어떤 기능과

---

47) 인터넷 사전 참조.

역할을 해야하는 지를 제시할 수 있지 않을까하는 기대를 했지만 아쉽게도 전통무예의 언저리만 건드린 우를 범한 듯싶다. 단지 문헌이나 圖畵를 통해서 전통무예의 종류를 제시했다는 점과, 몇 가지 콘텐츠화 방안을 제시한 것으로 이번 소고는 만족하고 다음을 기약할까한다. 전통무예의 활성화 방안을 간략하게 제시하면 다음과 같다.

1 ① 모든 축제 때 활쏘기를 시도해 본다. 이 때의 활쏘기는 명적을 개발, 이용해서 위험 요인을 없앤다. ② 놀이터에도 비치해 놓고 많은 학생들이 수시로 이용할 수 있게 개발한다. 시험이나 각종 스트레스에 시달리는 학생들의 건강 수양에 이로울 것이라고 예측할 수 있다. ③ 게임 등을 개발해서 가상으로도 즐길 수 있게 한다.(린텐도 위) ②번과 동일한 효과가 예상된다.

2 대구에서는 봉받이(매를 다루는 사람) 지망생들이 소정의 교육을 받으면 매 사육을 허가해주는 방안이 검토 중에 있다고 한다. 매가 천연기념물인 만큼 보호해야 마땅하지만 제한적이나마 사육을 허용해주지 않는다면 전통 계승도 대중화도 어렵기 때문에 일부 허용해 주는 것도 바람직할 것이다. 또한 유치원 어린이들을 숲에 풀어놓고 조그마한 동물을 잡거나 다루게 하면서 용맹성, 독립성, 호연지기 등을 키워주는 것도 좋을 것이다.

3 각종 무기를 이용해서는 캐릭터 개발이나 소용품 도구로서 깜찍하고 특색있게 디자인하여 사용하면 좋을 듯싶다. 실제로 민속에서는 검이나 도끼(지니고 있으면 아들을 난다)등은 긍정적인 의미를 지니고 있기에 이를 상징화하여 다양하게 이용하면 좋을 것이다. 예

를 들어서 시험생들이 포크를 지니면 잘 찍는다는 의미에서 이를 간직한다고 하는데, 차라리 도끼나 창모양을 귀엽게 캐릭터화해서 지니게 한다면 더 의미있을 듯하고 우리의 전통정신도 살리게 될 것이다.

4 현재는 민속 중 말과 관련된 놀이를 활성화시키고, 경마 형태를 이용해서 여러 콘텐츠를 개발하는 것이 바람직하며, 말을 다른 재질로 만들어서 학교 운동장 등에 비치한다면 운동이나 오락 등에 좋을 듯 싶다. 말신앙이 민가에서 성행하느니 만큼 그 정신을 이용해서 다양하게 활용하는 것도 좋을 듯 싶다.

5 석전놀이도 활성화시킨다.

처음엔 豊農을 기원하는 祭의 형태로 시작 되었으며, 후에는 전투 연습용 겸 옛 명절을 기념하는 놀이 문화가 되었고 현재 김해시에서는 이 놀이를 재현하고 있다. 청명절, 5월 단오에 주로 했었다고 한다. 그러나 강원도 민속에서는 대보름날 불놀이 후 행했다고 한다. 2010년 충남 공주에서 시행된 민속경연대회에서 경남대표로 김해 석전놀이가 대상을 받았다. 이를 전국적으로 활성화시킨다. 이 석전을 잘 개발해서 각 축제 등에 사용하면 청소년들의 스트레스도 해소시키고 지역의 단합을 위해서도 상당히 유익할 것으로 사료된다.(일본 불축제 참조). 돌은 맞아도 크게 다치지 않을 재료로 개발해야 할 것이다.

그 외에도 다음과 같은 콘텐츠가 가능하다.

- 성 빼앗기 놀이,
- 궁술-컴퓨커 그래픽
- 명적-스폰지로 만듬
- 창, 칼, 도끼 던지기 체험-남자아이들 용맹성과 독립성 기르기에 활용
- 가상 무덤 체험-전투 게임
- 말타고 활쏘기 대회-목마를 이용해서 화살을 쏜다. 명적이용. 뒤에서 목마를 끌면서 조준
- 고구려벽화관 설립-여러 군데 복원해 놓는다. 더이상 훼손되고 사라지기 전에 전문가에 의해 복구해 놓고 심도 있는 연구를 한다. 고구려 의복, 음식, 춤 등도 복원해서 체험학습관에 설치해 놓는 방안 등을 고려한다.

현대 무예의 개념은 예전과는 사뭇 다르다. 현대의 무예의 개념에는 이전에 지녔던 싸움, 전투 등의 호전적인 의미가 사라지거나 약화되고 대신 즐거움, 호신, 건강 등의 목적이 주축이 되고 있기 때문이다. 또한 그 범위도 상당히 확장되었다. 이는 우리 선조들이 주축으로 하던 무예의 원개념이나 목적이 사라지거나 쇠퇴하고 현대인의 기호에 부합되게 변모되었거나 외국 것과 습합되어 새로운 장르의 무예로 확산되었기 때문이다. 이런 시점에서 오히려 전통무예를 복원하는 것은 필요충분 요건에 해당되며 제대로 복원하기 위해서는 다양한 방식과 체계있는 연구가 병행되고 모색되어야 할 것이다.

현대 지역축제에서 시행되고 있는 검무(2010년 목계나루), 필자 촬영

신발던지기 놀이

김수근작가의
고구려벽화 재현그림

무인의 복장을 하고 줄다리기를 지휘하고 있는 목계나루 시장 및 문화원장

살풀이 춤

부여 축제에서 시행되고 있는 기마 행렬

도세자와 정조대왕의 조선의 국기 '무예24기' 시범 – 화성에서 열린 시연식48)

시연(코스타리카에서) 유엔평화대학 공식행사
"Asia Night"에서의 24반 무예49)

---

48) 인터넷 사이트에서 퍼옴.
49) 인터넷 사이트에서 퍼옴.

한국문학, 문화와 문화콘텐츠

지역 설화의 의미, 특성 및 스토리텔링화

— 태백지역을 중심으로

1. 서언—역사의 또 다른 언술 방식, 설화

동서고금을 막론하고 문자가 생성되기 이전의 모든 내용물, 즉 사료, 진실된 이야기, 실제로 야기되었던 사건, 이루어졌으면 하는 소망 및 바람 등은 모두 입에서 입으로 전달되었다. 이렇듯이 입에서 입으로 내려오는 이야기를 □碑物이라고 한다. 구비물에는 설화가 포함되는데 모든 나라에는 여러 가지 설화가 존재한다. 심지어 성서에도 설화가 등장한다. 설화에는 국가적인 규모의 것, 지역적인 규모의 것 등이 있으며 신화와 전설, 민담으로 구분된다.

모든 지역에 내재하는 그 지역만의 설화가 있다면 그곳의 설화는 과연 그 지역과 어떤 관계가 있는지 주목할 필요가 있다. 왜냐하면 모든 지역마다 설화가 동일하지 않기 때문이다. 물론 광포 설화가 있어서 다른 지역과 공유되는 경우도 있지만 그러나 그런 경우라 해도 지역마다 이야기담이 완전히 동일한 것은 아니다. 따라서 지역 설화에는 그 지역의 역사나 사회, 문화, 지역적 특성이 함유, 함축되었다고 보아야 한다. 설화란 문자가 없던 고대로부터 야기된 진실이나 사실, 실제 사건, 역사적 사실, 인간의 염원 등을 후대에 전달하기 위해 생성된 것이기 때문이다.

그렇다면 입에서 입으로 구전되었던 설화는 주로 어떤 내용으로 구성되었을까? 아마도 평범한 이야기, 당연한 이야기, 너무 긴 이야기, 직접적인 교훈 등은 결코 구전되지 않았으리라는 점은 확실하다. 기이하고 신이하고 흥미있는 이야기만이 전달되고 전파되고 인구에 회자될 수 있었을 것이다. 왜냐하면 "저 아이는 훌륭한 가문의 사람이다"는 십중 팔구 전달되지 않겠지만 "저 사람은 알에서 태어났고 아버지는 용이다"라는 말은 거의 100%로 전달될 것이기 때문이다. 이러한 전파의 속성을 파악한다면 왜 그렇듯이 설화의 내용이 신이하고 괴이하고 허무맹랑한 내용들로 이루어져 있는지를 추론할 수 있다. 구전에 의해서 전달할 수밖에 없었던 시기의 사람들은 어떤 이야기나 사건들을 기억하고 전달, 전파를 수월하게 하기 위해서 특별한 장치, 즉 비유나 상징을 이용해서 특이한 이야기담으로 포장했을 것이고, 이는 현대의 문학적 용어를 빌자면 糖衣를 입혀서 전달했을 것이다. 즉 이렇듯이 문학적 당의가 입혀져서 신이하고 괴이하고 이상한 이야기담으로 변신한 다음에야 비로소 인구에 회자되면서 오랜 시간 보존될 수 있었을 것이며 문자가 발명되면서 이러한 내용이 그대로 기록되었을 것이라고 확실할 수 있다. 이렇게 볼 때 文學糖衣는 口碑物의 필요충분 조건이라고 할 수 있다.

그러므로 설화는 그 장르적 특성상 문학적 당의로 포장될 수밖에 없다. 따라서 역사가 사실적 표현(언제 어디서 누가 무엇을 어떻게 왜)이라면, 설화(문학)는 비유나 상징적 표현(보조관념 사용—낯설게 하기)에 해당된다. 즉, 역사는 기록물이지만 설화는 구비물로서 구비물의 성격상 설화의 표면적인 의미는 모두 기이하거나 신이한 이야기로 포장된다. 이렇게 볼 때 설화가 그렇듯이 이상하고 현실적이지 않거나 괴이, 신이한 것은, ① 교훈 및 사실, 어떤 주제를 전달하려는 목적, ② 糖衣를 입힘—오래 기억하고, 멀리 전파하려는 목적, ③ 원관념은 잊혀지고 보조관념만 남아서 신이하고 기묘한 이야기로만 존재하기 때문이다. 따라서 설화는 그 이면적 의미(deep structure)에서는 교훈이나 진실된 내용을, 표면적 의미(surface structure)에서는 기이한 이야기를 반영한다. 이러한 설화의 특성을 이해한다면 설화는 역사와 마찬가지로 진실되고 사실적인 이야기 구조임에 주목할 필요가 있다. 비견한 예를 들자면 "저와 결혼해 주시겠습니까?"와 같은 직접적인 언술 방식은 역사에 해당된다고 할 수 있고, "저와 늘 한 이불을 덮겠습니까?", "매일 아침 된장찌개를 끓여드릴까요?"와 같은 간접적 언술 방식은 곧 설화에 해당된다고 할 수 있다. 이들의 표면적 의미는 각기 다른 언술 방식으로 표현되지만, 이면적 주제는 동일하다는 점에 주목해야 한다. 이런 모든 점을 이해한다면 그 지역 설화나 지명 등이 어째서 그렇듯이 중요하고 의미심장한지를 알 수 있다.1)

이런 모든 이유에서 설화에는 설화가 배태된 곳의 사실적 사건은 물론, 특성, 지향, 願意, 교훈, 원형성 등이 함유된다. 따라서 지역 설화를 잘 분석하고 이해한다면 그 지역의 역사적 사실, 이념, 지역적 특성, 지역민의 실상이나 원의 등을 파악할 수 있을 것이다.2) 이런 모든

---

1) 강명혜, 2010. 8. 25, 「한강의 근원설화 양상 및 민속적 특성」, 사단법인 서울문화사학회 제 43회 학술연구발표회 원고, p.24. 참조.
2) 실제로 양구와 홍천지역의 설화를 분석해 본 결과 그 지역민의 문화 사회적 특성

점을 근간으로 해서 본장에서는 태백 지역의 설화를 대상으로 해서 그 의미를 살펴보고 태백 지역의 특성과 연계해서 설화에 내재한 의미 및 특성 등을 통해 태백의 특성까지도 규명하는 것을 목적으로 한다. 태백시는 태백산을 끼고 있으며 우리나라에서 유일하게 두 강의 발원지(한강, 낙동강) 및 오십천의 발원지(삼수 발원지)라는 특색을 지니고 있다는 점에서 특히 필자는 주목하고자 한다.

또한 태백지역의 설화를 바탕으로 해서 태백 설화가 의미하고 있는 특징 및 성향을 파악하고 그 결과를 토대로 해서 콘텐츠화 가능성을 타진해 보고자 하는 것도 또 다른 목적이다. 즉, 연구결과를 스토리텔링의 원 텍스트로 제안, 제시하려는 것이다. 1차 콘텐츠 경쟁력의 주요한 기반은 바로 스토리텔링이기 때문이다. 그러나 스토리텔링은 창작 분야에서의 스토리텔링과 전통문화산업 소스로서의 스토리텔링의 구분이 필요하다. 본고가 추구하는 것은 전통문화산업 소스로서의 스토리텔링화이다. 이는 전공학자들에 의해 이루어져야하는 전문분야이다. 각 지역 구전문화(문학)를 콘텐츠 개발의 원소스로서 개발하기 위해서는 전문가에 의한 심도있는 분석 및 해석이 필수적이며, 이러한 여과를 거친 후라야 비로소 올바른 원 텍스트로서의 우리 선조들의 문화유산을 지킬 수 있고, 2차 3차 소스로 제대로 개발될 수 있다. 따라서 이 작업은 이 시대의 필요충분 요건에 해당하며 무엇보다도 OSMU(One Source Multi Use)의 중요한 기반이 될 것으로 기대한다.

과 지역민의 원의 등이 설화 속에 함축되어 있었다.(「양구 인물설화의 의미 및 기능—박장사 설화를 중심으로」, 『강원민속학』 20집, 강원민속학회, 2006., 「산간 지역 주민의 의식구조적 특성—홍천 산간지역을 중심으로—」, 2012.)

2. 태백 설화의 특성 및 의미

태백시는 백두대간의 중추인 태백산맥의 母山인 태백산이 소재한 곳이며, 해발 1,567m의 태백산에서 분기한 태백산 영동산악 협곡지대로 매봉산을 분수령으로 한 한강, 낙동강, 오십천의 발원지이기도 하다. 뿐만 아니라 시 전체가 매봉산, 천의봉, 백병산, 함백산, 금대봉 등 수려한 경관이 병풍처럼 둘러싸여 있는 해발 650m의 고원분지로서 시가지 형성은 중앙의 연화산(1,171m) 주위에 황지, 장성, 철암, 황연지역으로 형성되어 있어 태백시 전역이 퇴적암류의 홍점동(사암 및 석회암)과 사동통(무연탄)이 발달되어 예로부터 무연탄 생산지로도 널리 알려진 곳이기도 하다.

太白이란 명칭은 단군신화에도 등장하는 명칭으로서3) 태백산은 고대로부터 聖山으로 알려져 있다. 태백산 꼭대기에는 천제단이 있으며, 북악의 靈山으로서 신성하다는 의미로 많은 곳에 장승을 세워놓기도 했다. 이 천제단에서는 '하늘'에 제의를 지내는데, 매년 개천절과 1월 1일에 지낸다. 그 역사는 오래되었으며(한단고기에는 고조선부터 지낸다고 기록), 천제단 제의 말고도 태백산에는 크고 작은 산신제가 20여개 정도 행해진다. 『東國輿地勝覽』에도 태백산을 일러 "府의 서쪽 120리에 있는데, 신라 때는 북악이라 하여 中祀에 기재되어 있다"고 하고 있다. 『三國史記』에도 7대 일성왕 5년(138) 10월에 왕이 이 지방을 순행하면서 직접 제사를 올렸고, 15대 기감왕 3년(300) 2월에는 望祭를 올렸으며, 경덕왕 24년(765)에는 태백산신이 그 모습을 나

---

3) 〈단군신화〉에 등장하는 태백은 다른 곳이라고들 주장하지만 강원도 태백이 신령스러운 장소임에는 아무도 이의를 제기하지 않을 것이다.

타냈다고 하는 등 그 역사가 오래되었다. 지금도 천제의 유풍은 지속되고 있다.4) 이렇듯이 태백은 신성하고, 복받은 민족의 영지라는 인식은 지속되고 있다.

태백은 앞에서 언급했듯이 높은 산이 많아서 골짜기 또한 깊기에 물줄기가 많이 발달해 있어 큰 강의 시원지이기도 하다. 즉, 한강, 낙동강, 오십천의 원천지이기도 한 것이다. 물은 인체로 비유하면 혈맥(피)에 해당된다. 혈맥이 생명을 영위시킨다는 의미에서 중요하듯이 대지가 품고 있는 물은 생명수로서 긴요하다. 즉, 대지는 생명을 응축, 배출하는 의미에서 전 세계적인 아키타입으로 어미(母), 즉 여인을 의미하고 나아가 地母神으로 상징된다. 여인이 잉태를 하면 아이는 엄마의 자궁에서 핏줄을 통해 영양분을 공급받으며 생명을 유지하듯이, 땅은 내부에 생명수(혈맥)인 물을 품고 있으며, 그 물은 모든 생명을 배태시키고, 존속시키며, 영위하게 만든다. 피는 곧 물과 등가물질인 것이다. 이런 의미에서 대지가 품고 있는 물의 중요성은 아무리 강조해도 지나치지 않는다. 이렇듯이 중요한 물, 그것도 긴 강의 근원이 되는 물을 품고 있는 공간은 생명과 신성의 공간일 수밖에 없다. 강의 근원이 되는 물줄기를 한 개만 품고 있어도 대단한데 태백은 한 개도 아니고 3개나 함유하고 있다는 점에서 실로 생명과 성장, 희망의 공간이라고 할 수 있다.

이렇듯이 태백은 오랫동안 하늘과 땅과 조상을 숭배하던 신비의 공간이며 성지로서 신령한 장소였으며 우리나라 강의 시원지이기도 한 공간이었다. 따라서 고대로부터 천신과 산신에게 제의를 드렸고 현재까지도 이곳에는 늘 기도하는 사람들과 덕을 닦으려는 사람들이 집결

---

4) 강명혜, 「남한강의 특성 및 민속」, 앞의 논문, 태백문화원 참조. 재인용.

되고 있다. 태백은 풍수지리적으로 보아도 연화부수형의 신선의 땅으로 알려져 왔다.5) 또한 태백이란 말은 '크게 밝다'는 뜻으로 이름 자체에서 희망과 밝음이 감지되기도 한다. 이런 점에서 태백은 풍수적 입지에서 보나 자연생태적 측면에서 볼 때 생명을 배태, 분출시키는 始原의 공간, 神秘의 공간으로서 초역사적 입지를 지닌다.

하지만 그간 태백에 대량 묻혀있던 석탄과 석탄 산업의 흥성으로 말미암아 '태백'하면 검은색이 먼저 떠오르며 광산의 몰락이 함께 이미지화되어, 긍정적인 의미보다는 부정적인 의미가 더 부각되었음도 부인할 수 없다. 즉 태백시와 태백산은 서로 상반되는 인식하에 놓여 있음이 현재의 실상이다. 태백산은 신성한 곳이고 靈山이지만, 태백시는 탄광지역과 폐광으로 인해 쇠락된 이미지, 그리고 검은 색을 상징으로 하고 있기 때문이다. 따라서 하루빨리 태백산과 태백은 동일한 장소로서 태백시 전체가 신비롭고 긍정적이며 희망에 찬 우리 민족의 근간이 되는 장소라는 이미지를 재부각시킬 필요가 절실하다. 석탄의 검은 물을 맑고 청정한 청정수로 이미지화해야 한다. 이런 점

---

5) 풍수란 자의적 글자 그대로 바람과 물을 의미하며 藏風得水, 즉 '바람을 감추고 물을 얻는다'라는 말의 風자와 水 자를 따서 붙인 말이다. 옛 사람들은 水는 氣之母라 하여 물은 氣의 모체라고 했고, 水는 氣之界라하여 '물은 기의 경계'라고 하였다. 즉 한치라도 높으면 산이요 한치라도 낮으면 물이라고, 풍수학에서 말하는 물의 개념은 곧 낮은 곳을 의미한다. 산이 가는 곳에 물이 따르고 물이 가는 곳은 산이 따른다. 바람을 감춘다는 것은 龍虎砂水가 혈장을 중심으로 감싸안 듯해야 한다는 의미와 같다. '水歸成穴에, 山歸成龍, 特立而峙, 得天之中 물이 감아 돌면 혈을 이루고 산이 감아 돌면 용을 이룬다. 〈명산론〉(작자미상) ; 『정감록』에는 '낙동강 최상류로 올라가면 길이 막혀 더 이상 갈 수 없는 곳에 커다란 석문이 있다. 이 석문은 자시에 열리고 축시에 닫히는데 석문이 열릴 때 얼른 속으로 들어가면 사시사철 꽃이 피고 병화가 없고 삼재가 들지 않는 오복동이란 이상향이 나온다'했으니 원래 태백은 연화부수의 형국에 자리잡은 신선들의 땅이었을 것이다. 신정일, 『낙동강』,창해, 2009, p.39.

에서 근래에 강의 근원지로서 태백이 부각되면서 여러 행사를 하고 있다는 점은 상당히 긍정적인 발상으로 인식된다. 태백이 원래 지녔던 밝고 신비스런 그리고 우리나라 근원지이며 혈맥(생명수)의 시원지라는 사실과 이미지를 부각시키는데 일조를 하고 있기 때문이다. 하지만 보다 더 체계적, 구체적, 거시적인 계획안이 필요하다. 장기적인 계획과 전문가들이 투입되어 태백이 지니고 있는 장대한 땅의 기운을 되찾고 민족 영지라는 이름에 걸맞는 발전이 수반될 때 태백은 부흥할 수 있을 것이며, 민족 정기가 서린 땅이라는 이미지 및 명성을 얻게 될 것이다. 이런 모든 점에 주목하면서 태백시에 전해 오는 설화는 어떤 내용으로 구성되어 있는지 살펴보고자 한다.

1) 겨울(남신)과 봄(여신)의 싸움

태백시의 설화는 특이하게 거의 대부분 동일한 주제로 수렴되고 있다는 점에서 주목된다. 즉 많은 설화가 다양한 이야기 구조 및 화소를 지닌다고 해도 대부분 주제는 결국 '잘 살다가 망하게 되었다는' 이야기로 귀결되는 것이 그것이다. 다른 지역 설화는 다양한 이야기 구조에 다양한 주제로 환원되는데 비해 특이한 경우라 할 수 있다. 우선 용정 설화를 살펴본다. 태백에는 '용정'이라고 있는데, 태백산 망경사 옆에 있는 우물로 우리나라에서 가장 높은 곳에서 솟아 나오는 샘으로 알려져 왔다. 물이 솟아 나오는 지점은 해발 1,470m정도의 고지대이며 우리나라의 100대 명수 중에서 가장 차고 물맛이 좋기로도 유명하다고 한다. 옛날부터 이 물로 천제 지내는 제수로 사용하였다. 이 용정에는 다음과 같은 전설이 전해온다.

용우물(龍井)전설

통리 요물골 가운데에 용정이란 우물이 있다. 이중군터에서 내려오는 개울가에 있는 우물인데 석회암 암반을 뚫고 물이 솟아 나온다. 지금은 윗쪽에서 석탄광산들이 흘려보낸 폐석들로 인해 우물이 많이 묻혀 버렸다. 우물 속에 용(龍)이 산다고해서 용우물(龍井)이라 한다. 용정이란 말이 요정(堯井)으로 표기되기도 하였다. 약 150여년 전 이곳 용정 우물가에 이씨 성을 가진 사람이 살았다. 처음에 골짜기 안쪽 큰 평달에 살다가 돈을 많이 모아 골짜기 아래쪽 용우물가에 이사를 와 근처 땅을 모두 사서 큰 부자로 살았다. 마침 나라에서 대궐을 중수하기 위해 전국 각처에서 궁궐짓는데 필요한 황장목을 구하게 되었고 황장목을 바치는 사람에게는 벼슬까지 내린다고 하였다. 이씨는 천의봉 기슭에 있는 거대한 황장목(속이 누런빛 나는 큰 소나무)를 베어 자비(自費)로 인부를 사서 담군(이중목도)으로 서울까지 운반하여 나라에 갖다 바쳤다. 그 공으로 정삼품 당하관(正三品 堂下官)으로 중군(中軍)이라는 벼슬이름이 적힌 공명첩(空名帖)을 받아왔다. 공명첩은 구한말 매관매직하던 것으로 벼슬의 직위를 써넣고 이름을 비워두는 첩지로 그것을 사거나 이씨처럼 물건을 갖다 바친 사람이 가져와서 자기의 이름을 써넣으면 자기 것이 되는 이른바 돈 주고 벼슬을 사는 것이다. 그러나 그것은 실지로 벼슬길에 부임을 하지 못하고 명목상 벼슬을 하는 것이다. 어쨌든 이씨는 중군(中軍)이라는 벼슬이 적힌 공명첩을 받아와서는 동네 사람들을 불러모아 큰 잔치를 베풀게 되었다. 일종의 자축연으로 벼슬 임명장을 받아왔으니 남에게 알려야 명실상부한 택호(宅號)를 불러주기 때문이다. 부자로 살던 이씨가 창고에서 쌀을 꺼내어 떡도 하고 술도 빚고 밥도 하는데 쌀 씻은 뜨물이 십리를 흘러갔다고 한다. 7일 밤낮을 진탕 먹고 마시며 원근에 사는 모든 사람을 청하여 먹였는데 얻어먹은 그들은 이씨를 이중군이라고 불러 주

었다. 이씨네 집에는 집안을 수호해 주며 복을 가져다 주는 업구렁이가
있었다. 4일째 되는 날부터 업구렁이가 집밖으로 나와 자꾸 울었다. 사람
들은 흉조라고 하며 수군거렸으나 이중군은 개의치 않고 잔치를 계속 벌
였다. 집 주위를 돌며 울던 업구렁이는 3일째 되는 날 집을 나와 집앞의
용우물(龍井)로 들어갔다. 그날 밤 꿈에 업구렁이가 나타나 너의 집은 운
이 다해짐에 나는 떠난다고 하였다. 그 후 정말 이씨네는 망하고 말았다.
업구렁이가 들어간 우물은 그후 용정(龍井)이라고 부르게 되었다.[6]

　잘 살던 주인공인 이중군이 망한 이유를 이야기담에서는 '업구렁이
가 나갔다는 것'에서 찾고 있지만 중요한 사실은 결국 '집안이 망했다'
는 것이다. 업구렁이는 무엇을 상징하는 것일까? 이야기담 속에서는
업구렁이가 나간 원인을 "이중군이 개의치 않고 잔치를 벌렸기에"라
고 보고 있다. 그렇다면 이 이야기 구조 속에 등장하는 업구렁이는 '근
검, 절약'의 상징물이나 알레고리가 아닐까? 이종군이 잘 살게 된 원인
및 망하게 된 이유까지도 이 이야기는 제시하고 있다. 즉 이종군은 분
수에 맞지 않는 행위, '쌀씻은 물이 십리를 흘러갈 정도'로 사치를 했
다는 것이 그것이다. 더욱이 이를 경계하기 위해 '업구렁이가 나와 자
꾸 울었는데도'(경고에 해당) 깨닫지 못하고 허황된 생활을 지속하다가
결국 쫄딱 망했다는 교훈이 이 설화에는 내재되고 있다. 이렇듯이 잘
살다가 망하게 되었다는 이야기담은 태백 설화 곳곳에서 발견된다.
뿐만아니라 망하는 이야기담 속에는 '봄과 겨울의 싸움'이라는 인류의
오래된 원형(집단무의식-아키타입)적 요소가 발견되기도 한다. 태백
황지읍에는 해발 700미터 높이에서 하루에 약 5,000톤의 물이 솟아나

---

6) 여기 등장하는 설화는 태백군청 사이트, 태백 문화원 사이트, 강원도청에서 나온 『강
　원의 설화』(2004)에서 인용함. 통리는 이전에 태백지역이었다.

오고 물의 온도가 평균 15도되는 황지라는 못이 있다. 이 황지는 낙동
강 1300리의 근원지로 알려졌는데, 이렇게 밝힌 옛 문헌은 『동국여지
승람』 '삼척도호부편', 『陟州誌』, 『대동지지』, 『택리지』 등이다.7) 처
음에는 '하늘 못'이라는 의미로 '天潢'이라 했고, '潢池'라고도 했지만
최근에는 황부자 전설(黃富者 집터가 연못이 되었다 해서)에 의해 黃池
로 굳어졌다.8) 이 황지에는 다음과 같은 설화가 전해진다.

황지연못의 황부자 전설

옛날 황지 연못터에 황동지라는 부자가 살았는데 매우 인색한 노랭이

---

7) 먼저, 『동국여지승람』 삼척도호부에 나온 기록이다. 부의 서쪽 110리에 황지가 있
는데 그 물이 남쪽으로 흘러 30여리를 가서 작은 산을 뚫고 남으로 흐르니 천천이
라 한다. 곧 경상도 낙동강의 근원인데 관에서 제전을 두고 가물 때 기우제를 지내
는 곳이다. 둘째, 척주지(조선 1662년 허목이 저술한 삼척의 향토지)에 나온 기록
이다. 황지는 태백산 가운데에 있는데 삼척에서 서쪽으로 110리 거리에 있고, 위
쪽에 연화봉이 있다. 황지에서 솟은 물은 태백산중의 여러 물과 합쳐져 남으로 30
리를 흐르니 천천이라 하는데 천천의 물은 작은 산을 뚫고 남으로 흐르니 낙동강
의 근원이 된다. 옛날 나라에서 제전을 두고 가물때 기우제를 지내던 곳이다. 셋
째, 고산자 김정호의 대동지지(조선후기 김정호가 펴낸 지리서, 1862년~1866년
까지 편찬했으리라 예상)에 나온 기록이다. 삼척편의 황지 : 서남쪽 110리 태백산
의 동쪽 산줄기에 샘이 있으니, 그 물이 솟아 올라 큰 연못이 이루었다. 그 물은 남
으로 흘러 30여리, 산을 뚫고 산 남쪽으로 나오니, 천천이라 하는데 곧 안동도호부
와 경계가 되며, 남쪽으로 흐르니, 낙동강의 근원이 된다. 안동편의 황지 : 황지는
삼척과의 경계에 있는데 태백산의 북쪽이며, 우보산 서쪽 10리 지점이다. 연못물
은 산중의 여러 물과 합하여 서남쪽에 있는 백석평을 지나 20여리를 흘러 산을 뚫
고 남쪽으로 흐르니 낙동강의 근원이 되며, 이름하여 天川이라 한다. 하늘못이라
는 의미로 天潢이라고 했다.
8) 낙동강은 남한에서 가장 긴 강이고 한반도 전체에서는 압록강 다음으로 길다. 길
이는 506. 17㎞이고 유역면적은 23384. 21㎢이다. 강원도에서 발원하여 경상도를
관통하여 남해까지 이어진다. 두산세계대백과, 태백시청 사이트, 위키백과 등 참
조. 현재 낙동강 발원지를 '너덜샘'이라고 주장하기도 하지만 태백이 낙동강 발원
지임에는 변함이 없다.

었다. 어느날 외양간에서 쇠똥을 쳐내고 있는데 남루한 차림의 한 노승이 찾아와 염불을 하며 시주를 청했다. 시주할 양식이 없다는 황부자의 거절에도 불구하고 말없이 염불만하고 서 있는 노승을 보자 황부자는 그만 심술이 나서 치우고 있던 쇠똥을 한 가래 퍼서 바릿대에 담아 주었다. 노승이 말없이 돌아서는데 마침 방앗간에서 아기를 업고 방아를 찧던 며느리 지씨가 이 광경을 보고는 달려와 노승을 붙잡고 시아버지의 잘못을 빌며 쇠똥을 털어 내고 시아버지 몰래 찧고 있던 쌀을 한 바가지 시주하였다. 물끄러미 지씨를 바라보던 노승은 "이 집의 운이 다하여 곧 큰 변고가 있을 터이니 살려거든 날 따라 오시오" 하였다. 지씨는 아이를 업은 채 노승의 뒤를 따라 가는데 노승이 말하기를 "절대로 뒤를 돌아다 봐서는 안 된다"고 하였다. 송이재를 넘어 통리로 해서 도계읍 구사리 산등에 이르렀을 때 며느리는 자기 집 쪽에서 갑자기 뇌성벽력이 치며 천지가 무너지는 듯 한 소리가 나기에 놀라서 노승의 당부를 잊고 뒤를 돌아다 보았다. 이때 황부자 집은 땅 밑으로 꺼져 내려가 큰 연못이 되어 버렸고 황부자는 큰 이무기가 되어 연못 속에 살게 되었다. 뒤돌아 보던 며느리는 돌이 되어 구사리 산등에 서 있는데 미륵바우라고 부르고 있으며 흡사 아이들 등에 업은 듯이 보인다. 그 옆에는 개바우라 하여 집에서 며느리 뒤를 따라 가던 개가 함께 돌이 되어 있다. 그 때 집터는 세 개의 연못으로 변했는데 제일 위쪽의 큰 연못이 황부자의 집터로 마당늪이라 하고 중간이 방앗간 터로 방간늪이라 하며 아래에 있는 작은 연못이 변소 자리로 통시늪이라 한다. 이 지방에 전해오는 노인들의 이야기를 들어보면, 며느리가 돌이 된 것은 도승의 "뒤 돌아 보지말라"는 당부를 잊고 뒤돌아 봐서 돌이 된 것이 아니라, 늙으신 시아버지를 버리고 저만 살자고 달아났기 때문에 벌을 받아 돌이 된 것이라 한다.[9)]

이 설화는 우리나라 전역에 광포되어 있는 '장자못 설화'과 동류이다. 현재 장자못 설화는 대략 100편 이상으로 알려져 있다. 그러나 많은 구전 설화에 비하여 문헌자료는 거의 없는 편으로, 〈조선읍지〉에 구전자료를 기록한 두어 편이 있을 뿐이다. 보편적인 '장자못 전설'은 '인색하고 스님을 박대하던 부자의 집이 함몰되고 그 자리는 연못이 되었으며, 금기사항을 어긴 며느리는 바위가 되었다는 것이 주된 이야기담이다. 또한 이 내용은 연못이 있는 고장이면 어김없이 등장하는 주제소로서 연못의 숫자와 깊이, 그리고 연못에서 나오는 것들에 따라 다양한 변이형이 존재한다. 그러나 황지못의 '장자못 전설'은 다른 곳과 차별화되는데[10], 이는 다른 곳의 설화에는 '집이 함몰되고 못만 존재한다'는 것으로 마무리되고 있는 반면, 황지못의 경우에는 연못 속에는 '여전히 황노인이 살고 있다'는 것으로 마무리된다는 점과, 며느리가 변모된 바위를 미륵바위라고 지칭한다는 점이다. 즉, 황노인은 '이무기'가 되어 현재까지도 여전히 황지못에 살고 있고, 가끔씩 심술이 나면 황지못의 물을 흙탕물로 만든다고 한다. 또한 며느리 바위는 미륵바위라고 불리면서 그 자리에 현재까지 존재한다. 따라서 태백 황지못의 경우는 다른 장자못 전설과는 다르게 '과거형'이 아니며, '현재형'이면서 '미래형'이라는 차이점이 내재한다. 이는 다른 곳의 장자못 전설은 '너무 인색해서는 안된다', 혹은 '선을 행하면 복을 받는다'와 같은 권선징악적 교훈에만 그치고 있는 반면, 황지못의 전설에

---

9) 태백 문화원 사이트.

10) 통칭, 〈장자못〉 전설의 서사단락구조는, '① 인색한 장자가 살았다. ② 중이 와서 시주를 청했다. ③ 장자가 중에게 인색하게 굴거나 학대했다. ④ 며느리가 대신 시주를 했다. ⑤ 중이 며느리에게 피신하라고 하면서 금기를 제시한다. ⑥ 며느리는 금기를 지키지 못했다. ⑦ 장자는 죽고 그 집터는 못이 되었다. ⑧ 며느리는 바위가 되었다'로 마침구조를 보이는 것이 보편적이다.

는 그 이상의 교훈이나 주제가 내재해 있음을 암시한다. 황부자 설화를 좀더 분석해 본다.

우선 황부자 설화 텍스트에서 가장 눈에 두드러지는 부분은 '豊饒思想'이 주축을 이룬다는 점이다.

'소', '여물', '똥', '곡식 찧기', '바릿대', '곡식(쌀, 수수, 보리, 옥수수 등 다양)', '아기', '물' 등의 이야기 소재가 모두 풍요적 상징물이라는 점에서 그러하며, 아키타입(집단무의식상징, 原型)적 측면에서 볼 때도 이러한 점은 더욱 두드러진다. 즉, 겨울(낡은 것, 황부자)과 봄(새 것, 며느리)의 대결양상을 근저로 하고 있기 때문이다. 여기에 부합해서 황부자는 거름(음식의 영양이 모두 빠진 찌꺼기지만 역시 재산을 상징하기도 함)을 다루고 있으며, 며느리는 추수를 금방 한 '곡식'을 다루고 있다. 진정한 풍요의 주체가 누구인지가 제시되는 부분이다. 여기 등장하는 스님의 역할은 그리 크지 않다. 그의 역할은 '겨울과 봄'의 싸움을 야기시키는 트릭스터 기능을 하는 정도라고나 할까. '겨울과 봄'의 싸움은 아주 오래된 인류의 공통된 집단무의식 상징에 해당된다. 결국 겨울은 새 주체인 봄에게 자리를 내 줄 수밖에 없다. 이것은 자연스러운 자연의 이치인 것이다. 힘과 부와 권력은 이양되는 것이 자연스럽다. 이는 낙엽이 지고 새싹이 돋는 것이 자연스러운 것과 동일한 이치다.

또한 이 이야기담에는 남자와 여자(풍요의 주체)의 대결이라는 고대의식이 내재하기도 한다. 고대에 있어 풍요의 주체는 당연히 여성이 담당한다. 여자는 또한 땅의 신(지모신, 사직신)이기도 했고, 곡령신이기도 했다. 황부자전설에는 이런 오래된 고대적 양상이 모두 내재되어 있다. 며느리는 곡식을 다루고 있으며, 집을 나갈 때는 아기까지 업고 간다. 재산적 풍요와 인류 생산적 풍요까지 암시하며 희망을 시사하는 부분이다. 우리나라에서도 곡식을 다루던 유화부인은 곡모신으로 추앙받았고(동명왕과 함께 母子神), 현재까지도 만주일대에서는 여신으로 섬겨지고 있다. 또한『고려사』〈성종조〉때 李陽이 올린 封事를 보면 왕비가 곡식을 관장했음을 알 수 있는데 이러한 것이 모두 지모신적인 면모를 반영하는 예들이다.

> "… 籍田을 親耕함은 진실로 明王의 重農하는 뜻이요 女功을 虔行함은 賢后의 君王을 도우는 德이오니 그러므로 天地에 치성하고 邦家에 積慶하는 것이옵니다. 살피건대 周禮의 內宰職에 '上春에 王后에게 詔하여 六宮의 사람들을 거느리고 種(晩稻), 稑(早稻)의 種子를 눈 틔어서 왕에게 바치게 한다'고 하였사오니 이 말에 의하면 王者가 하는 일은 王后가 반드시 도우는 것입니다. 方今 上春에 上帝에게 穀을 빌고 吉日에 東郊에서 耕籍하였사오니 군왕은 비록 籍田을 親耕하였사오나 王后는 이에 獻種의 儀를 厥하였사오니 원컨대 周禮에 의하여 國風을 빛나게 여(啓)소서."
>
> 「고려사」 世家. 四十六권. 成宗.[11] 〈밑줄 필자〉

'社稷神'도 땅과 곡식이 함께 공존하는 의미의 글자로 이루어져 있다. 땅의 소출은 곡식이기 때문이다. 따라서 지모신은 당연히 곡식까지 관장한다. 우리나라 지모신의 편린은 단군의 어머니 '웅녀'에 이어서 박혁거세와 함께 사후 두 성인으로 섬겨진 '알영', 고구려의 '유화부인', 고려의 '용녀' 등으로 이어진다.

며느리가 일반 범부가 아니라는 점은 '며느리' '바위'를 '미륵바위'라

---

11) 강명혜,『고려속요·사설시조의 새로운 이해』재인용. 풍요와 여성과의 관련에 대한 설명 참조. 우리나라에서의 지모신은 단군의 어머니 웅녀에서부터 찾을 수 있다.

고 부르고 있다는 점에서도 찾을 수 있다. 미륵보살은 누구인가? 미륵
보살은 범어로 마이트레야(Maitreya)라고 하는데, 慈氏菩薩로도 알려
졌다. 미륵은 성이고 이름은 아지타(Ajita)이며 석가모니의 뒤를 이어
오실 부처님으로 현재는 보살의 몸으로 兜率天에 머무르면서 천상의
사람들에게 설법하고 있다고 한다. 일찍이 석가모니로부터 受記를 받
았는데, 도솔천에서 4,000세(인간세상에서는 56억 7,000만 년)의 수명이
다한 후에 인간세상에 내려와 龍華樹 아래에서 성불하여, 3번에 걸친
설법으로 모든 중생들을 제도할 것이라 했다. 이처럼 미래에 석가모
니를 대신해 부처가 되어 설법한다는 의미에서 補處菩薩이라고도 한
다. 그리고 그때는 이미 부처가 되어 있을 것이기 때문에 미륵불·미
륵여래라고도 한다. 이로 인하여 미륵보살과 미륵불을 나타내는 2가
지 彫像이 있게 되었다. 미륵보살에 대한 신앙은 크게 2가지로 나누
어볼 수 있다. 하나는 〈미륵상생경〉에 근거하는 것으로서, 현재 미륵
보살이 머물면서 설법하고 있는 도솔천에 왕생하기를 바라는 上生信
仰이며, 다른 하나는 〈미륵하생경〉에 근거하는 것으로서, 미래에 미
륵보살이 성불하여 용화수 아래에서 널리 중생을 구제할 때에 그 세
계에 태어나 설법에 참여함으로써 성불하고자 하는 下生信仰이다. 상
생신앙은 아미타불의 서방정토에 왕생하고자 하는 정토신앙이 흥성
하면서 점차 쇠퇴했으나, 하생신앙은 역사를 통틀어 면면히 이어져왔
는데, 특히 어지러운 시대에 성하게 일어났다. 그것은 고통스러운 시
대가 지나가고 하루빨리 평화로운 미륵불의 세상이 오기를 갈망했기
때문이다.12)

　　이렇게 볼 때 며느리는 결국 풍요의 주체이며, 봄 상징이며, 미륵보

---

12) 인터넷 백과 사이트, 석가모니 참조.

살에 해당된다. 보살은 또한 한편으로는 '여신도'를 지칭한다는 점에서 범부로도 표상된다. 며느리 성은 '지씨'이다. '자씨보살'이라고 불리운 미륵보살과 어딘지 닮아 있다. 성씨뿐 아니라 자비심이 많은 것도 유사하다. 황부자의 '황씨'가 금을 연상시키는 '황'씨로 명명되었다면 며느리는 자씨보살을 연상시키는 '지씨'로 명명된 것은 아닐까? 따라서 며느리가 돌이 되어 태백 황지 연못 근처에 머문 것을 '금기를 어겨' 행운을 잡지 못한 것으로 볼 것이 아니라, '태백'에 남아서 '수호신적 역할(미륵)'을 하는 것에 초점을 맞추어야 한다. 즉 자신의 의지에 의해 시아버지 있는 곳을 돌아보았다는 의미와 태백에 남아서 태백을 지키는 수호신이 되고자 했다는 염원이 행간에 내재한다. 자비심으로 태백을 보호하는 '미륵보살'로 여겨졌다는 것은 더 고대의 의미로는 마을을 비호하고 富를 가져다주는 풍요의 주체인 여신 상징 의미로 환원될 수 있다. 결국 이 이야기담은 며느리(봄, 못 밖)가 시아버지(겨울, 못 안)를 대신해 가시화되고 풍요의 주체가 되었음을 의미한다. 물은 그 자체로 풍요를 상징하기도 하지만 한편으로는 양가적 의미(죽음 및 재생)를 지니기도 한다. 그러므로 황부자의 징벌로 야기된 못, 즉 물은 생명의 근원지 기능을 한다. 물은 만물의 원천이며 기원으로 생명이 존재하는데 없어서는 안 되는 필수적 물질이기 때문이다. 따라서 황지못은 태백민뿐만 아니라 한국인(낙동강 유역)의 생명을 유지시킨다. 이는 낙엽이 떨어져 영양분이 되어 나무를 튼실하게 지켜주는 자연의 원리와 동일하다. 또한 큰 주제 중 하나는 원래 富를 지녔었는데 망하게 되었다는 것이다. 이러한 태백 물 근원지의 도식은 한강 근원지인 〈검룡소〉의 경우도 마찬가지다. 검룡소 설화는 다음과 같다.

아주 오랜 옛날에 검룡소에는 용이 되려는 이무기가 한 마리 살았다. 이 이무기는 서해에서 살다가 용이 되기 위해서 강을 거슬러 올라온 것으로 한강의 발원지인 검룡소를 발견하고 이 속으로 들어가서 용이 되기 위한 준비를 했다는 것이다. 검룡소 앞에는 바위가 할퀸 모양으로 자국이 나 있는데, 이것은 서해에서 올라온 이무기가 소 안으로 들어가기 위하여 몸부림을 치느라고 생긴 것이다. 검룡소 안으로 들어간 이무기는 용이 되기 전까지 이곳에 살면서 주변의 가축들을 잡아먹으면서 승천할 때를 기다리고 있었다. 자신들이 키우던 가축들이 자꾸 없어지는 것을 본 사람들은 처음에는 이것이 이무기의 소행인지 모르다가 나중에는 이무기 소행인 것을 알고 힘을 합쳐 작살로 이무기를 죽여버리고 검룡소를 메워버렸다.

검룡소 설화도 이무기가 용이 되려고 태백산 검룡소로 들어와서 주변의 가축 특히 소를 자꾸 잡아먹어서 '사람'들에게 재산손실을 주다가 결국 죽임을 당하거나 검룡소 물을 메우는 내용으로 구성되고 있다. 이 이무기는 서해에서 살다가 용이 되기 위해 강을 거슬러 온 것이라는 것이다. 그런데 이 용이 되기 위해 온 이무기는 이 지역에 도움이 되지 못한다. 오히려 가축을 잡아먹으면서 해를 끼치게 된다. 따라서 직접적인 손해를 보게 된 이웃사람들이 이무기 소행인 것을 알고 이무기를 죽여버리고 검룡소를 메워버렸다는 내용이다. 결국 이무기는 자신의 뜻을 펴지 못하고 못 속에 갇힌다. 소(가축) 또한 너무도 분명한 풍요 상징물이다. 따라서 이 설화담 역시 재산손질을 크게 입었다는 의미로 수렴되고 있다. 번창을 해야할 대상이 행동을 잘못해서 망하게 되었다는 이야기 구조의 종착점은 '황지못의 황부자가 부자였지만 너무 인색하고 또 행동을 잘못해서 망하게 되었다는 점'과, '이종군이 자신의 처지를 망각하고 허황되게 행동하다가 망했다는 점' 등

과 비록 화소가 다르고 언술 내용, 전개방식 등이 다를지라도 큰 주제
는 모두 일맥상통한다. 현재 상황은 모두 '富나 뭔가 성취할 수 있는
요소가 부재한다'는 의미로 환원되는 것이다. '망한 원인이 주인물의
잘못에서 비롯된다는 점' 또한 동일하다.

재산손실을 가지고 왔다는 점에서 이무기는 잠시 방치되지만 곧 다
시 검룡소는 재개발된다. 실제로 검룡소 주변 위에는 무언가 할퀸 듯
한 자국이 나있다. 전설로만 구전되면서 오랫동안 방치되어 오던 검
룡소는 1896년에 복구되어 하루에 수 천 톤씩 물을 쏟아내는데, 넓이
1-2m의 푹 파인 암반 사이로 물이 흐르는 형상이 마치 용트림과 같
다. 본 연구자가 2003년에 답사했을 시에는 검룡소만 복원된 상태였
는데 현재는 여러 시설도 구비해 놓고 잘 정비되어 있다. 한강의 물줄
기가 흙 속에 묻혀 있다가 전설과 함께 다시 빛을 보게 된 것이다. 전
설과 역사는 이렇듯이 동전의 앞뒤와 같다고 할 수 있다.[13]

검룡소에서는 해마다 태백문화원 주체로 한강대제(음력 6월15일)가
열린다고 하지만 실제로는 8월 첫째 일요일에 사단법인 한국상록회
황지회장 주관으로 개최된다. 한강의 근원지인 검룡소의 의미 및 가
치를 부각시키고, 물이 지니는 신성성(산 정기의 결과)과 생명력, 고귀
함을 기억하며, 군민들의 단합을 위한 행사이다. 한강대제의 치성 대
상물은 서해의 용왕신이다. 용신제를 올리고, 물과 관련된 행사인, '물
속에서 숨 오래참기', '물 옮기며 이어달리기', '물 풍선 던지고 받기'
등과 장기자랑, 풍물공연, 관현악 공연 등이 다채롭게 개최된다. 제의
때 제물로는 '소머리'를 쓴다. 태백에서 올리는 모든 제의에는 예전부
터 소를 썼고 아직도 소를 사용한다고 한다.[14] 특히 검룡소 한강대제

---

13) 강명혜, 「한강의 근원설화 양상 및 민속적 특성」, 앞의 원고, p.31.
14) 치성대상이 여신일 경우에는 소를, 남신일 경우에는 돼지를 사용하지만 최근에

에 올리는 소는 태백산에서 지내기에 '소'를 사용하기도 하지만 특히 예전에 "서해에서 날아온 용이 마을 '소'를 잡아먹었다"는 사실과 연관해서도 '소'를 올리는 것이 아닌가라는 의견도 있다.(태백 문화원, 안호진, 42세)15)

이렇듯이 두 시원지 설화의 결론은 겨울과 봄이라는 상징물의 투쟁에서 봄이 승리했지만 완전한 승리는 아니라는 점이다. 봄은 미륵바위로 화했기에 신성성과 수호신적 의미는 지니지만 행동이 약간 제약을 받는다는 의미가 내재하기도 한다. 이는 어린 아들을 대동하고 있다는 점에서도 추출된다. 태백 설화에는 〈미인 설화〉도 4~5편 정도 있는데 이 내용도 거의 황지못 설화와 대동소이한 주제소로 묶인다.

"전에 옛날에 미륵바위가 미인폭포 뒤에 두 개가 있는데 이 여자가 남편도 군에 가서 없는데 애 둘을 데리고 있는데 하나는 죽고 하나를 데리고 사는데 그 애기를 업고 인제 먹고 살라 그랬거든. 그때 나쁜사람들이 마을에 들어와 쫓겨서 산으로 산으로 들어가는데 산신령님이 오셨어. 말씀하시기를 "어디를 가더라도 애기를 데리고 아무리 천둥이 쳐도 그냥 돌아보지 말고 가라" 그랬대. "절대로 뒤돌아보지 말고 앞만보고 가라" 그랬는데 그거를 어긴거야. 그래 물동이에다가 쌀을 가득 담아서 이고 아를 업고 갔대. 먹고 살라고 어디를 막 가는데 하늘에서 번개가 치고 그래서 돌아보다가 벼락을 맞아 죽어서 미륵바위가 됐대. 미인폭포 속에 들어가 보면 미륵바위가 있대"

는 소값이 비싸서 대부분 돼지를 사용한다는 증언(양구군, 노인회관)도 있지만, 이전부터 天祭에는 소를 사용하는 것으로 알고 있다.

15) 강명혜, 「남한강의 특성 및 민속」, 앞의 논문, p.23.

이 이야기담들도 모두 황지못 설화와 상통하는 주제 및 화소를 보이고 있다. 이 때 '나쁜사람'들이 누구인지, '왜 그러는지' 등에 대한 아무 설명도 없다. 가장 중요한 것은 금기가 내려졌다는 점인데 그 금기는 "아이를 지키라는 것, 돌아보지 말라는 것"으로 황지못의 경우와 동일하다. 사실 이 돌아보지 말라는 금기는 구약의 "소돔과 고모라"에서도 등장하는 인류의 오래된 화소 중 하나이다. 하지만 태백만의 고유한 점은 '물동이', '쌀', '아기', '미륵바위' 등 풍요와 깊은 관련이 있다는 점이다. 특히 "아이를 대동하고 있다는 점, 쌀을 가득 담고 가다가 미륵이 되었다는 점" 등은 황지못 설화와도 대동소이하다. 이렇듯이 황지못 설화류의 주 내용은 겨울과 봄의 싸움에서 봄이 승리하지만 완전한 승리는 아니라는 점을 근간으로 한다. 즉 부(富)를 지키지 못하고 있다는 점에서 완벽하게 번창하지 못함이 반영되고 있다.

이전 황지못16)

---

16) 태백문화원, 시청 사이트 참조. 이전의 황지의 모습(마지막 사진), 인터넷 사이트 참조.

황지못

황지못 가에 세워진 며느리와 아들

금동미륵보살반가사유상(金銅彌勒菩薩半跏思惟像)
—삼국시대(국립중앙박물관), 국보 78호 83호

태백 〈용혈〉
(태백 문화원 사이트에 수록된 사진,
 김강산문화원장이 찍은 사진)

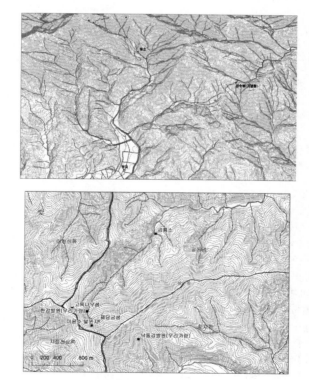

태백 삼수 발원지 용소[17)

검룡소

2) 풍요 여신 부재

이렇듯이 태백 설화의 특징은 부나 풍요의 상실이라는 주제소로 수렴된다는 것이다. 특히 한강과 낙동강 발원지 설화는 공통적으로 이무기의 '죽음', '지하로 숨음', '눈에 띄지 않는 이무기' 등으로 '이무기 없애기나 숨기기'를 지향하고 있다. 그리고 그 이무기는 심술사납거나 사람들에게 불이익을 가져다주는 존재로 나타난다. 그러면서 '남성이나 남성성'으로 표상된다. 서해에서 날아왔으며, 거칠게 몸부림치거

---

17) 장동호는 용소를 낙동강 발원지로 주장한다. 낙동강 발원지 제안 지점의 좌표 및 지형 특성은 〈표 5〉와 같다. 각 지점의 지형 특성은 한강 발원지의 지형 특성 분석 방법과 동일한 방법으로 도출하였다. 낙동강 발원지 제안 지점의 지형 특성을 살펴보면 황지는 해발고도 680.8m, 지형경사 1.2°의 태백시에서 상대적으로 낮은 평탄 지역에 위치해 있다. 너덜샘과 금샘, 은대샘은 모두 고도가 높은 경사면에 위치해 있다. 너덜샘은 해발고도가 1,189.9m, 금샘과 은대샘은 각각 1,256.9m와 1,269.7m 고도에 위치해 있으며 18~27°의 급경사면의 경사 급변점에 위치해 있다. 낙동강 하구로부터의 거리를 살펴보면 황지가 위에서 제안된 지점들 중 가장 짧은 거리인 496.70㎞, 다음으로는 용소, 너덜샘, 금샘, 은대샘 순이다. 너덜샘과 금샘, 은대샘은 근거리에 밀집해 있다. 특히 금샘과 은대샘은 나란히 있다고 말할 수 있을 정도로 서로 간의 거리가 가깝다. 장동호, 「태백 삼수 발원지 선정근거와 지형학적 의미」, 『태백 삼수발원지 가치와 생태문화콘텐츠 개발』, 2010. 10. 8. 태백시청 심포지움 발표원고.

나, 주변의 소를 잡아먹는다는 이미지가 아니무스적인 특징을 보이기 때문이다. 황지 설화에서는 확연히 '늙은 남자'로 제시된다. 결국 이무기도 겨울을 상징한다고 볼 수 있다. 겨울에는 풍요적 요소는 부재한다. 거칠고 삭막하기만 하다. 죽음과 등가관계를 보이는 것이다. 하지만 겨울은 곧 봄으로 대치될 것이다. 겨울에서 봄으로의 이행을 주제소로 하는 것은 태백 설화의 특징 중 하나이다. 즉, 이러한 사상과 원의는 태백의 설화 속에 지속적으로 등장하는 대표적 주제소인 것이다. 그러나 여기에서의 봄은 완전히 긍정적인 의미의 봄은 아니다. 단지 구세대(겨울, 낙엽, 삭막함, 부정적 요소) 등이 신세대(봄, 새싹, 풍요, 긍정적 요소)로 교체됨을 의미한다. 그러나 신세대인 봄적인 요인 또한 금기를 지키지 못한다는 점에서 완벽하게 풍요를 지향하는 긍정적인 요인은 아니다. 아이와 곡식을 지니고 있는 주체이지만 결국 이것을 완전히 지키지 못하고 있는 것이다. 이러한 과정이나 입장을 잘 반영해 주고 있는 것 또한 구문소에 전해오는 설화를 통해서이다. 구문소는 태백에서 발원한 물이 외부로 나가는 관문과도 같은 곳이다. 태백물은 구문소를 지난 뒤 우리나라 한강 및 낙동강으로 흐르며 바다까지 유입된다. 쉼 없이 흐르는 태백의 물은 꾸준함으로 돌을 뚫는 것이다. 따라서 옛사람들은 구문소를 이상향으로 가는 문이라고도 불렀다. 여기에는 다음과 같은 설화가 전한다.

구문소 용궁전설

옛날 동점 구문소 옆에 엄종한이라는 사람이 노부모를 모시고 가난하게 살고 있었다. 그는 매일 구문소에 나가 그물로 고기를 잡아 노부모를 봉양하였다. 어느날 그물을 쳐놓은 곳에 가보니 그물이 없어져 버렸다. 엄씨는 이리저리 그물을 찾다가 실족하여 그만 물에 빠져 버렸다. 얼마

후 정신을 차려보니 이상한 곳에 와 있는데 그곳은 구문소 밑에 있는 용궁으로 용왕이 사는 곳이었다. 용궁 군사들에게 잡혀 용왕에게 끌려간 엄종한은 용왕에게 문초를 받게 되었다. "네 놈이 엄종한이냐?", "예", "너는 무엇 때문에 남의 닭을 잡아가느냐?", "소인이 어찌 용왕님의 닭을 잡아 가겠습니까, 그럴리 없습니다.", "저놈이 발칙하게 거짓말을 하는구나, 네 놈이 아침 저녁으로 잡아가는 닭을 아니 잡아 갔다니 고얀놈!" 엄종한은 그동안 자기가 잡은 물고기가 용궁의 닭이었음을 간파하고 얼른 머리를 조아리며 "용왕님 정말 죽을 죄를 지었습니다. 하오나 그것은 모르고 한 짓이니 용서하여 주십시오. 소인에게는 늙으신 부모님이 계시는데 농토는 적고 식구는 많아 살림이 어려운 지라 그만 용왕님의 닭인줄 모르고 그것을 잡아 부모님을 봉양하였사오니 너그러이 용서하여 주십시요."하였다. 그러나 용왕님의 화는 좀처럼 풀리지 않았다. 삼일 동안 잘못을 비니 그제야 용왕님이 노여움을 풀며 "그래 듣고 보니 그대는 효성이 지극한 사람이로다. 모르고 한 짓이니 차후 그런 일이 없도록 하라." 하며 주연을 베풀어 위로하였다. 용궁의 산해진미를 맛보고 융숭한 대접을 받던 엄씨는 집에 두고 온 부모님과 자식 생각이 나서 먹던 떡 한조각을 주머니에 넣어 두었다. 주연이 끝나고 집으로 돌아오는데 용왕이 흰 강아지 한마리를 주며 강아지 뒤를 따라 가면 인간 세상으로 갈 수 있다고 했다. 강아지를 따라 물 밖으로 나오니 강아지는 죽어 버렸고 구문소 가에는 무당의 굿소리가 어지러이 들려왔다. 그때 무당이 구문소 엄씨의 넋을 건지기 위해 닭을 물에 집어 던졌으나 죽지 않기에 살아 있다고 하였다. 그럴 때 물밑에서 엄씨가 살아나온 것이다. 모여섰던 사람들은 귀신이 나왔다고 혼비백산하였으나 엄씨는 "나요. 엄종한이요. 귀신이 아니요." 하였다. 늙으신 어머님이 그 목소리를 알아듣고 내 아들이라 하였다. 엄씨가 용궁에서 용왕에게 3일 동안 빌며 보낸 시간이 지상에서 3년이란 세월이

지나간 것이었다. 죽었던 사람이 살아서 돌아오니 집안에는 웃음꽃이 피었지만 가난한 것은 마찬가지였다. 엄종한은 용궁에서 가져온 떡이 생각나서 주머니에서 꺼내어 보니 떡은 손가락 자국이 남아있는 그대로 굳어 딱딱한 차돌이 되어버린 뒤였다. 엄씨는 그 돌을 무심코 빈 쌀독에 넣어 두었다. 다음날 아침 엄씨의 아내가 쌀독을 열어 보니 쌀독에는 쌀이 가득하였다. 이상하게 여긴 엄씨의 아내는 쌀을 바가지로 퍼내 보았으나 쌀독의 쌀은 줄지 않고 그대로였다. 아무리 쌀을 퍼내도 줄지 않는 쌀독은 화수분이 되어 있었다. 하루 아침에 부자가 된 엄씨네는 부러울 것이 없었다.

　그 때 한양조씨에게 시집간 딸이 경북 대현리의 배지미라는 동네에 살고 있었는데 친정 아버님이 용궁갔다 와서 부자가 됐다는 소문을 듣고 찾아왔다. 쌀독 속에 넣어둔 백병석 때문에 부자가 된 것을 알게 된 딸은 친정 어머니에게 잠시만 빌려 달라고 했다. 그러나 어머니는 아버지가 알면 큰일나니 안된다고 하였다. 하도 며칠만 빌려 달라는 딸의 간청에 못이겨 친정 어머니는 엄씨 몰래 백병석을 빌려주고 말았다. 얼마 후 집안의 가세가 기울자 이상히 여긴 엄씨가 백병석을 찾았으나 딸이 가져간 뒤였다. 친정 어머니가 딸의 집에 가서 백병석을 달라고 하였으니 번번히 가짜 백병석을 내놓았다. 일설에는 조씨가 엄씨집에 처가살이를 하였다고 하며 백병석을 훔쳐 대현리에 살다가 처가집에서 자꾸 백병석을 찾으러 오니 안동으로 이사를 갔다고 한다. 또 다른 이야기로는 대현리에 살던 딸이 친정 부모 몰래 백병석이 들어있는 쌀독을 훔쳐 이고 구문소 앞 외나무다리를 건너다가 물에 빠져 백병석은 다시 용궁으로 돌아 갔다는 이야기도 전해진다. 어쨌든 조씨네는 백병석을 자기고 안동 땅 모시밭으로 이주하여 잘살게 되었고 엄씨네는 몰락하고 말았다.18)

몰락한 엄씨네와 잘 살게 된 딸! 이는 너무도 분명한 황부자 설화와 동일한 주제로 환원된다. 주제적 측면에서 볼 때 공통된 의미소로 묶이는 것이다. 화소가 다르고 이야기 전개 및 내용이 다르며 糖衣가 입혀졌기에 표면상 상당히 다른 이야기인 듯하지만, 이면적인 주제로는 결국 '늙은 남자(아버지, 겨울)는 쇠락하고', '젊은 여자(딸, 봄)가 그 뒤를 이어서 풍요의 주체가 되었다'는 것을 의미한다. 한 가지 다른 점은 황지의 경우, 여신(미륵)은 그나마 태백에 남아있지만(수호), 구문소의 경우는 '태백을 떠나고 있다는 점이다.' 따라서 부자가 되는 돌을 가지고 경북 안동으로 이사간 딸네는 잘살게 되지만 태백에 남아있는 남은 식구들은 가난할 수밖에 없다. 당연히 태백에는 풍요가 부재하는 것이다. 여기까지 이야기 구조를 따라오다 보면 이 이야기담에 등장하는 '딸'(젊은 여인)은 결국은 낙동강 하류를 풍요케 하는 여신의 이미지(낙동강 하류로 이사가서 잘 살음)를 반영하고 있음을 알 수 있다. 이는 앞에서도 언급했듯이 한편으로는 풍요신이 한 동안 태백을 떠난다는 의미도 함축한다. 앞에서 제시된 설화들에서는 봄을 상징하는 풍요성이 비록 그 진가를 발휘하지는 못하지만 그나마 태백에 머물러 있었다면 이 구문소 설화를 통해서는 완전히 태백을 떠난다는 것을 제시한다.

실제로 남한강과 낙동강 하류는 여신들이 지배한다. 단양 탄금대에도 여신의 신성성을 상징하는 설화(방망이로 탄금대를 톡 쳐서 가라앉혔다)가 있으며, 단양 도담삼봉하류에 위치한 석문에는 마고할미 설화(담배농사 및 쌀농사를 놀면서 했다는)가 전해진다. 그 외에도 충북 제천의 마고할미, 죽령의 다자구 할머니, 남한강 목계나루터의 부흥당 각

---

18) 강원도청, 『강원의 설화』, 태백 문화원 사이트 참조.

시 등 여신의 활약이 뛰어나다. 이러한 여신들이 지배하는 지방의 특징은 비교적 부유하다는 점이다. 즉, 풍요와 연맥되고 있다. 특히 단양, 여주, 이천 등 논농사, 담배농사가 잘되고 부유하게 사는 지방의 설화인 마고할미 설화를 보면, "마고할미가 손으로 한번 슥 걸려서 고랑을 만들어 농사를 짓는데, 하는 일이라고는 술과 담배를 피면서 놀아도 농사가 잘된다"고 해서 그 지방 경제와 생산품을 반영하고 있다. 그 일대의 주 생산물은 쌀과 담배(술도 유명)이기 때문이다. 설화와 역사는 이렇듯이 동일한 주제를 다른 언술 방식으로 표출한 것으로, 설화에는 사회, 문화, 경제적 측면까지도 반영된다. 낙동강 하류인 부산도 여신이 강세하며, 여신 편린이 광포하게 퍼져있다. 부산에 있는 堂들은 거개가 여신인 '고모신'을 대상으로 하며, 산신이나 장군 등을 대상으로 할 때도 여신과 함께 봉안된다는 특징이 있다. 이를테면, 고모당, 금곡동 공창고당, 금곡동 동원당산, 금곡동 율리당산, 금곡동 화정산제당, 죽전 산지당, 금성동 중리당산, 금정산 주산신령각, 남산 본돈당산, 만덕동 사기당산 등이 모두 그러하다.

특히 산 속인데도 금빛물고기가 오색구름을 타고 내려와 살았다는 금샘바위(金井, 바위 안에 물이 있음), 제일 높은 봉우리인 고당봉에 있는 故母堂(천신으로 하늘에서 내려옴. 생산과 풍요를 안겨주는 신령 여신. 금정당 鎭護神), 그리고 장군봉, 미륵바위까지 낙동강 시원지인 태백의 경우와 너무도 잘 연맥된다. 단지 낙동강 하류는 여신인 고모당이 부각되어 있고, 이무기가 물고기로 변모되어 있을 뿐이다. 물고기와 용은 어변성룡, 용변성어처럼 서로 치환가능한 물질소임을 상기한다면 상류와 하류의 상관관계가 확연하다. 한강의 경우도 시원지인 구룡용설화(북한강)가 한강 용화사, 어부식 등으로 이어지고 있다.19) 물길을 타고 역사, 문화, 민속, 경제 등이 흐른다는 점을 상기한다면 이는 당연하다고 할 수 있다.

주지하다시피 낙동강 하류 부산도 경제적으로 상당한 부를 누리는 지역이다. 여기에 비해서 태백은 어떠한가? 삼수의 시원지 태백 설화에는 유난히도 〈사람이 망가트린 연화부수형〉, 〈연화산 묘에 물 부어 망한 부자〉, 〈헐리 거북바위〉 등 '富'와 관련된 설화가 많다.[20] 물론 부에 관련된 설화가 다른 지역에서도 보이지만 태백처럼 많은 곳은 거의 없다. 부와 관련된다고는 하지만 이야기담이 이야기하고자 하는 것은 '원래는 잘 살았는데 어쩌다(잘살게 된 징표를 없애거나 잃어서) 그만 가난해졌다'는 것이다. 즉 손님치르는 것을 귀찮아해서 부의 기운을 없애서 망했다던지, 허황되게 사치를 해서 망했다든지, 행동거지를 잘못하거나 잘못된 행위를 해서 망했다든지 등 어쨌든 주인물의 실수나 잘못으로 인해 '무엇을 없애거나 잃었다'는 교훈이 糖衣를 입고 나타나고 있다(황지못 설화의 또 다른 표현). 결국 태백 설화의 주제는 거의 일관되게 '태백은 한 때 잘 살다가 그만 가난해졌다'는 것이 핵심인 것이다. 이러한 태백설화의 주제는 실제로 태백과 어떤 관련이 있을까? 설화는 역사의 또 다른 언술 방식이라고 했는데 그렇다면 이러한 주제는 태백 역사 문화 사회적 관계망 속에서 설명이 가능한 것일까?

이러한 점에 주목해서 살펴본다면 태백지역과 관련된 사실을 역사

---

19) 강명혜, 「한강의 근원설화 양상 및 민속적 특성」, 앞의 원고 참조.
20) 그 외에도 〈창고가 있어서 창촌〉, 〈용궁 다녀온 엄씨의 용궁묘〉, 〈연화부수형〉, 〈장군석 깨 망한 부자(천씨)〉, 〈검룡소 이무기 혹은 검룡소 유래〉2, 〈도승 박대하여 망한 부자〉, 〈머슴 때문에 망한 집〉, 〈소바위 깨서 망한 소부잣집〉 〈동점동 용소〉, 〈거북바위 깨서 망한 부잣집〉, 〈구문소 부자 망한 사연〉5, 〈연못 물길 뚫어 집안 망친 며느리〉, 〈연화부수형〉, 〈장군 대좌형국〉, 〈패권 다투다가 승천한 황룡〉, 〈연화부수형국 부숴 망한 부자〉, 〈용천과 업구렁이〉, 〈장군석 깨어 부른 재앙〉, 〈서학골 큰터와 연화부수〉, 〈소바우 전설〉 등 상당히 많다.

적으로 조망해 볼 때 실제로 태백이 석탄 채굴로 한 때 엄청난 부를 누리던 것과 무관하지 않다는 것을 눈치챌 수 있다. 태백은 이전에 상당히 잘살았다고 한다. 풍물로 듣기에, "태백에 가면 개도 만원짜리를 물고 다닌다"고 할 정도라는 것이다. 그 정도로 한 때 태백은 부흥했던 곳이다. 태백민들은 한동안 흥청망청 살았다고 한다. 하지만 석탄 산업이 사양길에 접어들면서 태백의 경제도 기우는 바람에 얼마 전까지도 태백은 아주 쇠락한 도시였다. 그렇다면 태백은 이제 다시 부흥하기는 불가능한가?

구문소 정경

낙동강 정경
(해거름인 촬영)

남한강 목계나루 부흥당 각시　　　　남한강 생산품

낙동강의 풍부한 자원과 풍요

3) 풍요 여신의 복귀

태백 설화를 보면 그것은 아닌 듯 싶다. 태백 설화는 희망을 이야기
하고 있기 때문이다. 부흥할 수 있는 기반을 마련하고 있는 것이다.
그 열쇠는 '아들을 데리고 위험을 피한 며느리'와, '잘 살게 된 딸'(낙동
강 유역으로 이사를 감-낙동강 유역의 풍요를 설명) 이야기담이 쥐고 있
다. 즉 낙동강 유역으로 이사를 갔던(태백의 풍요 부재 의미) 낙동강 여
인(여신-구문소의 딸 상징기기도 함)이 다시 태백으로 회귀하고 있기 때

문이다. 이는 바로 태백이 앞으로 부흥한다는 징표가 된다. 미래의 태백은 풍요의 공간임을 암시한다. 이 암시는 〈용담과 효자〉, 〈용담의 용이 된 어머니〉, 〈용마와 용담(龍潭)〉, 〈용담〉 등의 설화에서 제시되고 있다.

용담의 용왕이 된 어머니

① 소도동 청원사 경내에 자리하고 있는 용담은 태백산에서 시원(始)하는 계곡물이 흘러내리면서 지하로 스며들어 석회암층을 뚫고 항시 맑고 차거운 물을 뿜어내는 둘레 100m의 못으로 황지연못과 더불어 낙동강의 발원이 되는데 이곳에는 다음과 같은 전설이 전해온다.

② 경북 낙동강가에 홀어머니 한 분이 아들 셋을 두고 살았는데 갑자기 몸이 아파 시름시름 하더니만 왠지 상체는 사람 형체 그대로지만 하체는 용모양으로 점차 변해 가더래. 그러니 아들들이 아무리 약을 구해 써도 소용이 없어 그런데 하루는 어머니가 아들들을 불러놓고 "얘들아 내가 꿈을 꾸니 신령이 나타나 낙동강을 거슬러 올라가면 태백산에 연못이 있으니 거기서 살라고 하더라 그러니 나를 그곳으로 데려가 다오" 하거든 그래 형제들이 "어머니 병을 고칠 수는 없고 하니 따를 수밖에 없지 않은가?"하고 아들 셋이 "어머니를 어떻게 모시고 갈까"의논을 하고 있는데 갑자기 용마가 나타나 등에 태우고 이곳에 모셔왔대. 그런데 이곳에 오자 어머니는 세 아들들에게 "이제 느들은 모두 돌아가거라 나는 이 못에 들어가 살라고 했으니 어떤 소리가 나더라도 절대로 뒤를 돌아다 보아서는 안된다."작별을 고하면서 연못속으로 용마를 탄 채 들어갔다는 게야. 그러니 어머니는 용이 되어 이 연못에 터를 잡은 게지. 용담 속으로

들어가 人龍이 된 것이지 그래서 용담이라고 부르게 되었어. 그런
데 아들들은 떠나 오면서 어머니를 작별한 슬픔에 젖어 있었는데
갑자기 뒤에서 뇌성벽력 소리가 치니까 막내가 그만 어머니의 말을
잊고 뒤를 돌아다 보다가 돌미륵이 되어버렸대. 이 용담에서 <u>봄이
되면 물이 솟구치는데</u> 어떤 때는 뻘건 물이 나오고 어떤 대는 뿌연
쌀뜨물 같은 물이 나온대. 그런대 뻘건 물이 나오면 노인들이 금년
에 흉년이 들겠다고 하고 쌀뜨물같은 뿌연 물이 나오면 금년엔 풍
년이 들겠다고 하거든. 그런데 그 말이 틀림없이 들어맞아.

③ 단기 4310년 8월 용담을 보수하던 중 말편자 4개를 발견했는데 이
말편자는 어머니를 태우고 왔던 용마의 편자라 하여 현재 태백문화
원에 보관하고 있다.21)　　　　　　　　　　　　　　　(밑줄 필자)

　이 설화의 유사담 중에는 '돌미륵 이야기'는 없는 경우가 더 많다.
이는 아마도 '황지연못 설화'를 상기하면서 덧붙인 듯하다. 결국 이 설
화들의 주제는, "㉠ 낙동강 유역의 여인(용왕으로 변모되는 과정을 설명)
이 ㉡ 용이 되어서(서해안 이무기가 홀로 날아와서 몸부림 친 것과는 상반
된 양상), ㉢ 하늘의 조력으로(용마를 보내줌), ㉣ 쉽게 태백까지 날아와
서 편안히 못에 안장됨. ㉤ 아직도 물 속에서 풍년과 흉년을 관장하는
㉥ 풍요신으로 거하고 있다"는 것이다.

　서사 부분 ①과, 결사부분 ③은 태백 시청 홈페이지 사이트에 명기
된 내용이다. 여기에는 역사적 사실까지도 첨부되고 있다. 이 이야기
담은 사실이기에 증거까지 나오고 있다는 점을 강조하고 있다. 신빙
성이 강조된다. 그리고 그 용녀신이 안주한 곳은 바로 황지못 부근의

---

21) 태백시청 홈페이지, 『강원의 설화』 참조.

낙동강 시원지라는 것이다. 이는 남신과 여신, 즉 겨울과 봄의 싸움에서 완벽하게 봄이 승리하는 양태를 반영한다. 이렇듯이 완벽하게 여신으로 대체되고 있는 양상이 바로 태백의 설화 내에 존재한다. 정말 경이롭다. 이는 결국 태백은 앞으로 풍요롭게 된다는, 즉 번창한다는 의미가 설화 속에 내재하고 있다는 의미이다. 석탄의 검은 물은 삼수의 맑고도 청정한 하얀 물로 대체되는 것이다.

특히 용담의 용신이 '어머니'라는 점에서 주목된다. 황지못의 며느리가 어린 아들을 동반하면서 행동에 제약을 받았다면(아들을 키우는 어머니는 자유롭지 못하다는 점, 즉 미완성된 여신의 면모), 용신의 여신은 이미 아들을 다 성장시켜서 아들에게서 자유롭다는 점에서 완벽한 여신의 모습을 보인다. 그리고 이 여신은 지모신이며 곡령신에 해당한다. "쌀뜨물같은 뿌연물이 풍년"을 지칭한다는 것이 이를 반영한다. 또한 '물 속에 있는 여성신(용) 자체가 이미 풍요를 관장하는 것'을 상징함은 널리 알려진 것이라는 점을 상기할 필요도 있다. 재미있는 것은 황지못에서는 금기가 여인(봄)에게 내려졌다면 용담에서는 금기가 아들들에게 내려지고 있다는 점이다. 이는 완벽하게 연계되는 이야기망을 의미하기도 하며 지속하면서 전복되고 있음을 의미하기도 한다. 못 속에서 쌀뜨물 같은 뿌연물이 풍년을 의미한다는 것 또한 황지에 있게 된 시아버지가 가끔 심술을 부려서 물을 흙탕물로 만든다는 것과 상반된다는 것을 제시하는 것이며, 이런 점에서도 이 이야기담들은 서로 대칭축으로 연계되고 있음이 드러난다.

부산 금정산의 금샘 　　고당봉　　고당여신당

고모당 신위　　　　　미륵상[22)]

3. 결어—태백 설화의 스토리텔링 가능성

이렇듯이 태백 설화의 주제를 크게 나누면 ① 겨울(남신)과 봄(여신)의 싸움, ② 풍요 여신의 부재, ③ 풍요 여신의 복구 형태를 보이고 있다. 즉 이는 '富'에 대한 지대한 열망과, 한때의 융성함, 일시적인 쇠락, 다시 부흥(풍요롭게 번창함) 등의 주제로 수렴됨을 의미한다. 이러

---

22) 인터넷 사이트, 부산달팽이 산악회 블로그, 부산 시청 사이트 참조.

한 사실은 한때 흥청거리며 잘 살다가 한 동안 쇠락하다가 다시 부흥의 의지를 불태우고 있는 태백의 사회 문화 역사적 배경과 너무도 닮아있다. 설화는 역사의 또 다른 언술 방식이라고 했을 때 이러한 주제를 가진 태백 설화나 태백의 역사적 사실이 동일하다는 것은 새삼 놀라운 일은 아니다. 지역 설화에는 그 지역민의 원의와 지향점, 사상, 역사, 문화, 집단무의식 등이 내재하고 있기 때문이다.

이런 점에서 태백은 국내 유일의 三水 발원지로 알려진 복된 공간이며, 풍수적 입지에서 보나 자연생태적 측면으로 보나 설화가 지향하는 미래지향적 측면으로 볼 때 생명을 배태, 분출시키는 始原의 공간, 神秘의 공간으로서 초역사적 입지를 지니며 앞으로 무한히 발전 가능한 공간이라고 결론 내릴 수 있다. 문제는 이러한 측면을 어떻게 활용하여 지역민의 문화 사회 경제에 도움이 될 수 있는 근간을 마련하는가 하는 것이다. 지역사회의 고부가치를 창출하는데 기반이 되는 콘텐츠 개발이 현대의 화두라는 점을 생각한다면 지역 설화를 제대로 분석하고 이해해서 이를 활용할 수 있도록 기반을 마련해 주는 것도 국문학자들이 해야 할 역할 중 하나일 것이다.

이러한 모든 점을 고려해 볼 때 태백 설화는 그 자체로 스토리텔링의 근간이 된다. 따라서 이것을 기반으로 해서 상상력, 재미 등을 가미한다면 재미, 교훈, 역사와 맞물린 의미있는 스토리를 만들 수 있을 것이다. 현재 중국 장예모감독은 특별한 스토리(갈등부분도 없고 이야기 전개가 밋밋-좋아하는 남녀가 결혼한다는 이야기)도 아닌 내용인 '印象 치三姐'를 가지고 세계적으로 유명한 공연으로 연출해서 많은 관광객과 경제적 부가가치를 높이고 있다(부락민이 낮에는 일을 하고 밤에는 공연에 참석하는 등 마을 전체가 경제적 부를 누리고 있다고 한다). 태백은 용담, 황지못, 검룡소, 구문소 등 상당히 부가가치가 높은 스토리텔링을 만들 수 있는 기반을 가지고 있다. 이들을 연계하면서 이야기를 만들고 또한 이것을 원소스로 해서 다양한 멀티유스 체계를 수행한다면 좋은 콘텐츠를 많이 제작할 수 있을 것이라고 확신한다. 특히 태백은 앞으로 '석탄의 검은 물'을 '삼수의 맑고도 청정한 하얀 물'로 대체할 필요가 있으며, 이 설화를 재구성해서 문화콘텐츠화를 해야 할 필요 충분 요건에 놓여있다. 태백 설화를 바탕으로 한 스토리텔링의 뼈대를 일부 제시하면 다음과 같다.

1 태백 삼수 여신이미지를 살리는 스토리텔링―겨울과 봄 싸움을 주제로 해서 이야기를 재구성함.

"지모신이며 곡식신인 단군의 어머니 웅녀, 미륵이 되어 태백을 지키는 며느리(아들을 대동), 낙동강에서 다시 날아온 용녀의 풍요적 이미지를 살림"

이 구조는 남신(겨울)과 여신(봄)의 갈등 및 투쟁➡겨울의 패배, 봄의 승리(일부의 승리, 제약과 갈등, 투쟁이 잔존)➡여신의 부재➡여신의 복귀(평화와 풍요, 번창)으로 진행될 필요가 있다.

또한 현재 서로 달리 행사하고 있는 낙동강발원제, 한강대제는 설화상으로 보아 거의 동일한 이야기 구조 속으로 수렴되기에 오히려 하나로 묶고, 이를 '삼수발원제'로 해서 대대적으로 홍보하고 이를 콘텐츠화할 필요가 있다.

2 태백은 '여신'이미지를 부각시키는 것이 무엇보다 바람직하다. 이는 이미 설화를 통해서 증명되었다. 무엇보다도 태백 고대로부터의 집단무의식에는 이러한 측면이 면면히 전승되고 있었다. 태백의 석탄이 남성적 이미지를 반영한다면 태백 삼수는 여성적이며 여신적인 이미지와 부합된다. 이는 또한 태백산은 "지금껏 山禍를

당한 일이 한번도 없는 산으로도 유명하며, 어머니의 품 같은 부드러운 山勢의 곡선이 이를 대변한다. 천제단은 다른 이름으로 九靈壇 또는 九靈塔이라 하고 麻姑塔이라 하기도 한다."[23)라는 것과도 부합된다.

　마고할미는 우리나라 창조의 여신이다. 단군, 단종, 공양왕과 같은 남신이나 왕과 함께 그들의 母神인 '웅녀', '마고신'에 대한 부각이 태백을 번창하게 하고 풍요롭게 할 것이라고 기대한다. 이는 또한 삼수의 근원이기도 하다.

3 이를 근본 주제로 해서 재구성하고 뮤지컬로 개발한다면 상당히 재미있고도 웅장한 작품이 되지 않을까 기대된다. 그 외에도 여신 아바타나 여신 캐릭터를 개발하고, 남신의 짓궂은 캐릭터(이무기 이미지)도 함께 개발한다면 흥미로울 것이다. 빼 놓을 수 없는 또 한가지 소재는 '소'이다. 소는 지속적으로 나타나는(소거름을 치우는 황지못 황부자, 소를 잡아먹는 이무기) 주요소이기 때문이다. 이 소를 이용한 캐릭터를 개발해서 활용한다.

4 그 외에도 검룡소의 딸이 가져갔다는 '돌'도 스토리텔링화해서 개발한다.

5 삼수 시원지로서 물문화콘텐츠를 여러 측면에서 생태적 측면에 부합해서 개발한다.(시원지 물판매, 시원지 물에 대한 스토리텔링–번창의 의미부여), 물 역사나 물문화관, 물 테마파크, 물체험관(자연친화적 공간 개설).

　이렇게 하나 하나 개발한다면 태백은 무한한 문화유산을 지니고 있

---

23) 태백문화원 홈페이지 사이트 참조.

는 미래지향적인 복된 공간이 될 것이다.

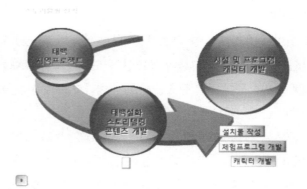

태백 설화 스토리텔링 전략

계림에서 자연을 배경으로 만든 뮤지컬 〈인상유삼저〉

부여, 백제 문화제 때 강변을 무대로 해서 연출한 뮤지컬

書와 畵에 투영된 북한강의 특성 및 물 원형상징과의 상관성

1. 서언

물은 인류생존 조건의 필수적 물질이다. 물은 생명을 생성시키며 유지, 번창시킨다. 따라서 물은 인류공통상징으로 생명, 생생력 등의 아키타입으로 상징된다. 하지만 다른 한편으로 물은 '죽음'을 상징하기도 한다. 물은 생명을 죽음에 이르게 하고 생명을 위협할 가공만한 힘을 지니고 있기 때문이다. 물은 이렇듯이 양가적 가치를 지닌다. 그러나 물의 속성이 생생력 및 죽음이라는 양가성만으로 상징되는 것은 아니다. 그 외에도 물은 죽은 생명체나 영혼 등을 異界로 운반, 인도, 이동시키기도 한다. 물은 생명을 주검에 이르게 하며, 이계로 이동시키며, 새 생명을 탄생시키는 공간이기도 한 것이다. 이런 점에서 물은 再生이미지도 표상한다. 생명체는 물속에서 정화되는데, 이러한 정화의 속성 및 기능이 생명체의 재생을 가능하게 하는 요인을 마련한다고 할 수 있다. 따라서 물은 작품에서도 불완전하거나 缺乏된 것을 완전하게 하거나 충족시켜 주거나 해소시켜 주는 매개체로 등장하는 경우가 많다.[1] 결핍을 해소시켜 준다는 점에서 물은 생명체에게 안정과 평화를 선물하기도 한다. 결국 물의 속성에는 새 생명으로 새롭게 재생될 기반 구축의 여지가 마련되어 있으며, 죽음과 탄생, 再生, 정화의 이미지까지도 모두 함유하는 양가적, 다원적 특성을 내재시킨다.[2] 이렇듯이 고리순환적인 구조를 내포하고 있는 것이 바로 물이 지니는 추상적, 상징적 이미지라고 할 수 있다. 물의 이러한 아키타입적 특성들은 영원한 네버엔딩적 속성을 지니는 것으로서 고금동서를 막론하고 많은 說話나 작품을 통해서 반향되어온 보편적인 사실이기도 하다.

물이 지니는 원초적 상징성은 결국 인류의 생명과 직간접으로 관여되는 물질소라고 정의 내릴 수 있다. 물이 지니는 속성이 인간의 삶에 이렇듯이 근원적이고 통과제의적 기반이 되는 원형성으로 인식된다는 것은 실제 생활에 있어서 물이 인간에게 끼치는 영향이 지대하며

---

1) 강명혜, 「죽음과 재생의 노래 〈公無渡河歌〉」, 『우리문학연구』 18집, 우리문학회, 2005, PP. 108~119. Passim 참조. 이를테면, 新羅始母 王妃 閼英은 태어날 때 缺乏의 요소를 지녔으나 '물'에 의해 淨化된다. 즉 물을 통해 완전함을 획득하고 아름다운 모습을 찾게 되며, 결국 귀한 신분으로 상승한다. 물을 통해 결핍을 해소시키는 것이다. 百濟 武王의 母親도 물을 통해 葛藤과 缺乏을 解消하고 귀한 신분의 아들을 잉태한다. 자신의 욕구를 연못 속의 龍을 통해 해소하며, 결국은 王의 母親이라는 高貴한 신분을 획득하는 것이다. 〈沈淸傳〉만 해도 '심청'이는 물을 통해 죽음을 경험하며 물을 통해 새로 태어난다. 왕후라는 새 신분을 획득하여 고귀한 인물로 새롭게 탄생하는 것이다. 또한 高句麗의 柳花는 물을 부르는 나무인 '버드나무'를 이름으로 갖고 있으며 임신을 전후하여 물을 드나들었고, 또한 高麗 太祖의 祖母로 알려진 龍女 또한 '물'과 밀접한 관계를 지닌다. 뿐만 아니라 〈배비장전〉의 배비장도 '물'을 통과한 후 정화되어 새로운 인물로 변모한다. 이렇듯이 '물'은 정신적·육체적인 '죽음'과 '생명 탄생', '정화', '재생'이 모두 가능한 상징물인 것이다.

2) 강명혜, 「江原道 民俗信仰의 特性과 起源 및 文學作品과의 관련성」, 『강원문화연구』 제19집, 강원대학교 강원문화연구소, 2000 참조.

필요불가결한 물질소이기 때문일 것이다. 따라서 본고에서는 물이 지니는 추상적이며 원초적인 상징성이 구체적으로 어떤 기능과 특징을 기반으로 해서 조성되었는가에 대해서 살피고자 한다. 물은 인간의 삶에 있어서 추상적인 상징물로만 기능하는 것이 아니기 때문이다. 물이 지니는 상징성도 결국은 인간의 삶에 깊이 관여하는 구체적 요인에서 기인되었을 것이다. 물은 인간의 삶을 영위시키는 물질로서, 우물, 샘, 시내, 강, 바다, 비, 수증기로 순환하면서 인간의 생명을 존재시키는 필요충분적 물질로 기능한다. 이러한 모든 것을 포유하는 '강'은 공시적, 통시적으로 인류 공동취락의 場이며 터전의 공간이기도 한다. 또한 공시적, 통시적으로 지속되거나 변모되면서 인간의 삶에 직간접으로 깊이 관련된다.

필자는 이러한 강, 그중에서도 '북한강'에 대해서 조망하고자 한다. 즉 우리 선조들이 '북한강' 수계의 공간 속에서 어떤 일을 하면서 삶을 영위했고 강은 그들에게 어떤 기능을 했는지를 문집『譯註 海觀自集』(1921~1950)(書)을 통해서 살펴보고 이러한 특성이 '물'이 지닌 원형상징(archtype)과 어떻게 관련되는지 규명해 보고자 한다.

『譯註 海觀自集』은 북한강 유역인 춘천 서면 신매리 강가에서 살면서 많은 한시(약 1226수)를 남긴 홍종대 선생(1905~1951)의 유작품집이다.3) 작가가 북한강가에서 생활했기 때문에 작품의 주제소는 '북한강'과 관련된 것이 상당량에 이른다. 대략 410수 정도로서 전체 작품의 3분의 1 정도가 '물'이나 '강', '북한강'에 대한 정보를 직간접으로 표출하고 있다. 이 작품과 그림에 투영된 강의 공분모적 특징 및 기능은 대략 5가지로 분류된다. 이 5가지 정도의 특징 및 기능은 1950년

---

3) 이 한시는 거의 7언율시 형태를 갖추고 있다.

대까지의 북한강 수계의 민속적 특징 및 강의 특징, 기능 등을 함유하고 있다. 따라서 본장에서 다루고자 하는 물과 강이라는 공간은 주로 인간의 실제적 삶이 영위되는 물리적 공간이며 구체화된 장소로서의 평면적 공간이다. 하지만 때로는 추상적이며 심리적, 공감각적 의미로서의 공간도 반영한다. 왜냐하면 본고에서 다루고자 하는 구체적, 물리적 공간은 시 속에서 형상화된 공간이기도 하기 때문이다.

2. 서, 화에 투영된 북한강 특성 및 민속

북한강은 총 길이 317.5㎞로 한강의 제1지류이다.4) 강원도 금강군에서 발원하며 상류는 금강천으로 불린다. 이 금강천이 남쪽으로 흐르면서 화천에서 자양강(화천강. 화천에서는 예전에 북한강을 狼川으로 불렀다)을 형성하여 흐르고, 설악산과 오대산에서 발원하여 양구, 인제를 거쳐내리는 소양강(춘천에서는 예전에 북한강을 모진강이라고 불렀다)이 춘천 의암호에서 합수하여 가평천, 홍천강(인제쪽에서 흘러들어 북한강의 청평호로 합쳐지며 150㎞를 유유히 흐르는 홍천강의 원래 이름은 華陽江), 청평강에서 합류하여 경기도 양평으로 서류하다가 양평군 양서면 兩水里에서 남한강과 합수하여 한강으로 흘러든다.5) 북한강은 특히 유량이 풍부해서 화천댐(파로호), 평화의 댐(미완), 춘천댐(춘천호), 의암댐(의암호), 청평댐(청평호), 소양강댐(소양강) 등, 유독 많은 댐건설을 가능하게 했다.

---

4) 한국문화유산답사회 엮음, 『경기북부와 북한강』, 돌베개, 1997, p.217.
5) 상동.

『해관자집』의 작가가 살던 신매리는 화천에서 흘러오는 자양강(낭천)과 인제쪽에서 내려오는 소양강(모진강)이 합수되는 지점에 있다. 따라서 『역주 해관자집』에는 이러한 사실이 잘 반영되고 있다.

金剛一脈落春川   금강산 한 줄기 춘천에 떨어져
來鎭牛郊閱晚秋   우두 들판 누르며 영원히 굽어본다
漢祖精靈6)墳尙在   한조의 정령무덤은 지금도 남아있는데
貊都7)往劫水空流   맥도엔 오랜 세월 물만 하염없이 흐른다
獜狼二派8)回衿帶9) 소양강, 자양강 두 물줄기 띠처럼 감아돌고
龍鳳雙岑稽賴頭   대룡산, 봉의산 두 봉우리 머리 조아린다
旣往興亡多感想   지난 흥망에 느낌도 많아
詩人到此使人愁   시인 이곳에 이르러 시름에 젖는다.

〈登牛頭後山素展作〉

琴聲水落兩江鳴   거문고소리 물에 떨어져 양쪽 강 운다.

〈與李盦共登浮來山〉

孤山10)特立半平野   고산은 넓은 들에 반쯤 걸쳐 우뚝 솟았고

---

6) 춘천시 동면 물노리 가리산에 있는 漢天子 조상묘(전설).
7) 춘천시 사북면 발산리 일대는 옛 맥국의 도읍지로 전해옴.
8) 설악산에서 발원. 인제, 양구를 거쳐 내리는 獜川(소양강)과, 금강산에서 발원. 화천을 거쳐 내리는 狼川(자양강)의 두 줄기 강. 이들은 춘천에서 만나 北漢江 水를 이룬다.
9) 衿帶－산이 둘러싸 옷깃 같고 강이 둘러싸 띠 같은 요해처.
10) 춘천 화천강 줄기 윗 중도 북쪽에 있는 산. 암벽이 아름다워 소양팔경에 꼽힌다. 부래산이라고도 한다.

二水¹¹⁾分開中大洲　이수는 중대주를 갈라 열었다

〈四月五日遊小金剛山〉

狼猯水¹²⁾出雙夫婦　자양강 소양강 흘러나오는 것 한쌍의 부부같고

〈五月十日會溫水亭〉

　자양강(화천에서 흘러온 물), 소양강(인제에서 흘러온 물)의 합수에 대
해 언급하고 있다. 북한강의 근원지는 금강산임도 밝히고 있다. 시적
화자(=작가)가 있는 곳은 이렇듯이 자양강과 소양강이 합수되는 곳이
며, 예전의 맥도(예맥)이며, 대룡산과 봉의산, 고산, 우두 들판이 있는
곳이다. 작가는 이러한 곳에서 삶의 기반을 마련하는 것이다. 북한강
유역은 선사시대, 즉 구석기 중기나 후기의 유적과 신석기 시대 유적
이 남아있는 선사초기부터 우리 선조들의 터전이었다. 충적세 개시
이후 최소한 신석기시대에 이르면 내륙 깊숙한 지역에서도 주민의 거
주가 이루어졌다고 본다.¹³⁾ 특히 예맥의 고도였던 춘천은 신라 선덕
왕 6년(637) 군주를 두고 우수주(牛首州)라 불렀는데 이는 '솟을 뫼'라
불리는 옛무덤이 있었던 데서 비롯되었다. 고려 태조 23년(940) 春州
로 불렀으며, 조선 태종 13년(1413) 지금의 이름 춘천으로, 영조 40년
(1764)에 도호부가 됐다가 고종 32년(1894) 경기도에서 강원도로 편재
되었다. 봉의산 중턱에서 신석기 시대인의 穴居遺地가 중도와 서쪽

---

11) 자양강과 소양강을 이수라고 표현하며, 두 강이 합쳐지는 곳에 형성된 沙洲를 백
　　로주라고 표현한다.
12) 자양강과 내린천, 화천의 옛 지명이 낭천이므로 화천강을 낭천강 그 뒤엔 자양강
　　이라고도 하며, 인제 쪽에서 흘러나오는 물을 내린천이라고 함. 내린천은 춘천으
　　로 흘러와서 소양강이 됨.
13) 서울대학교박물관, 『북한강유역의 선사문화』, 1998, p.82.

강변에선 돌무지무덤과 빗살무늬토기가, 석사동, 중도동 등지에서 청동기시대 고인돌 등이 출토돼 선사시대인들이 살아왔음과 그들의 생활상을 일부 알게 한다.[14] 시 텍스트를 통해 대략 이러한 역사적 사실이 추출되고 암시되고 있다. 그러나 역사적 고도였던 예맥은 망했고, 시적 화자는 이 사실에 "시름에 젖는다". 이러한 북한강변에서 시적 화자는 터전을 마련하고 강사람이 된다.

1) 서경 및 관조 공간

북한강가에 살고 있는 작가의 관심이 주로 강이나 강과 관련된 것으로 쏠리는 것은 자연스러운 일이다. 실제로 시 텍스트에서 가장 많이 차지하고 있는 주제소는 주로 강이나 물에 관한 것이며, 특히 서경적 측면을 반향하는 것들이 주축을 이루고 있다.[15] 강풍광의 이모저

---

14) 한국문화유산답사회 엮음, 앞의 책, p.220.
15) 7, 11, 12, 13, 15, 16, 18, 19, 20, 22, 23, 24, 27, 28, 35, 36, 38, 39, 50, 53, 54, 56, 61, 64, 77, 78, 81, 82, 84, 123, 137, 150, 151, 162, 163, 170, 171, 174, 175, 175, 179, 182, 183, 184, 186, 187, 188, 191, 192, 199, 203, 208, 209, 214, 216, 220, 222, 225, 226, 229, 230, 231, 233, 235, 237, 243, 245, 247, 248, 250, 260, 262, 269, 274, 278, 279, 287, 290, 291, 292, 296, 303, 304, 309, 313, 312, 317, 318, 319, 320, 322, 323, 335, 336, 337, 347, 349, 350, 351, 352, 353, 356, 357, 359, 362, 363, 364, 365, 373, 375, 376, 379, 381, 382, 383=, 386, 387, 388, 389, 390, 392, 393, 395, 396, 400, 401, 407, 408, 410, 415, 419, 423, 424, 429, 430, 431, 433, 438, 451, 455, 459, 561, 463, 466, 473, 482, 493, 494, 490, 491, 495, 503, 504, 505, 511, 513, 517, 527, 529, 530, 532, 533, 536, 540, 543, 544, 552, 565, 569, 574, 584, 585, 586, 597, 598, 599, 600, 602, 603, 604, 605, 607, 612, 615, 618, 624, 630, 631, 632, 637, 638, 646, 651, 656, 662, 663, 664, 666, 667, 670, 671, 672, 676, 677, 685, 689, 691, 693, 694, 699, 701, 702, 706, 707, 710, 711, 723, 734, 735, 739, 742, 743, 748, 750, 751, 752, 755, 756, 758, 764, 765, 775, 777, 778, 788, 798, 802, 803, 804, 813, 816, 817, 818, 817, 818, 823, 830,

모, 아름다운 서경들, 여기서 기인되는 서정적 감정, 관조의 대상으로 서의 강 등에 작가의 관심이 집중된다. 따라서 강은 작가에게 있어 서경 및 관조의 공간인 것이다.

一村漁笛和江聲	한 마을 어부의 피리소리 강물소리에 섞여 퍼진다
九雲湖上孤亭子	하늘 구름 호수에 떠 있는데 외로운 정자 하나
景物悠悠活畵成	봄날 한가한 풍경 한 폭 살아 있는 그림

〈卽景 又〉

어부의 피리소리와 강물소리가 섞이는 청각적 이미지, 구름이 호수에 떠있는 마치 한 폭의 그림과 같은 시각적 이미지가 시적 정취를 한껏 고조시키고 있다. 이러한 공간에서 시적 화자와 세계의 대결은 찾을 수 없다. 단지 자연을 수용하는 시적 화자의 서정만이 가득차게 된다. 시적 공간에서 시적 화자는 여유있는 정취를 마음껏 구가한다. 이렇듯이 『해관자집』 시 텍스트에서 북한강이 지니는 서경적 측면은 시각과 청각, 미각, 공감각으로 형상화된다는 특징이 있다. 특히 시각적 측면은 관조의 세계를 투영시킨다.

832, 846, 849, 856, 861, 862, 867, 872, 876, 877, 879, 881, 882, 883, 889, 890, 894, 896, 897, 901, 905, 907, 908, 909, 910, 913, 918, 921, 922, 938, 941, 946, 947, 950, 954, 955, 956, 959, 961, 965, 971, 972, 974, 976, 977, 890, 983, 984, 985, 986, 996, 998, 999, 1000, 1001, 1002, 1003, 1004, 1006, 1008, 1009, 1010, 1013, 1014, 1016, 1018, 1019, 1020, 1021, 1026, 1027, 1032, 1033, 1035, 1036, 1037, 1038, 1039, 1040, 1041, 1044, 1045, 1053, 1058, 1062, 1064, 1066, 1068, 1069, 1070, 1072, 1073, 1085, 1087, 1088, 1102, 1110, 1115, 1120, 1122, 1123, 1129, 1131, 1138, 1139, 1148, 1149, 1150, 1151, 1152, 1153, 1154, 1156, 1161, 1163, 1171, 1174, 1153, 1154, 1155, 1156, 1161, 1163, 1171, 1174, 1196, 1197, 1199, 1206, 1210, 1216, 1217, 1220, 1222, 1223 등.

蒼葭滿地觀魚躍　갈대우거진 곳 물고기 뛰는 것 보다가
秋水如天復雁回　가을 물 하늘처럼 파란데 다시 기러기 나는 것 본다
又是重陽佳節近　중양절 가까워진 아름다운 계절
菊叢幾處酒寬杯　국화꽃 피어난 곳 술잔 또한 가득하다

〈古宅畵會〉

생각에 잠긴 한가로운 물새 물가에 있다(有意閑鷗下水邊)

〈次新聞初夏偶吟韻〉

두 강이 마주하는 저 경치 바라보니(第看二水這間景)

〈鷺洲歸帆〉

모두가 시각적인 측면을 반향하는 것으로서 관조적 자아 및 서정적 세계의 합치가 잘 드러나고 있다. '생각에 잠긴 물새'는 결국 시적 화자의 객관적 상관물이다. 한가롭게 생각에 잠겨서 물을 바라보는 시적 화자는 한 마리 물새로서, 이때의 물새는 물과 합치되고 있는 작가의 정신적 응결을 상징하기도 한다. 응집된 시적 화자의 정신은 물을 바라보면서 평화와 안정을 찾는다. 물이 부여하는 선물인 것이다. 물가에서 사는 사람만이 지닐 수 있는 특권인 것이다.

世上是非我不關　세상의 시비 나는 관심없다
昭陽江水淸如此　소양강 물 이처럼 맑으니

〈逢筆士共吟 又〉

此辛堪代窮心樂　이 몸 궁핍해도 마음을 즐거워

寥寂江湖坐納涼　　고요한 강호에 앉아 더위 식힌다

〈松田草堂卽景〉

시적 화자는 안빈낙도를 구가하고 있으며, 자족하려고 애쓰고 있다. 이렇듯이 스스로의 도를 구하려고 애쓰는 중심에는 '강'이라는 공간이 입지를 제공한다. 물이 주는 안도감, 안정감, 고요함이 시적 화자를 관조의 세계로 이끈다. 또 서경이나 정취를 노래하고자 하는 충족요 건 역시 물이 제공하고 있다.

渚淸沙白葉初飛　　물가 맑고 모래 흰데 나뭇잎 날리니

蕭瑟秋容轉翠微16)　쓸쓸히 바람 부는 가을 모습 푸르게 바뀐다

劫張潦痕都視夢　　오래 넘치던 장마 흔적 모두 꿈

賴松鱸膾詎堪肥17)　나무에 기대어 먹는 농어회 참으로 달다

蘇仙壁賦遊賀極　　소동파 적벽놀이 얼마나 지극했으며 글 지었을까

漢帝風辭18)老半依　한무제 추풍사로 늙어감 반쯤은 노래했지

造物不藏知許得　　조물주 온갖 모습 드러내 마음껏 즐기게 하니

有情明月最揚輝　　정 있는 밝은 달빛 정말 밝다.

〈秋江 又〉

강의 정취 및 서경이 잘 드러나고 있다. 그러나 강에는 아름다운 서 경 및 정취만 존재하는 공간은 아니다. 장마에는 홍수로 넘치면서 많 은 폐해를 수반하는 공간이기도 하다. 하지만 비극과 고통이 수반되

---

16) 파란 산 기운.
17) 농어의 회.
18) 한무제가 지은 〈추풍사〉.

는 공간이기도 해도 이는 이미 과거의 시간과 공간인 것이다. 가을이
오니 모든 것은 추억에 묻힌다. 강은 현재 풍요의 공간인 것이다. 이
러한 정취 및 사실을 시적 화자는 지적하고 있다. 현재, 화자는 소나
무에 기대어 농어를 먹는, 즉 풍요와 만족과 즐거움의 시공간에 처해
있다. 아름다운 풍경은 조물주의 작품이다. 따라서 조물주의 창조물
에 대해 조물주가 온갖 모습을 드러낸다고 보고 있다. 이를 마음대로
즐기자는 것이다. 이 모습이 얼마나 근사하면 소동파가 적벽부를 지
었겠냐고 하고 있다. 소동파가 적벽에서 낭자하게 노는 모습이 그대
로 전해질 만큼 시적 화자는 흥에 겨워하고 있다. 이러한 시적 화자의
모습은 결국 달에까지 투영된다. 객관적 상관물로의 달은 정을 구비
한 달이다. 하물며 밝기까지 함에랴. 이렇듯이 북한강변에 살고 있는
시적 화자의 삶은 물과 함께 공존한다. 따라서 시적 화자의 열망은 소
박하기만 하다. 또한 물과 밀접히 관련된 것이기도 하다.

後有靑山前有江　　뒤에는 푸른 산 앞에 강 있는데

　　　…

平生我願作舟楫　　내 평생 소원은 배와 노 장만하여
若濟巨川悅萬邦　　큰 내 건너 온 세상 기쁘게 하는 일　　〈述懷〉

此生擾擾百年中　　어지러운 이 내 평생
等視江湖不係篷　　강호에 매놓지 않은 조각배 같아라
〈丙戌五月二十六日與韓靜波柳春汀李何石共吟 又〉

시적 화자의 "평생 소원은 배와 노 장만하여 큰 내를 건너 온 세상
기쁘게 하는 일"이며, 자신의 평생을 "강호에 매놓지 않은 조각배 같

다"고 표현하고 있다. 비록 비유물로서 보조관념으로 사용된 것이기는 해도 물과 관련된 것이 사용된다는 특징이 있다. 시적 화자의 사유는 의식적이건 무의식적이건 '물'이 지배하고 있는 것이다. 이렇듯이 예전의 북한강은 서정 및 관조의 공간이었으며, 서경적인 정취를 제공하고 있었다. 이러한 측면은 그림에서도 잘 드러나고 있다. 아래의 그림은 비록 북한강과 관련된 것은 아니지만 그 당시의 강이 투영하는 사유적 공간과 부합하고 있다. 이렇듯이 강물은 인간의 삶을 평화롭고, 여유있고, 안정시키는 힘을 보유하고 있으며, 이러한 특성은 물이 지니고 있는 긍정적인 원형성, 즉 삶의 근원성, 생생력, 복원력 등의 재생적 이미지의 한 근간을 마련했다고 볼 수 있다.

한일관수도-강희안[19]

---

19) 그림은 강명주 조각가의 도움을 받았음.

설실서원도(남양주문화재자료실)-정선

계변수금도-김홍도

2) 생산 공간

강은 서정과 서경, 관조적 공간의 기능만 있는 것은 아니다. 강에는
물고기가 있고 사람들은 물고기를 잡아서 먹거나 잡은 물고기를 팔아
서 생활한다. 이러한 측면이 작품 속에 잘 투영되고 있다. 즉 강은 생
산적 공간인 것이다. 어부, 고기잡이, 낚시, 낚시배, 낚시터 등, 강에서
고기를 잡는 것과 관련된 모습이 작품 속에 많이 등장한다.[20]

探酒穿魚漁子到 　술 받아 고기 꿰어 돌아오던 어부
幾將短笛下橋梁 　짧은 피리 몇 개나 다리 아래 던졌나

〈偶吟, 98〉

君在山村我水隣 　그대 산촌에 있고 나는 물가에 있어
當年俱是洛陽人 　그 해엔 모두 낙양 사람이었지
友兼風俗同時樂 　풍속 따라 사귀며 계절 따라 즐기다
遊許漁樵一度親 　어부와 나무꾼으로 한번에 친해졌지
隱如栗里居元亮 　율리에 사는 도연명처럼 은거하며
行若桃源泛道眞 　복숭아꽃 물길 따라 신선마을 찾아든 어부
納凉縱欲隨陰坐 　서늘한 기운 쐬려 그늘따라 앉으니
若熟何頻汗滿巾 　무더위에 어찌 땀 가득 수건에 적실까

〈到馬山[21]書堂金師共吟二首 又〉

---

20) 2, 8, 14, 17, 31, 55, 59, 65, 76, 98, 99, 136, 180, 197, 198, 232, 239, 241,
246, 270, 285, 286, 293, 307, 334, 338, 366, 368, 372, 378, 385, 391, 409,
413, 414, 467, 494, 505, 514, 519, 532, 535, 538, 550, 551, 627, 634, 714,
849, 916, 939, 953, 962, 992, 1005, 1012, 1034, 1062, 1086, 1096, 1111,
1130, 1161, 1163, 1171, 1184, 1186, 1187, 1189, 1193, 1202, 1208, 1212,
1220, 1223.

江湖閑作一漁翁　　강호에서 한가로히 고기잡는 늙은이 되었지

〈咏**春寒**〉

雨過水檻理漁磯　　비 지난 물가 난간에서 낚시터 닦는다
神仙貸我應處座　　신선도 나 기다려 자리 빌려 놓았을 텐데

〈卽景〉

시적 화자=작가는 어부에 대해 언급하고 있다. 또한 시적 화자는 자신도 '어부', '고기잡는 늙은이'라고 지칭하고 있다. 사실 '어부'라는 명칭만 차용한 것은 아니다. 예전에는 실제로 물가에 사는 많은 사람들은 고기를 잡아서 생활했다. 고기를 잡는 일은 물가에 사는 모든 사람들의 보편적인 생산수단이었던 것이다. 어부업을 전업으로 하지 않았어도 누구나 어부 못지않게 고기잡이를 즐겼으며 강이나 시내에는 많은 물고기가 살고 있었다. 이러한 점이 시 텍스트를 통해서 잘 드러나고 있다. 시적 화자가 하는 일은 "책읽고 밭갈며 약초심고 나무하고 낚시하다 또 샘물 긷는"일이다. 이렇듯이 유학자에 해당하는 시적 화자의 일상에서도 낚시가 차지하는 부분은 적지 않다. 틈만 나면 '낚시터를 닦았던' 것이다. 심지어 필자도 어렸을 적 어른들과 냇가로 천렵을 갈 때는 양념과 솥만 가져가서 미꾸라지 등을 잡아서 그 자리에서 끓여 먹고 왔던 기억이 난다. 지금은 물고기도 줄고 물도 오염되어서 예전에 비하면 강에서의 고기잡이 업은 상당량 사라졌다. 하지만 아직도 지속되고 있는 생산업 중 하나인 것이다. 현재는 관공서에서 어업채취권을 허가받은 사람만이 전문 어부로서 어부업을 한다. 그 숫

---

21) 지금의 우두.

자는 얼마 되지 않으며, 허가가 나오면 어업채취권자는 그물을 사용하거나 다슬기도 잡을 수 있다. 현재는 일반인들의 투망은 금지되어 있다. 그 외에 강가에 살거나 물고기(잡어 매운탕, 튀김 등)를 메뉴로 해서 장사를 하는 상인의 경우는 물고기 잡는 일을 업으로 하면서 생활한다. 현재 북한강에서 잡히는 어종은 쏘가리, 눈치, 피라미, 모래문이, 끄리, 메기, 강준치, 베스, 잉어, 붕어, 장어, 가물치 등 민물어종은 거의 다 잡힌다고 한다.22) 현재의 실정도 이러할진데, 7, 80년 전에는 어떠했겠는가? 더구나 이전에는 먹거리도 시원치 않은 시절이었다. 이런 점에서 특히 당시의 강 낚시는 생산적 측면과 깊은 연관을 지닌다. 시적 화자는 아예 자신을 '어부'라고 지칭하고 있다. 또한 잡은 '고기를 새끼줄이나 망태에 담아서 다니는 풍경'은 낯설지 않은 보편적인 풍경이었다. 아이들까지도 고기잡이에 참여한다. "빽빽한 잎 늘어진 바위에서 어린아이 낚시질한다(密葉垂盤穉子針〈偶吟 又〉)"에서 알 수 있듯이 그 당시는 누구나 강변에 가서 낚시질을 하는 것이 보편적인 일상이었으며, 특히 강변에 살고 있는 어린아이까지 물고기 잡는 일은 익숙한 일이었다. 잡은 물고기는 당연히 식사대용이나 부식으로 사용되었다. 또한 현재는 바다에서만 야간 조업을 하는데, "이곳 강촌엔 고기잡이 불만 붉다(這裏江村魚火紅,〈淸夜卽事〉)"와같이 예전에는 강에서도 밤새 고기잡이를 했음을 알 수 있다. 강촌의 밤, 강에는 고기잡이 불이 붉다고 했다. '불'은 고기잡는 '횃불'이었을까? 야간에 배를 이용해서 조업을 했을 듯싶지는 않다. 상세한 정보는 알 수 없지만 아마도 횃불을 밝히고 투망을 했거나, 뜰채를 가지고 잠자는 고기를 잡는 방법이었을 것이다. 바다에서의 조업처럼 강에서도 배에 전기불

---

22) 이를테면 "청평면에서 어업허가권 받은 사람은 현재 16명"이라고 한다. 송승호 (유선업, 32세, 대성리 산 1번지)

을 달고서 조업을 했다는 정보는 찾을 수 없었다. 이렇듯이 강은 평화
와 안식 외에도 먹거리를 제공하는 풍요의 장을 제공한다.

> 賴松鱸膾23)詎堪肥　소나무에 기대어 먹는 농어회 참으로 달다
> 蘇仙壁賦遊賀極　소동파 적벽놀이 얼마나 지극했으면 글 지었을까
> 漢帝風辭24)老半依　한무제 추풍사로 늙어감 반쯤은 노래했지
> 造物不藏知許得　조물주 온갖 모습 드러내 마음껏 즐기게 하니
> 有情明月最揚輝　정 있는 밝은 달빛 정말 밝다.
>
> 〈秋江 又〉

　시적 분위기는 평화롭고 풍요롭다. 시적 화자는 농어회의 맛을 달
다고 표현하고 있다. "달다"는 표현에는 회가 신선하고 쫀득쫀득하고
감칠맛이 난다는 것 등을 모두 함유한다. 강물이 오염되기 전에는 잡
은 고기는 그 자리에서 회를 떠서 술안주로 사용되곤 했다. 시적 화자
는 현재의 흥취가 소동파가 적벽에서 느꼈을 흥취에 버금가는 것임을
은근히 자랑하고 있다. 시간적 배경은 밤(달빛이 밝다)이며 공간적 배
경은 강변의 소나무 곁이다. 이곳에서 송어회를 먹는 시적 화자는 정
말이지 아무 근심 걱정도 없는 듯하다. 이렇듯이 강은 생명을 영위하
고 유지시키는데 필수적인 '먹을 것'을 제공해 주는 역할 및 기능이 있
는 공간인 것이다. 강물이 지니는 '생명수'라는 의미 외에도 강물은 실
제적으로 생명을 지탱해주는 먹거리도 제공하는 등 생명체의 존속 및
번창에 기여한다. 이러한 점도 물이 생생력이나 탄생이나 생명의 유
지, 번창이라는 상징성을 부여해주는 근간이 되게 했을 것이다. 강물

---

23) 농어의 회.
24) 한무제가 지은 추풍사.

을 통해서 먹거리를 해결하는 것 외에 다른 사실도 시 텍스트에 나타 나고 있다. 바로 '龍'에 관한 것이다. 시적 화자는 유학자이며, 유학자 들은 대부분 현실 세계에 존재하지 않은 것은 별로 인정하지 않는 관 념이 지배적이다. 그럼에도 불구하고 시에 추상적 대상인 '용'이 등장 하고 있다.

魚龍漸冷雁南飛	물속 용 찬 기운 느끼고 기러기 남으로 나니
萬派共長天一揮	온갖 물 하늘 담아 길게 흐른다
雲外靑山相照映	구름 밖 푸른 산 마주하여 비추는데
浦邊白髮詎依稀25)	나룻가 백발 노인 어찌 희미하게 보이는가
許心月印憑夷26)宅	물 속 달 하백의 집 비치는데
有意鷗拳釣子磯	한가히 나는 물새 낚시터 스친다
光景如斯開眼界	아름다운 경치 이처럼 펼쳐진 곳
西風讚泛小舟歸	가을 바람 따라 작은 배 띄우고 두둥실 돌아간다

〈秋江〉

시적 분위기는 상당히 몽환적이다. 가을의 정취를 읊고 있는데, 시 적 보조관념으로 '용'이 등장한다. 원관념은 무엇인가? 명시되어 있지 는 않다. 단지 4행에 보면 '하백'이란 시어가 제시되고 있다. 하백은 전설 속에서 '물의 신(水神)'이며, '유화'의 아버지로 등장하는 인물이 다. 물의 신이니 당연히 물속에 거주한다고 볼 수 있다. 더구나 달이 하백의 집을 비춘다고 언급하고 있다. 아무튼 시적 화자는 물 속에 용 이 있다고 믿는다. 그 용이 '가을이 오니 추위를 느끼고 있다' 시적 화

---

25) 방불한 모양, 어렴풋한 모양.
26) 하백, 물귀신, 수신.

자의 의식 속에서 용은 상당히 인격화되고 있다. 적어도 추위를 느끼는 존재로 묘사되고 있는 것이다. 이렇게 볼 때 시 텍스트에서의 '용'은 '하백'을 의미하고 있다. 그러면서도 용이 단지 하백만을 의미하는 것 같지는 않다. 아니면 누구나 水神(하백)이 될 수 있다고 믿는지도 모르겠다. 마을 사람이 죽으면 용이 된다고 토로하고 있기 때문이다.

"오늘 새벽 강물 한 켠에서 용으로 돌아갔다. 今曉龍歸水一邊"

〈元月瞬挽族兄鍾榮氏歸 又〉

"강마을엔 용이 간밤 못에서 돌아갔다 水國龍歸傳夜澤"

〈挽朴覃谷直員魯鮮氏〉

모두 輓歌이다. 이 만가에서 사람의 죽음을 '강물 한 켠에서 용으로 돌아갔다', '용이 간밤 못에서 돌아갔다'고 표현하고 있다. '강마을'에서는 사람이 죽으면 '용'으로 돌아간다는 발상이다. 용은 어디로 돌아가는 것일까? 앞의 시에서 제시했듯이 용이 거주하는 곳은 '물속'으로 결국 강마을 사람들이 죽으면 용이 되어 강으로 돌아간다는 의미이다. 또한 돌아갔다는 의미는 원래 있던 자리로 갔다는 뜻이다. 주목되는 것은 "용이 돌아갔다"는 구절이다. "누가 용으로 돌아갔다"는 것은 누가 죽어서 물속의 용으로 돌아갔다는 의미를 반영하는 것이지만 "강마을 용이 못에서 돌아갔다"는 바로 죽은 인물 자체가 '용'이란 의미를 반영하는 것이기 때문이다. 아예 강가에 사는 사람들의 거주 공간을 水國이라고 치부한다. 시적 화자는 마을사람들이 물과 밀접히 연관되어 삶을 영위한다는 점에서 물속에서 사는 용과 동일시하고 있다. 결국 용은 강마을 사람들의 투시체이며 표징적 대상인 것이다.

시적 화자=작가는 또한 '단오'를 읊은 작품에서도 "단오는 초나라 강에서 원통하게 죽은 대부(굴원)의 영혼"〈端午〉에 대해서 언급하고 있다. 물 속에 있는 영혼(하백, 용)에 대한 의식이 그 기반을 이루고 있는 증표인 것이다. 시 세계의 상징어인지는 모르겠으나 '물 속 용의식'은 여러 번 등장하는 징표적 주제소이다. 이렇듯이 물은 생생력 및 생명을 영위하게 하는 공간이기도 하면서 죽은 자의 공간이기도 하다는 것이 실제적으로 시 세계에 드러나고 있다. 결국 구체적이며 사실적인 실상이 바로 '물'이 표상하는 원형적 집단 이미지를 형성하게 한 동인이며 기반인 것이다.

주중가효도—김득신

고기잡이-蕙山 劉淑

필어주도-조영석

조어산수도-김홍도

3) 이동(운송) 공간

길을 가다가 강을 만나면 더 이상 전진할 수 없다. 강은 목적지까지
의 전진을 방해하는 장애소인 것이다. 따라서 목적지에 도착하기 위
해서 강을 이용하는 수밖에 없다. 이런 점에서 강은 이동(운송)의 공
간이 된다. 강물은 시내물이나 계곡물, 개울물처럼 옷만 걷고 건널 수
도 없다. 특히 북한강은 곧고 물 흐름이 빠르다. 그러다 보니 주로 배
를 이용할 수밖에 없었을 것이다. 이러한 면모가 시 텍스트에 많이 등
장한다.[27)]

萬掛蒼蒼轉綠陰	많은 나무는 우거져 녹음이 짙은데
嶼分二水[28)]暮烟沉	된섬으로 나뉜 두 강물은 저녁 안개에 잠겼다
天開馬跡月明朗	하늘은 열려 마적산 위 달도 밝은데
地鎭牛頭雲鎖深	땅은 우두벌 진호하여 구름 속에 잠겼다.
梅浦[29)]歸帆隨白浪	오미나루 오는 돛배물결 따라 흔들리고
孤山[30)]殘照扢紅心	고산의 저녁 노을 홍심을 잡아끈다.
漢溪削挿劍峰立	한강 계곡엔 깎아지른 검봉 서 있고
浮沒丹霞鶴峀侵	떴다 잠겼다 붉은 노을 학수봉에 번진다

〈玉山八景〉

---

27) 46, 139, 149, 190, 194, 238, 264, 281, 295, 298, 316, 350, 488, 492, 493,
   516, 544, 545, 546, 550, 574, 584, 628, 629, 728, 729, 740, 752, 754, 907,
   916, 1018, 1047, 1074, 1092, 1157, 1209.

28) 嶼分二水-된섬(옥산포와 서면 신매리 사이에 위치한 섬으로 자양강과 오미강
   이 갈라지면서 생긴 섬)이 갈라 놓은 두 강을 말함.

29) 梅浦-서면 신매리 오미 나루터.

30) 孤山-춘천 상중도 북쪽 끝에 있는 봉우리. 부래산이라고도 함.

招招舟子坐江邊　　배불러서 강변에 앉았다.

待我諸君延佇久　　나를 기다리느라 여러분들 오래 서 계셨으니

〈四月十七日玄岩川獵去路道中口呼二〉

灑掃江關氣味淸　　강 마을에 비 뿌리니 맑은 기분

自開踈箔喜霖晴　　홀로 주렴 열고 갠 하늘 즐긴다

…　　　　　　　　…

爲看布帆掛風輕　　돛단배 바람 안고 가볍게 간다

〈遇宝果坌金容奎共吟〉

片片彩帆歸鷺洲　　조각조각 아름다운 돛배 백로주를 돌아가니

乘風得意逐船遊　　바람 탄 뜻을 모아 배를 따라 노닌다.

〈鷺洲31)歸帆〉

　　소양강과 합쳐진 이후의 강을 지칭하던 신연강에 있던 배터는 춘천의 관문이었다. 그러나 1939년 청평댐, 1940년 화천댐, 1962년 의암댐, 1965년 춘천댐이 들어서면서 나루터와 뱃길은 모두 사라졌다.32) 작가=시적 화자가 살았던 신매리에는 오미나루터(梅浦)가 있었다. 위 작품 텍스트를 통해서 오미나루터를 오고 가면서 사람들과 물건, 동물을 이동시켜주었던 배는 '돛단배(황포돛배)'33)였음이 드러나고 있

---

31) 자양강과 소양강이 만나는 지점에 형성되었던 모래톱. 의암댐의 건설로 물에 잠김.

32) 한국문화유산답사회엮음, 앞의 책, p.240.

33) 황포돛배는 전국최대의 유통거점이자 소비시장인 서울을 중점으로 서해안에서 올라온 魚鹽 및 생필품을 상류지역으로 실어갔고 상류지역의 농림산물과 수공업품을 하류로 실어 날랐다. 북한강 유역에 있는 화천군의 하리 뱃터(냉경지)에 소금과 생필품으로 가득한 배가 도착하면 시장이 서고 물물교환이 이루어졌으

다. 즉 돛단배를 타고 오고 가며 느꼈던 정취라든가 이동하면서 바뀌던 풍광 및 서경적 모습 등이 시 작품으로 구현되고 있는 것이다. 어떤 때는 비가 올 때의 정취를, 어떤 때는 바람이 불 때의 풍광을, 또 장소에 따른 감흥 등이 모두 작품으로 형상화되고 있다. 특히 시각적 이미지로 주로 표출되거나 묘사되고 있어서 그 당시의 모습을 상상하기가 수월하다는 특징을 보인다. 또한 작품 텍스트에는 여러 가지 시대적 정보도 제시되고 있다. 이를 통해서 현재에는 사라지고 없는 사실들도 파악할 수 있다. 이를테면 그 당시의 배는 정해진 때에 출발하는 것이 아니라 어느 정도 사람이 모이면 그 때 비로소 출발했었음도 잘 반영되고 있다. 먼저 나루터에 도착한 사람들은 어느 정도 배가 찰 때까지 기다려야했던 것이다. 작품에서 시적 화자는 늦게 뱃터에 도착했고 먼저 온 사람들은 기다리고 있었다는 내용이 제시되고 있다. 또한 시적 화자가 살던 신매리는 그 당시 다리가 없었기에 반드시 물을 건너야만 했다. 이런 점도 작품을 통해서 잘 드러나고 있다.

惟君勝夜渡江深　　그대 깊은 강 밤 타고 건너

不必他求爲我尋　　다름 아닌 나 찾아 왔네

〈悔亭來共吟〉

며 만남의 장소로 흥청거렸다. 화천천은 뗏목축제는 없지만 대신 화천천과 북한강은 옛날 화천군민들이 뱃길을 이용해 한양과 물물교환의 수상 교통로로서 매우 큰 역할을 해왔다. 또한 서울에는 장사군들이 1년에 두어번 한양에서 화천으로 소금을 싣고 물물 교환을 했다. 그래서 만들어진 것이 전국 문화예술축전에 참여해 수상한 '냉경지 소금배 오는날'(1986, 89, 93)년에 강원도민속예술경연대회에서 공연한 바 있다. 이 놀이에 의하면 배가 떠나갈 때는 배 주인이 주민들에게 술과 안주를 내어 보답하고 주민들은 배가 무사히 가기를 바라는 뜻에서 告祀를 지내주었다고 한다. 강원도,『강원의 전통민속예술』, 1994, p.150. 김의숙,「북한강 문화의 정체성」, p.179.

객이 시적 화자를 방문했다. '깊은 밤'이라고 한 것을 보면 배는 늦은 시간까지 운행되었던 듯 싶다. '배를 타고'라는 단어는 생략되었지만 '건너(渡)'라는 시어를 통해서 이를 추출할 수 있다. 뿐만 아니라 시적 화자 역시 볼 일이 있을 때면 물을 건너야 했다.

爲訪眞源晩渡江　참 근원 방문하려 늦게 강 건너니
泗洙萬派鎭吾邦　사수의 온갖 물결 우리 나라 짓누른다
〈二月上丁文廟釋奠祭〉

隨柳晴川渡水舟　버들따라 맑은 내 배 타고 건너네
〈藥種商試總歸路邑內書堂吟〉

雲飛南浦己朝陽　구름 남쪽 포구에 나니 어느덧 아침
〈卽事〉

문묘제, 즉 공자의 제사를 모시기 위해 시적 화자는 늦게 강을 건너고 있거나 볼 일을 보러 가기 위해 배를 타고 건너거나 포구에서 배를 타려고 하고 있는 정경들이다. 이렇듯이 시내나 강이나 주로 배를 이용해서 목적지까지 이동을 했다. 앞에서도 제시되었듯이 이 때 깊은 강을 건널 때는 주로 돛단배를 타고 다녔다. 하지만 보다 얕은 강이나 냇물, 개인적인 일을 처리할 때에는 작은 거룻배나 조각배가 사용되기도 했다. "작은 거룻배에 거친 피리소리 땔나무해서 돌아온다"(短篷疏笛採樵歸〈雷同石堂金肅〉)에서처럼 주로 강가의 야산에서 땔나무를 해 오거나, 배를 띄어놓고 낚시를 하거나, 풍류를 즐길 때에는 주로 작은 나룻배, 조각배, 거룻배 등이 사용되었던 것이다. 이러한 점은 그

림을 통해서도 확연히 드러나고 있다. 그러나 얕은 개울이나 시내에
는 큰 돌로 징검다리를 만들어서 건넜고, 혹은 옷을 걷고 건너기도 했
으며(淺淸急瀨涉褰衣-얕은 내 급한 여울 옷 걷고 건넌다.〈倂戌之秋七月
旣望泛舟遊禦牛頭江〉), 조금 더 깊거나 폭이 좁고 그리 깊지 않은 강은
소나 혹은 말을 이용해서 건너기도 했다.

> 望如降仙玉鳥鼇　바라보면 降仙처럼 반짝이는 물오리
> 交非異聖老乘牛　사귐에 기이한 성인 아니라고 늙은이 소타고 간다
>
> 〈詩會日〉

　강에는 물오리가 떠 있는데 노인은 소를 타고 강을 건너고 있다. 강
변 야산에 있는 풀을 소에게 먹이고 가는 길일 수도, 땔나무를 해서 오
는 길일 수도, 다른 볼 일을 보고 오는 길일 수도 있을 것이다. 이렇듯
이 강을 통해서 이동을 하는, 결국 강은 이동의 공간인 것이다. 강을
통해서 이동하는 것은 사람만이 아니다. 강원도처럼 나무가 많은 곳
에서는 그 나무를 한양까지 운반해야 했는데, 육로는 개발도 되지 않
았고 운송수단도 마땅치 않아 그 나무들을 엮어서 뗏목을 만들어 강
을 이용해 한양에 있는 한강까지 운반했다.[34] 북한강의 하류가 한강
이기에 운송에 큰 문제는 없었지만 운송길이 안전하기만 한 것은 아
니었다. 위태로운 일을 겪거나 소용돌이를 거치고 때로는 고비를 넘
기면서 떼를 운반했다. 이러한 뗏목에 대한 면모도 시 텍스트에 등장

---

34) "강원도 백성들은 매년 농한기에 목재를 베어서 뗏목을 만들어 하류로 보내 서울
　　에 이르게 해서 이를 판매한다. 혹자는 이를 전업으로 삼는다-江原道之民 每當
　　農隙材作 浴流而下 至京江賣之 或有全以次爲業者",『세종실록』, 세종 20년 8
　　월 병인조.

한다.

早起開簾峰首觀	일찍 일어나 주렴 걷고 머리 들어 바라보니
江河漲作海潮寬	강물 불어 한없이 밀려든다
浪成萬壑雪氷噴	물결 넘실넘실 흰 물결 뿜는데
聲響九天風雨寒	소리 하늘로 울려 퍼지고 비바람 차다
倏湧玉山歸海際	옥산(포)에서 철철넘쳐 바다로 돌아갈제
直飜銀屋駕雲巒	곧바로 은빛 날개 나부끼며 구름낀 산등성이 끈다
賈客浮來何太遠	장사꾼 뗏목 어찌 이리도 빠르게 몰까
新添水檻坐無端	새로 물 보탠 난간에 멋대로 앉았다.

〈觀漲〉

시적 화자는 강변에 살고 있다. 주렴을 걷으면 강이 바로 보이는 곳이다. 비가 많이 온 후인지, '물결이 넘실넘실하고', '강물도 불어있다'. 시적 화자가 바라보니 뗏목이 가고 있는데 상당히 빠른 속도로 운행하고 있었던 듯싶다. "장사꾼 뗏목 어찌 이리도 빠르게 몰까"라고 읊조리고 있기 때문이다. 화천에서 춘천은 당시 북한강 유역 내에서 최대 거점 도시였으며 조선 초기에는 소양강창을 두고 물자집산지 역할을 하였고, 모진나루터는 서울에서 소금배가 올라오거나 특산물을 싣고 내려가기도 하고 뗏목운행도 성하였다. 이러한 모습이 시 텍스트에 반영되고 있다.[35] 물이 많이 불었음에도 장사를 업으로 하는 전문 뗏꾼은 익숙하게 빨리 몬다는 즉 숙달된 기술을 가지고 있었다는 정보도 감지된다. 특히 앞사공은 수로를 운행하는데 지리적 여건 등, 모

---

[35] 뗏목에 대해 읊고 있는 모습; 40, 305, 458, 494, 535, 547.

든 조건에 능숙한 사람이어야 했다. 뒷사공은 물압력에 의해 진행할 때 방향 제시만 한다.[36) 아마도 시적 화자가 목격한 사공은 앞사공이 었으리라. 북한강 뗏목은 주로 설악산, 대암산, 향로봉에서 벌채한 原木을 인북천으로, 가리산, 점봉산, 방태산 등지의 원목을 내린천으로 흘러 보내어 인제 合江의 우소에서 한데 모아 뗏목을 엮어 춘천의 덕두원에서 재집결하여 다시 넓게 묶어서 북한강을 거쳐 서울의 광나루와 마포나루로 날랐다. 그래서 춘천부에서는 춘천댐쪽에 母津, 칠송동 강가에 신연진을 두고 거기에 兩江浦監考를 배치하여 감독하고 收稅하였던 것이다. 이렇게 해서 서울 광나루에 도착한 뗏목은 궁궐이나 대갓집을 짓는데 재료로 사용되었다.[37) 이러한 사실을 이 텍스트를 통해서도 파악할 수가 있다.

> 仙槎遠泛渡江河　　신선의 뗏목 멀리서 떠 강 건너
> 晚泊前川淺水波　　저녁 무렵 앞내에 정박하니 물결 얕게 인다.
>
> 〈張愚堂來訪〉

> 江添昨雨好歸槎　　강 지난 밤 비 보내 돌아가는 뗏목 좋다
> 賓筵痛飮碧筒酌　　손님 맞은 자리에서 푸른 대통 술 실컷 마시니
> 漁浦聲傳靑葉茄　　고기잡는 나루에 푸른 잎 호드기 소리 퍼진다.
>
> 〈末伏日弄浦同吟〉

앞의 작품에서는 '장사꾼의 뗏목'이라고 표현하더니, 위의 작품에서는 '신선의 뗏목'이라고 표현하고 있다. 앞의 경우에는 한양으로 빨리

---

36) 김의숙·강명혜, 『강원인의 생산민속』, 민속원, 2006, p.207.
37) 춘천시, 『춘천백년사』, 1996, p.206. 김의숙, 「북한강 문화의 정체성」, p.177. 참조.

가야하는 뗏목이었지만 후자의 경우는 정박하는 뗏목이다. 한가롭고 여유로울 수밖에 없다. 이것을 '신선의 뗏목'이라고 표현하는 것이다. 유유자적하게 정박을 준비하니 그 여파로 '물결이 얕게 인다'. 그 다음 작품은 하루 정박하고 돌아가는 뗏목인 듯하다. 뗏군들은 이렇듯이 한양에 뗏목을 운반한 후 목재(떼)를 팔거나 혹은 함께 싣고 갔던 부산물인 약초나 장작, 옹기 등을 팔아서 돈을 챙기면 집에까지 걸어서 와야했다. 이때 신발을 아끼느라 사람이 없으면 맨발로 걷다가 사람이 나타나면 다시 신고 걷기도 했고 혹은 차를 빌려타기도 하면서 돌아왔다고도 한다. 또한 올 때는 생필품을 사가지고 왔다.[38] 그러나 세월이 흐르면서 강을 이용한 떼의 이동은 지속될 수 없게 된다. 북한강에 많은 댐이 생기면서 수로가 끊기게 되었기 때문이다. 또한 곳곳에 다리나 철도가 개설되고 차가 많이 생기면서 점차 트럭이나 철도를 이용해 운송된다. 현재는 오늘날 열리고 있는 춘천의 소양제, 인제의 합강제, 정선의 아리랑제, 영월의 동강뗏목축제 등에서 뗏목의 옛모습을 엿볼 수 있을 뿐이다. 인제군은 제 3회 강원도민속예술경연대회(1985)에 뗏목 운반의 전과정을 놀이화하여 '뗏목놀이'를 출연시켜 대상을 받았다. 그것이 무형의 민속문화로서 전승되고 있다. 다리가 놓여져서 처음 개설되는 축성식의 역사적 장면도 시를 통해 어느 정도 알 수 있다.

發明造化最無窮　발명의 조화 너무나 무궁해
鑄鐵爲橋來往通　쇠 녹여 다리 이뤄 오가게 하네
千古誰稱鞭石事　옛날 돌 다듬던 일 그 누가 칭찬하랴

38) 김의숙·강명혜, 앞의 책, p.208.

萬人每悅濟川功　　많은 사람 매번 개울 건네 준 공 기뻐하네
十尋蝀蝀應天上　　팔십 자 무지개 하늘 위로 이어지고
五彩龍蛇駕水中　　오색용 같은 뱀 물 가운데 지나네
若使相如題此柱　　사마상여에게 이 기둥에 시 쓰게 하려고
請車何日復來東　　자동차 오라면 언제 다시 동쪽으로 올까

〈新延江鐵橋〉

돛배를 타고 건너던 신연강에 '쇠를 놓여서 이룬' 철교가 들어서고 있다. 이 사실에 대해 시적 화자는 "발명의 조화 너무나 무궁해"라고 감탄하고 있다. 다리를 뱀으로 보조관념화하기도 한다. 기다란 것이 물위에 걸쳐있다는 점 때문이다.

是年十月始成橋　　그 해 시월 비로소 다리 완공 되니
祝賀州民不待招　　축하하는 시민들 부르기 기다리지 않네
…
鑿治鳳麓跏趺跪　　봉의산 기슭 뚫고 가부좌한 채 우뚝 앉아
跨壓獜江沆瀣饒　　소양강 걸터 타고 안개에 돌렸다.
去者爲歡來者悅　　가는 사람 즐거워하고 오는 사람 기뻐하며
西技均被咏逍遙　　서양기술 덕 고루 입었다 읊조리며 거닌다.

〈祝賀昭陽鐵橋落成〉

江是昭陽橋鐵橋　　강은 소양, 다리는 철교
功成役畢賀相招　　공 이루고 일 마쳐 축하하느라 서로 부른다
下通不礙歸風帆　　다리아래 터져 돛단배 돌아올 수 있고
高出猶聞弄月蕭　　다리 높이 솟아 달빛 피리 소리들을 듯하다

舟楫前時行且緩　　배타고 건너던 지난 일 느렸지만

乘輿今日走常饒　　수레 타고 건너는 지금 걸음걸이 여유롭다

臨峰無復呼舡弊　　봉우리에 올라 다시 배 부를 일 없어졌으니

可使人人路未遙　　사람들로 하여금 길 멀게 하지 않았다

〈祝賀昭陽鐵橋落成式 又〉

　신영강다리 뿐만이 아니라 소양다리도 신설되었다. 이 두 다리는 시적 화자가 살던 시기의 산물임을 알 수 있다. 사람이나 물건을 이동하는 수단인 배가 자취를 감추게 된 동인을 확연히 알 수 있게 하는 정보가 제시되고 있다. 강을 가로 지르는 튼튼한 철교가 세워졌기 때문이라는 필연적 인과관계가 드러나고 있는 것이다. 다리의 축성식, 이를 축하하는 시민의 모습. 다리의 위치 및 웅장한 모습(봉의산 기슭 뚫고 가부좌한 채 우뚝 앉아)이 잘 들어나고 있다. 시적 형상화로 다리는 강을 걸터앉았다고 의인화되어 표현된다. 모두 기뻐하며 서양기술의 덕을 입었다고 환영하는 분위기도 잘 표현되고 있다. 원래 다리의 모양은 다리 아래가 터져 있어서 돛단배가 지나갈 수 있게 되어 있었다는 정보도 시 텍스트를 통해 감지할 수 있다. 배타고 건넜을 때를 느렸던 때라고 하고 있으며, 다리가 놓아진 후로는 다리로 해서 수레를 타고 건넜음도 알 수 있다. 예전에는 배를 부르면 사공이 와서 건네주었음도, 강에서의 이동수단인 배의 기능이 소멸되는 모습도 잘 드러나고 있다. 이동 속도가 점차 빨라지고 있는 과도기적 정보가 확연히 드러나고 있는 것이다. 이렇듯이 강은 공간을 이동시키는 기능 및 특징을 지닌다. 이런 기능으로 말미암아 강은 인류집단 원형상징상 이승과 저승을 이동시키는 객관적 상관물로 기능하게 하는 기반이 되었을 것이다.

기우도강도(병진년화첩)-김홍도

섭우도 - 김홍도

거범도강–신윤복

뗏목–김영태[39]

---

39) 김영태작 인터넷에서 따옴.

4) 의식 및 제의 공간

현재 북한강에서는 거의 어떤 의식이나 제의도 엄숙한 의미나 공동체적 성격으로 행해지고 있지는 않고 있다. 즉 강은 더 이상 의식이나 제의의 공간은 아닌 것이다. 예전의 의식이나 제의는 축제나 놀이의 의미로만 재현되고 있을 뿐이다. 물론 지금도 정월부터 보름까지 불교적 의미에서의 방생이 행해지고 있고, 사적으로 무녀들이 와서 치성을 하기는 한다. 하지만 이런 행위가 환경보호차원에서 금지되고 있으며, 혹 무녀들이 와서 사적으로 용왕을 대상으로 해서 굿을 한다고 해도 소지도 태우지 못하고 모두 수거해 간다고 한다.[40] 그러나 몇 십년 전만 해도 북한강은 의식 및 제의가 공공연히 행해지는 공간으로서의 기능을 하고 있었음을 시 작품을 통해서 알 수 있다.

우선적으로 그 당시에는 계제사가 성행하고 있었다.[41] 계제사란 3월 上巳日에 냇가에 가서 妖邪를 떨쳐버리기 위해 간단히 의식을 행하고 몸을 씻고 노는 것을 의미한다. 계는 푸닥거리나 제사를 뜻하는 말로 祓禊라고도 하는데, 불은 재앙이나 악귀를 쫓아 깨끗하고 맑게 한다는 뜻을 가지고 있다. 따라서, 계욕은 祓濯이라고도 한다. 몸을 씻는 수계를 하는 이유는 이렇게 하면 그 해의 厄運을 면하거나 욕된 것을 떨친다고 해서 누구나 참여했던 의식이었다. 예전에는 물가에서 이렇듯이 계제사를 시행했는데, 이는 이미 우리나라 상고시가인 〈龜旨歌〉의 배경설화에도 등장하는 내용이다. 뿐만 아니라 고려와 조선시대에 걸쳐 이른 봄에 하는 산놀이인 踏靑과 함께 치르던 浴沂도 계욕과 같은 뜻의 행사였으며, 流頭 행사도 물에 의한 정화에 목적을 두

---

40) 송승호(32세) 대성리 산 1번지.
41) 663, 664, 672, 676, 677.

었던 습속이다. 모두가 물이 지닌 淨化의 기능이 삶 속에 잘 녹아든
경우인 것이다.

相忘魚雁幾千支	소식없이 얼마나 지냈나
落落東西一見遲	동서로 떨어져 한 번 보기 힘들다
蝶夢三春將老日	나비 꿈꾸는 봄 점점 짙어지는데
鶯聲四月始遷時	꾀꼬리 우는 4월 다가온다
與君許已欣修禊42)	그대와 마음 터놓고 기쁘게 계제사 지내는데
使我同庚43)愛咏詩	나 동갑내기 보고 시 즐겨 읊조리게 한다
秒待綠陰芳草晚	잠시 기다렸다가 풀 우거져 녹음 짙어질 때
更尋勝地好相期	다시 좋은 곳 찾아 어울리기 약속한다.

〈撞林訪致化共吟〉(三月晦日)

爲訪活源洙泗涯	물길 찾으로 수사의 물가로
晚來冠服共咨嗟	의관 갖춰 입고 늦게 와 함께 차탄한다
絃歌復設先生席	선생 모시고 연주회 다시 베푸니
警咳如聞處士家	처사의 집에서 어린아이 깨우는 소리 듣는 듯
曾室浴風時已至	집집마다 몸 씻는 때 이미 이르렀는데
程川畵柳日將斜	내 건널 일 헤아리니 꽃 버들에 해 기운다
年年又會依原定	해 마다 이 모임 들에서 열기로 해
講樹春光入眄遮	강수의 봄 빛 눈앞에 어른거린다

〈梅江講會〉(三月十五日)

---

42) 물가에서 행하는 妖邪를 떨쳐버리기 위한 제사. 음력 3월 上巳에 행함. 이 날 냇
가에 가서 몸을 씻고 놀음.
43) 같은 나이.

불계, 계욕, 수계, 계제사, 불제사 등이 모두 동일한 의미임을 알 수 있다. 그 기원은 오래되었고 초기에는 신성한 종교적 의미로 시작되었겠지만 점차 가벼운 정화의례로 바뀌고 있었고 현재는 거의 사라진 의례이다. 시적 화자가 살았던 시기에는 성행은 했었지만 오락적 기능이 점차 가미되기 시작하던 시기였던 듯싶다. '그대와 내가 기쁘게 계제사 지내고... 시를 읊조리는' 모임에 대한 내용이 주류를 이루고 있기 때문이다. 하지만 "불제사는 신에게 빌어 재액을 떨쳐버리는 것이나 또는 그 제사를 일컫는다고 한다"[44]는 것으로 봐서 진지한 의미 또한 여전히 지속되고 있었음을 반영한다. 즉, 이 날 목욕을 함으로써 부정을 떨쳐내는 정화의례를 행한 셈이다. 많은 이들이 동참했기에 강변에 떠들썩한 축제의 장이 마련되었다고도 할 수 있다. 이 때 부녀자들은 진달래꽃을 따다가 화전(두견화전)을 부쳐 먹기도 했다.[45]

三月正堂三日天	삼월에 바로 삼일날
春光到處草爲先	봄빛 이르니 풀이 먼저 파랗다
瘦紅石角花明滅	돌 모서리 연분홍 꽃 피었다 지고
肥綠沙頭柳暗連	모랫가 짙푸른 버들 아련히 이어졌다.
時適祓際招淸湋	때좋아 불제사 지내려 유수의 물가로 초대하고
俗宜上乍浴沂泉	풍속에 따라 언뜻 기수의 샘에 몸 씻네.
蘭亭修契今安在	난정의 모임 지금은 어디에 있는가.
觴咏風流緬有傳	유상곡수 풍류 아득히 전해오네.

〈三月三日偶吟〉

---

44) 『역주 해관자집』, 앞의 책, p.365.
45) 상동.

"때좇아 불제사 지내려 유수의 물가로 초대하고", 풍속에 따라 "기수의 샘에 몸 씻네"라는 표현으로 볼 때 시적 화자는 불제사의 오랜 풍습을 인식하고 동조하고 있었음을 알 수 있다. 목욕 재계를 통한 불제사를 행하면서 그 해의 액운을 떨쳐버리려 했던 마음도 확연히 감지된다. 불제사는 결국 벽사의 의미를 함유하고 있던 의식이었던 것이다.46)

修契蘭亭又竹樓	난정에서 계제사 지내고 또 죽루에서
留來長使古風流	오래도록 머물며 옛 풍류 즐기네
賦秋詞客如雲會	가을 노래하는 문인들 구름처럼 모여
盟夏騷壇卜日有	한가히 살기로 약속한 시인들 날 잡아 논다
果栗旣陣鴉谷口	까마귀 우는 골짜기에 과일과 밤 널려있고
葡萄初熟鴨江州	앞강 물가에 포도 익는다
洗鋤洗硯時相適	호미 씻고 나면 벼루 씻을 때
七月良辰十日休	칠월 좋은 날에 열흘간 휴가라네.

〈馬山里世硯韻 又〉

그 외에도 벼루씻기 의식이나 호미씻기 의식도 강이라는 공간을 매개로 해서 이루어지던 의식이었다.47) 벼루씻기도 예전에는 하나의 의식이었음을 알 수 있다. 봄철 바쁜 농경기가 7월경에 호미씻기를 하

---

46) 강명혜, 「〈譯註 海觀自集〉에 나타난 춘천의 세시풍속」, 『강원의 민속』 22집, 강원민속연구회, 2007. 필자는 이 논문에서 불제사를 목욕제계를 한 후 드리는 제사일 것이라고 추정했으나, 문헌적인 의미대로 몸을 씻는 그 자체의 행위로 보아야할 듯 싶다. 실제 민속에서는 어떻게 행해졌는지는 규명하지 못했다.

47) 벼루씻기: 316~320, 383, 384(책씻김 놀이), 505, 536, 543, 544, 607, 894(호미씻기)

는데, 이 호미씻기에 이어서 하는 것이 벼루씻기라고 하고 있다. 즉 비슷한 시기에 행해졌던 것이다. 농부가 바쁜 일을 마치고 한 숨 돌리는 의식으로 호미씻기를 하는 것과 마찬가지로 학자들은 벼루씻기를 한다. 이 날은 문인들이 모여서 온갖 음식을 차려놓고 풍류도 즐기고 시도 화답하면서 즐겼던 날이다. "삼복지난 가을날 어진이들 모여, 스승좇아 한가한 날 강가에 앉았다 시 잘 지으려고 노는 것도 잊었더니, 좋은글 끝없이 노력해야 이룩되는군"〈사우동 벼루씻는날〉에서 알 수 있듯이 이 날은 돌아가면서 시를 지어 화답했다는 것도 알 수 있다. 즉 벼루씻는 날도 호미씻이처럼 '음식을 차리고', '시제를 정해서 시를 읊고', '즐겁게 노는 날'인 것이다. 호미씻이는 이미 민속에서는 많이 알려진 농민들의 행사이다. 농사 일이 끝난 후 모여서 음식을 장만해 놀면서 여가를 즐기던 날이며, 또 머슴들을 하루 쉬게 했던 날이기도 하다. 각 지역마다 다양한 행사가 마련되었다.

時好農村鋤洗宴[48] 시절좋은 이 농촌에 호미씻이 잔치하니
酒肴狼藉具鹽漿　술과 안주 낭자하여 온갖 음식 갖췄구나

　시적 화자는 호미 씻기와 벼루씻기 행사에 모두 참여하는 근대적, 과도기적 시기의 인물이었던 것이다. 따라서 두 행사에 모두 참여하거나 모두를 관심 영역에 포함했다고 볼 수 있다. 당임리 벼루씻기 시제가 '벼꽃 신선'이라는 점도 이를 반영한다. 사고는 학자이지만 했던 일은 민중(고기잡이, 농사 등)이나 중인(약방 종사)이었던 근대적 사유

---

48) 호미씻이 잔치. 보통 음력 7월 중에 여름 농사가 끝나면 이제 호미를 이용하여 김을 맬 일이 없어지므로 호미를 씻어 집에 걸어두게 되는데, 이 때 마을 사람들이 모여서 잔치를 하였다. 이를 호미씻이라고 한다.

및 행보가 반영되고 있는 것이다. 그 외에도 기우제에 대한 풍습이나, 보름날 행해지던 어부식 등도 시 텍스트를 통해 추출되고 있다.[49)]

> 雩壇風浴今安在　기우단에서 물 뿌리던(목욕하던) 풍습 어디로 갔나
> 古迹商量已劫灰　옛자취 헤아려보니 아득히 사라졌을 뿐
>
> 〈與濟州人共登浮來山各吟一首〉

예전에 춘천지역에서는 물가에서 기우제를 지내는 풍습이 있었다. 부녀자들이 키를 가지고 물에서 장난을 하면서 비 오기를 바라던 풍습이다. 혹은 골짜기 신성한 바위에 개피를 바르는 기우 풍습도 북한강 지역권의 풍습 중 하나이다. 이러한 측면이 작품에 반영되고 있다. 그러나 특정하게 마련된 기우단이 실제 존재했었는지, 그곳에서 특정한 어떤 의식이 행해지고 있었는지는 규명하지 못했다. 특히 작가가 생존했던 당시 '이미 사라진 풍습'이라고 하니 문헌에 기입된 것이 아니면 민속적으로는 밝히기 어려운 부분일 듯싶다. 그런가 하면 강가에서 행하던 풍습 중 강신에게 축원하는 행사도 그 당시는 보편적인 민속행위였던 듯 싶다.

> 今朝望日祝江神　오늘 아침 보름날 강신에게 축원하니
> 抛食[50)]家家禱厄人　음식 던지며 집집마다 액운 물리치려 기도한다.
> 禱厄人人皆有驗　축원하는 사람마다 모두 효험 있으면
> 世無疾病死亡民　세상에 질병으로 죽는 사람 없겠지.

---

49) 495, 504, 689.
50) 정월 보름날을 까마귀 제삿날이라 하여 찹쌀밥을 던져 액운을 떨치기를 빌며 온갖 이을 삼갔던 풍속. 여기서는 강물에 밥을 던짐을 말함.

一輪望月百川神　둥근 보름달 모든 물(川) 신 비추는데
祝願人間果幾人　여기에 기원하는 사람 과연 얼마인가
何處有災何處福　어느 곳에 재앙 있고 어느 곳에 복 있는가.
分明此俗惑於民　분명 이 풍속 백성들 미혹시킨다.

〈咏厄防追記〉

　북한강 유역에서는 보름이면 액막이 행사로서 집집마다 인형과 음식을 물에다 던지면서 액막이를 했다. 춘천 신남의 경우는 화천강 지류인 북한강에서 그러한 의식을 했다고 한다. 즉 인형을 만들고 음식을 만들어서 식구들의 안녕을 빌면서 액막이 의식을 했다(박화용).51)

　이러한 의례행위에 대해 유학자였던 작가는 비아냥되는 언급을 한다. 축원하는 사람마다 모두 효험이 있다면 세상에 질병으로 죽는 사람이 있겠냐는 것이다. 따라서 이러한 행위는 미신이며 무지몽매한 짓이라는 자신의 견해를 제시하고 있다. 아울러 달에게 축원하는 풍습도 혹세무민하는 행위 중 하나라고 치부한다. 따라서 달에게 축원하는 사람이 몇이나 되겠냐고 반문한다. 이러한 언급을 통해서 당시에는 어부식이 보편적으로 이루어졌으며, 달에게 축원하는 것도 일반적인 풍습이었음이 드러난다.52) 그 외에도 단오 때의 행사나 의식도 물과 관련된다.

---

51) 강명혜, 「〈譯註 海觀自集〉에 나타난 제의 양상 및 특징」, 『온지논총』 17, 온지학회, 2007. 화천지역의 어부슴에 대한 연구는 김의숙, 장정룡, 이학주 등이 있다.

52) 『洌陽歲時記』 상원조에도, "깨끗한 종이에 흰밥을 싸서 물에 던지는 것을 '어부슴'이라 한다. 이 어부슴은 음력 정원 대보름 그 해의 액막이를 위하여 조밥을 강물에 던져 고기가 먹게 하는 일을 말하며 한자로는 '魚鳧施'로 표기한다"와 같은 기록이 있다. 이 풍습은 성격 및 특성을 조금씩 다르지만 전국적으로 퍼져있는 행사 중 하나라고 볼 수 있다.

天中佳節卽端陽	하늘에서 가장 아름다운 때 바로 단오
競戲秋千幾處場	곳곳에서 그네 뛰는 재주 다툰다.
身佩靈符兵可避	몸에 신령한 부적 차니 병란 피할 수 있고
臂繼綵索命能長	팔뚝에 채색 두르니 목숨 늘일 수 있다.
酬蒼社老靑浮酌	창포술 따라 늙음 막으니 푸른 빛 잔에 뜨고
鬪草街娥緣梁裳	풀싸움하는 동네 아가씨들 푸른 빛 치마에 물든다
忠魂不知何處弔	충성스런 넋 어느 곳에서 위로할지 몰라
小船載酒泛江鄕	작은 배 술 싣고 강마을에 떴다.

〈端午〉

위의 시 작품도 역시 춘천지역에서 행해지던 단오 날의 풍속을 제
시해준다. 병을 피하고, 사기(나쁜 기운)를 없애기 위한 쑥 매달기, 누
구 풀이 센가를 보는 풀싸움, 그네뛰기, 부적차기, 채색 실 두르기, 창
포 술 마시기 등이 춘천지역의 단오행사였음을 알 수 있다. 이 중 쑥
인형 매달기, 창포 차기(부적) 등이 벽사의 의미와 관련이 있다면, 약
쑥 뜯기, 창포 술 마시기, 풀싸움과 채색 실 두르기는 모두 수명장수와
관련이 있다.[53] 이 단오 행사도 물과 관련이 많다. 이를테면, 물에 창
포를 띄워놓고 머리를 감거나, 물가에 가서 목욕, 혹은 팔 다리를 씻었
으며, 물가에서 유흥을 즐기거나 행사를 하거나 뱃놀이를 했다는 점
(작은 배 술 싣고 강마을에 떴다) 등이 그러하다. 또한 단오에는 굴원의
넋을 위로하는 날이기도 했다. "굴원의 충성스러운 넋 못가에서 위로
받네-屈子忠魂弔澤邊"〈端午吟〉 등에서 그러한 점이 추출된다.
　우리 나라 민화에서 목욕하는 장면 등은 거개가 삼짇날의 수계행

---

53) 강명혜, 「〈譯註 海觀自集〉에 나타난 제의 양상 및 특징」, I앞의 책.

사와 관련이 많다고 볼 수 있다. 많은 사람들이 모이면서 축제의 분위기도 감지되기 때문이다. 이렇듯이 강은 의식이나 제식이 행해지는 공간이었던 것으로, 신성함과 재생이미지, 정화이미지를 가능케하는 기반을 마련했다고 볼 수 있다.

단오풍경-신윤복

5) 놀이 공간

강에서는 수많은 놀이와 유흥이 행해진다. 강이 놀이 공간이라는 인식은 고금동서를 막론한다. 강이 놀이 공간이 될 수 있음은 강이 주는 평화로움과 안정, 그리고 풍요로움, 정화 등 여러 기능 때문이다. 이렇듯이 강은 놀이 공간으로서의 특징을 함유한다. 이는 앞에서 언급한 모든 것을 가능하게 하는 동인을 강이 함유하고 있다는 데

에서 기인되기도 한다. 강은 자연의 일부로서 많은 사람들에게 평안
과 안정을 선사한다. 또한 멋진 경치나 풍치를 보유하고 있다는 점
으로 인해 사람들을 서정적으로 변모시키기도 한다. 『해관자집』작
품에 나타나는 북한강에서 시적 화자가 했던 놀이는 발 담그고 놀기,
천렵 및 계모임, 책 읽고 시 짓는 모임인 소양음사 모임, 술과 안주를
싣고 배를 띄어놓고 놀기 등이다.54)

雅集江邊坐不歸	아름다운 사람들 강가에 앉아 돌아가지 않고
群賢與我醉微微	군현들 나와 함께 어릿어릿 취했다.
銀鱗調膾白魚躍	은빛 비늘 회치니 흰 고기 펄떡이고
金擲羽梭黃鳥飛	금빛 날개 퍼득이며 꾀꼬리 난다
弟子先生相有樂	제자와 선생 서로 즐거움 젖어
良辰美景且無違	좋은 아침 아름다운 경치 어기지 않는다.
濯纓濯足咏而返	갓끈 씻고 발 씻고 읊조리며 돌아올 때
風處舞雩吹處衣	구름 스친 바람 옷깃을 흔드네

〈寶時浦川獵韻三首〉

강변에서 모임을 갖고 있다. 시적 화자를 비롯한 인물들은 술에 취
해 있고, 낚시를 한 고기로 회를 쳐서 먹고 있으며, 꾀꼬리도 날고 있

---

54) 139, 190, 193, 194, 196, 197, 198 336, 347, 492, 540, 544, 666, 670, 671,
672, 676, 677, 729, 730, 737, 738, 753, 754, 814, 896, 901, 908, 918, 961,
987, 990, 1016, 1018, 1019, 1020, 1021, 1026, 1027, 1032, 1033, 1035,
1036, 1037, 1038, 1039, 1040, 1041, 1044, 1045, 1053, 1058, 1064, 1066,
1068, 1069, 1070, 1072, 1073, 1085, 1087, 1088, 1102, 1110, 1115, 1120,
1122, 1123, 1129, 1131, 1138, 1139, 1148, 1149, 1150, 1151, 1152, 1153,
1154, 1156, 1161, 1163, 1171, 1174, 1153, 1154, 1155, 1156, 1161, 1163,
1171, 1174, 1196, 1197, 1199, 1206, 1210, 1216, 1217, 1220, 1222, 1223.

다. 좋은 경치에 맘이 맞는 제자와 선생이 서로 즐거움에 젖어 있고, 시원한 바람도 불고 있다. 이때 굳이 삽입된 것이 '갓끈 씻고, 발 씻고 읊조린다'이다. 조선시대 '탁족'은 일반 민중으로부터 양반에 이르기까지 두루 즐긴 여름 풍속이었다. 그러나 유학자들에게 탁족은 단순한 피서의 행위만은 아니었다. 유학자들한테 이 행위는 세척의 의미만이 있는 것이 아니라 굴원의 〈어부사〉, "滄浪之水濯兮, 可以濯吾足"의 의미가 강하다. 따라서 이 구절에서 시적 화자는 단순히 무의미하게 놀지만은 않는다는 의미가 내포되어 있다. 그 외에도 "시내있어 발 씻으니 창랑의 물-有溪濯足卽滄浪"〈卽事〉이라든가, "기수에 몸 씻고 나무에 바람 부니 흥 치솟아-浴沂風樹堪乘興" 등에서도 이러한 점은 부각된다. 비록 서민의 삶을 살고 있으나 정신만은 유학자의 길을 간다는 의미가 강하다. 이는 강가에서의 삶의 지표가 의지, 굳음, 정조있는 삶이라는 의미이기도 하다. 탁족을 통해서는 정화의 의미가 추출되기도 한다. 강가에서 즐기는 것은 足濯 및 고기잡이, 서경적 정취 등에만 국한되는 것은 아니다. 위 시에서 언급했듯이 강가에서의 모임 또한 시적 화자의 삶에 있어 주요한 부분이다.

佳會高開碧水東　　푸른 물 동쪽 아름다운 모임 펼쳤다
　　　　　　〈錦山詩會中伏日兼流頭也從氏許聞卽次韻〉

詩家我亦一仙流　　시 짓는 이 몸 또한 신선의 무리로다
　　　　　　〈戊子七月旣望[55]泛舟遊於昭陽江〉

---

55) 16일.

　모두가 시적 화자가 시를 짓는 강가 모임을 반영하고 있다. 또한 〈소양음사〉를 구축해서 그곳에 모여서 정기 모임을 가지며 시작 활동을 했음을, 그리고 그러한 면모는 시적 화자가 강가에서 사는 즐거움 중의 일락이었음도 알 수 있다. 〈소양음사〉는 한시모임으로서 1946년에 창설되었는데, 처음에는 강가에 세워졌었으나 소실되고 후에 지금의 장소(소양정)로 이전되었다고 한다.[56) 그 외에도 소동파를 전거로 한 강에서의 뱃놀이도 시적 화자가 강에서 즐기는 즐거운 행위 중하나였다. 이때 배에는 술과 안주가 실리고 배는 제멋대로 가게 나누거나 일정 장소에 매어 놓았으며, 배에서는 낚시질, 술 마시기, 시 짓기 등이 이루어졌다.

遊常雅集天倫舒　고아한 사람 모여 천륜을 논하며 노니나니

……

扁舟泛彼暮江亭　저무는 강가 정자 조각배 띄우니

萬頃茫然一葉靑　넓은 강 아득히 일엽편주 푸르다

〈倂戌之秋七月旣望泛舟遊禦牛頭江〉

盤遊無度興無邊　배타고 마음껏 노니 흥 끝없는데

士若處囊[57) 多遺賢　자루 속 송곳처럼 뛰어난 선비도 많다

〈次杜律登樓韻〉

今時赤壁舟泛行　지금은 적벽에서 배 띄우고 논다

〈逢隣朋慶堂共吟〉

---

56) 『해관자집』 서문 등 참조.
57) 囊中之錐에서 따옴.

昭江擬似赤江秋　소양강 가을이 적벽강 가을 같으니
載酒臨江泛小船　술 싣고 강에 와서 작은 배 띄웠다.
…
山之以北水之東　산의 북쪽 물의 동쪽
설범령진원근동　좋은 날 돛 달고 멀고 가까운 이 함께 했다
〈賀劉泰鏞慈親回甲〉

모임을 가지고 배를 띄우고 노는 모습이 잘 드러나고 있다. 이 때 사용된 배는 일엽편주, 즉 조각배이거나, 나룻배, 혹은 돛배까지 사용되었음을 알 수 있다. 아래 제시된 시 텍스트에서는 낚시를 하다가 뱃놀이를 하고 싶어하는 시적 화자의 마음이 반영되고 있다. 강 위에다 배를 띄우고 유유자적을 즐기는 행위는 시적 화자가 상당히 선호하는 것이었음도 감지된다.

時當講釣動清秋58)　낚시하기 좋은 때라 말들하니 가을흥이 솟는다
堪差迫酒無巡酌　덜된 술 부끄러워 돌려 따르지 못해
但願佳賓共上舟　훌륭한 손님과 뱃놀이하길 원할 뿐
〈洗硯日吟一首(七月十四)〉

앞에서도 언급했지만 이렇듯이 즐거움을 호가하는 것으로 끝내는 것은 아니다. 과거 시간속에서의 강에서 즐기는 즐거움에는 늘 명분이 따른다. 따라서 이렇듯이 뱃놀이와 낚시는 즐기는 시적 화자이지만 종국에 가서는 "등불 가까이 하는 일 뱃놀이보다 낫지-"親燈猶勝

---
58) 공기가 맑은 가을. 음력 8월의 별칭.

泛江舟"〈流火59)題(七月初九日)〉라고 자위하고 있기 때문이다.

시적 화자=작가는 뱃놀이가 아무리 좋아도, 뱃놀이의 정취가 아무리 심금을 울려도, 그래도 등불 가까이 하는 일 즉, 독서에 미치지 못한다고 언급한다. 자신의 정체성은 서민이라기보다는 선비라는 뜻을 내비치고 있다. 아니면 자신에게 주지하는 것인지도 모른다. 등불 가까이하는 것(호학)이 뱃놀이보다 좋다고. 스스로 위안하고 마음에 새기다보면 정말 뱃놀이보다 즐거움을 책에서 찾을 지 모를 일이다. 강이 주는 이러한 여러 가지 즐거움(놀이 공간으로서)은 강의 인류집단상징상 긍정적인 면모, 즉 생명, 생생력, 재생, 정화적 특징의 근거가 되는 징표로 작용한다고 볼 수 있다.

하지만 오늘날 북한강이 주는 즐거움은 예전의 기능 및 특징 중 많은 부분을 산실하고 있다. 놀이 공간으로서의 강은 예전에는 큰 비중을 차지하지 않았지만 점차 변화하면서 현재 강이 지니는 기능 중 가장 큰 비중을 차지하는 것이 바로 놀이 공간으로서의 강이다. 요즈음 북한강에서는 놀이배와(한 시간 당 만원), 낚시배(하루에 5만원)가 성행하고, 낚시대회가 열리며, 수상래저가 상당히 발달하고 있다. 수상래저에는 날으는 바나나, 바이퍼, 땅콩보트, 수상보트, 웨이트 보드, 플라이 피쉬, 모타보트, 젯트스키 등이 포함되는데, 이 업은 한 달 수입이 1억이 넘을 정도의 수익을 수반한다.60) 이들 업은 군의 허가를 받아서 하는데(북한강가에 약 100개 이상), 수상계도 형성되어 있어서 30만원 정도씩 걷는다고 한다. 이 회비는 마을행사나 공무원 접대용으로 사용된다. 개장은 4월에 시작해서 12월 말(1월)까지만 한다. 또한 현재의 북한강이 지니는 특징 중 하나는 유난히 댐이 많은 관계로

---

59) 음력 7월의 별칭.
60) 가피브 수상레저(산 청평 대성리 55−1), 조성수(41)

조업을 댐의 방류시간에 맞춰야 한다는 점이다. 물이 흘러야지만 낚시가 되기에 댐방류 시간(발전시간)을 알아야 하는데 이는 매일 인터넷을 통해서 정보를 얻는다. 또한 북한강이 지니는 특징 중 다른 하나는 북한강을 따라서 축제가 번성하고 있다는 점이다. 이 축제는 화천, 인제, 양구, 춘천, 가평, 청평으로 이어지며 북한강이 남한강과 합수되기 바로 전 양수리에 "북한강 축제"까지 생성됨으로써(2009년 2회) 가이 축제의 장으로서의 북한강의 면모를 과시하기도 한다. 또한 댐이 많아서 에너지원으로서의 강의 기능을 지니는 것도 북한강의 특징 및 기능인 것이다. 이렇듯이 오늘날 놀이 공간으로서의 북한강과 시적 화자가 살았던 그것과 차이는 있지만 강이 주는 주요기능인 놀이 공간을 제공한다는 의미는 변함이 없다. 이러한 삶의 모습이 투영된 것이 강이 지니는 생명, 생생력, 정화, 재생의 아키타입의 근간인 것이다.

강변회음도-긍재 김득신

선유도-김홍도

고사탁족도-이경윤

3. 결언

필자는 우리 선조들이 '북한강' 수계의 공간 속에서 어떤 일을 하면서 삶을 영위했고 강은 그들에게 어떤 기능을 했는지를 문집 『譯註 海觀自集』(1921~1950)(書)과 선인들의 그림을 통해서 살펴보고 규명해 보고자 했다. 또한 물은 인류원형상징으로 생생력, 죽음, 재생, 정화 등을 이미지를 모두 함유하는 양가적, 다원적 특성을 내재시키는 물질이다. 이러한 물의 속성은 결국은 실제 생활에 있어서 물이 인간에게 끼치는 영향이 지대하며 필요불가결한 물질소라는 점에 근거를 두었을 것이라고 보고, 본장에서는 물이 지니는 추상적이며 원초적인 상징성이 구체적으로 어떤 기능과 특징을 기반으로 해서 조성되었는가에 대해서 살피고자 했다. 그 결과 북한강(=강)이 지니는 기능 및 특징은 대략 5가지로 분류되고 있었다.

1 북한강은 첫째 서경 및 관조의 공간으로서 기능하고 있었다. 시 텍스트에서 가장 많이 차지하고 있는 주제소는 주로 강이나 물에 관한 것이며, 특히 서경적 측면을 반향하는 것들이 주축을 이루고 있었다. 이러한 공간에서 시적 화자와 세계의 대결은 찾을 수 없다. 단지 자연을 수용하는 시적 화자의 서정만이 가득차게 된다. 『해관자집』시 텍스트에서 강이 지니는 서경적 측면은 시각과 청각, 미각, 공감각으로 형상화된다는 특징이 있었다. 시적 화자의 사유는 의식적이건 무의식적이건 '물'이 지배하고 있는 것이다. 예전의 물, 강, 북한강은 서정 및 관조의 공간이었으며, 서경적인 정취를 제공하고 있었다. 이렇듯이 강물은 인간의 삶을 평화롭고,

여유있고, 안정시키는 힘을 보유하고 있으며, 이러한 특성이 물이 지니고 있는 원형성에 깊게 개입되었다고 볼 수 있다.

2 생산 공간으로 기능하고 있었다. 북한강에는 물고기가 있고 사람들은 물고기를 잡거나 잡은 물고기를 팔아서 생활한다. 이러한 측면이 작품 속에 잘 투영되고 있다. 즉 강은 생산적 공간인 것이다. 어부, 고기잡이, 낚시, 낚시배, 낚시터 등, 강에서 고기를 잡는 것과 관련된 모습이 작품 속에 많이 등장한다. 이렇듯이 강은 인간의 생명 영위를 위해 먹을 것을 대주는 역할 및 기능이 있는 공간인 것이다. 다른 한편 강마을 사람들이 죽으면 용이 되어 강으로 돌아간다는 의미도 언급되고 있었다. 즉 물 속에 있는 영혼(하백, 용)에 대한 의식이 그 기반을 이루고 있는 것이다. 시 세계의 상징어인지는 모르겠으나 물 속 용의식은 여러 번 등장하는 징표적 주제소이다. 이렇듯이 물은 생생력 및 생명을 영위하게 하는 공간이기도 하면서 죽은 자의 공간이기도 하다는 것이 실제적으로 시 세계에 드러나고 있었으며, 이러한 실상이 바로 '물'이 갖는 원형적 집단적 이미지(양가적 이미지)를 형성하게 한 동인이며 기반으로 드러났다.

3 이동(운송) 공간으로 기능하고 있었다. 강은 길을 중단시킨다. 따라서 강은 이를 통해서 이동하지 않으면 진행할 수 없는 길에 해당한다. 시적 화자가 살던 역사적 배경에서는 강을 건너기 위해서 옷을 걷거나, 소를 타거나, 배를 이용하고 있었다. 소양강에서는 주로 돛배가 다니고 있었다. 이렇듯이 강을 통해서 이동을 해야 하는, 강은 이동의 공간인 것이다. 강을 통해서 이동하는 것은 사람만이 아니다. 뗏목을 이용한 물건의 운송까지 이루어지고 있었다.

또한 배에서 철교로 바뀌는 이동 경로의 역사적 시점도 작품을 통해서 드러났다. 강이 지니는 이동공간으로서의 기능 및 특징을 통해서 강은 인류원형상징상 이승과 저승을 이동시키는 객관적 상관물로 기능하게 하는 기반이 되었을 것으로 보았다.

4 의식 및 제의 공간으로 기능하고 있었다. 그 당시에는 계제사가 성행하고 있었다. 계제사란 3월 上巳日에 냇가에 가서 妖邪를 떨쳐버리기 위해 간단히 의식을 행하고 몸을 씻고 노는 것을 의미한다. 그 외에도 벼루씻기 의식이나 호미씻기 의식도 강이라는 공간을 매개로 해서 이루어지던 의식이었다. 또한 단오나 어부식에 대한 의식도 물을 통해서 이루어지고 있었다. 이렇듯이 강은 의식이나 제식이 행해지는 공간이었던 것으로, 신성함과 재생이미지, 정화 이미지를 가능하게 하는 기반을 마련한다고 보았다.

5 놀이, 유흥 공간으로 기능하고 있었다. 강에서는 수많은 놀이와 유흥이 행해진다. 강이 놀이 공간이라는 인식은 고금동서를 막론한다. 강이 놀이 공간이 될 수 있음은 강이 주는 평화로움과 안정, 그리고 풍요로움 때문이다. 이는 앞에서 언급한 모든 것을 가능하게 하는 동인을 강이 함유하고 있다는 데에서 기인되기도 한다. 북한강에서 시적 화자가 했던 놀이는 발 담그고 놀기, 천렵 및 계모임, 책 읽고 시 짓는 모임인 소양음사 모임, 술과 안주를 싣고 배를 띄어놓고 놀기 등이다. 그러나 시적 화자가 살았던 당시에 있어서 강에서 구가하는 즐거움은 그 자체로만 그치는 것은 아니었다. 늘 명분을 찾으려고 노력했으며, 강에서 하는 모든 행위가 아무리 즐겁다고는 해도 "책읽기에는 못미친다"는 토로를 함으로써 학자로 귀

결되는 모습을 반영하고 있었다. 강이 부여하는 이러한 여러 가지 즐거움(놀이 공간으로서)은 강의 인류집단상징상 긍정적인 면모, 즉 생명, 생생력, 재생, 정화적 특징의 근거가 되는 징표로 작용한다고 볼 수 있다.

　하지만 오늘날 북한강이 부여하는 즐거움은 예전의 기능 및 특징 중 많은 부분을 산실하고 있다. 강은 앞에서 언급했듯이 여러 기능과 특징을 보유하지만 현대인에게 있어 강은 놀이 공간으로서의 기능만이 점차로 큰 비중을 차지하고 있다. 현재의 북한강은 낚시를 가능하게 하고, 관조적, 서정적 인식도 부여하겠지만 무엇보다도 우세한 것은 놀이 공간 및 에너지원으로서의 기능이다. 또한 북한강이 지니는 특징 중 다른 하나는 북한강을 따라서 축제가 번성하고 있다는 점이다. 이 축제는 화천, 인제, 홍천, 춘천, 가평, 청평으로 이어지며, 북한강과 남한강이 합수되기 바로 전 양수리에 "북한강 축제"까지 가세함으로서 축제의 장으로서의 북한강의 면모를 과시하기도 한다. 또한 댐이 많아서 에너지원으로서의 강의 기능 및 수도권에 수자원을 공급하는 기능 등 다원적인 기능을 하는 것도 북한강의 특징인 것이다.

　이러한 여러가지 삶의 모습이 투영되었기에 강은 인류집단적 이미지로 생명, 생생력, 탄생, 죽음, 정화, 재생의 근간이 되고 있었음을 북한강을 주제로 한 문집 및 우리 선조들이 남긴 그림 등을 통해서 밝힐 수 있었다. "물의 원형 이미지는 결국 물과 관련된 삶의 체험이 실제적인 토대가 되어 형성된 것이다"라는 결론을 제시할 수 있었다.

한국문학, 문화와 문화콘텐츠

북한강 스토리텔링 및 콘텐츠화 방안[1]

앞장에서 살펴본 북한강은 금강산 금강천에서 발원하여 화천, 춘천, 강촌, 가평, 청평을 거쳐 양수리 두물머리에서 남한강과 합수하여 한강에 이르는 우리나라의 가장 큰 젖줄 중 하나이다. 물은 근원지에서 시작하여 아래로 아래도 흘러가듯이 또한 근원지 및 상류의 문화, 역사, 문학 등은 강물을 따라 함께 흐른다. 이러한 점을 염두에 두고 설화(=역사의 또 다른 언술 방식)를 중심으로 해서 근원지 → 상류 → 중류 → 하류까지의 면모를 살펴보고자 한다.

특히 금강산(근원지) → 화천(상류) → 춘천(중류) → 강촌(중하류)를 따라 흐르는 공통된 설화를 통해 근원지 설화가 어떻게 지속, 변모되며 흐르는 지를 살펴보고, 이를 원천텍스트로 해서 스토리텔링 및 콘텐츠화 방안을 일부 제시하고자 한다.

---

[1] 이 부분부터 스토리텔링 부분(장정룡 책임연구원)은 국토해양부(원주지청)의 지원을 받은 북한강 콘텐츠 개발 중 일부분을 발췌한 것이다.

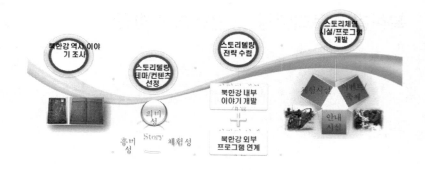

1. 북한강 스토리텔링의 전제 조건 및 탄생 배경

1) 북한강의 母川(원류)은 금강산이다.2)

북한강은 금강산에서 발원해서 화천, 춘천, 가평, 청평을 지나 남양주에서 남한강과 합수하여 한강으로 흐른다.

따라서 금강산의 설화나 시, 그림 등의 문화적 족적이나, 역사, 다양한 체험, 선조들의 체취 등도 북한강을 따라서 한강으로까지 유입, 전파된다. 문화나 역사, 민속도 물을 따라 흐르기 때문이다.

금강산 설화에는 유독 용 설화가 많다. 금강산의 용 설화는 화천, 춘천으로 이어진다. 용 설화 외에도 나무꾼과 선녀의 설화도 금강산,

---

2) 北漢江의 원류는 금강산이라는 설과, 금강군의 옥발봉(玉田峰 : 1,240m), 혹은 황룡산에서 발원해 금강산의 비로봉 부근에서 발원하는 金剛川·泗東川 등을 합치면서 본류를 이룬다는 설 등이 있지만 금강산이 북한강의 원류인 母川이라는 사실에는 변함이 없다.

화천, 춘천, 강촌까지 이어진다.

　이를 제시하면 다음과 같다.

2) 북한강 지역의 설화나 시

(1) 금강산의 설화

① 용관련 설화-흑룡담, 백룡담, 화룡담, 청룡담, 九龍潭, 구룡폭
포, 발연, 불정대, 사자암, 현종암, 유점사(느릅나무-용관련)

② 나뭇군과 선녀 설화-문주담, 발연, 팔선담, 玉女洗頭盆

(2) 화천의 설화

① 용관련 설화-용신, 비룡폭포, 와룡담, 용두산/용의 머리, 용화
산, 어리구지/어룡동, 용호리, 유촌리/느릅새미, 용담, 용소/가
매 소, 꿍덕궁용소, 느릅새미(유촌리, 느릅나무 밑에 샘이 있음)

② 나뭇군과 선녀설화- 비래암, 구운리(목욕하고 가는 선녀들)

③ 금강산에서 온 산-딴산, 비래암

(3) 춘천(강촌포함)의 설화

① 용관련 설화-구곡폭포, 잉어보은이야기, 공지어, 우양마을이야
기(신매강), 비룡소, 용산

② 나뭇군과 선녀 설화- 의암, 등선폭포, 옥녀탕(나뭇군과 선녀)

③ 금강산에서 온 산-고산(부래산, 소금강)

　이를 기반으로 해서 다음과 같은 북한강 스토리텔링이 조성되었다.

2. 북한강의 龍魚 스토리텔링

북한강 "龍魚" 이야기(Dragon fish of story telling)

"龍 ⇄ 魚"

북한강의 母川인 금강산은 맑은 공기와 물, 깊은 계곡을 갖춘 천혜의 청정지역으로 이곳에는 뭇용들이 금강산을 지키며 살고 있다. 그러나 호기심이 많은 용들은 맑은 물을 따라 하류로 내려오기도 하는데, 이럴 때는 주로 물고기화해서 물길을 타고 내려온다.

한편 일부는 용의 모습 그대로 금강산 바로 밑에 있는 수려한 경관을 갖춘 화천으로 직접 이동해서 정좌하기도 했고(용화산), 경관이 수려하고 깊은 물에 잠기기도 했으며(잠을 잤다고도 한다. 와룡담), 소에 머물기도 했다(용소, 용담, 꿍덕궁용소).

생태환경이 금강산보다 못하다고 여긴 용들은 승천하기도 했다. 이때에는 폭포를 타고 승천하거나(비룡폭포), 소에서 직접 승천하거나(가매소/龍沼), 용 3마리가 놀다가 한꺼번에 하늘로 올라갔거나(용수목), 심지어는 물고기인 채 승천하기도 했다(어리구지).

龍魚는 화천부근의 북한강을 지나면서부터는 주로 물고기로 형상화된다. 물고기는 주로 잉어나, 산천어, 쏘가리, 공지어 등으로 형상화되었다. 따라서 북한강에는 용어인 잉어나, 산천어, 쏘가리, 공지어 등이 주로 서식하게 되었다.

용어인 물고기들은 화천부근 북한강 쪽에서는 주로 쏘가리, 산천어로, 춘천지방 신매리 강가에는 잉어나 공지어로 유영한다. 따라서 신

매강가에는 잉어 전설(잉어를 용왕의 아들로 지칭)이, 공지천에는 공지
어전설이 남아있다. 이들 용어들은 북한강 강촌의 넓은 강에도 많이
살면서 북한강 물길을 따라서 오간다. 마치 용의 비늘(龍鱗)처럼 반짝
이면서...

　　0 황쏘가리는 입신 출세나 승진, 합격 등 進과 昇을 상징하며, 잉어는
　　　壽, 孝, 愛를 상징하고, 산천어는 幸, 福을, 공지어는 智와 愛를 상징
　　　한다.

3. 지역별 특징

1) 화천지역의 龍魚는 청룡(청룡어의 나라)으로 상징

　화천지역은 산천어와 수달로 대표되는 청정지역으로 희망의 색인
청색과 잘 부합된다. 또한 잠재력이 무한한 잠룡으로서 앞으로의 비
상이 기대된다. 이런 점에서 청룡어로 이미지화한다.

　　〈청룡담〉
　　청룡은 늦도록 하늘에 오르지 않고
　　푸른 못 깊은 곳에 몸을 숨기곤
　　때때로 비구름 휘몰아 토해내서
　　언덕이며 골짜기에 흩뿌려주네.　　　　　　　이홍상

2) 춘천 지역의 북한강 龍魚는 황룡
=황룡(황룡어의 나라)으로 상징

춘천지역은 공지어나 잉어의 색깔인 황색으로 이미지화한다. 고귀함을 상징하는 황색은 번영과 번창의 도시를 반영한다.

〈화룡담〉
아홉굽이 화룡담에 맑은 우레 청산 흔들고
번개불 번뜩 번뜩 물결위를 비치누나
물안은 출렁출렁 비구름에 젖었는데
구슬 찾은 화룡 달빛 띠고 돌아오리　　　　　최현구

3) 강촌지역의 북한강 龍魚는 백룡으로 상징

북한강 강촌지역은 젊음의 공간으로 밝음과 긍정과 어우러짐이 공존한다. 강촌지역에서는 예전에 많은 고기가 있어서 낮에는 물론이고 밤에도 불을 밝히고 많은 고기를 잡았다는 기록이 있다. 마치 백룡이 햇빛을 받아 하얀 비늘을 반짝이는 모습이 투영되고 있다는 점에서 백룡으로 이미지화한다. 청순하고도 젊은 아침의 색이다.

〈백룡담〉
첫굽이 백룡담에 맑은 물 하도 깊다
물에 잠긴 은비늘 석양에 번뜩이네
천리밖에 울려가는 끊임없는 비소리에
구름은 흘러가고 새벽기운 스며드네　　　　　최현구

격롱도(해남윤씨가전고화첩) 윤두서

북한강 물줄기를 따라 용 모습을 넣은 모습[3]

---

3) 조각가 강명주 그림.

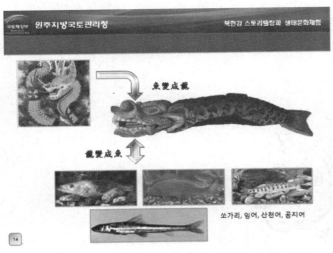

※ 황쏘가리는 입신 출세나 승진, 합격 등 進과 昇을 상징하며,
　 잉어는 壽, 孝, 愛를 상징하고, 산천어는 幸, 福을,
　 공지어는 智와 愛를 상징한다.

4. 북한강 스토리텔링 종합계획도

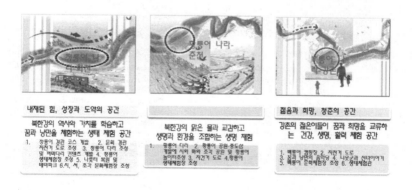

5. 북한강 스토리텔링의 활용방안

북한강의 설화에서 추출한 용어 스토리텔링을 다양한 콘텐츠로 개발하여 이를 여러 가지 아이템으로 다양하게 적용시킨다. 문서화로 석화된 이야기가 아닌 실용적이고도 시행 가능한 실사구시적 결과물이다.

**북한강 龍 설화 → 북한강 龍魚 스토리텔링 → 용어 콘텐츠 개발
→ 시설 및 프로그램, 캐릭터 개발 및 적용**

0 강촌 지구–젊음과 희망의 백룡어의 나라

0 춘천지구– 낭만과 생명의 황룡어의 나라

0 화천이지 구 – 성장과 도약의 청룡어의 나라

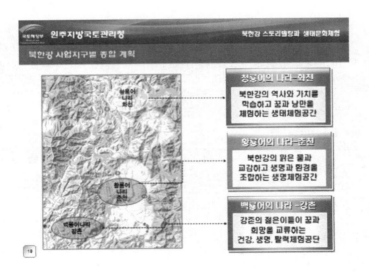

용산공원 스토리텔링[1]

1. 용산공원 입지조건 및 스토리텔링의 기획 의도

북한강과 남한강은 합수되어 한강으로 흐르며, 한강은 용산과 연계된다. 100만평의 용산공원 예정지는 우리나라 수도 서울의 상징적 산인 남산의 녹지대와 서울을 관통해서 흐르는 한강 수계가 이어지는 지점, 즉 남산과 한강 사이에 위치해 있다는 점에서 문화, 역사, 생태, 환경적으로 중요한 지역이며, 특히 녹지와 수계를 모두 아우른다는 점에서 천혜의 요지라 할 수 있다.

따라서 용산은 이러한 이점으로 인해 일찍이 전국의 조운선(화물선 일종)이 몰려드는 포구로 발전하였으며, 한강에서 활약하는 대규모 경강상인의 본거지가 됨으로써 경제활동의 시발지가 되었고, 한강의 수운을 통

---

1) 국토해양부에서 실시한 용산공원 스토리텔링 부문 은상 수상(강명혜, 강명주, 이두성, 김제현, 2010.12.21)

해서 남한강과 북한강의 여러 자원이 흘러들어오는 중요한 기능을 수행하게 된다. 이런 점에서 강과 관련된 祭儀도 성행했던 지역이다.

하지만 한편으로는 요충지로서 국난시기에는 한반도 통치와 대륙 침략의 거점지로서 침탈을 당하던 불운한 곳이기도 했다. 이를테면 고려 말에는 몽고군의 병참기지로, 임진왜란이 발발하였을 때는 왜군의 보급기지로, 청일전쟁 이후는 청나라군과 일본군의 주둔지로, 러일전쟁과 함께 조선주차군사령부가 주둔하면서는 일본의 무력에 의한 조선지배의 근거지가 되어 식민통치를 위한 군사기지로, 해방이 되어서는 미군 주둔의 근거지로 이용되었던 것이다. 이러한 배경에는 용산이 도심과 이어지고 있으며 무엇보다도 한강의 물길을 바로 사용할 수 있다는 지리적, 환경적 이점이 그 원인으로 작용했다.

이렇듯이 지정학적으로 많은 이점을 지닌 용산은 아이러닉하게도 너무도 좋은 지리적 환경적 조건으로 인해 오히려 수난의 공간이 되었음이 그간의 실정이다. 이제 이곳 용산공원 부지는 그간의 부정적이고 암울했던 상처를 딛고 새로운 꿈과 희망의 긍정적 공간을 조성할 필요충분 요건에 놓여있다. 따라서 용산공원 스토리텔링의 기획의도 및 목적은 지난 날의 어둡고 부정적인(외국군대 주둔지)용산의 이미지를 밝고도 희망찬 긍정적인 이미지로 변환시키는데 있다. 이번 스토리텔링은 한강의 근원설화 및 용산 출신 이봉창열사를 근본 소재로 해서 기획했다.

2. 스토리텔링의 설화적 배경

예로부터 용산은 서강, 마포, 두모포, 송파와 함께 한강의 수운을 통

해 전국의 물자가 집결되던 곳으로 조선시대 한양 천도 후 용산 일대
에는 둔전(屯田)이 설치되었던 곳이다. 따라서 용산은 한강의 하류로
서 한강 시원지 및 근원지, 상류의 문화 및 설화 , 민속, 역사 등이 한
강물과 함께 흘러왔던 공간이기도 했다.

　한강은 주지하다시피 금강산에서 발원한 북한강과, 검룡소에서 발
원한 남한강이 양수리에서 합수하여(두물머리) 흐르는 물로서 한반도
의 중앙부를 관통하는 명실공히 우리 민족의 중요한 젖줄이다. 따라
서 한강에는 북한강과 남한강 근원지부터 흐르는 역사, 민속, 삶, 문화
등이 어울어져서 유입되고 있다고 할 수 있다. 이 중에서 '설화'에 주
목한다. 설화란 신이하고도 기이한 이야기로 포장(糖衣)되어 있지만,
설화에는 그 지역민들의 願意나 문화, 지향하는 바, 즉 지역민의 뿌리
나 정신이 모두 녹아있기 때문이다.2) 즉, 설화의 이면적 내용인 주제
나 교훈은 역사의 또 다른 언술 방식에 해당되는 것이다.

---

2) 동서고금을 막론하고 모든 나라에는 설화가 존재한다. 그리고 이 설화는 대부분
　표면적으로 보았을 때 괴이하거나 기이, 신이한 내용으로 구성되고 있어서 현실
　적, 과학적, 구체적 내용과는 괴리를 보인다는 특징을 지닌다. 그럼에도 불구하고
　설화를 통해서 한 나라, 민족, 지역적 특징을 파악할 수 있으며, 그 가치 및 변별적
　특성, 교훈 등을 인정받고 있다.그 이유는 무엇인가? 그리고 과연 설화란 무엇인
　가?설화는 주지하다시피 문자가 생성되기 이전에 입에서 입으로 구전되던 구비물
　중 하나이다. 입에서 입으로 전달되기 위해서는 우선 전파의 속성상 기이하고 신
　이하고 흥미있는 이야기만 전달된다는 사실에 주목할 필요가 있다. 이를 상기한
　다면 설화의 내용은 왜 그렇듯이 신이하고 괴이하고 허무맹랑한 내용들로 이루어
　져 있는지를 추론할 수 있다. 사람들이 이야기를 기억하고 전달, 전파를 수월하게
　하기 위해서 특별한 장치, 즉 비유나 상징을 이용해서 특이한 이야기담으로 포장
　했을 것이고, 이는 현대의 문학적 용어를 빌자면 糖衣를 입힌 것이라고 할 수 있
　다. 이렇듯이 문학적 당의가 입혀져서 신이하고 괴이하고 이상한 이야기담으로
　변신한 다음에야 비로소 인구에 회자되면서 오랜 시간 보존되어 오다가 문자가
　발명되면서 기록되었을 것이다. 이렇게 볼 때 文學糖衣는 口碑物의 필요충분조
　건이라고 할 수 있다.

1) 한강의 근원설화

한강의 시원지인 북한강과 남한강의 근원설화는 모두 '용'과 관련된다. 이 용 설화가 북한강과 남한강을 따라서 한강으로까지 유입, 전파된다. 결국 선조들의 체취나 삶, 역사, 문화 등이 강을 따라서 유입, 전파되었던 것이다. 우선 북한강의 시원지는 금강산인데 이곳의 설화에는 유독 용 설화가 많다. 금강산의 용 설화는 화천, 춘천, 가평으로 이어지며 한강으로 흐른다. 남한강 시원지도 '용' 설화로 시작되며, 역시 영월, 제천, 단양, 여주로 해서 한강으로 흘러든다. 이렇듯이 '용'은 한강 근원지를 점령하고 있으며, 물과 함께 하류로 하강하면서 변이, 사라지기도 한다. 과연 한강 근원지부터 발생한 용은 무엇을 의미하거나 상징하는 것일까? 또 어떤 역사적 사실 및 교훈을 내재하고 있는가?

(1) 북한강의 경우

북한강의 시원지인 금강산에는 많은 설화가 있지만 주로 '용관련 설화'와 '나무꾼과 선녀설화'가 여럿 전해진다. ① 용관련 설화에는 〈흑룡담〉, 〈백룡담〉, 〈화룡담〉, 〈청룡담〉, 〈九龍潭〉, 〈구룡폭포〉, 〈발연〉, 〈불정대〉, 〈사자암〉, 〈현종암〉, 〈유점사(느릅나무-용관련)〉 등이 있다.

이와같은 설화는 금강산 바로 밑 화천의 설화에도 이어진다.

화천의 설화 중 ① '용'과 관련된 지명이나 설화는, 〈용신〉, 〈비룡폭〉, 〈와룡담〉, 〈용두산/용의 머리〉, 〈용화산〉, 〈어리구지/어룡동〉, 〈용호리〉, 〈유촌리/느릅새미〉, 〈용담〉, 〈용소/가매소〉, 〈꿍덕궁용소〉 등이다.

'용관련 설화' 춘천, 강촌까지도 이어진다. ① 춘천에는 〈잉어보은

이야기〉, 〈공지어〉, 〈우양마을이야기 (신매강)〉, 〈비룡소〉, 〈용산〉
이 용과 관련된다. 가평군 용소, 용수목에도 그 편린이 보인다.

이렇듯이 한강의 근원지에서 발생한 설화는 강 줄기를 따라서 물과
함께 이동한다. 문화와 역사, 삶이 물줄기를 따라 함께 흐른다는 증표
중 하나인 것이다.

특히 금강산의 용(구룡폭포, 유점사 설화 참조)은 바로 밑 화천으로 이
어지는데, 화천에는 용이 직접 날아와 좌정했다는 용화산을 비롯해서
용이 하늘로 올라가는데 명지고리 하나가 모자라서 뒤틀려 바위가 음
푹 들어갔다고 전해지고 있는 〈용소〉 폭포를 타고 용이 하늘로 올라
갔다고 하는 〈비룡폭〉, 용소개울 밑에 있으며 물에서 꿍꿍 소리가 난
다고 해서 붙힌 이름인 〈꿍덕궁용소〉, 그리고 딴산 근처의 어룡동(어
리구지)은 용이 물고기로 변해서 하늘로 올랐다는 하는 등, 용과 관련
된 많은 설화가 전해진다. 이중 특이할 만한 것은 용이 직접 날아와서
안주했다는 〈용화산〉 전설과 용이 물고기로 변해서 하늘에 올랐다고
하는 〈어룡동〉 설화이다. 용이 날아왔다는 것은 외지에서부터 영험한
어떤 정신적인 것의 영입을 의미하거나 혹은 이것이 금강산에서부터
직접 연계됨을 반영한다고도 볼 수 있다. 어룡동 주민에 의하면 예전
에 어룡동에는 잉어가 많았는데 "거의 7살 정도의 어린아이와 같은 크
기였고 영물로 알려졌다"고 한다. 그래서 잘 잡지 않았다는 것이다.
이렇듯이 용과 물고기는 변신, 즉 龍變成魚, 魚變成龍의 의미를 반영
하고 있다.

물고기로 변한 용은 춘천 지역에 오면 〈잉어보은담〉이나 〈공지어〉
전설, 〈신매강가 우양마을〉 전설에서 나타나듯이 아예 '물고기'로 등
장한다. 그리고 예전 북한강 줄기인 소양강가에서는 잉어를 龍魚라고
불렀다고 한다. 큰 잉어를 잡으면 해를 입는다는 속설도 있었다. 용과

고기의 변신 모티브가 등장하는 것이다. 용은 물고기화한다. 그러나
짧龍門 설화가 보여주듯이 물고기가 용이 되는 이야기담은 그리 생소
한 것은 아니다.

또한 잉어와 같은 물고기와 용은 서로 치환이 가능한 동일종으로
여겨졌다. 물고기와 용뿐만이 아니라 물가에 살고 있는 사람도 용으
로 치부된다. 세상을 떠난 사람을 "오늘 용으로 돌아갔다"[3]고 표현하
기도 한다. 이렇듯이 북한강 용 설화의 특징은 용변성어, 어변성용의
형태를 띤다. 북한강 용이미지는 남성성 즉, 아니무스적 성향을 띠고
있는 것이다.

(2) 남한강의 경우

한강을 이루는 또 하나 물줄기인 남한강의 시원으로 알려진 '검룡
소'도 용 설화로 시작된다. 실제로 검룡소 주변 바위에는 무언가 할퀸
듯한 자국이 나 있다.

그러나 검룡소 용은 하류로 내려가면서 여신으로 대치되고 있다.
물론 용과 여성은 모두 물과 관련되며 풍요를 상징한다는 점 때문에
서로 치환이 가능한 존재이다. 실제로 바다에서는 거의 여성신(해랑
신)을 섬긴다. 태백 바로 밑 정선의 아우라지에도 처녀와 관련된 아우
라지 전설이 있으며, 단양 탄금대에도 여신의 신성성을 상징하는 설
화가 있고, 단양 도담삼봉하류에 위치한 석문에도 마고할미 설화가
전해지고 있다. 하늘나라에 살던 마고할미가 그 지역으로 농사신으로
정착하는 이야기이다. 주목되는 점은 마고할미는 물을 길러 지상으로
내려왔다는 것이며, 마고할미가 정착하면서 한 일은, 논을 만들고 (그

것도 아홉아홉 마지기의 농토를), 그리고 그곳에서 농사를 지었고, 술과
담배를 피는 것을 즐겼다는 것이다. 이곳의 주 생산품이 쌀과 담배와
술 등이라는 점을 상기한다면 설화는 역사의 또다른 언술 방식임을
다시 한번 입증한다. 즉 설화는 발생 지역의 역사나 사회, 경제, 문화
적 측면을 사실적으로 내포하고 있는 또 다른 언술 방식인 것이다. 충
북 제천시 송학면 입석리에도 역시 마고할미 이야기가 있다. 남한강
목계나루터에는 현재까지 숭상되는 여서낭(각시)도 있다. 이곳에는 여
서낭과 산신, 용왕신을 함께 모시는데 서낭각시는 정가운데 배치되어
있고, 오른쪽에 용신, 왼쪽에는 산신이 배치되어 있다. 목계나루는 남
한강 수운의 중심지였기에 수운으로 인한 다양한 이윤 추구가 가능했
던 곳이다. 이렇듯이 번창했던 목계나루에서는 현재까지도 '각시신'을
정성스럽게 섬기고 있다. 여성과 땅과 강과 풍요는 원형상징으로 동
일한 성격으로 환원된다는 점을 상기한다면 이러한 현상은 당연한 민
간의식 중 하나이다. 그러나 세월이 흐르고 과학이 발달해서 고대의
아키타입 상징이 망각된 현대까지도 이러한 편린이 남아있어서 주목
된다. 남한강 설화나 민속에는 이렇듯이 여신이 부각되고 있다. 이는
아마도 여성이 지닌 풍요적 특성이 남한강 유역의 농업 및 풍요로운
삶과 부합되기 때문일 것이다. 또한 용이 지니는 물과 비가 농업과 직
접적으로 관련된다는 점에서 풍요적 주체로서 또다른 풍요의 주체인
여성으로 치환되었을 가능성도 농후하다.

(3) 한강(용산)의 경우

북한강과 남한강은 양수리 두물머리에서 합수되어 한강을 이룬다.
앞에서 살펴보았듯이 북한강은 남성적, 즉 아니무스적 특성을 지니는
강이다. 물의 흐름도 빠르고 거칠며, 유량도 풍부해서 화천댐(파로호),

평화의 댐(미완), 춘천댐(춘천호), 의암댐(의암호), 청평댐(청평호), 소양강댐(소양강) 등, 유독 많은 댐건설을 가능하게 했다. 설화의 특성도 남성적 이미지를 지니는 용이 등장하거나 남자아이(용의 아들=물고기)화 했다. 이러한 북한강 유역은 산이 많고 골이 깊어서 너른 평야가 발달하지 못했고 자연히 논농사도 발달하지 못했다. 하지만 많은 자원을 지니고 있다는 점에서 미래 지향적인 곳이기도 하다. 북한강의 물고기는 언젠가는 용이 되어 비상할 수 있기 때문이다. 거기에 비해서 남한강(특히 중하류)은 산세가 완만하고 평야가 발달해서 논농사가 발달하고 비옥한 토지를 갖추게 되었다. 이런 점이 설화나 민속에도 잘 반영되고 있었다. 즉 남한강 유역에는 풍요의 주체인 여신 설화가 주축을 이루고 있다는 점이 그것이다. 이런 점에서 여성적인 즉 아니마성을 보유한다. 북한강이 용 설화로 시작해서 용변성룡, 어변성룡의 양태를 보이며 한강으로 흐르는 반면, 남한강은 용 설화로 시작하지만 중하류로 갈수록 여신 설화로 대체되는 것이다. 설화가 발생지역의 역사나 사회, 경제, 문화적 측면을 사실적으로 내포하고 있는 또 다른 언술 방식이라는 점을 상기한다면 이러한 결과는 당연하다고 할 수 있다.

이렇듯이 한강은 남성적, 즉 아니무스적인 북한강과 여성적 즉, 아니마적인 남한강이 합수된다는 점에서 숫물과 암물이 혼체가 된, 완성된 강이라고 할 수 있다. 한강의 설화나 민속 등을 보면 근원지나 시원지와 거리가 있느니만큼 북한강과 남한강이 지니는 특성이 그대로 드러나지는 않지만 한강 물에 용왕이 살고 있다는 인식은 지배적이고, 마고할미 편린이 남아있기도 하다. 또한 잉어를 용자를 보는 시각도 있는 등 그 편린은 유지된다. 결국 한강은 남성적 물줄기(북한강)와 여성적 물 줄기(남한강)가 합하고 이 물을 통해서 내려오는 전통,

문화, 역사, 삶 등을 융합시켜서 하나로 아우르는 우리나라 명실공한 상징적, 생태지리적 젖줄이며4), 한강의 이 모든 것은 결국 '용산'이 대변한다고 본다.

따라서 용산(한강)은 설화적 측면으로 보았을 때 남신과 여신이 결합된 지역으로 이곳에서 용자를 낳아 한반도를 이끌게 되는 용신 가족의 공간으로 정의내릴 수 있다. 앞으로 飛翔이 이루어지는 상서로운 공간인 것이다. 이러한 점을 근거로 해서 스토리텔링을 조성할 수 있다.

3. 용산 스토리텔링 구성 부분(배경 및 인물소개)

① 龍人; 금강산 지킴이. 조선을 지키라는 하느님 명에 따라 금강산에서 거주.

② 53 佛戰士; 한강의 근원지인 금강산의 설화 중, 〈구룡폭포〉, 〈구룡연〉, 〈유점사〉 설화에 등장하는 53불을 형상화한 인물로서, 금강산에서 용인을 내치고, 대신 그 자리를 차지하는 인물. 신통력이 뛰어남.

③ 빈이; 용인족의 청년으로 인물이 뛰어나고 의협심이 강하며, 용맹한 인물. 밝강이 아빠. 후에 밝강이와 함께 용산을 수호하는 수호신이 됨.

---

4) 강명혜, 「태백 三水 발원지 가치와 생태 문화콘텐츠 개발」, 「한강의 근원설화 양상 및 민속적 특성」, 「고전문학과 스토리텔링」, 「민족시인 심연수의 현대적 전승 방안 및 콘텐츠화」 등 참조.

④ 아인이; 용인족 아가씨로 고귀한 성품을 지님. 밝강이의 엄마. 후에 밝강이와 함께 용산을 수호하는 수호신이 됨.

⑤ 밝강이; 어린 잉어를 가리키는 순수 우리 고유어인 '발강이'에다 '밝다', '크다'라는 의미를 함께 부여해서 '밝강이'라고 명명. 밝강이는 한강(조선)의 정기이기도 하며, 한편으로는 용산출신인 이봉창을 상징하기도 함.

빈이와 아인이 사이에서 태어났으나 혼자서 자람. 개구쟁이지만 용맹하고 의협심이 뛰어나며 빛나는 외모를 지님. 알로 태어나 잉어로 자람. 한강 물고기족을 침입한 황소개구리를 물리치고 후에 용신이 되어 용산을 수호함.

⑥ 백범; 하얀 호랑이인 산신으로서 밝강이를 도와줌. 백범선생을 상징하기도 함.

⑦ 황소개구리; 우리나라를 침입했던 외세를 상징.

⑧ 그 외: 하느님, 촌장물고기, 물고기 등.

4. 용산 지킴이 밝강이(용이)[5]

(1) 금강산과 龍人

옛날 옛적에 하늘나라에서는 임금인 하느님과 그의 백성들인 용인이 살고 있었습니다. 하느님은 조선 땅을 좋아해서 가끔씩 조선 땅에 내려왔습니다. 특히, 맑고 신비한 자연을 간직한 금강산을 좋아했습

---

5) 용산 스토리텔링.

니다. 그래서 쉬고 싶을 때에는 용인들과 금강산에 와서 놀며 쉬다가 하늘나라로 돌아가곤 했습니다.

하루는 금강산에서 용인들과 함께 쉬고 있었습니다. 하지만 하느님의 표정이 그리 밝지 못했습니다. 걱정이 된 용인들은 하나님께 물어봤습니다.

"하느님, 어찌 그리 표정이 안 좋으세요? 무슨 고민이라도 있으세요?"
"음...너희도 알다시피 내가 미래를 내다보는데 조선의 앞날이 어둡구나. 가까이에 변고가 있겠구나."
"그럼 어떡하죠?"
"그래서 내가 너희들에게 특별히 명하노니 이 곳 금강산에 남아 있거라."
"그럼 남아서 저희들은 무엇을 하죠?"
"하하. 그야 당연히 조선을 지켜야지."
"안됩니다! 어떻게 몇 안되는 저희들이 조선 땅을 지키죠?"
"내가 너희에게 조선 땅을 지킬 수 있는 특별한 능력을 줄 터이니 걱정 말거라."
"감사합니다. 그러면 지킬 수 있어요."
"그래. 수고하거라. 단, 능력을 갈고 닦지 않으면 능력이 사라질 수 있으니 능력을 갈고 닦는 일을 게을리 하지 말거라. 나는 이만 올라가마."
"네. 안녕히 가세요. 하느님의 명을 받들어 조선의 땅을 지키겠습니다."

이렇게 하느님은 용인들에게 조선 땅을 지키라는 명령을 내리고 다시 하늘로 올라갔습니다. 용인들은 하나님에게 받은 능력을 가지고 열심히 갈고 닦으며 조선을 지킬 그 날을 기다렸습니다.

하지만 오랫동안 아무 일 없었습니다. 하느님의 눈에는 가까운 앞날이지만 용인들의 눈에는 먼 훗날이었습니다. 그러는 동안 용인들은 금강산에 정착을 하고 마을을 이루어 나갔습니다. 금강산에 사는 용인의 후손들은 하나님의 명령을 잊고 살았습니다. 그래서 그들의 능력은 점점 사라져 갔습니다. 하지만 능력을 계속 갈고 닦은 용인도 있었습니다. 그의 이름은 빈이었습니다. 이 잘생기고 용맹한 빈이는 능력을 계속 갈고 닦으면서 다른 용인들에게도 수련을 하라고 권유했습니다. 하지만 다른 용인들은 빈이의 말을 듣지 않았습니다.

"애들아. 우리의 선조는 조선 땅을 지키라는 하느님의 명을 받았어. 그래서 능력을 갈고 닦아서 언제 닥칠지 모르는 위기에 대비해야해."

한 용인이 대답합니다.

"그런 일은 절대로 없어. 오랫동안 이 마을에는 아무 일도 일어나지 않았어."

다른 용인도 말합니다.

"그래 쟤 말이 맞아. 오랫동안 아무 일도 일어나지 않는데 왜 힘든 수련을 해야 하니?"

빈이가 대답합니다.

"그래도 조선을 지키라는 하느님의 명이 있잖아. 그분의 명을 받들어서 그분이 주신 능력을 갈고 닦아야 해."

그러자 다른 용인이 대답합니다.

"오랫동안 하느님은 찾아오시지 않았어. 그분은 우리를 잊었는지도 몰라."

빈이가 대답합니다.

"그래도 능력을 갈고 닦아서 조선 땅을 지켜야 해."

한 용인이 이제는 화를 내며 대답합니다.

"재밌게 놀고 있는데 짜증나게 왜 그러는 거야? 그러면 너나 실컷 수련을 해 우리는 놀테니까! 가자 얘들아!"

다른 용인들의 태도에 상처를 받은 빈이는 자신의 아름다운 여자 친구인 아인이를 찾아갑니다. 풀이 죽은 빈이의 모습에 아인이는 걱정을 합니다.

"무슨 일 있어? 왜 이렇게 풀이 죽었어?"

"아니야. 아무 일도 아니야."

"뭐가 아니야. 나한테 다 털어놔봐."

"아무도 이제는 수련을 하지 않아. 오랜 평화가 있었던 탓에 언제 무슨 일이 일어날지 모르는데도 모두 놀기만 해."

"그래 맞아. 그래도 우리라도 열심히 해서 조선을 지키자."

"우리 힘만으로는 부족한데…"

"예쁜 나를 봐서 힘내."

"그래 예쁜 너를 봐서 힘내야지."

(2) 53 佛戰士의 침입

아인이의 위로를 받은 빈이는 다시 힘이 났습니다.

그러던 어느 날이었습니다. 인도에서 전쟁이 났습니다. 이 전쟁에서 승리한 불전사53명[6]은 자신들의 더욱 세를 확장하기로 결정했습

---

6) 佛戰士: 금강산 〈구룡폭포〉, 〈구룡연〉, 〈유점사〉 설화에 나오는 53佛 상징.

니다. 어디에다가 자신들의 보금자리를 더 넓힐 것인가?. 그들은 새로운 보금자리를 찾아야 했습니다. 한 불전사가 고민을 하며 말합니다.

"새로운 땅을 개척해야 하는데 어디로 가지?"

다른 불전사가 대답을 합니다.

"예전에 금강산이 살기가 좋다는 이야기를 들어봤는데 거기로 가는 게 어떻겠나?"

"음 금강산이라… 나도 익히 그 소문을 들어 알고 있었지. 거기로 가세!"

한 불전사가 말리며 말합니다.

"그 곳에 이미 누군가 살고 있으면 어떡하지? 그들의 보금자리를 빼앗을 수는 없지 않나?"

이에 한 불전사가 버럭 화를 내며 말합니다.

"그게 무슨 소린가? 우리의 세력을 확장해야 하는 마당에 그런 소리가 나오나!"

"그렇군. 그럼 다같이 금강산으로 가세."

불전사들은 금강산으로 갔습니다. 이미 용인들이 살고 있었지만 그들을 내쫓기로 하고 공격을 했습니다.

"앗! 침략이다! 침략이다!"

갑작스러운 인도 불전사들의 공격에 능력을 갈고 닦지 않은 게으른 용인들은 속수무책으로 당할 수밖에 없었습니다. 능력을 갈고 닦은 빈이는 인도 불전사와 싸웠습니다.

한 인도 불전사가 말합니다.

"이 빼어난 경치를 보라구. 여기는 우리가 살겠다. 너희들은 나가라!"

이에 빈이가 맞서며 대답합니다.

"너희들은 누구냐? 누군데 우리 마을을 빼앗으려 하느냐?"

인도 불전사가 공격을 하며 말합니다.

"알 것 없다! 너희들은 여기서 나가기만 하면 된다."

(3) 한강으로의 도피

능력을 갈고 닦은 빈이였지만 혼자서 막기에는 역부족이었습니다. 다른 용인들도 있는 힘껏 막았지만 온갖 신기를 다 부리는 불전사를 막을 수 없었습니다. 결국 마을은 쑥대밭이 되었고 용인들이 살던 마을은 불전사들의 차지가 되었습니다. 빈이는 아인이를 데리고 도망쳤습니다.

"헉헉 이곳까지는 쫓아오지 못하겠지. 괜찮니 아인아?"

"헉헉 응 괜찮아. 너는 괜찮아? 많이 다쳤잖아? 그런데 이젠 우리는 어떡하지?"

"마을에는 더 이상 돌아가지 못할 것 같아. 일단은 불전사들을 피해 몸을 지켜야 할 것 같아"

멀리서 불전사들이 쫓아오고 있었습니다.

"저기도 있다! 저 놈들을 잡아라!"

빈이는 아인이와 함께 다시 도망쳤습니다. 불전사들이 금방 쫓아왔습니다. 빈이와 아인이는 급하게 바위 밑으로 숨었습니다. 빈이는 아인이를 지키기 위해 결단을 내립니다.

"이대로 가다가는 붙잡히겠어. 내가 저쪽으로 유인할테니 너는 그 사이에 도망가."

"그러면 너는 어떡하려고?"

"나는 걱정하지마. 잘 도망칠 수 있으니까. 금강산 하류로 가면 한강이랑 이어지니까 한강에서 보자."

불전사들이 숨어있던 이들을 발견했습니다.

"여기 있다! 바위 밑에 숨어 있다. 잡아라!"
빈이는 아인이를 보호하기 위해 불전사들을 유인합니다.
"내가 여기있다. 나 잡아봐라! 메롱"
"잡아라! 잡아라"

(4) 용산에서 터잡음

금강산 하류에 도착한 빈이는 잉어로 변하여서 북한강으로 내려갔습니다. 빈이를 보내고 나서 아인이도 잉어로 변하여서 남한강으로 내려갔습니다. 북한강으로 내려온 빈이는 아인이를 찾기 위해 계속 하류로 내려갔습니다. 남한강으로 내려온 아인이도 빈이를 만나기 위해 계속 하류 쪽으로 내려갔습니다. 북한강과 남한강이 만나는 두물머리에서 둘은 만나게 됩니다.

"아인아! 나야 빈이!"
"빈아! 드디어 만났구나!"
"그동안 힘들었구나. 얼굴이 반쪽이 되었네."
"너도 고생이 많았구나. 얼굴이 많이 상했네."
"괜찮아 너를 만났으니까. 그리고 이곳까지는 불전사들이 쫓아오지는 못할 것이야."
"그래 이젠 우리 헤어지지 말고 행복하게 살자."

고향도 잃고 부모형제를 잃고 여기에 오기까지 힘들었지만 둘은 함께 있을 수 있다는 사실에 행복했습니다. 둘은 간단하게 결혼식을 올리고 함께 살기로 합니다. 그리고 그들이 살 터전을 찾으러 돌아다녔습니다. 그러던 중 그들은 산과 강이 어우러져서 그들이 살기에 아주 좋은 장소인 용산을 발견하고 이곳에 터전을 잡고 살기로 합니다. 어느덧 아인이는 아이를 가지게 되고 배는 점점 불러왔습니다. 드디어 어느 날 아인이는 알을 하나 낳았습니다. 신비한 빛이 나는 알이었습니다.

그러나 용인에게는 규칙이 하나 있었습니다. 그것은 용인들이 부부가 되고 알을 낳으면 용인 부부는 하늘로 올라가야 한다는 것이었지요. 빈이와 아인이도 부부가 되어 알을 낳았기 때문에 용이 되어 하늘로 승천해야만 했습니다. 마을에서는 많은 이들이 알과 알에서 깬 용인이 클 때까지 돌보았지만 지금은 돌보아줄 아무도 없었기에 빈이와 아인이의 근심 걱정은 이루 말도 못할 지경이었습니다. 하지만 규칙을 어길 수는 없었지요. 그리고 하늘이 보호해 줄 것도 믿었습니다. 그래서 아인이는 알을 한강에 숨겨두고 빈이와 함께 하늘로 올라갈 수밖에 없었습니다. 과연 빈이와 아인이의 자식인 알은 어떻게 되었을까요?

한강에 있던 알은 물길을 따라서 물고기 마을로 흘러갔습니다. 알에서는 신비한 빛이 났는데 물고기들은 이를 신기하게 생각했습니다. 날이 갈수록 알에서는 더 신비하고 영롱한 빛이 났습니다.

(5) 밝강이의 탄생

그러던 어느 날, 와그작 와그작! 쩍쩍! 알이 갈라지기 시작했습니다. 마을 물고기들은 술렁이기 시작했습니다.

"알에서 드디어 무언가 태어나는구나!"
"와 빨리 나왔으면 좋겠다. 궁금해 죽겠네!"
드디어 "응애~!응애~!" 알에서 물고기가 태어났습니다.

"와 무슨 물고기지? 생긴 건 꼭 잉어인데 왜 이렇게 큰거야!"

그 물고기는 모습이 잉어였지만 보통 아기잉어보다는 덩치가 무척 컸습니다.

"비늘 좀 봐! 반짝반짝 빛나는 빨간 비늘을 가지고 있네. 꼭 불이 붙어 있는 것 같다. 눈빛도 초롱초롱하게 이쁘게 생겼다."

이 아기 잉어는 불이 붙은 것처럼 반짝이는 빨간 비늘이 온몸을 덮고 있었습니다. 그리고 유리구슬처럼 맑고 초롱초롱한 눈빛을 가지고 태어났습니다.

마을의 큰 어르신인 붕어 촌장님이 마을 물고기들의 소란을 잠재우고 말씀을 하십니다.

"모두들 조용히 하시게. 생긴 것과 눈빛을 보아하니 이 아기 잉어는 필시 우리 물고기 마을에 큰 도움이 될 터이니 다들 정성스럽게 보살펴 키우시게." 라고 말했습니다. 이 아기잉어는 '밝강이'7)라는 이름으로 물고기 마을에서 함께 살게 되었습니다. 밝강이는 촌장님이 밝은 빛깔이 환하게 뿜어져 나오는 모습을 보고 지은 이름입니다.

밝강이는 용인의 후예답게 비범한 능력을 가지고 있었습니다. 엄청난 힘을 가지고 있었고 다른 어떤 물고기보다 헤엄을 잘 쳤으며 누구보다도 용기가 있었습니다. 하지만 밝강이는 무척 개구쟁이에다가 잘난척도 많이 하고 어디든지 나서기를 좋아했습니다.

어느 날에 있었던 일입니다. 비가 많이 와서 물고기들이 다니는 길가에 큰 바위가 굴러 들어왔습니다. 이 바위 때문에 물고기들은 가까

---

7) 밝강이-어린 잉어를 가리키는 순수 우리 고유어인 '발강이'에다 '밝다', '크다'라는
   의미를 함께 부여해서 '밝강이'라고 명명함.

운 길을 나두고도 먼 길을 돌아가야 했습니다. 물고기들은 힘을 모아 바위를 치우려고 했지만 꿈쩍도 하지 않았습니다. 이때 나서기 좋아하는 밝강이가 나타났습니다.

"니들이 뭐 그렇지. 이 밝강이가 바위를 옮겨주지." 하더니 바위를 번쩍 들어서 휑~하고 던져 버렸습니다. 마을 사람들은 기뻐하며 박수를 쳤습니다. 그러자 밝강이는 더욱 잘난척을 했습니다.

"거봐 내 덕분에 이렇게 된거 아니야?. 나 없었으면 어쩔 뻔 했어!"

그런데 바위가 날아간 곳에서 한 물고기가 달려왔습니다.

"누구야! 도대체 누구야! 누가 우리 집에 바위를 던진거야! 우리 집이 다 무너져 버렸잖아!"

어느 물고기가 말합니다.

"밝강이가 그랬다. 그런 짓을 할만한 건 밝강이 밖에 없지"

집을 잃은 물고기는 화가 나서 밝강이에게 달려들지만 쌔~앵! 밝강이는 빠른 수영실력으로 벌써 도망을 갔습니다. 집을 잃은 물고기는 엉~엉~울면서 돌아갔습니다.

미안한 마음에 밝강이는 물고기에게 집을 지어주기로 결심합니다. 먼저 집에 기둥이 될 나무가 필요하다고 생각한 밝강이는 나무를 찾으러 다닙니다. 하지만 집안에 기둥이 될 만한 나무를 찾기가 쉽지 않습니다.

"아이고 나무를 찾기가 쉽지 않네~어떡하나..."

그런데 마을 입구에서 긴 나무 2개가 서 있는 것을 발견합니다.

"그래 이거야! 이정도면 기둥으로 쓰기에 적당하겠어. 이렇게 잘 다듬어져 있으니 따로 할 일도 없고 아주 적당하군. 일단 가져가야지."

그래서 마을 입구에 서 있는 나무를 뽑습니다. 그런데 마침 지나가던 붕어 촌장님이 이 광경을 보고 깜짝 놀라 말합니다.

"아니 이게 무슨 짓이야! 마을에 장승을 뽑으면 어쩐단 말이냐!"

"네? 이게 장승이요? 그게 뭔데요?"

"마을 입구에 세워 마을에 액운을 막는 장승을 뽑으면 어떡하니 이녀석아! 마을에 무슨 일이라도 생기면 어떡하려구 그러냐!"

붕어 촌장님은 화가 나시어 회초리를 들고 밝강이를 혼내려고 했습니다. 그런데 헤엄을 잘 치는 밝강이는 또 쌔~앵! 금새 또 저 멀리 도망갔습니다.

물고기 마을에서는 밝강이에게 피해를 입은 물고기가 한둘이 아니었습니다. 물고기들은 붕어 촌장님 집에 모였습니다. 그리고 붕어 촌장님에게 각자 자신이 당한 이야기를 이야기 했습니다.

(6) 떠나는 밝강이

"촌장님~밝강이 때문에 못 살겠습니다. 마을에 큰 도움이 되겠다고 하셨는데 도움은 커녕 밝강이에게 당하지 않은 물고기가 없어요."

밝강이에게 집을 잃은 물고기가 맞장구치며 말합니다.

"맞아요. 얼마 전에 밝강이가 바위를 아무 데나 던지는 바람에 저희집이 무너졌다구요."

얼마 전 장승을 뽑던 밝강이를 촌장님과 함께 봤던 물고기가 말합니다.

"또 얼마 전에는 밝강이가 마을 입구에 있는 장승을 뽑지 않았습니까! 밝강이 때문에 마을에 무슨 일이라도 생기면 어떻게 합니까? 붕어촌장님~밝강이를 마을에서 쫓아내야 해요."

잠잠히 듣기만 하던 붕어 촌장님이 한 말씀을 하십니다.

"밝강이가 자네들에게 나쁜 짓을 하려고 한 건 아니지 않은가. 밝강이는 자네들을 도우려고 했지만 조금 문제가 되었을 뿐이라네. 밝강이는 우리 마을에 내려 온 복덩이라는 생각에는 변함이 없네. 밝강이를 쫓아내지 않겠네."

마을 사람들은 속상했지만 마을에서 제일 높은 어르신인 붕어 촌장님의 말씀을 듣기로 했습니다. 하지만 마을 사람들이 모여서 하는 이야기를 담장 밖에서 밝강이가 다 듣고 있었습니다. 사람들이 자신을 미워하는 것을 안 밝강이는 마을을 떠나기로 결심했습니다. 밝강이는 짐을 챙겨서 물고기 마을을 떠났습니다.

한강을 떠나 밝강이는 개천으로 냇가로 거슬러 올라갔습니다. 오랜 시간 헤엄쳐온 밝강이는 한 옹달샘에서 잠시 쉬어가기로 했습니다. 그 옹달샘은 산에 살고 있는 흰 호랑이[8]가 내려와 물을 마시던 곳이었습니다. 마침 흰 호랑이가 물을 마시러 내려오는데 옹달샘에서 놀고 있는 밝강이를 발견했습니다.

"너는 누구인데 내가 물을 마시는 샘에서 헤엄을 치고 있느냐?"
쉬고 있던 밝강이는 귀찮게 하는 흰 호랑이에게 이렇게 말합니다.
"그러면 댁은 누구인데 내가 쉬고 있는데 귀찮게 하세요?"
"당돌한 녀석이구나. 나는 이 산을 지키고 있는 흰 호랑이란다. 네가 있는 그곳은 내가 물을 마시는 옹달샘이란다. 그러니 비키거라."
"아니 그런다고 내가 왜 비켜야 하는데요? 물은 여기만 있는 것도 아닌데 다른데서 마시세요."

---

8) 백범, 김구선생을 상징하기도 함.

흰 호랑이는 밝강이의 건방진 태도에 화가 났습니다. 하지만 꾹 참고 한번 더 말했습니다.

"이 옹달샘은 내 샘물이란다. 어서 물 흐리지 말고 비키거라!"

하지만 밝강이도 지지 않고 옹달샘에서 물을 튀기며 말했습니다.

"워이 워이 저리로 가!"

화가 난 흰 호랑이는 옹달샘을 손바닥으로 내리쳤습니다. 그러자 물이 튀면서 밝강이까지 밖으로 튀어 나왔습니다. 물고기인 밝강이는 물 밖에서 숨을 쉴 수가 없었습니다. 숨을 못 쉬어 죽을 지경이 된 밝강이는 호랑이에게 용서를 구하고 목숨을 구하려 합니다.

"아이고 켁켁 흰 호랑이님. 숨을 쉴 수가 없습니다. 제발 살려주세요. 물속으로 얼른 던져주세요. 숨을 쉴 수가 없어요."

화가 풀리지 않는 흰 호랑이는 그 말을 듣는 척도 안하고 물을 마셨습니다. 그러자 다시 더욱 간절한 목소리로 밝강이는 부탁했습니다.

"아이고 흰 호랑이님! 제발 제가 잘 못했습니다! 숨을 쉴 수가 없습니다. 제발 물속으로 던져 주세요!"

마음이 약해진 흰 호랑이는 밝강이를 물에 던져 주었습니다.

"아이고 감사합니다. 흰 호랑이님! 살려 주셔서 감사합니다."

흰 호랑이는 밝강이를 자세히 살펴봤습니다. 새끼 잉어 같았지만 덩치도 크고 무엇보다도 온 몸을 덮고 있는 반짝이는 새빨간 비늘은 흔치 않은 것이었습니다.

"내 너를 처음보는데 어디서 왔느냐?"

"네 저는 밝강이라고 하는데 한강에서 왔습니다."

"한강이라? 한강에서 여기까지 어떤 일로 왔느냐?"

밝강이는 서러운 마음에 울며 이제껏 있었던 일을 이야기하고 여기까지 오게 된 사연을 다 말했습니다. 이야기를 다 들은 호랑이는 웃으며, 말했습니다.

"하하하! 재밌는 아이로구나! 너의 신비한 비늘과 비범한 능력을 보니 너는 예사로운 놈이 아니구나. 그래 내가 예전에 조선 땅을 지키라고 하늘에서 보낸 용인의 이야기를 들어본 적이 있는데 아무래도 너는 그 용인의 후예 같구나. 너희들 용인은 하느님의 명을 받아 금강산에서 조선 땅을 지키는 것으로 알고 있었는데…여기서 용인의 후예를 만나게 될 줄이야."

"네? 용인이요?"

"그래 너희 용인은 하느님의 명을 받아 조선 땅을 지키라는 명을 받았지. 너의 그 남을 도우려는 마음은 용인의 피를 이어받았음을 나타내는 것이지."

"아 그렇구나…하지만 이제 산에서 살려고 해요. 마을물고기들은 저를 미워하거든요."

"아니다. 어서 너희 마을로 돌아가 마을 사람들을 구하거라. 내 산 밑 소식이야 자세히는 모른다만 외국에서 황소개구리 군단[9]이 쳐들어와 물 속 세계를 어지럽힌다고 들었다. 너희 마을도 위험할테니 가서 네 비범한 능력으로 마을을 지키거라."

"아..그럼 마을 사람들이 위험하겠네요. 감사합니다. 흰 호랑이님! 그럼 돌아가보겠습니다. 이 은혜는 나중에 꼭 갚겠습니다."

(7) 마을로 돌아온 밝강이

밝강이는 서둘러 마을로 돌아갔습니다. 마을에 도착했을 때 이미

---

9) 외세 세력을 상징.

마을은 황소개구리 군단의 공격을 받고 있었습니다.

"이 살기 좋은 곳은 우리가 살겠다. 개굴개굴. 어서 너희 물고기들은 떠나라. 떠나지 않으면 모두 잡아먹겠다. 개굴개굴."

"이 녀석들. 이 밝강이님이 있는데도 잘도 이 마을을 차지하겠다고 하는구나! 내 너희들을 용서하지 않겠다."

마을 물고기들은 위험한 순간에 돌아온 밝강이를 반가워 했어요.

"와 밝강이가 왔다! 밝강이가 있으면 우리도 싸워볼 만하다! 밝강이의 뒤를 따라 같이 싸우자! 와~!"

마을 물고기들은 밝강이와 함께 황소개구리 군단과 싸웠어요.

"건방진 물고기들 같으니라구! 개굴개굴. 황소개구리 군단의 무서움을 보여주겠다! 공격하라! 개굴개굴."

밝강이와 마을 사람들은 황소개구리에 맞서 열심히 싸웠습니다. 하지만 황소개구리 군단이 힘이 세고 수도 많아서 밝강이도 역부족이었습니다.

"저 빨간 비늘을 가진 놈이 대장이다! 개굴개굴. 저 놈부터 공격해라! 개굴개굴."

황소개구리들은 힘이 센 밝강이를 먼저 공격하기로 하고 여러 개구리들이 한번에 달려들었습니다. 아무리 힘이 센 밝강이라고 하지만 한꺼번에 달려드는 개구리들을 혼자 당해낼 도리가 없었습니다.

이때 붕어 촌장님이 밝강이를 도와주면서 이런 이야기를 전해줬습니다.

"예전 네가 신비한 빛을 내는 알의 모습으로 우리 마을에 올 때 같이 온 물건이 있었다. 작은 구슬이 있었는데 그것이 신비한 도구인 것

같구나. 장롱 속에 그 물건이 있으니 네가 그 물건을 가지면 더 힘이 세질터이니 그것을 가지고 와서 황소개구리군단을 물리치거라."

이 말을 들은 밝강이는 붕어 촌장님의 집으로 달려가 구슬을 찾았습니다. 밝강이가 입으로 구슬을 물자 밝강이는 용의 모습으로 변했습니다. 그 구슬은 여의주였던 것입니다. 용의 모습으로 변한 밝강이는 여의주를 물고 다시 황소개구리와 마을 물고기들이 싸우고 있는 곳으로 갔습니다.

(8) 여의주로 황소개구리단을 물리친 밝강이

"저 용은 또 뭐냐! 개굴개굴. 저 용도 같이 공격해라! 개굴개굴."

황소개구리군단은 용을 보고 공격을 하기 시작했습니다. 용이 된 밝강이는 여의주를 가지고 도술을 부렸습니다.

"소용돌이여 일어나라!"

"아악! 이건 또 뭐냐! 개굴개굴."

소용돌이가 일어나서 황소개구리군단은 소용돌이 속으로 뱅글뱅글 빨려들어갔어요. 뱅글뱅글 돌면서 황소개구리들은 힘이 다 빠졌어요.

"물살아 세져라!"

"아악! 살려줘! 떠내려 간다! 개굴개굴."

소용돌이 속에서 힘이 다 빠진 황소개구리군단은 갑자기 밀려온 물살에 모두 쓸려 내려갔어요. 이렇게 밝강이는 여의주를 물고 용이 되어서 황소개구리 군단을 물리쳤습니다. 여의주를 가지고 용이 되어 황소개구리 군단을 물리친 밝강이를 마을 물고기들은 칭찬하면서 우러러 보았습니다.

"촌장님 말씀 대로 밝강이가 마을의 큰 도움이 되었다! 밝강이 덕분에 마을 물고기가 살았다. 고마워 밝강아."

"그래 밝강이 덕분에 우리가 모두 무사하네. 밝강이 만세!"

마을 사람들의 칭찬에 밝강이는 예전처럼 잘난척하지 않고 겸손하게 말했습니다.

"아닙니다. 모두의 힘으로 마을을 지켜냈습니다. 우리 모두 만세!"

"그래. 우리 모두 만세!"

(9) 용산 수호신이 된 밝강이 가족

이 모든 광경을 지켜보던 하느님은 밝강이의 부모인 빈이와 아인이를 데리고 한강으로 내려왔습니다.

"밝강아. 네가 내 명을 받들어 이 땅을 지켜냈구나. 내가 너를 용산의 수호신으로 임명하노니 네 부모와 함께 이 땅을 지키며 살거라."

빈이가 밝강이를 보며 말합니다.

"아들아. 자랑스럽구나. 네가 용인의 명예를 높였다."

아인이도 한마디 합니다.

"그래. 잘 자라주었구나. 네가 무척이나 자랑스럽다."

이후로 밝강이는 부모님과 함께 용산에 살면서 용산을 지키는 수호신이 되었습니다. 용산은 날로 날로 번창했답니다.

밝강이 캐릭터 및 밝강이 가족의 형상화[10]

---

10) 강명주 조각가 디자인(저작권은 강명주한테 있음).

한국문학, 문화와 문화콘텐츠

참고문헌

※ 『삼국유사』, 『삼국사기』, 『제왕운기』, 『악장가사』, 『악학궤범』, 『時用鄕樂譜』, 『고려사』, 『조선왕조실록』, 『20세기중국조선족문학사료전집』제1집, 『譯註 海觀自集』, 『三宜堂稿』, 『論語』, 『小學』, 『內訓』, 『조선족 문학사료전집』, 2000. 9. 『東國輿地勝覽』, 『한국무예사료 총서』, 국립민속박물관.『한국무예사료 총서』 I , 『한국무예의 역사·문화적 조명』, 『우리고장 태백』, 『태백문화』1~19, 『매일신보』, 『조선지광』, 『조선문단』, 『창조』, 『인문평론』, 『신단계』, 『개벽』, 『신인문학』, 『조선문학』, 『삼천리』, 『문장』외, 『한국문화상징사전』.

※ 민족시인 沈連洙 시선집, 『소년아 봄은 오려니』, 강원도민일보사, 2001. 강순, 허남기, 남시우, 김두권, 김윤호, 김학렬, 리금옥, 오상홍, 정화수, 정화흠, 한덕수, 김리박, 로진용, 류인성, 박호렬, 허옥녀, 최용진, 강명숙, 오순희, 오향숙, 김태경, 박산운, 고봉전, 김아필, 박호렬, 손지원, 김병두, 김정수, 한명석, 김윤, 오홍삼, 오홍심, 최영진, 홍순련, 이승순, 서정인, 『문예동』, 『종소리』시집 외.

※ 홍천군 두촌면 자은리, 이승만(82), 구성포 2리 김충기(71), 구성포 1리 박원환(80), 화촌면 박원재(81), 허홍구(81), 두촌면 이옥분(77), 한순천(56), 내면 자운 2리 신홍근(71), 내면 창촌 1리 박종학(80), 김문규(70), 내면 창촌 2리 최종기(60), 윤준섭 창촌 2리 윤준섭(46), 내면 자운 손길련(87), 내면 자운 김정규(76), 조성수(41), 가피브 수상레저(산 청평 대성리 55-1), 춘천시 신동면 한 개월리(2구) 박화용, 71. 춘천시 서면 방동 2리 박장룡, 70. 춘천시 사북면 고성리 최신근 55, 박영숙 52. 춘천시 교동 김연옥 72., 김은희(73) 화천 하남면 용암리, 김지희(57) 화천 신남면 원천리, 신순난(53) 화천 토고미, 이옥순(62) 화천읍, 이순애(60) 화천읍, 송순문(65) 화천 상서면 노동리, 허향래(56), 경기도 가평군 청평면 산 50, 송승호(32세) 가평군 청평면 대성리 산 1번지, 우점이(69) 사천시 서금동, 윤계옥(77) 사천시 동금동, 이옥조(62) 경남 사천시, 함정홍(62) 사량도 어촌계장, 고한백(59) 우도 출생. 거제시 장목면, 고봉운(62) 거제시 장목면 공진포리, 이순옥(74) 거제시 장목면 공진포리, 우춘녀(69) 거제도 장승포 부일횟집, 정구미(80) 거제시 장승포동, 고순금(80) 장승포동 월정리, 김경자(79) 장승포 1구, 현종순(67) 통영 거주.

강덕상 외,『근·현대 한일관계와 재일동포』, 서울대학교출판부, 1999.

강명혜,『고려속요·사설시조의 새로운 이해』, 북스힐, 2003.

_____,「고려속요의 송도성」,『古典文學硏究』제15집, 한국고전문학회, 1999.

_____,「시조의 변이양상」,『시조학논총』, 시조학회, 2006.

_____,「강민속에 나타난 여성」,『아세아 강문화의 보존과 발전』, 국제아세아민속
학논문집, 국제아세아민속학회, 2006.

_____,「譯註 海觀自集』에 나타난 제의 양상 및 특징」『온지논총』17. 온지학회.
2007.

강명혜외 3명, "용산 지킴이 밝강이" 스토리텔링(은상 수상), 국토해양부주관, 2010.
11. 23,

강원대학교 박물관, 강원도 화천군,『화천의 역사와 문화 유적』, 백산자료원, 1996.

강원도·양구군·강원대학교.『양구군의 역사와 문화유적』. 산책, 1997.

강원도민일보,「강의 축제」. 2000.

_____,〈심연수 문학세계를 찾아〉2001.3.5

_____,〈심연수 연보〉2001.7.18

_____,〈민족시인 심연수 시비 제막〉2003.5.20

강원도,『민속지』, 강원도청, 1989.

「강원도 홍천군 학술답사보고서」,『강원문화연구』11, 강원대 강원문화연구소, 1992.

『강원구비문학전집』홍천군편, 한림대학교 출판부, 1989.

『강원도사』전통문화 편, 강원도, 1995.

『강원의 설화』II. 강원도, 2005.

『강원전통문화총서』설화편. 1997.

강현모,『장수설화의 구조와 의미』, 도서출판 역락, 2004.

고세환,「심연수의 시 연구−시의 발전과정과 시의식의 전개를 중심으로」, 관동대 교
육대학원 석사학위논문, 20002. 8.

고운기,『우리가 정말 알아야 할 삼국유사』1·2, 현암사, 2002.

_____,「삼국유사의 讚詩와 그 體裁上 역할에 대하여」,『삼국유사연구』, 일연학연
구원, 2005.

국립민속박물관,「홍천군」, 국립민속박물관 편,『강원도 시장민속』, 1995.

국립청주박물관,『남한강문물』. 하이센스, 2001.

권희경,「삼국유사를 통해 본 고려적 시각」, 서지학연구, 2000.

금장태,「제천의례의 역사적 고찰』,『대동문화연구』25, 대동문화연구원, 1990.

김갑동,「고려시대의 城隍信仰과 地方統治」,『한국사연구』74, 한국사연구회, 1999.

김갑기,「허난설헌의 문학과 인생」, 동국대학교 연구논문집, 1977.

김광언.『한국의 민속놀이』. 인하대 출판부, 1982.

김부찬.『한국전통문예의 체육철학』신아출판사, 2006.

김경남 외,『생산민속』, 집문당, 1996.

김경지.『태권도학 개론』. 경운출판사, 1993.

김경훈,「심련수 시세계」,『문학과 예술』중국연변사회과학원, 2001. 2월호.

김기진〈국민문학의 출발〉, 매일신문, 1942. 1.김룡운,「문단에 솟아난 또 하나의 혜성」, 『20세기 중국조선족 문학사료전집』(심련수 문학편), 연변인민출판사, 2000.

김동욱,「時用鄕樂譜歌詞의 背景的 硏究」,『진단학보』17호, 1955.

김두진,「 삼국유사의 체제와 내용」한국학논총 23, 2000.

_____,「 일연의 생애와 사상」전북사학 19, 2002.

김룡운,「심련수 문학작품 발굴 경우」,『문학과 예술』, 중국연변사회과학원, 2001, 4 월호.

_____,「청송 심련수와 그의 시조문학」,『심연수 학술세미나』, 2008. 8. 8.

김명선,『조선조 문헌설화연구』, 이회, 2001.

김명순,「심연수 시의 상상력과 모더니티 연구」, 관동대 대학원 석사학위 논문, 2003.

김명자,「한국전통문학론」, 북코리아, 2006.

김명희,『허부인 난설헌, 시 새로 읽기』, 이회, 2002.

김미란,「김삼의당 시문에 나타난 부부애의 양상」,『김삼의당의 문학 세계와 기념사 업 학술 세미나』. 김삼의당기념사업회창립준비위원회, 남원여성발전연대. 2006. 6. 발표원고.

金德洙.『金三宜堂의 詩文學 硏究』, 전북대 박사학위 논문, 1989.

金龍德.『實學派의 身分觀』,『韓國思想의 主流 II』. 韓國思想硏究會. 1977.

김 방,『한국의 역사와 문화』, 한올출판사, 2002.

김병욱 역,『조루즈 이프라의 신비로운 수의 역사』, 예하, 1990.

김상현,「 삼국유사에 나타난 일연의 불교사관」,『한국사연구』20, 1978.

김선풍,『조선족구비문학총서』, 민속원, 1991.

김선풍,「단국신화와 태백산·목멱산·삼각산신화의 대비분석」,『강원민속학』17, 강 원민속학회, 2003.

김선풍,「용띠의 민속과 상징」.『중앙민속학』제 6호. 중앙대학교 한국민속학연구소, 1994.

김성태,「한국 고대무예의 종합적 검토」. 국립민속박물관.『한국무예의 역사·문화 적 조명 』. 2004.

_____.「삼국시대 도검의 연구」『인하사학』8집. 인하역사학회. 2000.

김성호, 「심연수의 전기적 고찰」, 『심연수 문학의 위상과 재평가』, 심연수 문학 국제 심포지움, 2001. 8.

김열규, 『한국신화와 무속연구』, 일조각, 1977.

_____, 신동욱편, 『삼국유사의 문예적 가치해명』, 새문사, 1982.

_____, 『한국문학사』, 탐구당, 1983.

_____, 『한국인의 신화』, 일조각, 2005.

김영돈, 『濟州道民謠硏究 上』, 일조각, 1965

_____, 「제주도 민요연구-여성노동요을 중심으로-」, 동국대학교 대학원. 박사학 위논문, 1982.

_____, 『한국의 해녀』, 민속원, 1999.

김영수, 「三山五嶽 과 名山大川 崇拜의 淵源 硏究」, 『인문과학』 31집, 성균관대학 교 인문과학연구소, 2001.

김영진, 『단양문화원편』, 1992.

김영태, 「삼국유사의 체재와 성격」 동국대학논문집 11, 1974.

김재용·이종주, 『왜 우리 신화인가』. 도서출판동아시아, 1999.

김재용, 「동북아 홍수신화에서 신과 인간의 문제」, 『한국문학이론과 비평』, 한국문 학이론과 비평학회, 1996.

김종윤, 『인물로 본 한반도 조선사의 허구』. 이사람을 보라1. 여명사, 2004.

김종혁, 「조선후기 한강유역의 교통로와 장시」, 고려대학교 박사학위논문, 2000.

김우종, 「심연수의 문학사적 자리매김-윤동주와의 비교를 통해서」, 『심연수 학술세 미나』, 2008. 8. 8.

김영수, 「허난설헌연구」, 단국대 대학원 석사논문, 1979.

김의숙·강효창. 「영서지역 洞祭 답사보고서」, 『강원민속학』 11집. 강원도 민속학 회. 1995.

김의숙, 「강원도 자료조사보고서」, 『강원문화연구』 제30집 별쇄본, 1994.

_____, 「북한강 문화의 정체성」, 『아세아 강문화의 보존과 발전』, 국제아세아 민속 학논문집, 국제아세아민속학회, 2006.

김의숙·강효창. 「영서지역 洞祭 답사보고서」. 『강원민속학』 11집. 강원도 민속학 회. 1995.

김의숙·전상국 편저, 『강원전통문화총서』, 국학자료원, 1997.

곽신환, 『주역의 이해』, 서광사, 1990.

김은영, 「김윤시 연구」, 『한중인문학연구』제 15집, 한중인문학회, 2005.8.

김윤식, 『한국문학의 근대성과 이데올로기 비판』, 서울대학교출판부, 1987.

김응교, 「일본속의 마이너리티, 재인조선 시」, 『시작』, 2004. 겨울호.

김재용·이종주, 『왜 우리 신화인가』, 동아시아, 1999.

김정학, 『한국상고사연구』, 범우사, 1990.

김택규, 「삼국유사의 사회, 민족지적 가치」, 『삼국유사연구론선집』1, 백산자료원, 1986.

김태곤 외, 『한국구비문학개론』, 민속원, 1995.

김태곤, 『한국민간신앙연구』, 집문당, 1983.

김태영, 『한국의 역사인식 상』, 창작과 비평사, 1976.

김필래, 「남한강변 장시에 유통된 품목 고」, 『한국문화연구(9)』, 경희대 민속학연구소, 2005.

김학렬, 「재일 조선인 조선어 시문학 개요」, 『21세기 동북아 한국어 문학연구의 현황과 전망』, 숭실대 인문과학연구소·숭실어문학회·중국조선·한국문학연구회 국제학술대회 발표논문집, 2005. 2. 16.

김헌선, 『한국의 창세신화』, 길벗, 1994.

김현아, 『그곳에 가면 그 여자가 있다』, 호미, 2008.

김해웅, 「심연수 시문학 연구」, 한국정신문화연구원 한국학대학원 박사학위 논문, 2003.

_____, 「심연수의 생애와 시세계 연구」, 심포지엄 「일제 강점기 재만조선인 문학 재조명; 심연수 문학을 중심으로」, 『국제한인문학의 현황과 과제』, 국제한인문학회 제1회 정기학술대회, 2003.

김해웅, 『심연수 시문학 연구』, 한국학술정보, 2006.05.30.

나경수, 「한국건국신화 연구」, 전남대학교 대학원 박사학위논문, 1988.

_____, 『한국의 신화』, 한얼미디어, 2005.

남경태, 『종횡무진 한국사상』, 그린비, 2001.

남동신, 「삼국유사의 사서로서의 특징」, 『불교학연구』16, 불교학연구회, 2007.

민족문화연구소편, 『삼국유사연구』상, 영남대출판부, 1983.

노 철, 「심연수 시에 나타난 시의식 연구」, 심포지엄 「일제강점기 재만조선인 문학 재조명; 심연수문학을 중심으로」, 『인문사회과학연구』5권, 부경대학교 인문사회과학연구소, 2004.

동양일보, 『발로 쓴 충북기행』. 동양일보 출판국, 1995.

류수열 외, 『스토리텔링의 이해』, 도서출판 글누림, 2007.

류연산, 「심련수 문학의 발굴과 조선족 문학」, 『민족시인 심연수 학술심포지엄』, 2000.11.

류정아, 「지역문화콘텐츠 개발의 이론과 실제」, 『인문콘텐츠』, 제8호, 인문콘텐츠학회.

류지연, 「자기극복의 의지—시인 이육사와 심연수의 시적 비교」, 『한국문예비평연구』

제 19권, 한국현대문예비평학회, 2002.

림 연, 「심련수의 문단사적 자취와 현주소」(1), 『문학과 예술』, 중국연변사회과학원, 2001. 3월호, 4월호.

박덕유, 「〈雙花店〉의 韻律 및 統辭構造 연구」, 『어문연구』110호, 한국어문교육연구회, 2001.

박무영. 「19세기 향촌사족의 여성형상−'金三宜堂'(Ⅰ)」, 『고전문학연구』 25집. 한국고전문학회, 2004.

박미현, 「독립운동가 윤희순」강원도민일보, 2002. 7. 30.

_____, 「강원여성사연구」, 강원대학교 사학과 박사학위논문, 2008.

박병채, 『새로 고친 고려가요의 어석연구』, 국학자료원. 1994.

박복금, 「심연수 시의 시적 정서와 주제적 특색 연구」, 강릉대 대학원 석사학위 논문, 2005.

박아림 외. 『고구려벽화 연구의 현황과 콘텐츠 개발』, 동북아역사재단, 2009.

박종익, 『한국구전설화집』, 민속원, 2000.

박진태, 『고전산문교육의 이론』, 집문당, 2000.

박진태 외, 『삼국유사의 종합적 연구』, 박이정, 2002.

박영규. 『한권으로 읽는 백제왕조실록(증보판)』. 웅진닷컴, 2004.

朴堯順. 「三宜堂과 그의 시」, 『韓國古典文學新資料硏究』. 한남대출판부, 1992.

백낙청, 『민족문학과 세계문학 Ⅱ』, 『민족문학사 강좌』, 창작과 비평사, 1985.

_____, 『통일시대 한국문학의 보람−민족문학과 세계문학 Ⅳ』, 창작과 비평사, 2006.

사재동, 『한국서사문학사의 연구Ⅱ』, 중앙문화사, 1995.

사회과학원 고고학연구소. 『고구려문학』. 사회과학출판사, 1975.

서대석편. 『조선조문화설화집요(1). (2)』. 집문당, 1991.

서대석, 『한국신화의 연구』, 집문당, 2001.

_____, 『한국인의 삶과 구비문학』, 집문당, 2002.

설성경 외, 『세계 속의 한국문학』새미, 2002.

성병희, 「조선시대 계녀서 연구(1)」, 『안동문화총서』 1. 1986.

손지원, 「조국을 노래한 재일조선시문학 연구(1)」, 『겨레문학』, 재일본조선문학예술가동맹 문학부, 2000.5.25.

손진태·최인학 역편, 『조선설화집』(양장), 출판사 민속원, 출판일 2009.

손진태, 「삼국유사의 사회사적 고찰」, 학풍 2권 1/2호, 『손진태선생전집』 6, 태학사, 1949, 송방송, 「韓國音樂通史」, 일조각, 1984.

송혜원, 「재일 조선인 조선어문학의 현황과 과제」, 와세다대학 조선문화연구회, 해외동포문학편찬사업 추진회, 재일본조선문학예술가동맹, 2004.12.11.

신라문화선양회 편,『삼국유사의 신연구』, 서경문화사, 1991.

심종원,『삼국유사 새로읽기(1); 기이편』, 일지사, 2004.

심승구,「한국무예의 역사와 특성」,『군사』43. 군사편찬연구소, 2001.

심원섭,「재일동포의 문학예술의 현황과 창작 방향」,『세계 속의 한국문학』, 새미, 2002,

_____,「재일 조선인 시문학에 나타난 자기 정체성의 제양상」,『한국문학논총』제31 집, 한국문학회, 2002.10.

엄창섭,「심연수의 문학사적 의미」,『민족시인 심연수 학술 심포지엄』, 2000.11.30.

_____,『현대시의 현상과 존재론적 해석』, 영하, 2001.

_____,『민족시인 심연수의 문학과 삶』, 홍익출판사, 2003.

안계현,「일연」,『한국의 사상가 十二人』, 현암사, 1975.

안외순,「『삼국유사』에 관한 정치학적 一讀」,『온지논총』 23, 온지학회, 2009.

예철해,「삼국유사에 나타난 일연의 역사의식이 갖는 한국교육사적 의의」, 종교교육 학연구 24, 2007.

야오간밍,『심연수 시의 원전 비평: 일제강점기 재만조선시인』, 김영사, 2010.

양효성,『나의 옛길 탐사일기』. 박이정, 2009.

『영월지방 민속신앙과 서낭당 조사』, 영월문화원, 2002.

『영월 서강유역의 민속문화』, 영월문화원, 2002.

오마이뉴스,「항일 민족시인 심연수의 문학사적 의미」, 심연수 심포지엄 주제발표요 지, 20001.4.28.

유숙자,『재일한국인문학연구』, 월인, 2000.

육태안,『우리 무예 이야기—다시 찾은 수벽치기』. 학민사, 1990.

윤경수,『鄕歌·麗謠의 現代性 硏究』, 집문당,1993.

윤의섭,「재일동포 강순 시 연구」,『한중인문학연구』제 15집, 한중인문학회, 2005.8.

윤천근,「일연의 불교문화 사관」, 한국동서철학회논문집, 동서철학연구 47호, 2008.

윤희경,『북한강이야기』, 신세림, 2004.

이경수,「재일동포 한국어 시문학의 전개과정」,『한중인문학연구』제 14집, 한중인문 학회, 2005.4.

이광래,『미셸푸코』, 민음사, 1992.

이강래,「한국고대사를 위한 삼국유사의 독법」, 삼국유사연구회, 2005.

이기백,「삼국유사의 사학사적 의의」,『진단학보』 36, 1973.

이남영,「삼국유사와 승 일연과의 관계 고찰」,『철학연구』 2, 서울대, 1973.

이도흠,「삼국유사의 구조 분석과 의미 해석」,『한국학논집』 26, 한양대학교 한국학

연구소, 1995.

이범교 역해, 『삼국유사의 종합적 해석(상)』, 민족사, 2005.

이명재, 「시인 심연수 문학론」, 『한국학 연구』 창간호, 중국연변과학기술대학 한국
　　　학 연구소편, 태학사, 2001.

＿＿＿＿, 「암흑기 민족 시인의 환생」, 『소년아 봄은 오려니』, 강원도민일보사, 2001.

이병도, 『한국고대사연구』, 박영사, 1979.

이성훈, 「통영지역 해녀의 〈노 젓는 노래〉 고찰」, 『숭실어문』18, 숭실어문학, 2002.

이승훈, 「심연수의 시와 모더니즘」, 제 5차 국제학술세미나, 2005.

이용복. 『민족무예 태견연구』, 학민사, 1995.

이원길, 「중국조선족민족문학사에서의 또 하나의 혜성」, 『문학과 예술』, 중국연변사
　　　회과학원, 2001. 5월호.

이인화 외, 『디지털 스토리텔링』, 황금가지, 2003.

이장식, 「심연수 시 연구」, 전남대교육대학원 석사학위논문, 2004.

이정재, 『동북아의 곰신화와 곰문화』, 민속원. 1997.

이재원, 「단군신화연구」, 세종대학교대학원박사학위논문, 1991.

이재호, 「민족시인 심연수의 대표시 해설」, 『교단문학』 6월호, 2001.

이정재 외, 『남한강과 문학』. 한국학술정보, 2007.

이재운, 「삼국유사의 시조설화에 나타난 일연의 역사의식」, 『정북사학』 8, 전북대
　　　사학회, 1984.

이재호, 「일제 암흑기와 심연수 문학」, 『소년아 봄은 오려니』, 강원도민일보사, 2001.

이창식, 「화천군의 북한강 유역 문화자원과 활용방안」, 『아시아 강문화 유산과 현상』,
　　　강원도민속학회, 2008.

이창식·안상경, 『죽령 국행제 조사연구』, 박이정, 2003.

이한길, 「남·북한강 뗏꾼 비교연구」, 『아세아 강문화의 보존과 발전』, 국제아세아
　　　민속학논문집, 국제아세아민속학회, 2006.

이형석, 『한강』, 대원사, 1997.

이혜구, 「休命과 靑山別曲의 比較」, 『한국음악논총』, 秀文堂, 1976.

인문콘텐츠학회, 『문화콘테츠 입문』, 북코리아, 2006.

의암학회, 『윤희순 의사 자료집』, 2008.

오해인, 『난설헌시집』, 해인문화사, 1980.

유만공저, 임기중 역주, 『우리 세시풍속의 노래』, 집문당, 1993.

유숙자, 『재일한국인문학연구』, 월인, 2000.

윤의섭, 「재일동포 강순 시 연구」, 『한중인문학연구』제 15집, 한중인문학회, 2005.8.

『우리고장홍천』, 홍천군, 1992.

이학주,『강원인의 일생의례』, 민속원, 2005.

임도준,『조선의 민속전통』, 5 과학백과사전종합출판사, 1997.

임석재,「강원도의 민속문화」,『강원민속학』4집, 강원도민속학회, 1986.

_____,『한국구비설화』, 평민사, 1989.

임재해,『설화작품의 현장론적 분석』, 지식산업사, 1991.

임 연,「심련수의 문단사적 자취와 현주소(1)」,『문학과 예술』3월호, 중국연변사회
　　　과학원, 2001.

임향란,「심연수 시 연구」, 안동대 대학원 석사학위 논문, 2003.

임헌영,「심연수의 생애와 문학」,『민족시인 심연수 학술 심포지엄』, 2000. 11. 30.

임호민,「심연수와 그 자족들의 생활상」『심연수 학술세미나』, 2008. 8. 8.

장덕순·조동일·서대석·조희웅(1979),『구비문학개설』, 일조각, 1979.

장미연,「단군신화연구」, 충북대학교교육대학원석사학위논문, 1988.

장미영 외,『문화콘텐츠와 스토리텔링』, 신아출판사, 2006.

장사훈.「韓國音樂史」.『정음사』,1978.

_____,「高麗歌謠와 音樂」,『高麗時代의 가요문학사』, 새문사, 1982.

장정룡.『강원도 민속연구』. 국학자료원, 2002.

_____,『허난설헌 평전』, 새문사, 2007.

_____,『화천 어부식놀이』, 민속지, 화천군, 2008.

전국권,「심련수 문학의 항일 민족적 특질」,『심련수 문학의 위상과 재평가』, 심연수
　　　문학 국제 심포지엄, 20001. 8. 8.

전성호,「심련수 문학 정신고」,『문학과 예술』, 중국연변사회과학원, 2001, 3월호.

전호태.『벽화고분으로 본 고구려이야기』, 풀빛, 1999.

정경운,「서사물의 디지털콘텐츠화 전략 연구」,『한국문학이론과 비평』, 2005.9.

정구복,「삼국유사의 종합적 검토 보고 논총」 87-2, 한국정신문화연구원, 1987.

정대구,「삼국유사와 중/일 불교전구문학의 비교연구」, 서울대학교 대학원 박사학위
　　　논문, 2000.

정병삼,「신라불교사상사와『삼국유사』의해편」,『불교학연구』16, 2006.

정선군,「정선의 鄕史士」, 관광문화과, 2002.

정윤수,「홍천의 무형문화 전승실태」,『강원민속학』18집, 강원도민속학회, 2004.

_____,「홍천지역 동제와 성신앙」,『강원민속학』19집, 강원도민속학회, 2005.

정출헌,「삼국유사 소재 설화의 세계관에 대한 고찰」,『어문논집』28, 안암어문학회.

조규익,「시가문학의 양상과 특질」,『연변지역 조선족 문학 연구』, 숭실대학교출판
　　　부, 1992.

_____,『풀어 읽는 우리 노래 문학』, 논형, 2007.

_____, 「재미한인 이민문학에 반영된 自我의 두 모습 : 영문소설 몇 작품을 중심으로」, 『論文集』29, 崇實大學校人文科學硏究所, 1999.12.

조동구, 「심련수 시의 민족시적 위상-일제말 민족시의 한 좌표」, 심포지엄 〈일제 강점기 재만조선인문학 재조명; 심연수 문학을 중심으로〉, 『인문사회과학연구』 제5권, 부경대학교 인문사회과학연구소, 2004.

조동일, 『삼국시대 설화의 뜻풀이』, 집문당, 1990.

_____, 『동학성립과 이야기』, 홍성사, 1981.

_____, 『인물전설의 의미와 기능』, 영남대 문족문화연구소, 1980.

趙善英, 「三宜堂 金氏論」, 『조선후기한시작가론』. 이회, 1988.

조선일보, 「잊혀진 시인 심련수 발굴…연변홍분〉, 2008. 8. 1.

조영배, 「제주도 민요의 음악형식 연구」, 한국정신문화연구원 한국학대학원 박사논문, 1997.

조용헌, 『심연수의 시문학탐색』, 랜덤하우스, 2010.6.

조은하, 『스토리텔링』, 북스힐, 2006.

조해옥, 「재일 한국인의 분단 극복의식」, 『한중인문학연구』 제14집, 한중인문학회, 2005.4.

조희웅, 『한국설화의 유형』, 일조각, 1996.

주경미 외, 『창의적 발상과 문화콘텐츠 작법』, 글누림, 2006.

주영하, 「강, 어로, 그리고 음식」, 『아세아 강문화의 보존과 발전』, 국제아세아 민속학 논문집, 국제아세아민속학회, 2006.

좌혜경 편저, 『제주섬의 노래』, 국학자료원.

중앙승가대학편, 『일연과 삼국유사』 1~17권, 민족문화출판사, 1992.

정승모, 『시장의 사회사』, 웅진출판, 1992.

정현일, 『마지막 청정수역 남한강 39곳 (강따라 가는 여행 2)』, 교학사, 2004.

지준모, 『삼국유사의 어문학적 연구』, 이회, 2005.

차옥덕, 「金三宜堂의 수필세계」, 『韓國 古典小說과 敍事文學(下)』, 집문당, 1998.

채상식, 「일연(1206~1289)의 사상적 경향」, 『한국문화연구』창간호, 1988.

천관우, 「인물로 본 한국사」, 정음문화사, 1982.

천소영, 『물의 전설』, 창해, 2000.

천진기, 『한국동물민속론』, 민속원, 2003.

춘천문화원 강원고고학연구소, 『춘천 맥국 관련유적 지표조사 보고서』, 강원고고학연구소유적조사보고 제6집, 1996.

춘천시, 『윤희순의사 항일독립 투쟁사』, 2005.

최남선, 『조선의 신화와 설화』, 홍성사, 1983.

최남선, 「단군 및 그 연구」, 『별곤건』12, 13 합병호, 1928. 5.

최동국, 「〈쌍화점〉의 성격 연구」. 『문학과 언어』, 1984.

최래옥, 『한국구비문학론』, 제인엔씨, 2009.

최상수, 『한국민속문화의 연구』, 성문각, 1988.

최연미, 「朝鮮時代 女性著書의 編纂 및 筆寫 刊印에 관한 硏究」, 성균관대학교 박
    사학위논문, 2000.

최영준, 「남한강 수운연구」, 『지리학(35)』, 대한지리학회, 1987.

최예정·김성룡, 『스토리텔링과 내러티브』, 글누림, 2005.

최인학 편저, 『조선조말 구전설화집』, 박이정, 1999.

최운식, 「죽령 산신당 당신화 「다자구 할머니」와 죽령 산신제」, 『韓國民俗學』第39
    輯, 한국민속학회, 2004.

_____, 『한국서사의 전통과 설화문학』, 민속원, 2002.

최종환, 「재일동포 한국어 시문학의 형식적 특징 연구」, 『한국문학이론과 비평』 31
    집, 한국문학이론과 비평학회, 20006. 6.

최재락, 「심련수 문학론 1. 시편」『임영문화』제 24, 강릉문화원, 2000.

_____, 「심련수 문학론 2. 일기편」, 『심련수 연구 시론』, 『임영문화』제 25집, 강릉
    문화원, 2001.

최　철, 『향가의 문학적 연구』, 새문사, 1983.

최혜실, 『문화콘텐츠, 스토리텔링을 만나다』, 삼성경제연구소, 2006.

최혜진, 「허난설헌, 욕망의 시학」, 『여성문학연구』제10집, 한국여성문학학회, 2003.

하정룡·이근직, 『산국유사교감연구』, 신서원, 1997.

하정룡, 『삼국사기 사료비판』, 민족사, 2005.

하정현, 「삼국유사 텍스트에 반영된 '신이' 개념에 관한 연구」, 서울대학교 대학원 박
    사논문, 2003.

하현강, 「삼국사기와 삼국유사의 사관」, 『독서생활』 6월호. 삼성출판사, 1976.

『화천군지 증보판』, 화천군, 2008.

『화천의 지명』, 화천문화원, 1997.

한국구비문학회, 『구비문학과 인접학문』, 박이정, 2002.

_____, 『구비문학의 연행자와 연행양상』, 박이정, 1999.

『한국구비문학대계』, 강원도 편, 한국정신문화연구원.

『한국의 마을제당』 2권 강원도편, 국립민속박물관, 1997.

『한국의 가정신앙』 강원도편, 국립문화재연구소, 2006.

한국문화유산답사회, 『경기남부와 남한강(답사여행의 길잡이 7)』. 돌베개, 1996.

한국문화유산답사회 엮음, 『경기북부와 북한강』, 돌베개, 1997.

한국정신문화연구원 편,『삼국유사의 종합적 검토』, 조은문화사, 1987.
한국여성예림회 강원도지부, 「강원여성과 항일민족독립운동」, 윤희순여사 기념 학
    술대표 발표자료집, 2000.
한겨레신문, 「심련수 존재에 우리 정부도 관심 기울였으면」, 2000.8.15.
한성금, 「허난설헌, 한시의 미학」, 조선대학교 대학원 박사학위 논문, 2006.
한승옥 외,『재일동포 한국어 문학의 민족문학적 성격연구』, 국학자료원, 2007.10.
한우근,『조선시대 사상사 연구논고』, 일조각, 1996.
한종만, 「일연의 중편조동오위 연구」,『한국불교학』23, 1997.
한창훈,『시가와 시가교육의 탐구』, 월인, 2000.
허미자,『허난설헌』, 성신여자대학교 출판부, 2007.
허형만, 「심연수 시의 텍스트 비평」, 심포지엄 「일제 강점기 재만조선인문학 재조명;
    심연수 문학을 중심으로」,『인문사회과학연구』제5권, 부경대학교 인문사회
    과학연구소, 2004.
허형만, 「심연수 시 연구」,『한국문학이론과 비평』제22집(8권 1호), 한국문학비평
    과 이론학회, 2004. 3.
홍기삼,『재일 한국인 문학』, 솔, 2001.12.
홍기훈,『고대여류문학선』, 대제각, 1979.
홍인숙, 「난설헌이라는 '소문'에 접근하기」,『한국고전여성문학연구』제7집, 한국고
    전여성문학회, 2003.
홍태한,『한국구전설화집』, 민속원, 2010.
『홍천의 전설과 효열』, 홍천문화원, 1998.
『홍천군지』, 홍천군, 1989.
황규수, 「윤동주 시와 심연수 시의 비교 고찰」,『한국학연구』제12집, 인하대학교 한
    국학 연구소, 2003.
_____, 「심연수 시의 원전 비평: 일제강점기 재만조선시인」, 한국학술정보, 2008.
    08.04.
홍윤식,『삼국유사와 한국고대문화』, 원광대학교 출판국, 1985.
화경고전문학연구회 편,『삼국유사의 문학적 탐구』, 이화문화사, 2008.
황패강,『신라불교설화연구』, 일지사, 1979.
황인덕,『이야기꾼 구연설화』, 박이정, 2007.

가스통 바슐라르, 이가림 역,『물과 꿈』, 문예출판사, 1980.
나카자와 신이치, 김옥희 역,『신화, 인류 최고의 철학』, 도서출판 동아시아. 2009. 12.
미하일 바흐찐,『도스토예프스키 시학』, 김근식 역, 정음사, 1988.

사사키 타카히로, 「이계로서의 강―죽음과 재생의 문화지리」, 『아세아 강문화의 보존 과 발전』, 국제아세아 민속학논문집, 국제아세아민속학회, 2006.

Ad. de Vries, <u>Dictionary of Symbols and Imagery</u>, North-Holland Publishing Company, 1974.

Curt Sachs, <u>The Rise of Music in the Ancient World</u>, New York. W. W. Norton and Co., Inc. 1943.

카지무라 히데키, 김인덕 역, 『재일조선인운동』(1945~1965), 현음사.

S. Freud, 김인순 역, 『꿈의 해석』, 열린책들, 2007.

G.L.Gomme, <u>Standard of Dictionary, Folklore, Mythoiogy and Legend</u>, Funk and Wagnalls Company, New York, 1950.

M. 엘리아데, 정진홍 역, 『우주와 역사』, 현대사상사, 1984.

뤽 브느와, 윤정선 역, 『징표, 상징, 신화』, 탐구당, 1984..

Ong, W. J., 『구술문화와 문자 문화』, 이기우·임명진 역, 문예출판사, 1995.

Paul Hernadi, <u>Beyond Genre</u>, Cornell University, 1972.

스티븐 코핸·린다 샤이어스, 임병권·이호 역, 『이야기하기의 이론』, 한나래, 1997.

Standard of Dictionary, <u>Folklore, Mythoiogy and Legend</u>, Funk and Wagnalls Company, New York, 1950.

아르노스, 송재용·추태화 역, 『조선의 설화와 전설』, 제이엔씨, 2007.

프레이져, 김상일 역, 『황금의 가지』, 을유문화사, 1983.

何神, 洪熹 역, 『神의 起源』, 동문선, 1990.

한국문화상징사전편집위원회, 『한국문화상징사전』, 동아출판사, 1992.

한국문학, 문화와 문화콘텐츠

찾아보기

저자 | 강명혜姜明慧

강원대, 숭실대 연구원 및 강사.
강원대, 서강대학교 대학원 석·박사 과정 졸업 〈문학박사〉.
현대시조 학술상 수상, 삼국유사 일연학연구원장 논문상 수상.
용산스토리텔링 은상 수상(4명 공동, 국토해양부).
온지학회 부회장 및 편집위원장.

저서로는 『고려속요·사설시조의 새로운 이해』(북스힐), 『강원도의 생산민속』(민속
원), 『한국 고전문학의 심층적 의미』(학고방), 『한국서정문학론』 공저(태학사), 『고
전문학의 이해와 분석』 공저(북스힐), 『제주도 해녀 노젓는 소리의 본토 전승양상에
관한 조사 연구』 공저(민속원), "한국시가의 사회시학적 연구", "산간지역민의 의식구
조적 특징", "허난설헌·윤희순의 현실대응방식 및 스토리텔링화" 등 70여 편의 논문
이 있다.

숭실대학교 한국문예연구소 학술총서 39

한국문학, 문화와 문화콘텐츠

초판 인쇄 | 2013년 4월 11일
초판 발행 | 2013년 4월 24일

저　　자　강명혜

책임편집　윤예미

발 행 처　도서출판 지식과교양
등록번호　제 2010-19호
주　　소　서울시 도봉구 창5동 262-3번지 3층
전　　화　(02) 900-4520 (대표)/ 편집부 (02) 900-4521
팩　　스　(02) 900-1541
전자우편　kncbook@hanmail.net

ISBN 978-89-6764-018-7 93810　　　　　　**정가** 28,000원

이 도서의 국립중앙도서관 출판도서목록(CIP)은 e-CIP홈페이지(http://www.nl.go.kr/ecip)에서
이용하실 수 있습니다. (CIP제어번호: CIP2013002679)